BASTEI
LÜBBE
TASCHENBUCH

Weitere Titel der Autorin:

Küstenmorde
Möwenschrei
Nebeltod
Sturmläuten

Ist so kalt der Winter (Erzählung)
In der heißen Sonnenglut (Erzählung)
Schlaf in tödlicher Ruh (Erzählung)
Keine Seele weint um mich (Erzählung)
Nun schweigst auch du (Erzählung)

Über die Autorin

Nina Ohlandt wurde in Wuppertal geboren, wuchs in Karlsruhe auf und machte in Paris eine Ausbildung zur Sprachlehrerin, daneben schrieb sie ihr erstes Kinderbuch. Später war sie als Übersetzerin, Sprachlehrerin und Marktforscherin tätig, bis sie zu ihrer wahren Berufung zurückfand: dem Krimischreiben im Land zwischen den Meeren, dem Land ihrer Vorfahren. Derzeit arbeitet sie am sechsten Krimi um den Flensburger Hauptkommissar John Benthien.

Nina Ohlandt

Eisige Flut

Nordsee-Krimi

John Benthiens fünfter Fall

BASTEI LÜBBE TASCHENBUCH

BASTEI LÜBBE TASCHENBUCH
Band 17637

Dieser Titel ist auch als E-Book erschienen

MIX
Papier aus verantwortungsvollen Quellen
FSC® C083411

Originalausgabe

Titelillustration: © shutterstock/Jenny Sturm;
shutterstock/Jeramey Lende; shutterstock/Jenny Sturm
Umschlaggestaltung: Christin Wilhelm, www.grafic4u.de
Satz: two-up, Düsseldorf
Gesetzt aus der Sabon Next
Druck und Verarbeitung: CPI books GmbH, Leck – Germany
Printed in Germany
ISBN 978-3-404-17637-3

3 5 7 6 4

Sie finden uns im Internet unter www.luebbe.de
Bitte beachten Sie auch: www.lesejury.de

Personenliste Kripo Flensburg

John Benthien, Erster Hauptkommissar
Tommy Fitzen, Oberkommissar, alter Jugendfreund von Benthien
Lilly Velasco, Oberkommissarin
Juri Rabanus, Hauptkommissar, alleinerziehender Vater von Amélie
Lester Smythe-Fluege, Hauptkommissar, der »Neue« aus Hannover
Leon Kessler, frischgebackener Kommissar
Mikke Jessen, Kommissaranwärter
Annika Gerisch, Kommissaranwärterin
Ferner: Esther Talley, Mitarbeiterin im Innendienst

Personenliste Kriminaltechnik

Claudia Matthis, Leiterin der Kriminaltechnik
Stefano Rossi, geht mit Benthien und Fitzen manchmal ein Bierchen trinken

Staatsanwälte

Dr. Thyra Kortum, sie war eine Freundin von Benthiens Mutter

Weitere Personen siehe Anhang

Die Besucherin

Kapitel 1

Sie stand vor dem einsamen Haus, unbeweglich, die Hand an der Klingel. Aus ihrer eisigen Hülle schaute sie blicklos ins Weite, über die leere, dunkle Schneeebene. Sie konnte nicht mehr denken, sie konnte nichts mehr wahrnehmen. Jemand hatte sie, die Besucherin, vor ihrem Elternhaus abgestellt wie eine Puppe, wie ein Exponat im Museum. Gleich würde ihre Mutter kommen und die Zeitung hereinholen.

Elke Derling konnte nicht schlafen in jener Nacht, seit Stunden wälzte sie sich im Bett herum. Obwohl die Heizung im Schlafzimmer lief und das Fenster geschlossen war, fror sie erbärmlich. Irgendwann gegen vier Uhr stand sie leise auf, um Hans nicht zu wecken, und zog sich bibbernd eine Thermostrumpfhose unter ihren Flanellschlafanzug. Obenherum versuchte sie, sich mit einem Rollkragenpullover zu wärmen, und ihre eiskalten Hände steckte sie in ihre wärmsten Handschuhe.

Ein Blick aufs Thermometer verriet ihr, dass es draußen Minus 27 Grad waren – einer der eisigsten Winter, da war sich Elke sicher, seit dem Katastrophenwinter 1978/1979, in dem in Schleswig-Holstein bei Temperaturen bis zu minus 50 Grad unvorstellbare Schneestürme gewütet hatten. Siebzehn Menschen verloren damals ihr Leben.

Auch jetzt lag der Schnee meterhoch, und der eisige Wind fegte heulend wie eine gemarterte Seele ums Haus. Die Küste war nicht weit entfernt. Direkte Nachbarn hatten sie hier nicht, und so war das kleine Backsteinhaus, das allein in der weiten

Landschaft stand, der Kälte und dem Sturm schutzlos ausgeliefert.

Elke holte noch zwei Wolldecken aus dem Schrank; mit der einen deckte sie Hans zu, der am Abend mit einer Wollmütze ins Bett gegangen war, die andere legte sie auf ihre Daunendecke. Sie kroch wieder ins Bett in der Hoffnung, doch noch ein bisschen warm zu werden. Sie beneidete Hans, der, egal in welcher Lebenslage, selig schlief, sobald sein Kopf ein Kissen berührte. Oft schon hatte sie gedacht, dass Sorgen und katastrophale Ereignisse ihn einfach nicht so tief berührten wie sie – doch inzwischen hatte sie ihre Meinung geändert. Schlaf war für Hans ein Allheilmittel, das ihm zu einer gewissen Ausgeglichenheit verhalf, zu einer seelischen Stärke, um die sie ihn nur beneiden konnte. Dennoch hatte sie ihn manchmal weinen sehen, vor allem in letzter Zeit, seit dem Verschwinden ihrer Tochter Anja, und das, obwohl er stets bemüht war, sich nichts anmerken zu lassen, ihr immer eine starke Schulter zu bieten. Manchmal hatte sich Elke für ihre Schwäche geschämt.

Auch jetzt musste sie wieder an Anja denken, ihre verschwundene Tochter. Seit vier Wochen, seit der zweiten Januarwoche, gab es kein Lebenszeichen mehr von ihr. Das Schlimme war, dass sie zuerst gar nichts von Anjas Verschwinden mitbekommen hatten, denn sie waren nach langer Zeit noch mal verreist, für zehn Tage nach Mallorca. Elke hatte sich zwar gewundert, dass Anja sich nicht meldete und auch telefonisch nicht erreichbar war. Doch erst, nachdem sie zurückgekehrt waren und sie Anjas leeres Haus und die verdorbenen Lebensmittel im Kühlschrank entdeckt hatten, hatten sie ihre Tochter als vermisst gemeldet. Allerdings ohne Erfolg.

»Wie alt ist Ihre Tochter? Zweiundfünfzig Jahre? Hat sie irgendein Gebrechen? Depressionen? Psychische Störungen? Ist sie schon häufiger verschwunden? Könnte sie selbstmordgefährdet sein? Hat sie Familie, Kinder? Nein? Dann, Frau Derling, können wir Ihnen leider nicht helfen«, hatte der ältere, väterlich wirkende Polizist gesagt und sie mitleidig angeguckt. Danach hatte er sie darüber belehrt, dass es nicht Aufgabe der Polizei war, eine Aufenthaltsermittlung durchzuführen, wenn keine Gefahr für Leib und Leben bestand, da Personen im Vollbesitz ihrer geistigen und körperlichen Kräfte das Recht hatten, ihren Aufenthaltsort frei zu bestimmen.

Der Hinweis, dass ihre Tochter ein sehr zuverlässiger Mensch war, dass sie niemals ihre Arbeit als Sekretärin in der Spedition im Stich lassen würde, ohne sich zu entschuldigen, und noch viel weniger ihr geliebtes Pferd, das sie sich erst kürzlich angeschafft hatte, hatten lange Zeit kein Gehör gefunden. Immerhin hatte man Anjas kleines Häuschen nach Spuren eines Unfalls oder einer Gewalttat durchsucht, aber nichts gefunden. Was Elke und Hans zusätzlich beunruhigte, war, dass keine Kleidung fehlte. Es gab auch keinen Brief oder einen anderen Hinweis, wo Anja hingegangen sein könnte.

Seit einigen Tagen nun ermittelte die Polizei von Niebüll tatsächlich. Inzwischen wusste man, dass seit vier Wochen kein Geld mehr vom Konto abgehoben worden war, auch Anjas Kreditkarten waren nicht belastet worden. Es gab buchstäblich kein Lebenszeichen von ihr; auch nicht im Internet, denn Anja war, was das anbelangte, ziemlich altmodisch gewesen: Sie kaufte weder online ein, noch kommunizierte sie in irgendwelchen Netzwerken. Ihr Pferd, das sie üblicherweise bis zu fünfmal pro Woche brauchte, hatte sie bei einem Bauern untergebracht. [illegible] hatte von Anja seit Wochen nichts mehr [illegible]rt. Genauso wenig wie ihre Freunde.

[illegible] Bett, vielleicht auch deshalb, weil

ihre Gedanken, wie so oft, um ihre Tochter kreisten und keinen Augenblick zur Ruhe kamen. War sie entführt worden? Hatte sie es warm, dort, wo sie war, bekam sie zu essen? Unter Tränen schlief Elke schließlich ein, allerdings nicht für lange. Gegen sechs Uhr stand sie auf und ging in die Küche, um Kaffee zu kochen. Weil sie auch nach dem Anziehen noch immer fror, machte sie sich eine Hühnersuppe aus der Dose. Mit einem heißen Pott Kaffee, an dem sie sich die Hände wärmte, und dem dampfenden Teller Suppe, auf die sie plötzlich gar keinen Appetit mehr hatte, saß sie am Tisch und starrte aus dem Fenster in die schwach schimmernde Schneelandschaft, so gut sie durch die zahlreichen Eisblumen überhaupt etwas sehen konnte.

Irgendwann stand sie auf, um für Hans die Zeitung reinzuholen. Sie selbst interessierte sich nicht mehr für lokale oder internationale Neuigkeiten, seit Anja verschollen war, aber für Hans war die Zeitung wichtig. Ohne sie hätte er mit sich selbst nichts anfangen können.

Sie schlüpfte in ihren dicken Wintermantel und setzte gegen den eisigen Wind ihre fellgefütterte Kosakenmütze auf den Kopf. Vor Jahren, als die Umwelt für Elke noch eine Rolle spielte, las sie von einer Frau, die an einem Wintermorgen, nur mit Schlafanzug, Pantoffeln und Morgenrock bekleidet – war ja nur ein kurzer Weg –, die Zeitung aus dem Briefkasten am Gartenzaun holen wollte. Sie rutschte auf dem vereisten Boden aus und erfror innerhalb kürzester Zeit, weil niemand sie zu dieser frühen Stunde gesehen hatte.

Eigentlich, dachte Elke, während sie sich ihre Gummistiefel anzog, könnte es ihr ja egal sein. Aber diese Gedanken waren unrecht. Sie durfte Anja nicht aufgeben, und auch Hans brauchte sie; sie konnte ihn nicht allein lassen in dieser gnadenlosen Welt.

Sie streifte vorsichtshalber noch ein paar Spikes über die Schuhe, holte den Eimer mit dem Granulat, schaltete das Außenlicht an. Dann öffnete sie die Tür.

Und prallte entsetzt zurück.

In dieser einsamen Gegend war sie nicht allein. Draußen auf dem Treppenabsatz, dicht vor ihr, stand Anja.

Elke blinzelte, ihr Blick saugte sich an ihrer Tochter fest; sie konnte nicht fassen, was sie sah.

Ihr wurde heiß; in ihren Ohren rauschte es, ihr Kopf schien zu bersten. Sie wollte schreien, doch sie brachte nur ein heiseres Wimmern hervor, ehe ihr schwarz vor Augen wurde und sie zusammenbrach.

In dem winzigen Ort Süderlügum, mitten in der nordfriesischen Marsch nahe der dänischen Grenze, war an diesem frühen Samstagmorgen der Teufel los. Zwei Streifenwagen standen mit blinkendem Blaulicht vor dem kleinen Backsteinhaus, zwei Notarztwagen fuhren gerade ab, um das ältere Ehepaar nach Niebüll ins Klinikum Nordfriesland zu bringen. Die Frau hatte einen schweren Schock erlitten, der Ehemann aller Wahrscheinlichkeit nach einen Herzinfarkt, als er begriffen hatte, wer da vor seiner Tür stand.

Auch der Polizeifotograf, die beiden Kriminaltechniker und der Rechtsmediziner, die genau in dieser Reihenfolge aus Flensburg und Kiel eingetroffen waren, wollten ihren Augen nicht trauen. Und Claudia Matthis, die Leiterin der Spurensicherung, konnte sich nicht erinnern, so etwas jemals gesehen zu haben.

»Wir sollten unbedingt auf die Kripo warten, [illegible] gen«, sagte Stefano Rossi, ihr junger Kolleg[illegible] Wurzeln, und trat wegen der Kälte von [illegible] anderen. »Ich glaube, Benthien wird un[illegible] wenn er nicht mehr den Originalschauplatz vorfindet.« Er war gerade dabei, die forensischen Tatortleuchten aufzustellen – UV-Lampen sowie diverse Handlampen.

»Es kann auch nicht schaden, abzuwarten, bis es heller geworden ist«, ergänzte Bruno, der langbärtige Fotograf, und blies seinen warmen Atem in die Hände.

»Okay, wir warten auf die Kripo. Aber im Haus, da ist es wenigstens warm«, stimmte Claudia Matthis, eine taffe Vierzigerin, zu, nachdem alles ausgepackt worden war. Um keine etwaigen Spuren zu verwischen, hatten sie Decken abseits des Zugangsweges auf den Schnee gelegt, auf denen sie sich nun zum Haus bewegten.

Wenig später saßen sie in der Küche um den Tisch beisammen – Claudia und Stefano von der Spurensicherung, Bruno, der Fotograf, und Dr. Radtke, der Gerichtsmediziner – und tranken den Kaffee, den Elke Derling vor einer Stunde zubereitet hatte. Stefano, der eigentlich immer essen konnte, freute sich über die lauwarme Hühnersuppe, zumal er noch nicht gefrühstückt hatte.

»Schade«, sagte er kauend, »dass die Derlings im Krankenhaus sind. Wir hätten ein paar Auskünfte gut gebrauchen können.«

»Die Polizei in Niebüll hat eine Vermisstenmeldung aufgenommen«, erklärte Claudia. »Soweit ich weiß, haben sie erst in der letzten Woche angefangen, die Sache ernst zu nehmen. Sie wollen uns die Akte mailen.«

Dr. Radtke, der bärbeißige Rechtsmediziner, sagte gar nichts. Er erntete Proteste, als er seine Zigaretten hervorzog, doch am Ende saßen alle vier rauchend um den Tisch – in dieser Küche wurde ohnehin geraucht, wie ein voller Aschenbecher verriet – und gaben sich der Illusion hin, ein wenig Zigarettenrauch könnte für eine gemütlichere Atmosphäre in dieser klammen Küche sorgen, während um die Hausecken der eisige Nordwind heulte.

Endlich vernahmen sie Motorenlärm, Reifen auf einer knirschenden Schneedecke, zuschlagende Autotüren. »Die Herren von der Kripo sind im Anmarsch«, sagte Stefano zufrieden. »Wir können loslegen.«

John Benthien, Erster Hauptkommissar bei der Flensburger Kripo, und sein Freund und Kollege, Oberkommissar Tommy Fitzen, standen mit offenen Mündern vor dem Treppenaufgang der Derlings. Oben, auf dem überdachten Treppenabsatz, versperrte ihnen jemand den Weg zur Haustür. Eine Figur aus Eis stand dort und hatte den Arm zur Klingel erhoben. Ein gefrorener Mensch, nein, ein gewesener Mensch, jetzt eine Leiche, eingeschlossen in Eis. Sie war unter der dünnen, klaren Eisschicht recht gut zu erkennen, zumal, wenn wie jetzt, das Licht der Haustürlampe darauf fiel. Es war eindeutig Anja Derling, der man den Anschein gegeben hatte, sie wolle nach Hause kommen. Aber sie war tot, sorgfältig arrangiert von ihrem Mörder, seltsam lebendig aussehend unter der Eisschicht, die sie umgab wie ein eiskalter, aber schützender Kokon. Nur, dass dort nie ein Schmetterling schlüpfen würde, nicht jetzt und auch nicht im Frühling …

Ja, schoss es Benthien durch den Kopf, Anja Derling war zurück, war zu Besuch bei ihren Eltern. Welch krankes Hirn dachte sich nur so etwas aus?

»Das muss man sich mal vorstellen«, sagte Benthien nun laut, »die Mutter öffnet die Tür und steht ihrer toten Tochter gegenüber, die sie durch eine Eisschicht ansieht. Kein Wunder, dass die Derlings jetzt in ärztlicher Obhut sind.«

Fitzen, sonst durchaus redegewandt, hatte es offenbar die Sprache verschlagen. Er schüttelte nur ungläubig den Kopf.

Dann nahm die übliche Routine ihren Lauf.

Bruno machte mit der digitalen Spiegelreflexkamera Fotos des sorgsam ausgeleuchteten Tatortes. Da die Leiche im gefrorenen Zustand nicht untersucht werden konnte, wurde sie sehr schnell abtransportiert in die Gerichtsmedizin. Fitzen, der es nicht lassen konnte und dem brummigen Gerichtsmediziner trotz allem ein paar Auskünfte entlocken wollte, bekam das, was jeder, einschließlich ihm selbst, erwartet hatte: keine Antwort, dafür aber einen zornigen Blick.

»Sie glauben doch nicht im Ernst, dass ich mir vom bloßen Hinsehen eine Meinung bilden kann, noch dazu durch eine Eisschicht hindurch?«, blaffte der Arzt, intern auch bekannt als Dr. No. »Immerhin, eins kann ich Ihnen sagen …« Er zog an seinem Zigarillo und paffte ein paar Rauchringe in die Luft.

»Ja, was?«, fragte Fitzen eifrig.

»Die Frau ist tot. Kalt und mausetot!« Er grinste und winkte ihnen zu. »Arrivederci.«

»Seine italienische Aussprache ist grauenhaft«, bemerkte Stefano, nachdem der Wagen des Arztes hinter einer hohen Schneewehe verschwunden war.

Dann machte er sich ans Werk. Zusammen mit seiner Chefin Claudia Matthis untersuchte er den Treppenabsatz, die fünf Treppenstufen, die Zufahrt zum Haus, schnaufend, aufstapfend, sich die Hände reibend, denn draußen war es immer noch weit unter null Grad, während Benthien und Fitzen sich in der Küche an dem jetzt nicht mehr so warmen Kaffee labten. Benthien telefonierte mit dem Krankenhaus, in das man die Derlings gebracht hatte, und erfuhr, dass Frau Derling unbedingt mit der Polizei reden wollte.

»Dann mal nichts wie hin!«, sagte Fitzen, stülpte sich seine Mütze über die verwuschelten Haare, die bis über den Kragen reichten, und war abmarschbereit, gerade, als Stefano und Claudia ins Haus kamen.

»Sieht schlecht aus«, berichtete Claudia. »Der Neuschnee, die Feuchtigkeit und die Kälte haben alle etwaigen Spuren zerstört. Reifenspuren oder Fußspuren sind auch nicht zu erkennen. Der Täter kann sich wirklich beim Wettergott bedanken.«

»Was ist mit Blut, Speichel, Schweiß? Hautschuppen oder Haaren?«, beharrte Benthien, der die Hoffnung noch nicht ganz aufgegeben hatte. »Könnt ihr wenigstens sagen, ob es ein, zwei oder mehrere Leute waren, die die Leiche hier abgeladen haben?«

Stefano schüttelte den Kopf. »Keine Chance, Amigo. Selbst mit dem Polilight haben wir nichts gefunden. Durch Polilight können verschiedene Arten von Beweisstücken zum Fluoreszieren gebracht und dadurch erkennbar gemacht werden, aber durch den andauernden Schneefall sind sie entweder zerstört worden – oder es hat nie welche gegeben.«

»Wir werden die Leiche natürlich auch im Leichenschauhaus untersuchen, wenn sie aufgetaut ist. Ihre Kleidung ist ja zum Glück noch da«, warf Claudia ein. »Vielleicht finden wir dann etwas. Fürs Erste kann ich nur sagen, dass der oder die Täter die Leiche hier vor Ort mit Wasser übergossen haben. Bei den krassen Temperaturen in der letzten Nacht hat sich sehr schnell eine Eisschicht gebildet. Aber vorher muss die Leiche irgendwo eingefroren gewesen sein, und zwar genau in dieser Stellung.«

»Was meinst du mit ›in dieser Stellung‹?«, wollte Fitzen wissen.

»Der oder die Täter haben ihre Beine so ausgerichtet, dass sie, mithilfe des Exponatständers, den sie in sie hineingebohrt haben, stehen konnte, dann wurden der rechte Arm und der Zeigefinger so positioniert, dass es aussieht, als wollte sie auf den Klingelknopf drücken.«

»Mein Gott, wie krank ist das denn?«, entfuhr es Fitzen nicht zum ersten Mal.

»Er hatte also einen Plan, ein Szenario«, sagte Benthien und strich sich durch die dichten braunen Haare, sodass sie in alle Richtungen standen, wie er es oft zu tun pflegte, wenn er nachdachte oder angespannt war.

»Die Rückschlüsse müsst ihr ziehen«, bemerkte Claudia, »das ist euer Job. Wir fahren jetzt zurück, im Haus müssen wir ja nichts weiter untersuchen. Bis später!«

Kurz darauf saßen auch Benthien und Fitzen im Auto auf dem Weg nach Niebüll, ins Klinikum Nordfriesland, um mit der bedauernswerten Mutter über ihre Tochter zu sprechen.

Kapitel 2

»Was ist eigentlich ein Exponatständer?«, fragte Fitzen eine gute Stunde später, nachdem sie die Klinik in Niebüll verlassen hatten. »Ist es das, was ich denke? So ein Ständer für Museumsstücke?«

Benthien saß am Steuer und lenkte den Wagen vorsichtig über die schnell vereisende Straße in Richtung Langenhorn, einem kleinen Ort zwischen Niebüll und Husum, wo Anja Derling ein Häuschen gemietet hatte.

»Genau, darauf fixiert man Exponate, zum Beispiel in Museen und Ausstellungen«, erklärte Benthien. »So wie es hier am Tatort beziehungsweise Fundort aussah, hat der Täter einen stockähnlichen Ständer mit einem schweren Fuß benutzt, vielleicht aus Beton. Oben muss er zugespitzt gewesen sein.«

»Und er hat ihn der Frau offensichtlich in den Leib gerammt, um sie zu stabilisieren, wie widerlich ist das denn?«, sagte Fitzen, während er in ein Krabbenbrötchen biss. Manchmal wünschte sich Benthien, Fitzens Nervenkostüm zu haben. Obwohl man nicht sagen konnte, dass Tommy Fitzen unsensibel war. Er konnte nur wunderbar eine Grenze ziehen zwischen seiner Arbeit im Polizeidienst und seinem Privatleben. Benthien gelang das nicht immer so einfach. Oft träumte er nachts von den Tatorten, besonders den grausamen, blutigen. Nach dem Anschlag auf das World Trade Center hatte er nächtelang von den Verzweifelten geträumt, die sich aus den Fenstern gestürzt hatten und im Traum immer vor seinen Füßen gelandet waren. Er sollte versuchen, in dieser Hinsicht von seinem Freund zu lernen.

»Ich frage mich«, sagte Fitzen in seine Gedanken hinein, »ob das der erste Mord unseres Täters war. Wenn ja, hat er das ziemlich perfekt gemacht, wie nach einem Drehbuch. Ich frage mich außerdem, ob wir hier den Anfang einer Mordserie erleben …« – Benthien stöhnte leise auf – »oder ob es ein Täter aus dem nahen Umfeld des Opfers ist, der es genau auf Anja Derling und niemand anderen abgesehen hat. Was glaubst du?«

»Das kann ich doch jetzt noch nicht sagen, Tommy. Lass uns erst mal Derlings Haus durchsuchen, ihr Handy, ihren Computer, die Nachbarn befragen, dann wissen wir mehr. Nach dem, was ihre Mutter erzählt hat, kann ich mir allerdings kaum vorstellen, dass sie sich Feinde gemacht hat. Sie war zu unauffällig, um überhaupt irgendwo anzuecken.«

»Mütter wissen nicht immer alles von ihren Töchtern«, sagte Fitzen weise und sammelte ein paar Krabben ein, die von seinem Brötchen gefallen waren.

Benthien dachte darüber nach, was ihnen Frau Derling eben in der Klinik über ihre Tochter erzählt hatte.

Anja war ein schwieriges Kind gewesen, in der Schule nur mittelmäßig, für das Gymnasium hatte es nicht gereicht. Eigentlich hatte sie sich immer benachteiligt gefühlt, zumal ihre beiden älteren Brüder beruflich erfolgreicher waren. Der eine war ein renommierter Theaterschauspieler in Düsseldorf, der andere hatte Medizin studiert und lebte in den USA, wo er in der Zellforschung tätig war.

»Aber sie hat es trotzdem geschafft, einen guten Abschluss zu machen, ist auf eine Berufsfachschule gegangen und hat sich bis zur Sekretärin hochgearbeitet, oder, wie man heute sagt, zur Wirtschaftsassistentin«, hatte Frau Derling mit einem gewissen Stolz in der Stimme erzählt.

Doch auch dann war Anja nie so richtig zufrieden mit ihrem Leben gewesen. Zumal sie lange Zeit keinen Freund hatte. Bis sie sich, vor über zwanzig Jahren, in einen hübschen jungen Thailänder verliebte, der ihre Liebe zu erwidern schien, sie jedoch nicht heiratete. Stattdessen ging er zurück in seine Provinz, und Anja, die gerade so von ihrem Gehalt leben konnte, beschwatzte ihre Mutter, ihr Geld zu leihen – was diese auch tat –, um ihrem Kim nach Thailand zu folgen. Dummerweise war der, als sie zwei Jahre später dort ankam, bereits verheiratet und Vater eines vier Monate alten Babys.

»Anja war am Boden zerstört«, hatte ihnen Frau Derling erzählt. »Sie liebte diesen Menschen nun mal und hat alles versucht, um ihn zurückzugewinnen. Eineinhalb Jahre ist sie in Thailand geblieben. Als sie zurückkam, war sie schwanger von Kim. Es war ein Junge. Er wurde in Husum geboren, und sie hat ihn Carmelo genannt. Aber es war schwer für sie als alleinerziehende Mutter, zumal sie ja arbeiten musste. Die meiste Zeit habe ich den kleinen Carmelo betreut. Und Anja hing immer noch an ihrem Kim, obwohl er inzwischen schon dreifacher Vater war. Sie war so unglücklich, dass ich ihr noch einmal ein halbes Jahr Thailand finanziert habe. Mein Mann, Hans, war ja dagegen. Aber Anja konnte sehr hartnäckig sein, wenn sie etwas wollte. Und vor allem wollte sie, dass Kim seinen Sohn kennenlernt. Wer weiß, vielleicht hat sie darauf gehofft, dass Kim sich doch noch für sie entscheidet.« Sie hatte tief geseufzt. »Sie können sich vielleicht vorstellen, wie enttäuscht ich war, als sie ohne Carmelo zurückkam. Kim und seine Frau, die inzwischen im Norden von Thailand lebten, wollten ihn adoptieren, und Anja schien das ganz recht zu sein. Ich war wirklich außer mir! Aber Anja meinte, dort hätte er ein besseres Leben, als sie ihm als arbeitende, alleinerziehende Mutter bieten konnte, er wäre dann ja doch den ganzen Tag in der Kindertagesstätte oder bei einer Nanny gewesen.«

»Hätten Sie ihn nicht betreuen können?«, hatte Fitzen gefragt, aber Frau Derling hatte erklärt, sie habe damals gerade ein besonders schlimmes Muskelrheuma gehabt, hätte Kortison bekommen und wäre nicht sehr belastbar gewesen.

»Was hältst du von Anja Derling?«, fragte Fitzen nun, während er sein zweites Brötchen auspackte. »Glaubst du, der Sohn käme infrage? Hass, Wut, Enttäuschung, weil sie ihn ja quasi weggegeben hat? Stattdessen hat sie sich dann ein Pferd angeschafft, was auch ziemlich betreuungsintensiv ist, aber nicht ganz so teuer und aufwändig wie ein Sohn.«

Benthien zuckte mit den Schultern. »Sie war doch gerade erst drei Monate in Thailand gewesen, letzten Herbst. Also kümmert sie sich um ihren Sohn. Warum sollte er ihr hinterherfliegen?«

»Vielleicht hatten sie Streit? Bangkok ist von Deutschland rund elf Flugstunden entfernt, also nicht gerade eine Weltreise. Ihr Sohn ist inzwischen achtzehn, und das Eis könnte symbolisch gemeint sein, seine eigene Mutter, die ihn im Stich gelassen hat, ein Mensch mit einem eisigen Herzen …«

Benthien warf Fitzen einen Blick zu. »Sag mal, liest du neuerdings Heftromane? Wir wissen noch viel zu wenig, um irgendwelche Schlüsse ziehen zu können. Natürlich werden wir den Sohn überprüfen, aber lass uns doch mal unvoreingenommen an die Sache herangehen. Außerdem wäre ich dir dankbar, mein Lieber, wenn du mir nicht den ganzen Wagen vollkrümeln würdest!« Benthien zögerte kurz, ehe er fortfuhr. »Sag mal, bilde ich mir das ein, oder kam dir Elke Derling auch irgendwie bekannt vor? Ich meine, ich hätte sie schon mal gesehen.«

»Beruflich, als Zeugin, oder hast du sie mal verhaftet?« Fitzen schüttelte den Kopf. »Mir war sie völlig unbekannt. Übrigens, meiner Mutter sagen auch oft Leute, dass sie ihnen bekannt vorkommt, oder Fremde grüßen sie. Sie meinte kürzlich ganz resigniert zu mir, sie hätte wohl ein norddeutsches Dutzendgesicht. Vielleicht sieht Elke Derling jemandem ähnlich, den du kennst.« Fitzen biss in sein Matjesbrötchen und konnte gerade noch den Tropfen Soße auffangen, der unter dem Salatblatt hervorquoll.

»Wird wohl so sein«, antwortete Benthien nachdenklich und konzentrierte sich wieder auf die Straße vor ihm.

Martha Gropius erwachte früh an diesem Morgen. Vielleicht war es der Nordsturm, der um ihr altes Haus strich und alles zum Klingen, Klopfen und Scheppern brachte, was nicht niet- und nagelfest war. Auch Butte war bereits wach. Er lag auf seiner Matratze neben ihrem Bett und blickte sie aus seinen großen braunen Augen an, die aussahen, als habe sie jemand mit einem Kajalstrich umrandet. Als er merkte, dass Martha wach war, sprang er auf. Er reckte sich ausgiebig, wobei er die Zunge herausstreckte und sonderbare Laute in allen Tonlagen hervorbrachte, ein Mittelding zwischen Jaulen, Quietschen und kleinen, begeisterten Hundeschreien. Butte war überhaupt der stimmbegabteste Hund, den Martha kannte, kein anderer hatte solch ein reichhaltiges Repertoire an Tönen wie er. Sie kuschelte sich noch einmal in die Kissen und hing ihren Erinnerungen nach. Einmal hatte sie ihrer Mutter in den Urlaub geschrieben, dass Butte so unglaublich drollig war, wenn er sie morgens begrüßte, und hatte – vergeblich – versucht, ihr Buttes so besondere Laute zu beschreiben. Und dann seine begeisterten Begrüßungszeremonien, wenn er jemand lange nicht mehr gesehen hatte …

Nein, für Erinnerungen hatte sie jetzt keine Zeit, sie musste an die Arbeit gehen! Martha setzte sich auf den Bettrand und versenkte ihre Hände in Buttes unglaublich weichem Brustfell, ließ seine lustigen Ohren, halb hängend, halb stehend, durch ihre Hände gleiten und gab ihm einen Kuss auf die Stirn, die sich in Karamellfarben fast herzförmig von dem übrigen schwarzen Fell absetzte. Butte drückte dafür seinen Kopf gegen ihren Oberschenkel und rieb seine Schnauze an ihrem dicken Nachthemd, wobei er sie nicht aus den Augen ließ.

Wenig später saß er in der Küche und beobachtete, wie Martha Frühstück machte, wobei seine Zunge tropfte wie ein Wasserhahn, der leckt.

Er bekam einen kleinen Appetithappen in Form von Hundekuchen, bevor Martha sich neben den bullernden alten Kachelofen an den Küchentisch setzte und sich ihren Milchkaffee zurechtmixte. Wie schön, dass ihr Großvater sich als Erstes heute Morgen um den Ofen gekümmert hatte! Ihr selbst fiel es schwer, die Briketts zu schleppen, aber der Ofen war wichtig, denn im Heiztank war kaum noch Öl für die Zentralheizung. Und bevor sie nicht den nächsten Vorschuss bekam, würde sie kein neues Öl kaufen können, daher war trotz der eisigen Temperaturen äußerste Sparsamkeit angesagt.

Sorgenvoll blickte sie aus dem Fenster, doch sie sah nur ihr eigenes Spiegelbild: eine Frau mit graublonden Haaren und schlechtem Schnitt, einem mageren Hals, knochigen Schultern und großen Augen, die ihr Gesicht beherrschten. Früher, als sie noch attraktiv war, hatte der eine oder andere ihrer Freunde oder Verehrer ihr öfter gesagt, sie sähe so traurig aus, was sie immer geärgert hatte, denn es klang so bedürftig. Jetzt, glaubte sie, könnten sie durchaus recht haben – wenn es denn noch welche gäbe. Nur Johannes, Johannes hatte das nie gesagt.

Martha löschte das Licht und zündete ein Teelicht an. Sie trat ans Fenster, legte die Hände um ihr Gesicht und blickte hinaus in den Schnee. Natürlich war es noch dunkel draußen, aber dass die Schneedecke wieder gewachsen war und immer neuer Schnee hinzukam, konnte sie erkennen. Sie seufzte. Blieb ihr wohl nichts anderes übrig, als den schmalen Trampelpfad zur Straße wieder freizuschaufeln wie jeden Tag, sonst wäre sie irgendwann gänzlich eingeschneit.

Martha konnte sich nicht erinnern, jemals einen solchen menschenfeindlichen Winter erlebt zu haben. Und das im Februar, wo in anderen Jahren im Garten bereits die ersten Forsythien und Osterglocken blühten. Sie sehnte sich so sehr nach dem Frühjahr. Winter, das war für sie Sterben und Tod, ein tiefes, graues Loch, auf dessen Grund sie sich jetzt befand, zusammen mit Depressionen und der Ungewissheit, ob sie da jemals wieder herausfinden würde.

Sie räumte den Küchentisch ab, stellte das benutzte Geschirr in die Spüle und griff, fast widerwillig, zu ihrem Block, um die erste Illustration für das neue Buch anzufangen. Es war ein Thema, das ihr ganz und gar nicht behagte: Folter im Mittelalter. Unglaublich, was die Menschen damals einander angetan hatten! Und sie musste diese Schilderungen nun in bildhafte Szenen umsetzen: geköpfte, geräderte, aufgespießte Menschen, die für zum Teil geringfügige Vergehen oder solche, die man ihnen andichtete, bestraft worden waren, immer auf die grausamste Art und Weise, immer bis zum Tod. Sie kannte den Autor nicht, aber ihr schien, als hätte er ein großes Vergnügen bei seinen akribischen Schilderungen empfunden.

Sie machte die ersten zögerlichen Striche. Eine Frau auf dem Scheiterhaufen, festgebunden an einen Pfahl, Flammen hatten bereits ihre im Luftzug des Feuers wehenden Haare erfasst, der

Mund war aufgerissen zu einem einzigen, ungeheuerlichen Schrei, ähnlich dem Gemälde von Edvard Munch. Sie kannte es gut, denn einen Druck davon hatte sie in ihrem Schlafzimmer aufgehängt.

Als Martha aufsah, erblickte sie im Türrahmen ihre Tante Bea, wie jeden Tag in ihrer geblümten Schürze, wie jeden Tag bereit zur Arbeit. Sie ging zu Martha und umarmte sie. »Musst du wieder so was Schreckliches malen? Mein armes Kind.«

Ja, die Zeit der Gartenblumen war vorbei, die sie im Herbst hatte malen dürfen. Martha stand auf, um ihrer geliebten Tante eine Tasse Kaffee einzuschenken. Niemand hatte je für Tante Bea gesorgt, aber *sie* war immer für die Familie da gewesen, unermüdlich hatte sie über das Wohl ihrer Lieben gewacht. Da war es doch wohl an der Zeit, sie ein kleines bisschen zu verwöhnen, und sei es nur, dass der Kaffee bereits eingeschenkt auf sie wartete.

Das altmodische schnurgebundene Telefon schrillte. Martha zuckte zusammen. Wer rief sie so früh am Tag an? Es war, wie sich herausstellte, Frau Derling, Anjas Mutter. Sie weinte und erzählte, wieder einmal, ihre Geschichte von der verschwundenen Tochter – Martha kannte sie bereits zur Genüge –, doch diesmal berichtete sie etwas Neues. Dass Anja heute Morgen vor ihrer Türe gestanden hatte, gekleidet in ihre schwarze Winterhose und den roten Rolli, gehüllt in Eis und dennoch seltsam lebendig, aber natürlich tot. Tot, tot, tot! Ihre Tochter – eine Tote – hatte sie am frühen Morgen begrüßt! Martha wusste kaum, was sie sagen sollte, aber Elke Derling erwartete auch keine großen Worte. Sie weinte immer noch, als beide auflegten.

»Anja«, sagte Martha zu ihrer Tante, »ist wieder aufgetaucht. Ermordet. Sie hat wohl auch nichts anderes verdient, oder?«

Kapitel 3

Anja Derlings kleines, allein stehendes Backsteinhäuschen am Rand des Dörfchens Langenhorn war so gut wie eingeschneit; an manchen Stellen hatte der Sturm den Schnee bis zur Dachrinne aufgehäuft. Unmittelbare Nachbarn gab es nicht; das nächste Haus war gut sechshundert Meter entfernt.

Benthien brachte den Wagen am Straßenrand zum Stehen, neben einer Wand aus Eis und Schnee.

»Kann da noch einer vorbei?«, fragte sich Fitzen und musterte die schmale Straße.

»Sicher, wenn's nicht gerade ein Lkw ist, sonst soll er sich melden«, sagte Benthien, der, auf einem Bein hüpfend, gerade dabei war, sich Gummistiefel und den weißen Arbeitsanzug überzuziehen, wie ihn auch die SpuSi trug. Nachdem Fitzen so weit war, wateten sie durch die hohen Schneewehen zur Haustür, wo sie sich auch noch Plastiküberzieher über die Schuhe stülpten.

Mit dem Schlüssel, den ihm Frau Derling gegeben hatte, schloss Benthien die Tür auf. Er wusste bereits von Anjas Mutter, dass in dem Haus offensichtlich keine verräterischen Spuren zu entdecken waren, zumindest hatte Frau Derling keine gefunden – aber allerdings auch nicht danach gesucht.

»Die Derlings und danach die Kollegen aus Niebüll haben bestimmt etliche Spuren zerstört«, sagte Fitzen skeptisch.

»Es ist nicht gesagt, dass der Täter im Haus war«, wandte Benthien ein. »Wir wissen ja überhaupt noch nicht, wo sich Anja Derling in den letzten vier Wochen aufgehalten hat.«

»Glaubst du, sie ist freiwillig verschwunden? Hatte einen neuen Lover, dem sie arglos gefolgt ist? Wenn ja, wussten ihre Eltern jedenfalls nichts davon.«

»Trotzdem ist das denkbar.« Benthien schnupperte. Im Haus war es kalt, obwohl die Heizkörper lauwarm waren; es roch abgestanden, nach ungelüfteten Betten und alten Kartoffeln. Frau Derling hatte ihnen erzählt, dass sie Samstagabend noch mit ihrer Tochter telefoniert hatte, nachdem sie aus dem Reitstall zurückgekommen war. Sie besprachen, dass Anja am nächsten Tag, Sonntag, mittags zum Essen kommen sollte, bevor sie danach wieder zu dem Bauern fuhr, bei dem sie ihr Pferd untergestellt hatte. Einen Tag später waren die Eltern dann nach Mallorca geflogen. Die Husumer Polizei hatte festgestellt, dass Anja auch tatsächlich auf dem Pferdehof gewesen war und ihn gegen achtzehn Uhr in ihrem roten Golf wieder verlassen hatte, was eine Gruppe von Ponyreitern bestätigte. Doch am Montag war sie nicht zur Arbeit erschienen. Das war vor vier Wochen gewesen. Damals hatte noch kein Schnee gelegen, im Gegenteil, für Januar war es mit 14 Grad Außentemperatur sehr mild gewesen.

»Sie muss entweder zu Fuß verschwunden sein, oder jemand hat sie mit dem Auto weggebracht«, überlegte Fitzen, der mitten in dem kleinen, vollgestopften Wohnzimmer stand und sich langsam um die eigene Achse drehte. In dem voluminösen Anzug der SpuSi, mit Kapuze und Mundschutz sah er, fand Benthien, wie ein lustiger weißer Osterhase aus. Genauso wie er selbst. Die Spurensicherung war zwar auf dem Weg, aber bis sie da war, wollte er nicht warten. Sie hatten ohnehin schon viel zu viel Zeit verloren.

Da der Schnee die Fenster verdunkelte, musste das Licht eingeschaltet werden. Genau wie sein Kollege musterte Benthien das Zimmer, um herauszufinden, was für ein Mensch Anja Derling gewesen war. Er kam zu dem Ergebnis, dass sie sich nicht unbedingt durch Originalität ausgezeichnet hatte. Eine Schrankwand aus braunem Eichenholz, ein billiger Perserteppich auf dem Laminatfußboden, gegenüber dem Fernseher ein bequemes Sofa mit etlichen Kissen und Plüschtieren auf der Sofalehne, eine Anrichte mit Nippes aus Thailand, ungerahmte Pferdeposter an den Wänden. In einem Regalfach des Schranks standen gerade mal neun Bücher, ältere Romane, zwei davon von Nicholas Sparks. Auch die anderen handelten von unsterblicher Liebe, neu war nur ein Reiseführer für Südthailand.

Benthien, der selbst über dreitausend Bücher besaß, hoffte, dass Anja Derling noch irgendwo anders in ihrem Haus Bücher aufbewahrte, denn Menschen, die keine Bücher lasen, taten ihm immer irgendwie leid. *Ein Buch muss die Axt sein für das gefrorene Meer in uns …* schrieb schon Franz Kafka. Wie traurig musste sich ein Leben anfühlen ohne die Fantasiewelten, die Geschichten schenkten?

Auf den Beistelltisch neben dem Sofa hatte Anja Derling ein Porträt von sich selbst gestellt. Benthien betrachtete das Foto interessiert. Wie hatte Anja Derling zu Lebzeiten ausgesehen? Sie lächelte strahlend auf dem Bild, doch das Lächeln erreichte ihre braunen, dicht zusammenstehenden Augen nicht und offenbarte einen leichten Überbiss. Die dunklen Haare hatte sie straff aus dem Gesicht gekämmt und zu einem Pferdeschwanz gebunden. Wegen der leicht abstehenden Ohren sah die Frisur nicht eben vorteilhaft aus, und Benthien wunderte sich, dass Anja Derling dieses Foto überhaupt gerahmt und aufgestellt hatte. Doch wohl kaum aus Eitelkeit?

Durch einen Rundbogen gelangte er in ein kleineres Zimmer mit grüner Textiltapete, das einen Esstisch, Stühle und eine Chippendale-Kommode enthielt, die im Stil nicht so recht zu der rustikalen Schrankwand im Nebenzimmer passen wollte. Auf dem Tisch entdeckte er Anjas Handy. Hatte sie es vergessen, oder war sie so überhastet aufgebrochen, dass sie daran überhaupt nicht gedacht hatte? Und was hatte die Niebüller Polizei überhaupt gemacht? Offenbar hatten sie Frau Derling, die Mutter, nicht wirklich ernst genommen in der Sorge um ihre Tochter. Man hatte wohl nur nachgesehen, ob es im Haus Spuren eines Verbrechens gab, und keine intensiveren Ermittlungen angestellt.

Fitzen inspizierte bereits die zusammengewürfelte Küche, in der anscheinend selten gekocht wurde. Benthien stellte fest, dass es nur vier Gewürze gab und einen vertrockneten Topf Basilikum auf der Fensterbank. Kein Geschirr stand herum, alles war blitzblank aufgeräumt. Wie Frau Derling gesagt hatte, war der Kühlschrank gut gefüllt, wenn auch jetzt mit verdorbenem Inhalt – Benthien fragte sich, warum man ihn nicht weggeworfen hatte –, also hatte Anja offenbar nicht vorgehabt, längere Zeit wegzubleiben.

Da ihm daran lag, sich zuerst einen allgemeinen Eindruck zu verschaffen, lief er Fitzen hinterher nach oben, wo sich das Badezimmer und Anja Derlings Schlafzimmer sowie ein weiteres Zimmer befanden, das wohl für Gäste gedacht war und völlig unbewohnt wirkte: ein unbezogenes Bett, ein Sessel, ein leerer Schrank.

Anja Derlings Schlafzimmer enthielt ein breites Bett mit Rüschendecke, auf das sie ihre Reitkleidung geworfen hatte, und auch die Stiefel, sauber geputzt, fanden sich im Zimmer. Ganz offensichtlich war Anja nach ihrem Aufenthalt im Reitstall heil zu Hause angekommen, dafür sprach auch schon ihr Auto, das in der Garage stand. Erst danach, wahrscheinlich im Lauf des Abends, war sie verschwunden.

Im Schlafzimmer gab es außerdem noch einen modernen Einbauschrank, einen Hometrainer sowie einen zweiten Fernseher. Offenbar wollte Anja Derling beim Sport gern unterhalten werden. Auf dem Nachttisch stand, eingerahmt, das Bild eines braunen Pferdes mit weißer, lang gezogener Blesse. Vergrößerte Fotos desselben Pferdes hingen auch an den Wänden.

Ein Bild des Sohnes oder auch nur von Menschen, von Familie oder Freunden, suchte man hier vergebens.

Das Bad war klein, die üblichen Kosmetika standen aufgereiht auf einer vorspringenden Fliesenablage, eher preiswerte Marken aus dem Drogeriemarkt als exklusive aus der Parfümerie. Auch hier keine Überraschungen.

Ein ganz und gar durchschnittliches Leben, dachte Benthien. Vielleicht ein bescheidenes Leben. Das dennoch irgendetwas gehabt haben musste, was einen Menschen dazu gebracht hatte, es auf solch spektakuläre Weise auszuslöschen.

»Hast du irgendwo einen Computer, Laptop oder ein Tablet gesehen?«, fragte Fitzen verwundert, als sie den zweiten, genaueren Durchgang starteten.

»Vielleicht hat ihn der Mörder mitgenommen?«

Doch kurz darauf entdeckte Benthien im Wohnzimmerschrank ein Fach mit persönlichen Papieren, darunter auch einen Organizer. Und im Fach darüber lag der Laptop.

»Sie scheint ihn wenig benutzt zu haben, es hat sich reichlich Staub angesammelt«, kommentierte Benthien, während er Anja Derlings persönliche Papiere, zwei Aktenordner und zwei Fotoalben in ein paar ihrer mitgebrachten Kisten packte.

»Hier ist anscheinend doch ein Foto des Sohnes«, rief Fitzen aus der Küche herüber.

Tatsächlich, an der Wand hing ein Rahmen, in dem man insgesamt zehn Fotos unterschiedlichen Formats unterbringen konnte. Eines zeigte eine viel jüngere Anja Derling mit einem Baby im Arm, auf einem weiteren Foto war ein hübscher junger Mann mit schwarzen Haaren und dunklen Augen zu sehen, der an ein Boot gelehnt dastand. Um ihn herum erstreckte sich ein menschenleerer Sandstrand mit Palmen. Trotz der paradiesischen Umgebung blickte er mürrisch in die Kamera. Eine große Ähnlichkeit mit Anja Derling war nicht zu erkennen, dennoch nahm Benthien an, dass es ihr nunmehr fast erwachsener Sohn war. Die anderen Fotos zeigten Anja Derling mit Freunden und mit Pferden. Auf dem altmodischen zweiteiligen Küchenschrank stand in der Mitte ein Foto ihrer Eltern neben einer Schale verfaulter Äpfel.

»Das große Fotopuzzle nehmen wir mit«, sagte Benthien. Draußen hörte er den Wagen der SpuSi vorfahren. Nun würde im Haus nach DNA-Spuren, Fingerabdrücken, Blut und anderen Körperflüssigkeiten gesucht werden. Vielleicht konnten ihnen ja diese stummen Zeugen, wenn es sie denn gab, Anjas Geschichte erzählen.

»Hast du Hunger?«, rief Benjamin Benthien aus der Küche, als sein Sohn die große Altbauwohnung am Sankt-Jürgen-Platz in Flensburg betrat, in der er seit einiger Zeit mit seinem Vater lebte. Genau genommen, seit er sich von Karin getrennt hatte. Seit Weihnachten hatte er zwar wieder eine neue Beziehung, mit seiner Kollegin Lilly, aber sie wollten es langsam angehen lassen; von einer gemeinsamen Wohnung konnte im Augenblick noch keine Rede sein.

»Natürlich habe ich Hunger«, rief John, »nach einem langen Tag in Schnee und Eis.« Er setzte sich auf die Bank im Flur, um seine Stiefel auszuziehen. »Kochst du etwa?«

»Rinderfilet, Lauch mit braunem Zucker, Sojasoße und Ananas, dazu Pastinaken-Kartoffel-Pü«, sagte Ben stolz. »Na, ist das was für dich?«

Er erschien, Kochlöffel schwingend, in der Küchentür und strahlte seinen Sohn an. Der traute seinen Ohren nicht. »Das meinst du nicht wirklich ernst, oder? Lauch, Zucker und Ananas mit Sojasoße?«

»Brauner Zucker«, korrigierte Ben. »Und noch so'n paar lütte Gewürze. Man muss auch mal was Neues wagen, Junge. Lilly kommt übrigens zum Essen! Ich habe sie eingeladen, weil ich ihren fachmännischen Rat hören will.«

John, der sich fragte, ob er gerade auf den Arm genommen wurde, freute sich, als er Lillys Namen hörte. Er hatte sie seit gestern Morgen nicht mehr gesehen, seit sie wegen einer Vernehmung nach Schleswig gefahren war. Nun gut, wenn sie zum Essen käme, würde er selbst Knoblaucheis mit Früchten essen, wenn es sein musste.

»Feierst du irgendwas, Vater?«, fragte er leicht misstrauisch und betrat die hell erleuchtete Küche, die geradezu im Chaos versank. Obwohl sie wirklich nicht klein war, musste er aufpassen, nicht in zahlreiche Töpfe, Pfannen und Schüsseln zu treten, die auf dem Fußboden aufgereiht und mit undefinierbaren schwarzen Inhalten gefüllt waren.

»Meinen Foodblog«, sagte Ben, während er lärmend in einer Schublade herumwühlte. »Der geht in einer Woche online!«

»Dein *was*? Dein Foodblog?«

»So sehr hinterm Mond kannst du doch gar nicht sein, oder? Man stellt Rezepte online und fotografiert das Essen. Sag mal, wo ist denn unser Kartoffelstampfer? Und hol schon mal deinen Fotoapparat her. Oder dein Handy, das geht ja auch. Ehe wir essen, müssen wir Fotos machen!« Bens weißer Kopf mit der wilden Mark-Twain-Mähne verschwand im Besenschrank.

»Vater, ich war doch gewiss nicht länger als neun Stunden außer Haus. Ist mir da was entgangen?«

»Du hörst eben nicht zu! Von meiner Idee, einen Foodblog zu machen, rede ich seit Wochen! Aber morgens beim Frühstück bist du im Tran und zu nichts zu gebrauchen, und abends bist du auch nicht richtig da – *wenn* du überhaupt da bist. Hier!« Ben drückte ihm den Kartoffelstampfer in die Hand. »Mach mal das Pü. Ich bin anderweitig beschäftigt!« Damit rannte er aus der Küche.

»Dafür, dass er achtundsiebzig Jahre alt ist, ist er verdammt auf Draht«, sagte John zu dem Topf mit den Kartoffeln, die er gerade zerstampfte. »Und widerlich energiegeladen. Alle fünf Minuten hat er neue Ideen. Und jetzt ein Foodblog? Na meinetwegen. Wenn dabei ein leckeres Essen für mich herausspringt … «

»Hast du Milch ins Pü gegeben?« Ben war wieder in der Küche und strahlte eine ungeheure Energie aus. »Und mit wem redest du da eigentlich? Mit dir selbst? Dafür bist du noch zu jung, mein Sohn! Das Privileg, ein bisschen tüdelig zu sein, habe nur ich in diesem Haushalt. Gib mal her!« Er nahm John den Topf aus der Hand. »Hast du das Handy geholt? Wir müssen uns beeilen, sonst wird das Essen kalt. Nun mach mal hinne!«

Wenig später saßen sie um den Tisch herum und aßen ein leicht erkaltetes, aber wider Johns Erwarten sehr schmackhaftes Essen. Lilly war eingetroffen, die Fotos waren gemacht, sämtliche Irrwege und Sackgassen, dieses Rezept genießbar zu machen, von Ben aufgezählt worden. »Das Problem ist ja«, sagte er, während er die letzte Gabel zum Mund führte, »dass man für einen Foodblog immer was Neues erfinden muss. Kreativität ist gefragt! Immer wieder was ausprobieren! Morgen versuche ich mal ein Pü aus Kartoffeln und Rettich, schön scharf, aber irgendwas muss noch zusätzlich da rein, sonst ist es zu gewöhnlich. Was haltet ihr davon, wenn ich ein bisschen Avocadocreme dazugebe? Oder ich mache ein Pü nur aus verschiedenen Gemüsesorten und kleinen Chorizowürfelchen …«

»Ich bin es ja gewöhnt«, sagte Bens Sohn mit einem ironischen Unterton, »dass Leute zunehmend nicht mehr in ganzen Sätzen sprechen, aber dass man jetzt auch schon nicht mehr in ganzen Wörtern spricht, ist mir neu.«

»Pü?«, meinte Ben zerstreut. »Das sagen sogar Sterneköche, in der Küche muss eben alles schnell gehen.«

»Ach so, ja dann!«

John und Lilly lächelten sich über den Tisch hinweg an. John kannte seine Kollegin Lilly Velasco seit knapp fünf Jahren, seit sie aus Lüneburg zur Kripo nach Flensburg gekommen war, aber erst in den letzten Wochen waren sie zusammengekommen, und die Orientierungsphase dauerte noch an. Noch war nicht klar, wie sich ihr Leben in Zukunft gestalten würde. Ob sie überhaupt eine gemeinsame Zukunft hatten. Benthien war in jugendlichen Jahren kurz verheiratet gewesen und hatte erlebt, wie schnell er und seine Frau Sandra sich auseinanderentwickelt hatten, seitdem war er langsam und vorsichtig in seinen privaten Entscheidungen. Konsequent, wie er selbst es nannte. Sein Vater machte bereits Andeutungen über eine Heirat, offenbar war er wild entschlossen, bald Enkel zu bekommen, aber er hatte eben auch eine lange, glückliche Ehe mit Johns Mutter geführt, bis sie vor ein paar Jahren verstorben war.

Lilly berührte kurz seine Hand. »Ich habe gehört, was ihr heute Morgen gefunden habt«, sagte sie absichtlich etwas vage mit einem Blick auf Ben. »Bist du da schon weitergekommen?«

»Deine Mutter hat gern Graupen gegessen, aber immer nur in der Suppe«, sagte Johns Vater. »Ich überlege, ob man die nicht auch als Beilage essen könnte, das wäre doch innovativ? So ein bisschen asiatisch, ein bisschen scharf …«

»Viel wissen wir noch nicht«, antwortete John, »ich hoffe, die Obduktion bringt uns weiter. Da werde ich morgen wohl nach Kiel fahren müssen.«

»Möchtest du, dass ich mitkomme?«

»Bis morgen ist die Leiche noch nicht aufgetaut«, antwortete Ben. »Das dürfte länger dauern.«

»Ja, das wäre …« John fuhr zusammen. Was redete sein Vater da? Woher wusste er denn nun schon wieder …

»Sie haben es in den Nachrichten gebracht«, erklärte Ben. »Und ein Foto gezeigt. Im Fernsehen, in so einer Boulevardsendung.«

»Ein Foto? Wer zum Teufel …«, brauste John auf.

»Eine Zeichnung«, beruhigte ihn Lilly. »Ich habe die Sendung vorhin auch gesehen. Man hat eine Skizze von Anja Derling gemacht, wie sie bei ihren Eltern vor der Tür steht. Von hinten. Das Gesicht sieht man nicht.«

»Diese verdammten Medien! Ich möchte wissen, wer da schon wieder mit der Presse gesabbelt hat. Wenn die erst die näheren Umstände erfahren, wird der Teufel los sein!«

»Das werden wir wohl kaum verhindern können.« Lilly legte ihm die Hand auf den Arm. »John, kann ich bei den Ermittlungen dabei sein? Die Vernehmung dieses Totschlägers in Schleswig ist beendet, ich habe jetzt Zeit. Und wir würden uns häufiger sehen.«

John durchströmte ein warmes Gefühl. Natürlich wollte er mit Lilly zusammenarbeiten, mit niemandem lieber als mit ihr! Er lächelte sie an. »Na gut«, sagte er gespielt gnädig, »versuchen wir es mal mit dir.«

Ben stand auf. »Kommt ihr mit in die Küche? Einer spült, zwei trocknen ab. Die Spülmaschine läuft auch schon.«

Rasch nahm John Lilly bei der Hand, und sie standen ebenfalls auf. »Wir gehen jetzt, wir brauchen unseren Schlaf, mein Lieber. Bis morgen und gute Nacht!«

Mauseöhrchen,

erinnerst du dich an den Namen? Damals warst du flink wie eine kleine Maus, und nichts, kein Wort ist dir entgangen, für dich hatten alle Wände Ohren. Deshalb haben wir dich so genannt.

Ich weiß nicht, ob du dies in ferner Zukunft je lesen wirst. Und ich weiß nicht, ob du dich noch an mich erinnerst, wenn du dies liest. Sicherlich haben sie alles getan, damit du mich vergisst. Dir Dinge über mich erzählt, die nicht wahr sind. Dir gesagt, dass ich gar nicht wollte, dass du geboren wirst.

Das Letztere ist tatsächlich wahr. Deine Mutter wurde schwanger, obwohl wir uns entschieden hatten, keine Kinder zu bekommen. Aber du weißt ja, sie hat immer genau das getan, was sie sich in den Kopf gesetzt hatte. Ohne Rücksicht auf Verluste.

Jedenfalls, als du geboren wurdest und man dich mir in die Arme legte – tja, von diesem Augenblick an war ich, ganz gegen meinen Willen und gegen meine Erwartung, abgrundtief verloren … Das musst du mir glauben, Mauseöhrchen. Du hast mich mit deinen großen Augen – damals waren sie noch blau – so ernsthaft und forschend angesehen, als wolltest du mich fragen, was du denn von diesem fremden Mann, der dich so ungeschickt in den Armen hielt, zu erwarten hättest. Und dann hast du deinen Mund verzogen und mich angelächelt … ich weiß, Babys lächeln bewusst frühestens mit sechs Wochen, ich habe es gelesen, und man hat es mir auch so erzählt, aber damals hat es so ausgesehen, als ob du tatsächlich mich meintest, und mir schossen die Tränen in die Augen. Ich schwor mir, dass ich absolut alles für dich und für dein Wohl tun wollte, soweit es in meiner Macht stand.

Heute denkst du sicher, ich habe mein Wort gebrochen. Und vielleicht ist das auch so. Deshalb schreibe ich dir diesen Brief. Ich möchte, dass du mich verstehst, Mauseöhrchen. Ich bin kein Unmensch, ich bin kein Monster, auch wenn manche das anders sehen. Den allermeisten Menschen könnte ich niemals etwas zuleide tun. Ich sehe das so, dass die Weichen schon früh gestellt wurden, ohne mein Zutun, ohne mich zu fragen. Vielleicht sogar, ohne dass es jemand wollte. Und ohne dass ich selbst eine Ahnung von dem hatte, was da vor sich ging. Vielleicht hatte ich auch nur einfach unglaubliches Pech, und das hat alles andere nach sich gezogen.

Vielleicht hätte ich mir rechtzeitig Hilfe holen sollen, aber das habe ich versäumt. Ich dachte wohl, ich kriege es alleine hin. Wollte meinem Vater zeigen, dass er unrecht hat. Einer seiner beliebten Sprüche, die er mir fast täglich an den Kopf warf, war: »Du kriegst einfach nichts auf die Reihe!« Oder: »Aus dir wird nie was werden!« Oder auch: »Du dummer, dummer Nichtsnutz!« Diese drei Bemerkungen waren seine Lieblingssprüche. Ich dagegen wollte alles, absolut ALLES tun, um diese Aussagen nicht zu einer sich selbsterfüllenden Prophezeiung werden zu lassen. Ich hasste meinen Vater dafür, dass er mich nicht liebte, aber neben dem Hass war auch die Liebe, und ich wollte ihm

mein Leben lang beweisen, dass ich nicht der bin, für den er mich hielt. Mein innigster Wunsch war, dass er eines Tages stolz auf mich sein könnte. Dass er sagen würde: »Du hast es ja doch geschafft, Sohn!« Mit diesem warmen Funkeln in seinen Augen, das er immer nur für die anderen bereithielt.
Verstehst du das, Mauseöhrchen?
Deshalb habe ich getan, was ich tun musste.

Kapitel 4

Erst zwei Tage später war die Leiche von Anja Derling so weit aufgetaut, dass die Obduktion vorgenommen werden konnte. Bis dahin waren sie nicht viel weiter gekommen. Benthien, Lilly, Fitzen und der junge Kommissaranwärter Mikke Jessen, dessen rotbrauner Haarschopf von einer Wintermütze bedeckt wurde, die seinen Kopf auch im Büro nicht verließ, hatten Freunde und Bekannte von Anja Derling befragt, doch niemand hatte sie nach jenem Sonntag, dem 8. Januar, gesehen oder mit ihr gesprochen. Niemand wusste, ob sie etwas vorgehabt hatte, sich mit jemandem treffen wollte. Eine Beziehung, da bestätigte sich die Aussage ihrer Mutter, hatte sie nicht gehabt. Ihr Sohn Carmelo, auch das galt als bewiesen, befand sich nach wie vor in Thailand, und es gab keinerlei Hinweise darauf, dass er ihr nach Deutschland gefolgt war und sie hier ermordet hatte. Benthien selbst hatte mit ihm telefoniert. Carmelo hatte zugegeben, dass er sich von seiner Mutter im Streit getrennt hatte, weil sie die Zusage, ihm in Deutschland einen Ausbildungsplatz zu besorgen, nicht eingehalten hatte und offenbar auch nicht sehr bestrebt war, es zu tun.

Der junge Mann hatte Benthien zugesagt, nach Deutschland zu kommen; bei der Beerdigung wollte er auf jeden Fall dabei sein, und er wollte seine Großeltern wiedersehen. Benthien war gespannt auf ihn.

»Er scheint ein intelligenter junger Mann zu sein, der ein sehr sorgfältiges Deutsch mit einem kleinen, charmanten Akzent spricht«, berichtete er während ihrer kleinen Konferenz am Montag in seinem Büro. »Wahrscheinlich, weil er in Surat Thani eine deutsche Schule besucht.«

»Aber was kann er uns schon über seine Mutter sagen?«, fragte sich Lilly laut. »Er hat sie ja kaum gekannt. Soweit mir Frau Derling erzählte, hat ihre Tochter ihn in den ganzen letzten Jahren gerade dreimal besucht, und einmal war er in Deutschland. Irgendwie kommt mir Anja Derling als eine sehr unnatürliche Mutter vor. Wer überlässt denn sein Baby einfach so der Familie des Vaters, die noch dazu elftausend Kilometer entfernt lebt?«

Die Nachbarn des nächstgelegenen Hauses, ein älteres Ehepaar, hatten ausgesagt, dass sie Anja Derlings Sohn nie gesehen hätten. Auch sonst konnten sie nichts zum Rätsel ihres Verschwindens beitragen. Am fraglichen Sonntag war ihnen rein gar nichts aufgefallen. Allerdings war es zu der Zeit, als Anja verschwand, auch schon dunkel gewesen.

Die Fingerabdrücke, die man im Haus gefunden hatte, hatten kein Ergebnis erbracht. Etliche konnte man Anja Derlings Familie zuordnen, aber es gab einige wenige, die niemandem zuzuordnen waren, die aber auch nicht in AFIS, dem Fingerabdrucksystem der Polizei, zu finden waren.

Mikke Jessen hatte Anja Derlings Arbeitsplatz besucht, eine Spedition, die auch Landmaschinen verlieh. »Sie sind alle voll des Lobes über Frau Derling«, las er aus seinem Notizbuch vor. »Sie ist pünktlich, gewissenhaft und macht Überstunden, wann immer es nötig ist. Spannungen konnte ich keine feststellen. Ihr Chef ist ein Mann um die sechzig, bodenständig, verheiratet, mit vier Kindern. Auf mich wirkte er sehr gutmütig. Sonst gibt es noch zwei Sachbearbeiterinnen, die sich mit Anja Derling gut verstanden haben. Sie sagten, sie sei kollegial, manchmal vielleicht ein bisschen nervös und bestimmend, was aber an ihrem mangelhaften Zeitmanagement liege. Eng befreundet waren sie mit ihr allerdings nicht.«

»Hast du ihre persönlichen Sachen aus ihrem Schreibtisch mitgebracht?«, fragte Fitzen.

»Ja, aber das war neben Kamm und Lippenstift nur der übliche Bürokram. Nichts Persönliches. Auf dem Schreibtisch stand ein Foto von ihrem Pferd, aber keins vom Sohn. Auf das Pferd war sie sehr stolz, das haben alle betont. Die paar privaten Mails, die sie auf ihrem Bürocomputer hatte, habe ich ausgedruckt.«

Fitzen streckte die Hand aus. »Gib mal her, Mikke.«

Benthien war wie so oft sehr zufrieden mit dem jungen Kollegen. Mikke war aufrichtig und arglos, dachte eigenständig und arbeitete sehr gewissenhaft. Fitzen machte sich manchmal über seine Naivität lustig, da Mikke dazu neigte, an den Wahrheitsgehalt dessen zu glauben, was man ihm erzählte. Aber das, fand Benthien, machte ihn gerade sympathisch. Abgebrüht konnte er noch schnell genug werden.

»Und was hast du jetzt vor, Mikke?«, erkundigte er sich.

Mikke grinste. »Sag bloß, ich darf das allein entscheiden? Okay, dann würde ich sagen, während Tommy die Mails vom Bürocomputer checkt, durchforste ich Anja Derlings Laptop. Mit dem Handy habe ich bereits angefangen. Den letzten Anruf hat sie am Sonntagabend gemacht, kurz bevor sie vom Pferdehof wegfuhr. Da hat sie ihre Eltern kurz angerufen. Der letzte Anruf, den sie bekam, war von einem Johannes Brederloh, wohnhaft in Flensburg. Dauer des Gesprächs: drei Minuten. Und das war am Sonntagvormittag, bevor sie zu ihren Eltern zum Mittagessen fuhr.«

»Und wer ist dieser Brederloh?«, fragte Fitzen.

»Das weiß ich noch nicht, der muss noch gecheckt werden.

Ansonsten wollte mir Annika dabei helfen, Anja Derlings Gesprächspartner durchzugehen, viele waren es allerdings nicht. Anja Derling hat wenig telefoniert und noch weniger SMSen geschrieben. Ich hoffe, dass ihr Laptop da doch etwas mehr hergibt.«

Mikke, der einen gesunden, aber durchaus angenehmen Ehrgeiz entwickelte und seinen Beruf noch mit viel Enthusiasmus ausübte, war dabei, sich zum IT-Fachmann der Abteilung zu entwickeln. Gerade hatte er wieder einen vierwöchigen Kurs beim LKA in Kiel absolviert, für den ihn Benthien empfohlen hatte.

»Hast du gut gemacht, Mikke«, lobte er ihn, und der junge Mann zog mit einem freudigen Lächeln davon.

Kapitel 5

Die Rechtsmedizin in Kiel, Dr. Radtkes Wirkungsfeld, war ein roter Backsteinbau mit großen Fenstern, der Benthien an ein freundliches Schulhaus erinnerte. Durch einige lange Gänge erreichten sie den Sektionssaal. Es war kalt dort, und Benthien fröstelte. Lilly, von Natur aus eine Frostbeule, hatte ihre Daunenjacke gar nicht erst ausgezogen. Dafür öffnete sie ihr Haar, das sie in einem Pferdeschwanz trug, und verteilte es über den Ohren, offenbar, um sie zu wärmen. Sie hatte ihm mal gesagt, dass ihre langen Haare glatt einen Pelzkragen oder einen dicken Schal ersetzen könnten. Deswegen trug sie sie im Sommer auch meist hochgesteckt.

Das grelle Neonlicht machte den Sektionsraum nicht eben gemütlicher. Benthien entdeckte den Leichnam von Anja Derling schon fertig zur Obduktion auf einem der Edelstahltische. Dr. Radtke und sein Assistent, dessen braune Augen so vergnügt wirkten, als habe er das Gute-Laune-Gen, hatten die Leiche bereits entkleidet.

Radtke grüßte, ohne eine Miene zu verziehen, der Assistent, dessen Namensschild ihn als Dr. Niclas Wagner auswies, kam Benthien und Lilly mit einem kleinen Geschenk entgegen: einem grünen Mundschutz für jeden von ihnen. »Kann ich Sie mit etwas Mentholsalbe beglücken? Ist aber eigentlich nicht nötig, die Verblichene ist sehr geruchsarm«, sagte er fröhlich.

Lilly strich sich trotzdem ein wenig Salbe auf die Oberlippe.

»Können Sie uns schon etwas sagen?«, fragte Benthien.

Radtke warf seinem Assistenten einen auffordernden Blick zu.

»Wir können Ihnen etwas zeigen«, sagte Wagner vergnügt. »Aber dazu müssten Sie etwas näher herantreten und bitte den Bauchnabel der Dame begutachten.«

Benthien und Lilly taten wie geheißen, doch zuerst fiel Benthien der Exponatständer ins Auge, den der Mörder, wie auch immer, mit der Spitze in sein Opfer hineingetrieben hatte, damit er die Farce des Aufrecht-Stehens inszenieren konnte.

»Er geht bis zum Brustbein, wodurch er der Leiche eine gewisse Stabilität gab«, sagte Dr. Wagner munter. »Den Betonsockel haben wir schon abmontiert, wie Sie sehen. Aber …«

»Braucht man anatomische Kenntnisse dazu, so ein Ding in einen Menschen zu stecken?«, wollte Lilly wissen.

»Nicht unbedingt«, antwortete der junge Assistenzarzt. »Eher Körperkräfte, aber das wissen wir auch erst, wenn wir den Dorn des Exponatständers herausgezogen haben. Aber richten Sie Ihren Blick doch bitte mal hierhin.« Er deutete auf den Bauchnabel.

Sie taten es, und Benthien spürte so etwas wie einen eiskalten Griff im Nacken. Auch Lilly warf ihm einen entsetzten Blick zu.

»Was ist das?«, fragte sie mit belegter Stimme. »Eine Krawattennadel?«

»Jedenfalls kein Piercing«, sagte Dr. Radtke trocken. »Der Täter muss es ihr in den Bauchnabel hineingetrieben haben, warum auch immer.« Und fürs Protokoll fügte er hinzu: »Ich ziehe den Gegenstand – eine Anstecknadel oder sogenannte Ehrennadel – jetzt aus dem Bauchnabel heraus.«

Er legte sie auf ein Tablett aus Edelstahl, und alle Köpfe beugten sich darüber. Wagner brachte eine große Lupe herbei.

Die Nadel, die etwas fleckig wirkte, war rund sechs Zentimeter lang und hatte offensichtlich der ganzen Länge nach im Bauch der Leiche gesteckt. Auf der runden, goldfarbenen Platte, die den Bauchnabel geschmückt hatte, war als Reliefprägung ein Hirschkopf mit Geweih zu sehen, und mittig oben, wo die Geweihenden zusammenstießen, befand sich etwas, das Benthien als eine Art Krone identifizierte. Verliehen hatte man die Ehrennadel »Für Jäger Treue«, denn diese Worte waren um den Rand herum eingraviert.

»Ich nehme an«, sagte Radtke, »dass dies ein antikes Stück ist, vermutlich gegen Ende des neunzehnten Jahrhunderts hergestellt. Man steckt so etwas ans Revers, es ist eine Auszeichnung, eben eine Ehrennadel. Mein Vater war lange Jahre beim Roten Kreuz, dafür hat er auch so ein Ding bekommen. Aber Genaueres über das Alter werden die Kriminaltechniker wissen oder ein Fachmann für Antiquitäten.«

Benthien nahm das erst einmal so hin. Es hatte keinen Sinn, sich jetzt Gedanken darüber zu machen, warum der Täter sein Opfer in dieser Weise »geschmückt« hatte. Das musste warten, bis sie mehr über diese Nadel in Erfahrung gebracht hatten.

»Meinen Sie, man hat sie ihr bei lebendigem Leib in den Bauch gesteckt?«, fragte Lilly beklommen.

Da Radtke nicht antwortete, ergriff sein freundlicher Assistent das Wort. »Die Nadel hat die Wand des Dickdarms leicht verletzt, der größte Teil steckte aber in der Fettschicht des Bauches. Da es kaum geblutet hat, war das Opfer zu diesem Zeitpunkt mit großer Sicherheit schon tot.«

»Und woran ist sie nun gestorben?«, fragte Benthien ungeduldig, obwohl er wusste, dass Radtke gern in seiner eigenen Geschwindigkeit vorging. Für die Frage fing er sich dann auch einen strafenden Blick ein.

»Junger Mann«, sagte der Mediziner unwirsch, »Sie müssen mal lernen, Ihre Ungeduld zu beherrschen. Aber ausnahmsweise: Das Opfer wurde erschossen. In den Rücken und genau ins Herz, sozusagen ein Blattschuss. Sie war sofort tot. Ob sie außerdem noch vergiftet, erwürgt, erstochen oder erschlagen wurde, wird die weitere Obduktion ergeben, mit der wir hoffentlich jetzt anfangen können.« Er nickte seinem Assistenten auffordernd zu.

Benthien schmunzelte innerlich. Immerhin war er zweiundvierzig, zwei Jahre älter als Fitzen, aber Radtke bezeichnete jeden, der unter fünfzig war, als jungen Mann. Und seine »Ungeduld« hatte sich ausgezahlt. Immerhin wusste er jetzt, auf welche Weise Anja Derling zu Tode gekommen war. Auch noch danach zu fragen, ob es Hinweise auf eine Vergewaltigung gab, hielt er dagegen zum jetzigen Zeitpunkt für unklug.

Das Lachen verging ihm, als die beiden Ärzte mit vereinten Kräften den Exponatständer aus dem Körper zogen. Benthien spürte, wie sich seine Eingeweide verkrampften. Er wandte den Blick ab und versuchte unter seinem Mundschutz, tief Atem zu holen. Und er wünschte, er hätte wenigstens die Augen geschlossen. Wie sich herausstellte, handelte es sich um einen langen, spitzen Dorn, der tief im Körper gesteckt hatte.

Niclas Wagner legte ihn beiseite. Es war Sache der Kriminaltechnik, herauszufinden, woher dieser Exponatständer stammte.

»Die Leiche war vollständig bekleidet«, begann Wagner, immer noch recht munter, »einschließlich der Unterwäsche. Der Slip wirkte nicht mehr frisch, wir vermuten, dass sie ihn mehrere Tage getragen hat.«

»Sie hat also nach ihrer Entführung noch einige Zeit gelebt?«, fragte Lilly nach.

Wagner nickte. »So sieht es aus. Sie ist auch gut genährt und nicht dehydriert, muss also versorgt worden sein. Am linken Handgelenk gibt es Fesselungsspuren.«

»Ob sie vergewaltigt wurde, kann man sicher noch nicht sagen?«, vermutete Lilly.

»Warum fragen Sie, wenn Sie es schon wissen?«, brummte Dr. Radtke und bewegte den kurzen Hals wie ein Maikäfer, der sich aufpumpt.

»Es gibt jedenfalls keine Hinweise auf der Haut, keine Hämatome, keine Prellungen, auch keine Abwehrspuren wie abgebrochene Fingernägel«, versicherte Dr. Wagner und schenkte Lilly ein strahlendes Lächeln. Benthien fragte sich, wie man in Radtkes Gegenwart nur so entspannt bleiben konnte.

Nach einer Stunde war die Autopsie noch in vollem Gange. Zuerst war die Leiche äußerlich besichtigt worden; Dr. Radtke hatte auffallend zartfühlend den Kopf betastet, die Haare gescheitelt, bevor er sie abrasierte, und die Augen auf Petechien, kleine Blutungen, untersucht, die nicht vorhanden waren. Dann war er zum Hals übergegangen, zur Brust, zum Bauch, zu den Genitalien. An beiden Beinen hatte er ältere Narben festgestellt, die von Krampfadern-OPs herrührten. Im Rückenbereich war eine einzige Hautverletzung zu erkennen, ein sehr kleines, schwarz wirkendes Loch. Da die Kugel auch die Brust durchschlagen hatte, war sie für die Ermittlungen verloren. Es schien aber ein kleines Kaliber gewesen zu sein, die Ein- und Austrittswunden waren kaum zu erkennen.

»Wagner, was gibt es zu dem Schuss zu sagen?«, forderte Radtke seinen Assi auf, den er offensichtlich prüfen wollte.

»Dem Einschusswinkel nach muss der Täter über ihr gestanden haben, während sie wohl auf dem Boden oder auf einer Matratze lag, und zwar in der linken Seitenlage oder auf dem Bauch. Das spricht dafür, dass sie geschlafen hat. Sie hat also vermutlich gar nicht bemerkt, dass auf sie geschossen wurde.«

Benthien zuckte leicht zusammen. Jemanden so zu töten, dass er es nicht mitbekam, war vermutlich noch die humanste Art des Tötens, aber irgendwie fand er es noch schrecklicher, als dem Tod ins Auge zu sehen und zu wissen, dass man gleich sterben würde. Er zumindest würde es vorher wissen wollen.

Immer wieder sah er zu Lilly hinüber, um festzustellen, ob sie durchhielt. Aber Lilly war taff. Aufmerksam verfolgte sie die Handlungen der beiden Ärzte. Auch, als diese die inneren Organe herausnahmen und wogen – Herz, Lunge, Magen, Leber, Milz –, wurde sie zwar etwas blass, aber sie zuckte nicht mit der Wimper, während es Benthien doch ein bisschen flau wurde.

Gerade die inneren Organe wurden besonders gründlich begutachtet. Schließlich richtete sich Dr. Radtke auf.

»Die Frau ist mindestens drei Wochen lang tiefgefroren gewesen«, verkündete er, während er mit einer Schere und einer Pinzette am Herzen hantierte. »Das sieht man daran, dass sich Eiskristalle im Gewebe befinden. Sie können sich das vorstellen wie bei einer Packung Familieneis, die angetaut war und dann wieder eingefroren wurde. Dann ist die sahnige Konsistenz auch mit harten Eiskristallen durchsetzt. Ich schätze, sie hat mindestens drei Wochen in einer Tiefkühltruhe oder einem Kühlraum verbracht. Der Magen ist nicht ganz leer, aber nahezu. Die Partikel sehen aus wie von einem Müsliriegel.«

Benthien war froh, als die Sache gegen Mittag endlich vorbei war. Offenbar war Anja Derling an der Schussverletzung gestorben, und zwar, bevor sie im Kühlhaus gelandet war. Irgendwelche Anzeichen für eine Vergewaltigung gab es nicht. Sie hatte keine blauen Flecken oder Verletzungen außer ein paar

Quetschungen am linken Handgelenk, wo man sie gefesselt hatte. Wie es aussah, mit einem Kabelbinder. Der toxikologische Befund stand noch aus; interessant wäre zu sehen, dachte Benthien, ob man ihr Schlaf- oder Beruhigungsmittel gegeben hatte. Aber da mussten sie noch zwei, drei Tage warten.

»Ich habe Lust auf etwas Herzhaftes, auf eine Pizza mit Spinat und Knoblauch oder mit Sweet Chili-Tomaten-Soße und Chicken«, sagte Lilly, als sie wieder an der frischen Luft waren und begierig den Duft des Winters einatmeten.

Benthien lachte. »Und ich hätte gewettet, dass du bis morgen früh nichts mehr runterbringst!«

Lilly tat entrüstet. »Hältst du mich für ein Weichei? Ich habe Hunger!«

Letztendlich gingen sie in ein Fischrestaurant im Hafen.

»Was sagst du zu der Anstecknadel, die man Anja Derling in den Bauch gesteckt hat?«, fragte Lilly und zog eine Gräte aus ihrer Scholle. »Was will uns der Kerl damit sagen? Ich finde das unheimlich abartig.«

»Das Gute daran ist«, sagte Benthien, »dass wir hier einen Ermittlungsansatz haben. Einmal einen physischen Ansatz in Form der Nadel. Sie ist alt, vielleicht sogar selten, möglicherweise bringt uns das weiter. Und in psychischer Hinsicht verrät uns der Täter etwas von seinem Seelenleben, wenn …«

»Die Nadel kann auch vom Flohmarkt stammen, und er hat sie benutzt, um mit der Polizei Spielchen zu spielen«, unterbrach ihn Lilly.

»… wenn er es denn ernst meint, wollte ich gerade hinzufügen.« Benthien drückte eine Kartoffel in seine Soße. »Ehrlich gesagt, ich weiß überhaupt nicht, warum er sie entführt hat. Wenn er sie töten wollte, warum hat er sie nicht sofort erschossen? Es hat keine Lösegeldforderung gegeben, er hat sie nicht vergewaltigt. Er hat sie noch ein paar Tage am Leben gelassen, getötet, die Nadel angebracht, sie irgendwo eingefroren, ein paar Wochen gewartet und sie dann ihren Eltern vor die Tür gestellt …« Er blickte Lilly ratlos an. »Wo ist da der Sinn, die Logik in seinem Handeln?«

»Vielleicht war das der springende Punkt«, sagte Lilly langsam. »Er wollte sie ihren Eltern zurückbringen. Und sagtest du nicht, die waren verreist? Auf Mallorca? Er musste also warten, bis sie zurück waren. Und dann hat er sich diesen netten kleinen Gimmick mit der Vereisung einfallen lassen. Erst seit diesem abnormen Kälteeinbruch konnte er nämlich dieses Szenario durchführen.« Sie lud eine Portion Fisch auf ihre Gabel, ehe sie weitersprach. »Ist Mikke denn schon mit Anja Derlings Computer durch?«

»Er ist noch dabei. Es war offenbar schwierig, das Passwort zu knacken, aber jetzt hat er es geschafft. Ich hoffe doch sehr, dass wir darin einen Hinweis auf ihren Mörder finden werden.«

»Genau. Sonst werden wir ziemlich alt aussehen! Das Schlimmste wäre ja, wenn es zwischen Anja Derling und ihrem Mörder gar keinen Bezug gäbe. Wenn er einfach an diesem Sonntagabend beschlossen hat, dass die Zeit reif wäre, jemanden zu töten. Und dann lief ihm Frau Derling über den Weg. Oder er hat bei ihr geklingelt und sie in sein Auto gelockt, unter welchem Vorwand auch immer.«

Benthien stöhnte. »Das wäre der Super-GAU, dann wäre die Chance sehr gering, den Fall zu lösen, aber das glaube ich eigentlich nicht. Mir scheint diese Tat eine sehr persönliche zu sein. Und die meisten Täter bei Tötungsdelikten kommen nun mal aus dem nahen Umfeld des Opfers, aus der Familie oder dem Freundeskreis. In mehr als Dreiviertel aller Fälle ist das so. Wir müssen das Umfeld von Anja Derling gründlich durchpflügen, es wird ja sicherlich ein Motiv geben, das uns ins Auge springen müsste.«

»Hoffentlich hast du recht«, sagte Lilly und schob sich ein weiteres Stück Scholle in den Mund.

Der alte Mann schien noch ganz rüstig zu sein, sowohl körperlich wie mental. Das verriet seinem Beobachter die Art, wie er sich umsah und lebhaft einen Fußgänger grüßte, bevor er sich an einem Kiosk eine Zeitung kaufte. Der Mann im Auto grinste. Heute stand der erste lange Artikel über die Entführung, den Mord und die Auffindesituation von Anja Derling in der Zeitung. Irgendjemand hatte Interna verraten. Er tippte auf die Familie Derling. Ein Reporter musste sie geschickt ausgehorcht haben, darauf verstanden die sich. Sämtliche Boulevardmagazine würden ab jetzt täglich über den sogenannten »Eismord« informieren, da war sich der Mann sicher … Wieder breitete sich ein Lächeln auf seinem Gesicht aus. Was würde erst los sein, wenn sie das zweite Opfer, den alten Mann, in seiner ihm zugedachten Position vorfanden? Sollte er vielleicht sogar die Szenerie fotografieren und die Fotos den Medien zuspielen? Der Mann rieb sich nachdenklich das Kinn. Das musste gut überlegt sein, denn es bedeutete ein gewisses Risiko, niemand wusste das besser als er.

Der alte Mann war inzwischen stehen geblieben. Er schien nicht zu bemerken, dass es schon wieder angefangen hatte zu schneien. Der Beobachter kicherte. Was für ein herrliches Wetter! Es hatte ihm bereits zu einem wundervollen, beinahe künstlerischen Tableau verholfen: die tote Tochter, ganz in Eis gehüllt, als Besucherin vor dem Haus ihrer Eltern, die Hand am Klingelknopf. Ein solches Szenario würde mit Sicherheit in die Kriminalgeschichte eingehen, vielleicht sogar eine Vorlage bilden für den Unterricht an der Polizeihochschule!

Der alte Mann ging langsam weiter, noch immer vertieft in den Artikel über den Mord an Anja Derling. Dieses Opfer hier, da war sich der Beobachter sicher, würde leichter zu fassen sein als die misstrauische Frau, mit der es nicht ganz einfach gewesen war. Aber er würde sich beeilen müssen, denn nichts war wichtiger, als den Zeitplan einzuhalten. Auch Opfer Nummer drei musste innerhalb eines bestimmten Zeitfensters bearbeitet werden. Ja, der alte Mann würde heute drankommen, morgen wäre es schon reichlich spät.

Der Mann im Wagen zückte das Handy, um einen Anruf zu machen, denn an seiner Arbeitsstelle wartete man auf Nachricht von ihm. Dabei verzog er das Gesicht zu einer freundlichen Miene, weil er wusste, dass dann auch seine Stimme freundlich klingen würde. Und es funktionierte. Er sprach, ohne den alten Mann aus den Augen zu lassen, bis dieser in einem Supermarkt verschwand.

Wenig später tauchte der Alte wieder auf. Er trug einen Beutel, aus dem mehrere Lauchstangen ragten. Als eine Paprika auf den Boden fiel, hob er sie mit erstaunlicher Beweglichkeit auf.

Der Mann im Wagen beendete das Gespräch und ließ den Motor an. Langsam rollte er aus der Parklücke, sein Opfer immer im Blick.

Kapitel 6

Am nächsten Morgen berief Benthien eine Konferenz ein, um die Kollegen im Fall Derling zu informieren. Ausnahmsweise waren alle Beamten des Morddezernates um den großen Konferenztisch versammelt – keiner war krank, keiner beruflich unterwegs.

Obwohl die Presse viel über den Fall berichtete und die Berichterstattung allmählich einen kritischen Unterton bekam, war die Stimmung noch entspannt. Alle hatten sie Kaffeebecher vor sich stehen, der eine oder andere frühstückte noch. Leon Kessler, frischgebackener Kriminalkommissar und sehr stolz auf den neuen Status, verteilte die Krümel seines Croissants auf dem Tisch. Er war jung, dynamisch, noch ehrgeiziger als Mikke und, laut Lilly, mit seinen verträumten blauen Augen und den dunklen Haaren der Traum einer jeden Schwiegermutter. Verheiratet war er jedoch nicht, sein Beruf ging ihm vor, und oft arbeitete er bis spät in die Nacht.

Neben Kessler saß der Problemkollege Lester Smythe-Fluege, in der Truppe kurz SF genannt, der erst seit einigen Monaten bei der Kripo Flensburg arbeitete. Aus familiären Gründen hatte er sich von Hannover in den Norden versetzen lassen. Gerade war er zurück von einem Seminar im dänischen Kolding, wo in verschiedenen Arbeitsgruppen über die Aspekte einer effizienteren, grenzübergreifenden Zusammenarbeit beider Länder konferiert worden war. Benthien hatte keine Lust darauf gehabt und daher Smythe-Fluege geschickt, der als Hauptkommissar ebenso kompetent dafür war. Falls SF das als Zurücksetzung empfand, ließ er es sich jedenfalls nicht anmerken.

Immer noch siezte er jeden – was eigentlich unüblich war – und legte Wert darauf, gesiezt zu werden. Er trug elegante dreiteilige Anzüge, obwohl sie zu seiner fülligen Statur nicht so recht passten, hatte Probleme mit der Teamarbeit, mit der Kommunikation und jeglicher Autorität. Erst vor ein paar Wochen hatte er seine Kompetenzen weit überschritten. Damals war Benthiens ehemalige Lebensgefährtin Karin ermordet worden, und SF hatte Benthien ernsthaft als Täter verdächtigt, war sogar so weit gegangen, einen Haftbefehl gegen Benthien zu erwirken. Andere Spuren hatte er vernachlässigt, da er geradezu besessen von der Idee war, Benthien den Mord anzuhängen. Es hatte daraufhin ein Disziplinarverfahren gegen ihn gegeben, das mit einem Verweis und einer Entschuldigung seitens Smythe-Flueges abgeschlossen worden war. Damit war SF noch glimpflich davongekommen. Offenbar hatten diese Maßnahmen bei ihm ein Umdenken bewirkt. Er war seither umgänglicher, weniger sarkastisch den Kollegen gegenüber, ja, er hatte sogar mit einiger Verspätung einen Umtrunk zu seinem Einstand gegeben. Er arbeitete konzentrierter und hatte durchaus originelle Ideen, wie ein Fall zu handhaben sei.

Benthien war zufrieden, denn er hasste nichts mehr als ein schlechtes Arbeitsklima, und mit Smythe-Fluege musste er nun mal auskommen, ob es ihm gefiel oder nicht. Ob SFs Läuterung anhielt und ob sie überhaupt echt war, war allerdings eine ganz andere Frage. Tommy Fitzen bezweifelte es vehement. Aber Fitzen, der SF gern reizte, war für den Kollegen sowieso ein rotes Tuch, und Freunde würden die beiden in diesem Leben nicht mehr werden. Benthien konnte froh sein, wenn sie den Anschein von Kollegialität wahrten.

Neben SF saß die zierliche Annika Gerisch, ebenso wie Mikke Kommissaranwärterin. Am Anfang war sie etwas schüchtern und zurückhaltend gewesen, hatte großen Respekt vor Fitzens Mundwerk und vor Benthien als Chef gehabt, doch allmählich gewann sie zu Benthiens Freude immer mehr Selbstbewusstsein und konterte inzwischen auch Fitzens Neckereien. Da sie, ähnlich wie Lilly, sehr feinfühlig und geduldig war, war sie eine der wenigen Kollegen, die man mit SF einigermaßen gut zusammenspannen konnte.

Juri Rabanus, ebenfalls Hauptkommissar wie Benthien und Smythe-Fluege, war einmal ein Anwärter auf Lillys Gunst gewesen, auch wenn Lilly dies bestritt. Vielleicht ein nicht ganz ernstzunehmender, aber er war doch auf beunruhigende Weise durch Benthiens Vorstellungen gegeistert, und eine Zeitlang hatte er geglaubt, Lilly an den gutaussehenden alleinerziehenden Vater zu verlieren, den außerdem nach dem Unfalltod seiner Frau ein Nimbus von tragischer Düsternis und Melancholie umgab. Dabei mochte Benthien Rabanus gut leiden; er war ernster und reifer als Fitzen, mit weniger Unfug im Kopf, dafür ein akribischer, äußerst verlässlicher Arbeiter und sehr verantwortungsbewusst.

»Bist du eingeschlafen, Boss?«, fragte Fitzen, und Benthien nahm erst jetzt wahr, dass offenbar alle darauf warteten, dass er mit dem Briefing anfing. Doch seit wann nannte Fitzen ihn Boss? Mikke hatte auch schon damit angefangen, ihn wahlweise mit Boss oder Chef anzureden – was im Gegensatz zu Fitzen durchaus respektvoll gemeint war –, doch Benthien hasste es, so genannt zu werden. Er warf Fitzen einen strafenden Blick zu, den dieser mit einem Grinsen erwiderte.

»Ach, hat dich dieses böse Wort wach gemacht?«, erkundigte er sich freundlich. »Dann ist es ja gut.«

»Halt die Klappe«, antwortete Benthien schon fast gewohnheitsmäßig.

Er kannte Fitzen seit vierunddreißig Jahren. Sie waren zusammen auf Sylt aufgewachsen, hatten dieselbe Schule besucht, an der Benthiens Vater Lehrer für Sport und Mathematik gewesen war. Er hatte mit Fitzen Cowboy und Indianer gespielt, sie waren zusammen in Ferienlager und auf Musikfestivals gefahren und durch mehrere europäische Länder getrampt. Beruflich konnten ihre Wege unterschiedlicher nicht sein; Benthien hatte zwei Lehrgänge zum Profiler in Quantico gemacht, während Fitzen undercover in der Hamburger Drogenszene unterwegs gewesen war. Die Tattoos auf seinen Fingern waren ein Überbleibsel aus jener Zeit, ebenso wie der Dreitagebart, ein gewisser sonniger Sarkasmus, wie Benthien es nannte, und ein scharfer Blick für die Schwächen seiner Mitmenschen.

Benthien riss sich zusammen. Lilly nickte ihm aufmunternd zu. Vielleicht sollte er nun endlich einmal anfangen, ehe ihm Mikke noch wegdöste? Der Junge hatte die halbe Nacht an Anja Derlings Computer gearbeitet. Doch ehe er ihm das Wort erteilte, mussten die anderen, die bisher noch nichts mit dem Fall zu tun hatten, gebrieft werden.

Benthien fing damit an, wie sie die Leiche gefunden hatten, und warf mit dem Beamer Fotos an die Wand. Er berichtete, was man bisher über das Opfer wusste, und erläuterte den Obduktionsbefund.

»Merkwürdig ist, was der Täter uns hinterlassen hat«, sagte er und zeigte ein Foto der Anstecknadel auf seinem Tablet – das Original befand sich noch in der Kriminaltechnischen Untersuchung. Er ließ das Tablet herumgehen. Alle zeigten sich entsetzt, aber auch ein bisschen hoffnungsfroh, dass sie hier endlich einen brauchbaren Hinweis auf den Täter hatten.

»Es kann ja durchaus vorkommen«, sagte Leon Kessler, »dass ein Täter sich mitteilen, mit der Polizei kommunizieren will, damit sie sich mit seinem Werk auseinandersetzt. Ein indirekter Kontakt auf Augenhöhe sozusagen, er gibt das Rätsel auf, die Polizei muss es lösen. Denkt nur an den Zodiac-Killer in den USA.«

»Auf Augenhöhe gewiss nicht«, wandte Juri Rabanus ein, »ich habe hier eher den Eindruck, er will uns auf den Arm nehmen.«

»Er will Aufmerksamkeit, er will uns vielleicht etwas sagen mit dieser Nadel, ohne dass ihm bewusst ist, wie viel er dabei möglicherweise von sich preisgibt.« Smythe-Fluege schien Leon Kessler zuzustimmen, was selten vorkam. Meist war er stolz darauf, ganz anderer Meinung zu sein als seine Kollegen. Benthien beobachtete, dass er die Ehrennadel auf dem Tablet stark vergrößert hatte und ebenso aufmerksam wie fasziniert betrachtete.

»Und«, fügte Smythe-Fluege hinzu, »sie ist ja auch sehr aussagekräftig. Wenn das hier eine echte Botschaft ist, verrät sie so einiges über den Täter.«

»Ach ja?«, fragte Fitzen spöttisch. »Was denn? Sind Sie jetzt auch schon unter die Profiler gegangen?«

SF warf ihm einen undefinierbaren Blick zu.

»Wenn wir eine Idee hätten, welcher Region oder welchem Jagdverein wir die Aufschrift zuordnen könnten, wären wir vielleicht einen Schritt weiter«, meldete sich nun Annika zu Wort.

»Ich glaube, dass es sich hier um das Garde-Jäger-Bataillon handelt«, sagte SF zur Überraschung seiner Kollegen. »Und wenn mich nicht alles täuscht, ist diese Krone, in die das Hirschgeweih mündet, die Krone Preußens.«

Er tat so, als ob er die erstaunten Blicke der Kollegen nicht bemerkte. »Der Urgroßvater meiner Frau«, sagte er zur Erklärung und versuchte, nicht geschmeichelt zu wirken, »war Mitglied bei den Gardejägern in Potsdam, ihrer Heimatgarnison. Während des Ersten Weltkrieges war er in Frankreich stationiert und später in französischer Gefangenschaft, aus der er aber fliehen konnte. 1919 haben sich die Gardejäger dann aufgelöst.« Er lächelte. »Woher ich das weiß? Dieser Vorfahr meiner Frau, er hieß Franz von Kostede, hat seine Kriegserlebnisse aufgeschrieben, und beim Umzug sind sie mir wieder in die Hände gefallen. Soweit ich mich erinnern kann, besaß er eine ganz ähnliche Nadel wie diese hier.«

»Dann geht es bei dieser Nadel also gar nicht um normale Jäger, sondern um ein Kriegsbataillon?«, fragte Mikke.

»Das erste Jägerbataillon wurde von Friedrich II. in Preußen aufgestellt«, sagte Juri Rabanus, der gerade auf seinem Laptop recherchierte. »1808 wurde daraus das Garde-Jäger-Bataillon, das bis 1919 bestand. Es gehörte zur Königlich-Preußischen-Armee. Die Frage ist nur, soll diese kleine Plastik am Hirschgeweih hier tatsächlich die Krone von Preußen darstellen?«

Daraufhin wurden weitere Laptops herbeigeholt und im Internet nach Fotos der preußischen Königskronen gesucht, allerdings mit dem enttäuschenden Ergebnis, dass es kein eindeutiges Ergebnis gab.

»Das Ding auf unserer Nadel soll sicher eine Krone darstellen«, meinte Leon schließlich, »aber welche, das ist schwer zu sagen.«

»Doch wohin bringt uns das?«, brummte Fitzen. »In puncto Aufklärung kommen wir doch keinen Schritt weiter. Ich bezweifle, dass einer der Urahnen unseres Täters etwas mit diesem Mord zu tun hat. Wahrscheinlich hat er die Nadel bei eBay erstanden. Und zwar einzig und allein zu dem Zweck, sie dem Opfer in den Bauch zu rammen.«

»Und warum?«, fragte Mikke.

»Um uns zu verarschen?«

»Blödsinn«, sagte Leon. »Möglicherweise steckt eine verborgene Symbolik in dieser Nadel. Kranke Hirne denken oft sehr kompliziert.«

»Wieso glaubst du, dass das ein krankes Hirn war?«, fragte Annika.

»Leute, dieses Herumraten bringt uns nicht weiter«, schaltete sich Benthien ein. »Warten wir ab, was die KTU uns sagt. Die untersuchen zurzeit noch Anja Derlings Kleidung. Ein weiterer Ermittlungsansatz könnte der Exponatständer sein, so was findet man ja nicht gerade an jeder Ecke.«

»Vielleicht hat er ihn selbst hergestellt?« überlegte Mikke.

»Sie als ausgebildeter Profiler sollten doch vielleicht eine Ahnung haben, was uns der Täter mit dieser Nadel sagen will?«, fragte Smythe-Fluege in Richtung Benthien.

»Ja«, stimmte ihm Leon Kessler zu, »du warst doch ein halbes Jahr in Quantico. Und hast du nicht auch einen Abschluss in Psychologie?«

»Einen halben«, sagte Benthien und schüttelte den Kopf. »Ihr habt immer noch eine falsche Vorstellung von einem Profiler. Der erhebt seine Daten aufgrund ähnlich gelagerter Fälle, aufgrund von Indizien, Tatortspuren und den Umständen der Tat. Von dieser Anstecknadel auf die Psychologie des Täters zu schließen wäre reiner Humbug. Ich nehme ebenso wie Tommy an, dass die Nadel zur Irreführung herhalten soll und nicht etwa Eigentum der Familie des Täters ist. Daher schlage ich vor, wir versuchen herauszufinden, woher die Nadel stammen könnte. Ich gehe davon aus, dass sie erst kürzlich in den Besitz des Täters gelangt ist. Wir sollten herausfinden, wie. Ja, ich weiß«, setzte er hinzu, als er das Entsetzen in den Gesichtern der Truppe sah, »es ist die berühmte Nadel im Heuhaufen … Aber manchmal halten uns die Täter in ihrer Verachtung für die Polizei für ausgesprochen dumm und sich selbst für oberschlau. Grast das Internet ab, eBay, Onlineshops, Trödelläden, Antiquitätenhändler, Secondhandläden, Flohmärkte, Militariahändler, so etwas.«

»In Schleswig-Holstein?«, warf Leon ein. »Oder in ganz Deutschland? Wie viele Monate darf das denn dauern, Chef?«

»Ich kann das übernehmen«, schaltete sich SF ein. »Ich habe ein Händchen für so was. In Hannover habe ich schon mal etwas Ähnliches gemacht.« Er verzog den breiten Mund in seinem runden Gesicht zu einem leicht ironischen Lächeln, als er die Reaktion seiner Kollegen wahrnahm, was ihn einmal mehr wie einen freundlichen Smiley aussehen ließ.

Fitzen fiel fast der Kaffeebecher aus der Hand, und auch Benthien guckte ebenso wie die Kollegen völlig verblüfft in die Gegend. SF war eigentlich derjenige, der sich mit Vorliebe die Rosinen aus dem Kuchen pickte. Und nun stellte er sich in den Dienst der Allgemeinheit? Da muss ihn das Disziplinarverfahren schwer getroffen haben, dachte Benthien, nahm den Vorschlag aber dankend an.

»Und nun zu Mikkes Ermittlungen. Was sagt uns Anja Derlings Computer?«

Mikke setzte sich gerade hin. »Leider nicht allzu viel. Sehr kommunikativ war sie nicht, jedenfalls nicht per Computer. In den sozialen Netzwerken war sie nicht unterwegs, und gebloggt hat sie auch nicht. Ihre Aktivitäten im Internet bezogen sich auf Pferde, auf die Suche nach passenden Reitställen und auf Thailand. Keine Chats, keine Partnerportale, keine Foren.«

»Mein Gott, was für ein langweiliges Leben«, brach es aus Leon Kessler heraus, der mit hektischen Bewegungen grinsende Pferdeköpfe auf ein Blatt Papier malte.

»Aufschlussreich waren einzig und allein ein paar ihrer verschickten E-Mails«, fuhr Mikke fort. »Obwohl sie nur wenige geschrieben hat. Bei einer Freundin in England, der sie alle drei bis vier Monate schrieb, beklagte sie sich permanent darüber, dass sie so wenig Zeit habe. Um sieben Uhr morgens musste sie im Büro sein und dort anscheinend häufig Überstunden machen. Auch ihren Eltern gegenüber klagte sie ständig über Zeitmangel. Keine Ahnung, warum sie sich dann noch ein Pferd anschaffen musste. Vielleicht eine Art Torschlusspanik, der Gedanke, das Wesentliche im Leben versäumt zu haben. Aber Pferde machen viel Arbeit, sie müssen bewegt werden, und das hat sie ja offenbar auch getan – an die fünfmal die Woche.«

»Pferde machen auch viel Freude und füllen einen aus; wenn man ein leeres Leben hat, können sie sehr hilfreich sein«, meinte Annika.

Benthien wusste, dass Mikke, der noch im Haus seiner Eltern in Deezbüll lebte, selbst ein altes Pferd namens Kilauea besaß, das er vor dem Abdecker gerettet hatte.

»Es gibt Freunde, die haben es ihr übel genommen, dass sie sich so wenig um sie gekümmert hat«, fuhr Mikke fort und wedelte mit seinen Ausdrucken. »Zum Beispiel ein gewisser Johannes Brederloh. Und eine Martha Gropius. Offenbar kannten die drei sich schon länger und waren früher oft zusammen gewesen. Doch dann zog sich Anja immer mehr zurück.«

»Aber bringt man deswegen jemanden um?«, fragte Lilly ungläubig.

»Dieser Brederloh schreibt: ›Wer sagt dir, dass du nicht auch mal in eine Situation wie meine geraten kannst? Wenn deine

Eltern tot sind und sich niemand um dich kümmert? Ich wünsche dir das nicht, aber verdient hättest du es, so, wie du dich deinen Freunden gegenüber verhältst.‹« Mikke zuckte mit den Schultern. »Sorry, aber was Besseres als das habe ich leider nicht gefunden.«

»In welche Situation ist er denn geraten?«, fragte Lilly.

»Ich habe noch nicht alles gelesen«, antwortete Mikke, »ihr habt mich ja zur Konferenz gerufen.«

»Ich glaube nach wie vor, dass es ein Fremder war, und Anja Derling ist ihm zufällig über den Weg gelaufen«, sagte Leon Kessler.

Benthien ergriff das Wort. »Egal, wir werden auf jeden Fall noch einmal Derlings Eltern befragen und ihren Freundeskreis durchgehen müssen. Mikke, du wird uns eine Liste dieser Personen machen. Vor allem die Leute im Reitstall und die Besucher, die an jenem Sonntagabend da waren, müssen befragt werden. Leider konnte uns Dr. Radtke keinen genauen Todeszeitpunkt nennen, da die Leiche tiefgekühlt wurde. Aber vermutlich ist Anja Derling am Sonntagabend verschwunden oder in der Nacht, andernfalls wäre sie am Montag im Büro gewesen. Daher wäre es sinnvoll, die Leute nach ihrem Alibi für Sonntagabend, Sonntagnacht und Montagmorgen zu befragen. Und damit ist diese Konferenz beendet. Brederloh und Gropius werden Fitzen und ich uns vornehmen beziehungsweise Lilly und ich. Und nun bitte alle an die Arbeit!«

Kapitel 7

»Dieser Brederloh ist schwer krank«, sagte Fitzen, der seine Aufmerksamkeit zwischen ausgedruckten E-Mails, den Papieren aus Anja Derlings Wohnung und seinem Rechner aufteilte. »Todkrank. Er ist ein COPD-Patient, was bedeutet, dass er ein Lungenemphysem hat. Im Endstadium wäre er auf ein Sauerstoffgerät angewiesen, weil er selbst bei der geringsten Belastung keine Luft mehr bekommt. Er wird ein Pflegefall oder muss zur Therapie ins Krankenhaus, und wenn er dazu noch eine bakterielle Superinfektion bekommt, ist sein Leben akut bedroht. Weltweit ist diese Krankheit schon die vierthäufigste Todesursache. Seine Lebenserwartung, schreibt er hier, ist laut Diagnose der Ärzte auf ein paar Jahre begrenzt.«

Benthien hob den Kopf. »Dann wird er ja wohl als Täter kaum in Frage kommen.«

»Vielleicht doch; wir wissen ja nicht, in welchem Stadium er ist. Aber diese Anja ist schon ein Schätzchen, sage ich dir! Letzten April ist ihre Großmutter gestorben, an der sie offenbar sehr gehangen hat. Brederloh hat ihr kondoliert, darauf aber keine Antwort erhalten. Nach zwei Monaten fragte er nach, ob sein Schreiben angekommen sei. Kurze Antwort: Ja, und sie würde ihn anrufen. Im August – bis dahin hatte er immer noch nichts von ihr gehört – hat er wohl von seiner Krankheit erfahren, jedenfalls schrieb er ihr das, was ich dir gerade darüber erzählt habe. Er bat sie auch um ein Treffen oder einen Anruf, da er jemanden zum Reden brauchte. Daraufhin war Funkstille von Seiten der Derling, kein Anruf, keine Mail. Erst acht Wochen später schrieb sie ihm, und zwar einen Brief voller Vorwürfe, so in dem Sinn, er wäre selbst schuld an seiner Krankheit, er hätte ja nicht jahrelang rauchen müssen. Und außerdem noch anderen Kram, der darauf hinauslief, dass sie keine Lust mehr hätte, mit ihm zu telefonieren, da er sich immer nur als Opfer sehen würde.«

»Das verwundert mich nicht«, sagte Benthien trocken. »Es gibt so viele Menschen, die nicht zur Empathie fähig sind, dass mir das langsam vorkommt wie eine ansteckende Krankheit, wie ein Virus, der immer schneller um sich greift. Wo wohnt dieser Johannes Brederloh denn?«

»Hier in Flensburg. Er scheint lange Zeit in München gelebt zu haben und ist vor ein oder zwei Jahren wieder zurück nach Flensburg gezogen. Und dann habe ich in dem Papierkram aus ihrer Kommode noch was gefunden, einen Gutschein über hundert Euro für einen Ausflug für zwei Personen. Ein Geschenk von Brederloh zu Anjas Geburtstag vor zwei Jahren. Allerdings hat sie ihn nie eingelöst. Er lag zusammen mit Werbeprospekten in einer ihrer Schubladen. Brederloh hätte die hundert Euro also genauso gut in den Abfall schmeißen können.« Fitzen wühlte in dem E-Mail-Stapel. »Aber dann gibt es noch eine andere Bekannte, eine Martha Gropius. Sie lag ebenfalls im Clinch mit ihr, vor allem wegen der Art, wie Anja mit Brederloh umgegangen ist. Die beiden haben sich richtig gezofft in ihren E-Mails. Martha Gropius wohnt in der Nähe von Aventoft, ganz nah an der dänischen Grenze.«

»Und nicht weit weg von Derling. Wir müssen dringend mit Brederloh und Gropius sprechen!«

»Brederloh habe ich versucht anzurufen, er ist nicht zu Hause. Bei Martha Gropius klingelt das Telefon gar nicht erst. Aber in Richtung Küste haben sie noch viel mehr Schnee als wir hier. Kann sein, dass die Leitungen gestört sind.«

Gerade als Benthien antworten wollte, ging die Tür auf und Lilly kam herein.

Fitzen sprang auf. »Soll ich rausgehen? Wollt ihr allein sein? Reichen euch fünf Minuten?«

»Fitzen, sei nicht albern, setz dich wieder hin!«

»Wenn ihr euch küssen wollt, ich guck solange weg oder stell mich in die Ecke, das kenne ich ja noch aus der Schule!«

Benthien betrachtete seinen Freund wie jemand, dessen Geduld allmählich erschöpft ist. »Wäre schön, wenn du dich einfach mal wie ein normaler Mensch benehmen würdest«, seufzte er.

Lilly lachte, ging auf Benthien zu, legte ihm die Arme um den Hals und gab ihm einen Kuss. Inzwischen wusste jeder im Team von ihrer Beziehung, die meisten nahmen sie einfach hin, zumal Lilly und John natürlich zu keiner Zeit das Liebespaar heraushängen ließen. Nur wenn sie allein waren – oder mit Fitzen zusammen, aber als enger Freund zählte der nicht –, konnte es zu einer zärtlichen Geste kommen, einem Kuss oder einer Umarmung.

»Ich habe euch etwas mitgebracht«, sagte Lilly und setzte sich auf Benthiens Schreibtisch, »Infos aus der KTU. Woher der Exponatständer stammt, wissen sie noch nicht, das scheint eine langwierige Geschichte zu werden. Inzwischen haben sie aber Anja Derlings Kleidung untersucht. Es gibt zahllose fremde Fasern und Partikel an ihrer Hose und dem Pullover; sogar Mäusekot wurde gefunden. Anja Derling muss an einen ziemlich unwirtlichen und schmutzigen Ort gebracht worden sein, vielleicht in einen Keller. Auffällig sind außerdem triangelförmige, anthrazitfarbene synthetische Fasern aus Polypropylen an ihren Strümpfen und der Hose, die von einer Auskleidung des Kofferraums, sprich, Teppich, herrühren könnten.«

»Also ist sie wohl überwältigt und dann im Kofferraum transportiert worden«, bemerkte Benthien.

»Wir müssen also nur noch das Auto und den Keller finden – mit ein bisschen Glück ist beides in Schleswig-Holstein –, dann haben wir unseren Mörder«, sagte Fitzen fröhlich.

Lilly warf ihm einen Blick zu. »Zumindest haben wir dann Beweismaterial gegen den Täter in der Hand.«

»Sie wird am Sonntagabend, vermutlich von ihrem Haus aus, entführt worden sein«, sagte Benthien nachdenklich. »Einbruchspuren gab es keine, demnach muss sie den Entführer freiwillig hereingelassen haben.«

»Was für jemanden spricht, den sie kennt«, warf Fitzen ein.

»Ja, ihre Mutter erzählte uns, dass ihre Tochter sehr ängstlich war«, ergänzte Benthien. »Sie machte kein Onlinebanking, weil sie Angst hatte, Internetgangster könnten ihr Bankkonto abräumen. Aus dem gleichen Grund kaufte sie nicht online ein, obwohl ihr das viel Zeit erspart hätte. Auch tagsüber, wenn sie im Haus war, schloss sie ihre Haustüre ab. Nachts schloss sie sich sogar in ihrem Schlafzimmer ein. Würde so ein Mensch abends, nach Einbruch der Dunkelheit, jemand Fremden ins Haus lassen? Doch wohl sicher nicht!«

»Alle Kollegen sind unterwegs, um ihre Freunde und Bekannten zu befragen, außer Gropius und Brederloh, die wolltest du ja selbst vernehmen«, berichtete Lilly.

»Ja, Gropius und Brederloh waren wohl ihre ältesten Freunde«, bestätigte Fitzen, »alle drei kannten sich seit über dreißig Jahren. Frau Derling hat vorhin angerufen – das tut sie jeden Tag, um sich nach den Fortschritten zu erkundigen –, und da habe ich sie nach den beiden befragt. Sie kennt sie natürlich und fand die Idee, dass einer von ihnen in diese Sache verwickelt sein sollte, völlig absurd. Sie war sogar ziemlich außer sich und meinte, wir würden, wenn wir ihre Freunde überprüften, nur kostbare Zeit verlieren.«

»Trotzdem müssen wir so schnell wie möglich mit ihnen sprechen«, sagte Benthien. Er lächelte Lilly an. »Fahren wir beide zu Martha Gropius? Ihr Telefon funktioniert nicht, aber ich nehme an, bei diesem Wetter ist sie zu Hause, wo sie ohnehin arbeitet. Sie ist freiberufliche Illustratorin.«

»Und was soll ich inzwischen tun?«, erkundigte sich Fitzen.

Benthien klopfte ihm auf die Schulter. »Du findest schon was.«

»Bleibt nicht im Schnee stecken!«, rief Fitzen ihnen noch hinterher, denn es schneite schon wieder heftig.

Kapitel 8

Martha Gropius starrte auf den Brief, als könnte er sich jeden Augenblick in ihrer Hand in etwas Ekelhaftes verwandeln, in eine haarige Spinne vielleicht oder eine zappelnde Kakerlake.

Der Brief kam von der Firma, die das alte, verkommene Gutshaus gekauft hatte, zu dem das ehemalige Pförtnerhäuschen gehörte, in dem sie nun wohnte. Sie wusste, dass auf dem Gelände ein Romantik-Hotel entstehen sollte. Aber da sie bisher nichts Gegenteiliges gehört hatte, hatte sie angenommen, dass sie im Pförtnerhaus würde bleiben können. Nun stellte sich das als Irrtum heraus; die Holding kündigte ihr zum 1. August, bis dahin musste sie ausgezogen sein. Für Martha war das eine Katastrophe. Seit sie denken konnte, hatte ihre Familie hier gelebt, erst im großen Gutshaus und dann, als die Familie immer kleiner wurde und es verkauft werden musste, im Pförtnerhäuschen. Ihr Großvater, der Gartenbau studiert hatte, hatte vor fünfzig Jahren die großartigen Gartenanlagen geplant und angelegt, darunter die wunderschöne lange Pappelallee, an deren Ende sich das fünf Meter hohe Holzkreuz befand, das er zum Gedenken an die Toten in der Familie aufgestellt hatte.

Und das sollte sie jetzt verlieren? All diese Erinnerungen? Den verwilderten Rosengarten, die Gräber der Hunde, all die lauschigen Plätzchen?

Sie strich sich die dünnen Haare aus der Stirn, auf einmal schwitzte sie heftig in der kühlen Küche.

Sie legte das Gesicht an die eiskalte Scheibe. Sah die Pappelallee im Schnee, schwarz-weiß wie ein Scherenschnitt. In der Ferne, vor dem Kreuz, stand ihr Großvater mit Butte, eine hohe, schwarze Gestalt vor dem grauen Schneehimmel und eine kleinere, die ihm bis zum Oberschenkel reichte. Während ihr Großvater unbeweglich dort stand und ins Nirgendwo zu blicken schien, blieb Butte nicht lange sitzen. Er liebte den Schnee. Er fraß ihn, wälzte sich darin und hoppelte aufgeregt wie ein Hase durch den Tiefschnee.

Martha lächelte unter Tränen. Wie würde es ihr ergehen, wenn sie nicht mehr hier wäre?

Eine Gedichtzeile schoss ihr durch den Kopf. *Wo soll ich hin, wenn kalt der Nordsturm brüllt?*

»Vielleicht müssen wir bald hier weg, Tante Bea«, sagte sie zu ihrer Tante, die dabei war, die Küchenschränke feucht auszuwischen.

»Solange wir uns haben, Kind, kann uns nichts geschehen«, sagte Tante Bea und strich sich mit einer ähnlichen Geste wie Martha vorhin eine Strähne aus der Stirn.

Aber woher, fragte sich Martha, sollte sie die Mittel nehmen, um umzuziehen? Sie hatte keine Ersparnisse. Alles, was sie verdiente, ging für das Lebensnotwendige drauf. Sie griff zum Telefon, um Johannes anzurufen, doch sie erhielt kein Freizeichen. Martha hoffte, dass es am Schneesturm lag und nicht daran, dass man ihr inzwischen die Leitung stillgelegt hatte. Sie griff nach ihrem Handy, auf dem noch ein Guthaben von vierzehn Euro war, doch Johannes ging nicht ans Telefon. Auch am Handy meldete sich nur die Mailbox. Martha war beunruhigt. Ging es ihm schlecht, war ihm etwas passiert? War er etwa schon wieder im Krankenhaus? Aber warum rief er sie dann nicht an? Jetzt, nachdem Anja sie beide so verraten hatte, hielten sie noch mehr zusammen als früher. Sie wollte es später noch einmal bei ihm versuchen. Und wenn er sich dann immer noch nicht meldete, würde sie nach Flensburg fahren und nach ihm sehen. Wie sie das bei diesem Wetter anstellen sollte, wusste sie zwar nicht, aber vielleicht konnte jemand aus dem Ort sie mitnehmen. Denn der Bus fuhr bestimmt nicht, und ihr klappriger Wagen war nicht fahrtüchtig bei diesem Wetter.

Draußen wurde es immer dunkler, obwohl es noch mitten am Tag war. Martha machte sämtliche Lampen in der Küche an, denn sie musste nun endlich weiterarbeiten, sie war bereits im Verzug. Also hieß es, Zähne zusammenbeißen und durch. Heute musste sie eine Geschichte illustrieren, in der der Sträfling in einen Tierkorpus aus Metall gesperrt wurde, unter dem man ein Feuer entfachte. Unter unvorstellbaren Schmerzen wurde der Delinquent darin langsam zu Tode geröstet. Sie konnte nicht verhindern, dass ihre Hand zitterte, als sie sie über das Blatt führte, und das flaue Gefühl im Magen verstärkte sich. Dennoch, sie konnte sich doch nicht jedes Mal übergeben, wenn sie eine solche Zeichnung anfertigte! Reiß dich zusammen, ermahnte sie sich, doch immer wieder musste sie aufhören und zweimal die Zeichnung von Neuem beginnen. Und zwölf Geschichten, zwölf Illustrationen von mittelalterlichen Folterszenen lagen noch vor ihr! Da sie ein fast fotografisches Gedächtnis besaß, besonders was Gesichter betraf, und selten eine ihrer Zeichnungen vergaß, würden sie diese gequälten, gemarterten, zerrissenen Geschöpfe noch monatelang bis in den Schlaf verfolgen, sie würden des Nachts an ihrem Bett stehen, sie anklagen und vorwurfsvoll fragen, warum Martha sie und ihre Qualen erschaffen hatte. Und es würde nichts nützen, wenn Martha antwortete, sie habe doch nur einen Auftrag ausgeführt.

Sie lehnte sich zurück und schloss erschöpft die Augen. Dass es so kommen würde, wusste sie, denn ihre Figuren verfolgten sie immer bis in ihre Träume, die guten wie die bösen. Und gerade die Letzteren waren besonders hartnäckig. Sie schleppte sie mit sich durch die Jahre wie einen mit Steinen gefüllten Rucksack. Blieb nur zu hoffen, dass ihr nächster Auftrag, das Cover für ein Kinderbuch, einen gewissen Ausgleich zu den Monstern in ihrem Kopf schaffen würde.

Ihr Blick fiel auf Butte, der in der Ecke saß und sie unverwandt ansah, als träumte er mit offenen Augen von ihr. Das Herz wurde ihr etwas leichter. Sie fragte sich, was Butte in diesem Moment wohl dachte.

Obwohl sein Anblick sie tröstete, wandte sie sich wieder ihrem Zeichenblock zu. Da hörte sie draußen das Gartentor gehen. Martha wunderte sich, denn sie bekam nur selten Besuch, und der kündigte sich normalerweise an. Sie sprang auf, um aus dem Fenster zu schauen. Ob es Johannes war?

In der hereinbrechenden Dämmerung sah Martha, wie durch den Schneefall zwei dunkel gekleidete Gestalten auf das Haus zukamen, ein Mann und eine Frau. Furcht beschlich sie. Die beiden sahen so *amtlich* aus, so selbstbewusst, als gehörten sie ganz selbstverständlich hierher und sie, Martha, nicht.

»Sie wissen wahrscheinlich, dass Anja Derling tot ist«, sagte der Mann, der sich als Hauptkommissar Benthien vorgestellt hatte.

Er sah nett aus, fand Martha, mit seiner markanten Nase und den Lachfältchen um die blauen Augen, die sie mit einem undefinierbaren Ausdruck ansahen. Urplötzlich fühlte sie sich wohl, angenommen, geborgen, respektiert, und die Foltermonster waren für einen Augenblick verschwunden. Martha hatte solche Menschen, deren Gesellschaft einem so guttat wie eine liebkosende Hand, in ihrem Leben nur sehr selten getroffen. Die wenigsten besaßen diese Gabe. Die junge Frau namens Lilly Velasco, die mit Hauptkommissar Benthien zusammenarbeiten durfte, musste sehr glücklich sein. Sie hatte schöne Augen, bernsteinfarben wie ihr Haar, einen eher breiten Mund und ausgeprägte Gesichtszüge. Ein Holzschnitt, dachte Martha, würde ihrem Gesicht mit den klaren Linien am ehesten gerecht werden.

»Kommen Sie doch in die Küche«, sagte Martha, »dort ist es am wärmsten.«

Ihr war klar gewesen, dass man sie befragen würde. Sie wunderte sich allerdings, dass sich die Polizei bei diesem Wetter hierher verirrte. Die Straße war unter dem Schnee kaum noch auszumachen.

Sie setzten sich um den zerkratzten Holztisch. Ihre Sachen hatte Martha schnell beiseitegeräumt. Dennoch war es den beiden gelungen, einen Blick auf ihre Zeichnung zu werfen, auf den nackten, sich aufbäumenden Mann in dem metallenen Tierkorpus, und Martha schämte sich. Mit roten Wangen bot sie ihren Besuchern Tee an und stellte ein paar Kekse auf den Tisch.

»Ja«, antwortete sie etwas verspätet auf Benthiens Eingangsfrage, »Frau Derling hat mich angerufen und mir von Anjas Tod erzählt.«

Sie verstummte, wartete die Fragen ab, die kommen würden.

»Sie waren miteinander befreundet, richtig?«, sagte die junge Kommissarin. »Wann haben Sie Anja Derling zum letzten Mal gesehen?«

»Ein paar Tage vor ihrem Verschwinden. Anja war seit zwei Wochen aus Thailand zurück und hatte sich nicht bei mir gemeldet, da wollte ich sehen, was mit ihr los ist.«

»Sie waren bei ihr zu Hause?«, fragte Benthien.

Martha nickte.

»Ist Ihnen da etwas aufgefallen, das anders war als sonst? Manchmal nimmt man unbewusst Dinge wahr, die man dann vergisst, weil sie nicht wichtig schienen. Gab es so etwas? Irgendwas, worüber sie sich gewundert haben, vielleicht etwas, das nicht zu Anja Derling passte?«

»Oder eine Änderung in ihrem Verhalten?«, ergänzte die Kommissarin. »War sie nervös, ängstlich oder auch euphorisch?«

Martha zögerte, doch dann entschloss sie sich, mit Nein zu antworten. Es war nicht wichtig genug. Wahrscheinlich hatte sich Anja ihren Verfolger auch nur eingebildet. Sie war manchmal reichlich paranoid gewesen. »Ich muss zugeben, wir haben uns leider gestritten.«

»Warum?«, fragten beide gleichzeitig.

»Weil Anja darauf aus war, alles, was ich sagte, als Kritik zu verstehen. Sie war latent aggressiv. Zum Beispiel, als ich sie fragte, ob sie sich schon nach einer Lehrstelle für ihren Sohn umgesehen habe – er wollte ja gern eine Ausbildung in Deutschland machen. Da sprang sie mir fast ins Gesicht! Sie meinte, dass ich keine Ahnung vom wahren Leben hätte, da ich nie, wie sie, vierzig oder fünfzig Stunden pro Woche in einem anspruchsvollen Beruf gearbeitet hätte. Das war, seit sie berufstätig war, ihr Dauerthema: dass sie keine Zeit hatte! Deshalb war es auch sinnlos, sie anzurufen, die Aussage war immer, sie habe gerade keine Zeit, weil sie noch dieses oder jenes zu tun hätte und außerdem todmüde sei, weil sie ja morgens um sieben wieder im Büro sein müsste.«

»Mehr als sechzig Prozent der Deutschen arbeiten mehr als vierzig Stunden die Woche«, sagte der Kommissar und lächelte Martha an, »das ist doch nichts Besonderes. Kann es sein, dass Anja Derling neidisch auf Sie war, weil Sie sich Ihre Zeit einteilen können, weil Sie eine gewisse Unabhängigkeit haben?«

»Genau das glaube ich«, stimmte ihm Martha zu. »Und wen man beneidet, den mag man nicht. Dabei waren wir fast dreißig Jahre lang befreundet ... oder zumindest war es von meiner Seite aus Freundschaft. Anja hat das vielleicht anders gesehen. Das hat schon ziemlich wehgetan.«

»Und darüber haben Sie sich gestritten?«, fragte Kommissarin Velasco.

»Deswegen und wegen eines gemeinsamen Freundes, den sie Knall auf Fall hat fallen lassen, als er krank wurde.«

»Johannes Brederloh?«

Martha versuchte, ihr Erstaunen zu kaschieren. »Haben Sie etwa schon mit ihm gesprochen?«

»Nein.« Der Kommissar nippte an seinem Tee. »Wir können ihn nicht erreichen. Wissen Sie, wo er ist?«

Martha fühlte, wie nackte Angst sie packte. »Er geht nicht ans Telefon. Ich mache mir wirklich Sorgen um ihn und würde auch nach Flensburg fahren, wenn ich nur wüsste, wie ich dahin kommen sollte.«

»Haben Sie kein Auto?«, fragte die junge Kommissarin.

»Doch, aber es ist eingeschneit und die Batterie völlig hinüber. Und eine neue kann ich mir im Augenblick nicht leisten.«

Sie spürte, wie die warme Hand des Kommissars kurz ihre eigene, eiskalte, berührte, und entspannte sich. »Wir kümmern uns darum«, sagte er freundlich. »Wir werden noch heute nach Johannes Brederloh sehen. Machen Sie sich keine Sorgen.«

»Woher kennen Sie drei sich eigentlich?«, fragte die Kommissarin.

»Wir haben uns vor rund dreißig Jahren in München kennengelernt«, begann Martha. »Johannes und ich waren Studenten an der Kunstakademie und wohnten zusammen mit einer japanischen Studentin in einer WG. Johannes lernte Anja auf dem Flohmarkt kennen, wo er selbst gemachten Schmuck verkaufte. Sie kamen ins Gespräch, und Anja erzählte ihm, dass sie ab dem Herbst eine Berufsfachschule besuchen wolle und eine Wohnung oder ein Zimmer suche. Zu diesem Zweck war sie für einige Tage in München. Weil kurz darauf die Sommerferien anfingen und Johannes für ein paar Wochen zurück nach Flensburg gehen wollte, bot er ihr an, dass sie solange umsonst in unserer WG wohnen könne, in seinem Zimmer, um sich von da aus in Ruhe eine Bleibe zu suchen. Anja nahm das Angebot natürlich dankend an. Letztendlich wurde in der WG über uns ein Zimmer frei, sie zog dort ein, und wir lernten uns besser kennen und freundeten uns an.«

»Lief da mal was zwischen Anja und Johannes?«, fragte Benthien.

Martha lächelte. »Nein, nie. Und auch nicht zwischen ihm und mir. Wir sind einfach nur Jugendfreunde. Johannes hat das sonderbare Talent, sich immer in Frauen zu verlieben, die ihn entweder ausnutzen oder nichts von ihm wissen wollen. Deshalb lebt er auch heute allein und ist umso mehr auf Freunde angewiesen.

»Was macht er beruflich?«

»Er hat als Innenarchitekt gearbeitet, aber dann wurde er krank, er ist wieder zurück nach Flensburg gezogen und lebt jetzt davon, dass er für das Satiremagazin eines Freundes Comiczeichnungen macht – tatsächlich schreibt und illustriert er einmal im Monat eine Kolumne über eine Figur, die er erfunden hat, Hein Blau, ein Mann, dem alles schiefgeht, der aber immer kreative Lösungen findet und nie aufgibt. Vielleicht sein Alter Ego? Johannes hofft natürlich, dass er zumindest hin und wieder in seinem alten Beruf arbeiten kann.«

»Wo waren Sie an jenem Sonntagabend, am achten Januar, als Anja verschwand?«, fragte die junge Kommissarin. »Und am letzten Samstag, frühmorgens?«

Martha lächelte gequält. »Brauche ich tatsächlich ein Alibi? Zum Glück habe ich eins: Ich war an diesem Nachmittag und Abend bei Johannes in Flensburg. Er brauchte jemanden zum Reden. Seit er zurück ist, ist er ziemlich einsam. Und am frühen Samstagmorgen war ich hier zu Hause, im Bett. Allein.«

Ihr war klar, dass ein Alibi, das nur von einem Freund bezeugt wurde, nicht sehr brauchbar war. Immerhin, und das war das Gute daran, konnte es schlecht widerlegt werden.

Nicht sehr brauchbar, dieses Alibi, dachte Benthien. Immerhin hielt er es für unwahrscheinlich, dass diese Frau in den Tod von Anja Derling verwickelt war. Es sei denn, zusammen mit Brederloh … Aber das konnte er erst feststellen, wenn er diesen Mann gesehen und sich ein Bild von ihm gemacht hatte. Besorgt ließ er seinen Blick zum Fenster schweifen. Es hatte schon wieder angefangen zu schneien. Was, wenn sie hier heute Abend tatsächlich einschneiten?

Dann wandte er sich wieder dieser Frau zu, die ihm Rätsel aufgab. Sie wirkte sehr zerbrechlich, wie jemand, der kurz davor ist, unter der Bürde des Schicksals in die Knie zu gehen. Andererseits mochte sie gerade alle ihre Reserven zusammennehmen, um Mut zu schöpfen aus sämtlichen Quellen, die ihr zur Verfügung standen. Die Frage war nur: Reichte es aus? Sie schien ihm schrecklich alleine zu sein, eingeschlossen in einen Kokon aus Einsamkeit, so wie Anja Derling eingeschlossen war in einen Kokon aus Eis.

»Wohnen Sie ganz alleine hier?«, fragte Lilly.

Die Frau zögerte, nahm einen Schluck von ihrem inzwischen erkalteten Tee, aß einen Keks. »Zusammen mit meiner Tante und meinem Großvater. Und unserem Hund. Wollen Sie sie sprechen? Mein Großvater schläft wohl gerade, er macht immer einen ausgedehnten Mittagsschlaf, manchmal bis zum Abendessen. Nun ja, bei diesem Wetter verpasst er auch nichts. Und Butte genießt es, dass er bei dieser Gelegenheit in Großvaters Bett schlafen darf ... bei mir darf er es nämlich nicht.«

Martha lächelte. Sie stand auf und ging zum Fenster. Benthien trat neben sie. Gemeinsam schauten sie hinaus in die unendliche Schneewüste, in der es keinen Weg, keine Begrenzung, keine Merkmale menschlichen Lebens gab, nur das Gerippe von Bäumen über einem Erdwall und einen dunklen Schatten in der Ferne, ein Haus wohl, ein rustikales Gebäude, vielleicht ein verfallenes Gutshaus, und auch das schon halb zugeschneit.

Martha nickte vage in die Richtung. »Dort haben wir mal gewohnt. Vor langer Zeit.« In ihrer Stimme, fand Benthien, schwang ein Anflug von Trauer mit. »Für uns Kinder war es ein einziger Abenteuerspielplatz. Wir hatten ein Baumhaus, in dem wir manchmal die Nacht verbrachten, wir erkundeten die Dachböden und gruselten uns in den Kellern oder versteckten uns im Eishaus, und im Sommer stopften wir uns die Bäuche voll mit Himbeeren, Brombeeren, Stachelbeeren.« Martha lächelte. »Damals mochte ich noch Stachelbeeren. Jetzt machen sie aus dem Haus ein Viersternehotel.«

»Wer ist ›wir‹?«, fragte Lilly. »Haben Sie noch Geschwister?«

»Nein, nur ein paar Cousins, die jetzt über die ganze Welt verstreut sind, in Kanada, Südafrika, Asien. Und Johannes war auch meistens dabei. Seine Großeltern waren damals Nachbarn von uns.«

Benthien verdaute dies alles schweigend.

Lilly schien das Wetter Sorgen zu bereiten. »Sollten wir nicht allmählich fahren?«, fragte sie ihn. »Wie's aussieht, wird es immer weiter schneien. Irgendwie schneit gerade die ganze Welt zu.«

Benthien nickte. »Ist wohl am besten. Ich werde auf jeden Fall die Schneeketten aufziehen.«

Martha Gropius lieh ihnen mehrere Handbesen und Schaufeln, sodass sie den Wagen, den Radkasten und die Reifen einigermaßen schnee- und eisfrei bekamen. Zu seinem Erstaunen hatte sie auch eine Stirnlampe für ihn und gab ihm einen dicken Vorleger zum Draufknien. Da Benthien das Anlegen von Schneeketten schon mehrfach in der trockenen Garage geübt hatte, ging es recht gut, und bald konnten sie losrollen. Im Rückspiegel sah er Martha Gropius vor der Tür stehen und winken, eine Silhouette wie ein schmaler grauer Strich. Die Arme hielt sie eng um den Körper geschlungen, um der Kälte zu trotzen.

»Ich glaube, sie ist sehr einsam«, sagte Lilly, nachdem sie die schmale Straße dritter Ordnung erreicht hatten und fast im Schritttempo zwischen den aufgehäuften Schneewällen rechts und links entlangfuhren. Die Heizung war voll aufgedreht.

»Ja, sie wirkt zerbrechlich, ganz grau vor Sorgen. Und sie trauert der Vergangenheit nach. Kann ich aber auch verstehen. Das Haus, in dem die Familie jetzt wohnt, ist doch sehr schadhaft und renovierungsbedürftig. Aber anscheinend fehlt das Geld. Was dagegen, wenn wir ein bisschen Musik hören?«

»Leonard Cohen wahrscheinlich?«

Benthien, der seit Jahren ein großer Cohen-Fan war, grinste. »Natürlich. *Winter Lady.* Das passt gerade so gut.«

Well I lived with a child of snow, sang Leonard Cohen, während Benthien über etwas nachdachte, was er gerade gehört hatte. Das Wort *Eishaus* rumorte in seinem Gedächtnis.

.... and I fought every man for her until the nights grew colder.

»Lilly, weißt du, was ein Eishaus ist? Man nennt es auch Eiskeller?«

»Eine Art Kühlhaus?«

»Wohlhabende Leute hatten so etwas zu einer Zeit, als es noch keine Kühlschränke gab. Diese Eishäuser befanden sich oft unterirdisch oder in einem Erdwall, wie wir ihn bei Martha Gropius gesehen haben, dort, wo die Bäume stehen. Man hat oft Bäume drumherum angepflanzt, weil sie Schatten spendeten. Dann konnte man ganz gut Eisblöcke darin lagern, um die Lebensmittel kühl zu halten.«

»Du meinst also, Martha Gropius hätte die Möglichkeit gehabt – zumal bei diesen Temperaturen –, in ihrem Eishaus die Leiche einzufrieren?«

»Das meine ich. Allerdings kann ich mir diese Frau nicht als Mörderin vorstellen.«

»Aber Johannes Brederloh? Meinst du, er könnte ihr Eishaus benutzt haben? Und sie hat es gewusst und zugelassen?«

Benthien drehte die Musik lauter.

And why are you so quiet now standing there in the doorway ...

»Möglicherweise. Zumindest hätte er hier in den letzten beiden Wochen, seit es so kalt ist, die Möglichkeit gehabt, die Leiche einzufrieren. Denn in eine gewöhnliche Gefriertruhe passt die Leiche nicht hinein – nicht in der Haltung mit dem ausgestreckten Arm. Dazu braucht man mehr Platz.«

»Aber vielleicht wusste Martha Gropius auch gar nichts davon«, überlegte Lilly.

You chose your journey long before you came upon this highway...

»Auf jeden Fall müssen wir Johannes Brederloh so schnell wie möglich befragen, am besten heute noch. Ruf ihn doch noch mal an.«

»Ich kann mir einfach nicht vorstellen, dass fehlende Loyalität ein Mordmotiv ist«, sagte Lilly kopfschüttelnd, während das Telefon ins Leere läutete.

»Er hat es vielleicht als Verrat angesehen«, antwortete Benthien. »Und sich selbst als jemanden, der nichts mehr zu verlieren hat.«

Mauseöhrchen,

glaub mir, ich liebte deine Mutter, wie ich noch nie einen Menschen geliebt hatte.
Nach der großen Katastrophe in meinem Leben hoffte ich, es würde zwischen meinem Vater und mir eine Annäherung geben, es gab ja nur noch uns zwei. Aber ich hatte ihn wohl zu oft enttäuscht. Er wandte sich von mir ab, ich war für ihn gar nicht mehr vorhanden, obwohl wir im selben Haus lebten. Im großen, dunklen Esszimmer nahm er schweigend seine Mahlzeiten ein. Schweigend saß ich am anderen Ende des Tisches, während die arme Hausdame auf dem Weg von einem Platz zum anderen Kilometer zurücklegte.
Ich war zwölf, als meine Mutter es nicht mehr aushielt und sich davonmachte, mit dem Strick um den Hals, und zehn, als meine kleine große Schwester sterben musste. Anna, sie hieß Anna, aber wir haben sie Annie genannt. Schade, dass du sie nie kennengelernt hast. Sie war wie ein Licht in dunkler Nacht. Ja, Mauseöhrchen, jetzt werde ich pathetisch, aber ich kann nicht anders, es war so.
Meine Mutter hat sich nie davon erholt, ich weiß, dass sie An-

nie mehr liebte als mich, aber das war okay so, ich liebte sie ja auch. Sie verdiente alle Liebe, die sie bekommen konnte. Mein Vater hörte damals auf, uns wahrzunehmen. Damit meine ich, dass er sich nicht mehr unterhielt, nicht mehr nachfragte, uns ignorierte. Natürlich sagte er weiterhin seine Sprüche auf wie »du dummer, dummer Nichtsnutz« oder fragte meine Mutter, wo sie seine Socken hingetan oder ob sie seine Schuhe geputzt hätte. Aber geistig und emotional war er nicht mehr bei uns. Irgendwann gab es dann auch andere Frauen, ziemlich viele, jede nur für eine kurze Zeit, und meine Mutter begann, in der Bibel zu lesen und sich hin und her zu wiegen, manchmal mehrere Stunden am Tag.

Ich wurde in jener Zeit zum Bettnässer. Offenbar war ich es früher schon gewesen, aber dann war es vorbei, und nun fing es wieder an. Ich weiß, Mauseöhrchen, so etwas möchte man von seinem Vater nicht hören oder lesen, aber ich muss wahrhaftig bleiben, auch vor mir selbst, und ich will nichts beschönigen. Auch das gehört zu meinem Werdegang, wie man so schön sagt, und hat mich geprägt.

Ich kann mich noch allzu gut daran erinnern, wie mein Vater reagierte, als er es zufällig mitbekam. Er ging den Flur entlang, meine Zimmertür stand offen, die Hausdame hatte das Laken abgezogen und in den Flur geworfen. Er konnte gar nicht anders, als den Urin im nassen Bettlaken zu riechen. Er stürzte daraufhin ins Badezimmer, wo ich mir gerade die Zähne putzte, zerrte mich auf den Flur und drückte mein Gesicht in das nasse Laken; noch heute kann ich seine harte Hand auf meinem Nacken spüren und seinen schalen Atem in meinem Gesicht. Meine Mutter, die durch das Geschrei aufmerksam geworden war, kam hinzu, warf meinem Vater einen langen Blick zu und ging stumm weiter in ihr Zimmer, wo sie ihre Bibel aufschlug.

Früher hatte mich immer Annie geschützt … vor meinem Vater, vor den Gefahren der Welt.
Doch meine Schwester war sang- und klanglos aus meinem Leben gegangen und hatte mich allein zurückgelassen.

Kapitel 9

Die Rückfahrt nach Flensburg war mühsam und wurde erst etwas besser, als sie auf die geräumte B 199 kamen. Allerdings hatte der unermüdlich fallende Schnee schon wieder eine eisige Glätte auf der Fahrbahn verursacht, und Lilly hoffte, es würde zu keinem Auffahrunfall kommen.

Doch sie kamen gut in der Polizeidirektion an und fanden sogar noch Tommy Fitzen im Büro vor. Er telefonierte gerade mit seiner Lebensgefährtin Ulli, die auch die Mutter der acht Monate alten Chiara war. Doch es schien ein Streitgespräch zu sein, denn Fitzen brach es plötzlich und ohne Vorwarnung ab, offenbar mitten in einem Satz von Ulli.

»Habt ihr schon wieder Krach?«, fragte Benthien und warf seine Outdoorjacke aus gut zwei Metern Entfernung in Richtung Garderobenständer, wo sie tatsächlich an einem der Haken hängen blieb. Er muss das geübt haben, dachte Lilly belustigt.

»Sie hat keine Zeit«, murrte Fitzen. »Eigentlich sollte ich heute Abend zu ihr kommen, aber jetzt hat sie plötzlich einen *Mädelsabend*!«

Er sprach das Wort aus, als wäre es etwas, das ihm schwere Verdauungsstörungen verursachte.

Ulli, von Beruf Fotografin, war erst kürzlich von ihrer Wohnung in ein gemietetes Haus umgezogen, um mehr Platz zu haben und von zu Hause aus arbeiten zu können. Lilly wusste, dass Tommy sehr darauf gehofft hatte, dass sie bei dieser Gelegenheit zusammenziehen würden, aber seine Freundin war dagegen gewesen. Warum, das hatte sie ihm nicht erklärt. Tommy Fitzen hing das immer noch nach. Und Lilly wusste, dass auch John sich Sorgen machte. Fitzen hatte schon einmal eine Beziehung in den Sand gesetzt; seine damalige Lebensgefährtin Katharina, eine Anästhesistin, war nach der Trennung mit der gemeinsamen Tochter Jenny in die Schweiz gezogen, so weit weg wie nur möglich. Lilly konnte sehr gut nachvollziehen, dass er nun etwas Ähnliches befürchtete, nämlich wieder eine Trennung, wieder nur ein Besuchsrecht für Chiara, wieder ein Kind, das er aus der Ferne würde aufwachsen sehen.

Um ihn auf andere Gedanken zu bringen, sagte sie: »Wollte Jenny nicht bald aus der Schweiz zu Besuch kommen? Hast du dir schon überlegt, was du mit ihr alles unternehmen willst?«

Fitzens Miene hellte sich auf. »Sie ist nächste Woche bei ihrer Oma, aber ein paar Tage wohnt sie auch bei mir. Hoffentlich bleibt der Schnee noch eine Weile liegen, das wird ihr bestimmt Spaß machen. Ich habe vor, zwei, drei Tage Urlaub zu nehmen, falls mir das irgendwie gelingt.« Er zog eine Grimasse mit dem Blick auf den Papierstapel, der sich im Mordfall Derling bereits auf seinem und Benthiens Schreibtisch anhäufte.

»Von mir aus gern«, sagte Benthien. »Apropos, hast du Johannes Brederloh erreicht?«

»Nein, ich bin zwar zu seiner Wohnung nach Engelsby gefahren, aber er war nicht da, alles war dunkel. Eine Nachbarin, die ich zufällig traf, erzählte mir, dass er am späten Nachmittag weggefahren sei. Sie sagt, er fährt oft in die Innenstadt in die eine oder andere Kneipe, um dort zu zeichnen. In seiner Wohnung fühle er sich isoliert und eingesperrt.« Fitzen stand auf und zog seine Jacke an. »Für mich ist Feierabend, Leute, ich fahre jetzt zu Ulli. Vielleicht lassen sie mich ja mitmachen bei ihrem *Mädelsabend*. Oder wenigstens Chiara hüten, ich sehe sie viel zu selten. Bis morgen, und habt einen schönen Abend!«

Nachdem er weg war, ging Lilly zum Kaffeeautomaten. »Kaffee für die Thermosflasche, falls Brederloh immer noch nicht da ist?«

Auf Benthiens Gesicht breitete sich ein Lächeln aus. Er ging zu ihr und umarmte sie kurz. »Du bist ein Phänomen, Lilly. Ich wusste, dass du Gedanken lesen kannst. Kommst du tatsächlich mit?«

»Wo denkst du hin? Ich mache mir einen gemütlichen Fernsehabend in meinem warmen, weichen Boxspringbett, mit Rotwein und Knabbergebäck, während du vor Brederlohs Haustüre im kalten Wagen bibberst!«

Zur Belohnung gab John ihr einen Kuss, dann fuhren sie in die Beethovenstraße nach Engelsby, tranken im Wagen ihren Kaffee, aßen Cracker mit Käse, die sie sich unterwegs gekauft hatten, erzählten einander aus ihrem Leben, hörten leise Musik – und nicht nur Leonard Cohen – und ließen notgedrungen ab und zu den Motor laufen, wenn es zu kalt wurde. Zum Glück hatte der Schneefall inzwischen aufgehört.

Lilly versuchte, Martha Gropius zu erreichen, um zu hören, ob sie vielleicht eine Nachricht von ihrem Freund erhalten hatte, aber wieder ertönte kein Klingelzeichen. Gegen elf Uhr am Abend waren sie nahe daran aufzugeben, als die Lichter eines ankommenden Wagens ihre Fenster streiften. Er parkte nicht weit von ihnen, und ein Mann ging auf das Mehrfamilienhaus zu.

»Wenn es nicht Brederloh ist, fahren wir nach Hause, okay?«, sagte Benthien und stieg aus.

Martha lag im Bett und zitterte vor Kälte. Sie hatte sich zwei Wärmflaschen gemacht und trug alle möglichen Kleidungsstücke einschließlich eines Schals und einer Mütze, die Tante Bea für sie gestrickt hatte, dennoch reichte es nicht aus, sie warm zu halten. Sie zog die Decke über den Kopf. Lieber ersticken als erfrieren, dachte sie. Dann hob sie die Decke doch ein Stück hoch, um Butte sehen zu können, der in seinem Korb mit den Beinen strampelte. Was träumte er nur? Sie hätte es zu gerne gewusst. Vielleicht von einem Eichhörnchen. Er liebte es, die armen Viecher auf die Bäume zu jagen, und obwohl er sie nicht erreichen konnte, sprang er noch Minuten, nachdem sie in den Laubkronen verschwunden waren, empört bellend an den Baumstämmen empor wie ein Flummi.

Martha lachte leise. Sie versenkte ihre Hand in Buttes Fell und streichelte die Stelle zwischen seinen Ohren, ganz sacht, damit er nicht aufwachte.

Sie döste ein. Der geröstete Sträfling aus dem Tierkorpus humpelte drohend auf sie zu, die eine Körperhälfte schwarz verkrustet, die andere glühend rot, Haut hing in Streifen herunter. Hinter seinem Rücken lugte Anja hervor und schnitt ihr eine Grimasse. Martha schrie und wachte auf. Sie fror jämmerlich, und ihre Nase war kalt wie ein Eiszapfen.

Sie sprang aus dem Bett, ging hinunter in die Küche, legte Holz im Ofen nach und setzte sich in den alten, verschlissenen Ohrensessel, der neben dem Ofen stand. Sie zog die Beine unter sich, eine Decke über sich und legte den Kopf an die Lehne.

Neben ihr, zwischen Lehne und Kissen, knisterte etwas. Sie tastete danach und hielt wieder den Brief mit der Kündigung in der Hand. Angst schnürte ihr die Kehle zu, kalte Angst vor dem, was mit ihr passieren würde. Wieder fiel ihr dieses Gedicht ein:

Wo soll ich hin, wenn kalt der Nordsturm brüllt?
Die scheuen Tiere aus der Landschaft wagen sich – und ich –
vor deine Tür, ein Bündel Wegerich.

Das Gedicht trug den Titel »Die Verscheuchte«.

Wie passend, dachte sie traurig. Und all dieses Unglück verdankte sie nur einer Person: Anja.

»Ich zeichne manchmal in Kneipen und Gaststätten«, sagte Johannes Brederloh mit einem flüchtigen Lächeln, das sein ernstes Gesicht verwandelte und seine Augen leuchten ließ. »Dort ist es warm, und man ist nicht allein, denn drumherum tobt das Leben. Darf ich Ihnen etwas anbieten? Sie müssen ja ganz durchgefroren sein, wenn Sie so lange auf mich gewartet haben.«

Offenbar meinte er es ernst. Er ging in die Küche, die so klein wie eine Kombüse war, und machte Tee.

»Martha Gropius hat uns erzählt, dass Sie eine Kolumne schreiben über eine Figur namens Hein Blau«, rief Benthien in Richtung Küche. Er wanderte im Zimmer umher und bewunderte die Vintage-Möbel. Endlich mal keine Nullachtfünfzehn-Einrichtung. Ungewöhnlich fand Benthien, dass es so gut wie keine Fotos gab, keinen Nippes, keine sentimentalen Erinnerungen. Nur das Bild eines etwa fünfjährigen Kindes, seinem Vater wie aus dem Gesicht geschnitten, stand im Rahmen auf dem Sekretär. Benthien fragte sich, wo die Mutter war. Und warum hatte Brederloh offenbar so wenig Freunde? Auch von Anja Derling oder Martha Gropius fand er keine Fotos, dafür aber das eines Hauses, das ihm seltsamerweise bekannt vorkam.

»Ach ja?«, rief Brederloh aus der Küche und riss Benthien aus seinen Gedanken. »Sie waren bei Martha? Wie geht es ihr bei dieser Kälte? Ihr Haus ist ja nicht gerade gut isoliert.«

»Sie macht sich Sorgen um Sie, weil sie Sie telefonisch nicht erreichen konnte.«

Lilly, die bereits am Wohnzimmertisch saß, bedeutete ihm mit einem Blick, sich endlich hinzusetzen. Brederloh erschien mit einem Tablett, einer Kanne und drei Bechern. Er war leicht außer Atem. »Ich stelle mein Handy meistens aus, wenn ich in der Kneipe bin. Aber ich werde ihr nachher eine E-Mail schreiben … wenn Sie weg sind«, fügte er freundlich hinzu.

»Sie sorgen ein bisschen füreinander, sehe ich das richtig?«, fragte Benthien, während er die Hände um den heißen Becher legte. Den Kaffee in der Thermoskanne hatten Lilly und er schon lange ausgetrunken.

»Das Pfeifen der Kinder im Wald, die allein sind«, sagte Johannes Brederloh, und ein schmerzliches – oder ein ironisches? – Lächeln verzog seinen Mund. Mehr schien er zu diesem Thema nicht sagen zu wollen.

Benthien betrachtete ihn unauffällig. Krank wirkte er nicht, zumindest nicht auf den ersten Blick, dafür aber recht sympathisch. Er war groß, sehr schlank, und die kurzen blonden Haare begannen sich über der Stirn zu lichten. Der Dreitagebart im Gesicht fiel kaum auf. Um seinen Mund spielte meistens ein Lächeln, versonnen, verhalten, ein wenig ironisch, das hatte Benthien bereits in der kurzen Zeit, die er Brederloh kannte, feststellen können. Er schien eher ein intellektueller Typ zu sein, einer, der gern beobachtete, der sich zurücknahm, ohne dabei schüchtern zu sein. Sicher auch ein Mann, der mit seinen lächelnden blauen Augen bei Frauen gut ankam. Umso erstaunlicher war es, dass er allein lebte.

Die Wohnung war nicht sehr groß, aber mit einigen guten

Designermöbeln aus den 1960er Jahren wohnlich eingerichtet – Leder, Teakholz in gerader, eleganter Form.

»Dänische Möbel«, sagte Brederloh, der Benthiens Musterung mitbekommen hatte, mit freundlichem Spott. »Habe sie mal auf einer Auktion erstanden. Das ist jetzt zwei Jahrzehnte her, aber ich trenne mich nicht gern von lieb gewordenen Dingen, deshalb sind sie mit mir umgezogen.«

»Wir sind, wie Sie sich denken können, wegen Anja Derling da«, sagte Benthien und beließ es bei dieser Aussage, ohne noch eine Frage dranzuhängen.

Auch Lilly, mit ihrem feinen Instinkt für Stimmungen, blieb still.

Brederlohs helle Augen richteten sich auf die gegenüberliegende Wand, und sein Gesicht nahm einen wehmütigen Ausdruck an. Es war, als erblickte er hinter Benthiens Rücken etwas überaus Schönes, etwa das verheißene Land.

»Ach ja, Anja«, sagte er mit seiner klangvollen Baritonstimme. Danach schwiegen sie. Benthien stellte fest, dass Johannes Brederloh zu den wenigen Menschen gehörte, die selbst ein längeres Schweigen aushielten. Ganz entspannt saß er da, die Hand mit dem Teebecher auf dem Knie. Ab und zu trank er einen Schluck, während er darauf zu warten schien, was die Polizei wohl mit ihm vorhatte.

»Wie war ihr Verhältnis zu Anja?«, beendete Lilly das Schweigen. »Martha Gropius hat uns erzählt, Sie waren niemals ein Paar?«

Ein flüchtiges Lächeln, fast abschätzig, huschte über sein Gesicht. »Anja war nicht mein Typ. Wir waren gute Freunde, zumindest dachte ich das. Heute glaube ich, sie hat in mir lediglich einen Bekannten gesehen. Aber für mich war sie so was wie eine beste Freundin. Wir haben oft in der WG zusammengesessen, Cola getrunken, Brathähnchen und Pommes gegessen und über das Leben geredet, damals, als wir noch jung waren.« Er zog eine Grimasse. »Manchmal bis drei, vier Uhr morgens. Später war ich auch ihr Beichtvater. Sie hatte sich in einen Kerl verliebt, der ihr nicht guttat, und jede Menge Probleme mit ihm. Zu der Zeit machte ich ein Auslandssemester in Mailand, und sie rief mich zwei-, dreimal pro Woche an, oder ich sie. Manchmal dauerten die Gespräche die halbe Nacht.«

»Und was wollte sie von Ihnen?«

Brederloh lachte leise. »Beratung. Sie meinte, da ich ein Mann sei, könnte ich andere Männer besser einschätzen als sie. Sie wollte von mir wissen, ob sie das Richtige tat, ihn richtig einschätzte, und was das, was er sagte und tat, für eine Bedeutung hatte. Wir redeten ewig, keine Ahnung, ob ich ihr helfen konnte. Aber ich glaube, es tat ihr gut, jemandem ihr Herz auszuschütten.«

»Haben Sie Anja Derling getötet?«

Benthien spürte Lillys überraschten Blick auf sich ruhen. So direkt vorzugehen war sonst nicht seine Art. Aber er war auf Brederlohs Reaktion gespannt.

»Nein. Warum sollte ich das tun?«

»Warum? Weil Anja Sie verraten hat, sie hat Sie fallengelassen, als sie von ihrer Krankheit erfuhr. Sie hatten Streit mit ihr, weil sie Sie als selbstgerecht bezeichnete, als jemanden, der sich ständig nur als Opfer sieht.«

Brederloh runzelte die Stirn. »Und das soll ein Mordmotiv sein? Aber ich sehe, Martha hat Sie gründlich informiert.«

»Wir haben Anjas Computer gecheckt und ihre E-Mails gelesen.«

»Wissen Sie«, Brederloh stopfte sich ein Kissen in den Rücken, um eine bequemere Sitzposition zu finden, »ich habe

Anja zuletzt nicht sehr ernst genommen, und ich habe sie nicht mehr auf Augenhöhe gesehen, auch wenn das überheblich klingt. Sie war eine schreckliche Klugscheißerin und extrem rechthaberisch oder beratungsresistent, wie man heute sagt. Klug war sie jedenfalls nicht. Kein Mensch, auf dessen Wort man hört. Die Sache mit dem Opfer war eine unbewusste Projektion. Aber sie selbst hatte wohl ihr Leben lang das Gefühl, zu kurz gekommen zu sein, warum auch immer. Das machte sie mit zunehmendem Alter und zunehmender Enttäuschung aggressiv. Nein, ich habe sie nicht sehr ernst genommen«, wiederholte er leise.

»Sie meinen, Sie hatten daher auch kein Motiv, sie zu töten?«, warf Lilly ein.

»Ich glaube, ich könnte noch nicht mal jemanden töten, den ich hasse. Schon aus ästhetischen Gründen nicht. Den Anblick von Blut und Wunden kann ich nicht ertragen. Und Anja habe ich nicht gehasst. Sie tat mir einfach nur leid, weil sie mit sich selbst so wenig zurechtkam und anderen die Schuld dafür geben musste. Und weil sie so wenig von sich wusste. Man hat es leichter, wenn man sich selbst gut kennt«, fügte er hinzu.

Unbewusst nickte Benthien. »Es hat Ihnen also gar nichts ausgemacht, dass sie Sie einfach fallen gelassen hat? Dass sie sich ausgerechnet einen der bittersten Momente Ihres Lebens ausgesucht hat, um mit Ihnen abzurechnen?«

Für ein paar Sekunden starrte Brederloh vor sich hin, dann hob er den Kopf. Mit seinen hellen Augen sah er Benthien an. »Ich habe höchstens mich selbst verachtet. Dafür, dass ich diese Freundschaft in all den Jahren nie infrage gestellt hatte … Dennoch, in dem Moment, wo man erkennt, dass ein Mensch nichts wert ist, trauert man höchstens noch um die Vergangenheit, um die Gedanken, die man sich um diesen Menschen gemacht hat, um die vergeudete Zeit, nicht um Gegenwart oder Zukunft. Ich war mit dieser Frau fertig. Ich musste sie nicht auch noch töten.«

Benthien bemerkte, dass Brederloh nun doch ziemlich nach Atem rang. Er saß ganz still auf dem Sofa und versuchte, konzentriert vor sich hin starrend, ruhig und gleichmäßig Luft zu holen. Benthien war klar, dass er die Befragung beenden musste. Doch eines wollte er noch wissen. »Wo waren Sie an dem Tag, als Anja verschwand?«

Wie er es sich schon gedacht hatte, erzählte Johannes Brederloh dieselbe Geschichte wie Martha Gropius. Beide gaben sich gegenseitig ein Alibi. Das konnte der Wahrheit entsprechen oder auch nicht. Und am frühen Samstagmorgen war er natürlich auch im Bett gewesen.

»Wie geht es Ihnen?«, fragte Lilly, als sie aufstanden, um sich zu verabschieden. »Können wir noch etwas für Sie tun?«

»Das geht schon vorbei«, antwortete Brederloh schwer atmend. »In ein paar Monaten wird mich ein Sauerstoffbehälter begleiten wie ein treuer Hund. Aber wissen Sie was? Der Mensch gewöhnt sich an alles, selbst an die widrigsten Umstände … wenn ich eines im Leben gelernt habe, dann das. Insofern schaue ich ganz wohlgemut in die Zukunft! Und immerhin«, sein Blick wurde weich, »habe ich ja noch Martha.«

Kapitel 10

Der nächste Tag war ein Tag, an dem es lange nicht hell wurde; düstere Schneewolken hingen wie ein Leichentuch über der Stadt und dem Land.

Beim Frühstück hatte Benthiens Vater, bereits sehr munter und tatendurstig, seinen Sohn darüber informiert, was er heute für seinen Foodblog zu kochen gedachte. »Ein gut gewürztes Risotto mit Roter Bete, Ziegenkäse, Parmesan, Sahne und Brombeeren«, verkündete er stolz. »Die Beeren kommen allerdings erst ganz zuletzt rein. Vielleicht auch ein wenig Rotwein oder Portwein. Habe ich erfunden und gestern mal ausprobiert. War gar nicht so schlecht. Aber sag mal, was für ein Fleisch würdest du dazu nehmen?«

Benthien nuckelte an seinem Brötchen herum und schlief noch halb, denn gestern Abend, nach dem Gespräch mit Brederloh, war er noch bei Lilly gewesen, und es war spät geworden. Dieses Rezept jedoch rüttelte ihn wach. »Brombeeren im Reis? Bist du sicher, dass das irgendjemand essen will?«

»Man könnte Schwein nehmen«, überlegte Ben laut. »Oder noch besser Wild. Irgendwas vom Reh!« Er strahlte. »Das passt, meinst du nicht, John? So ein süß-herber Beerenreis ergänzt Rehfleisch sehr gut. Jetzt muss ich nur noch ein Dessert dazu finden … am besten was Einfaches, vielleicht kleine Blaubeerküchlein? Aber irgendwas Raffiniertes müsste noch dabei sein …«

Benthien betrachtete seinen Vater liebevoll. Er fand es großartig, wie viel Lebensfreude er ausstrahlte und wie er sich nach dem Tod von Ellen, Benthiens Mutter, wieder berappelt und neue Energie getankt hatte. Vor einigen Monaten war er auf die Idee gekommen, als eine Art Chronist nach Art von Holmes und Watson einige von Benthiens alten Fällen aufzuschreiben, um sie irgendwann einmal einem Verlag anzubieten. Nebenbei kaufte er ausgefallene Dinge bei eBay ein, wie alte Manschettenknöpfe mit einem Elchkopf darauf, die er John zum letzten Geburtstag geschenkt hatte – ungeachtet der Tatsache, dass sein Sohn keine Anzüge trug, wenn es sich irgendwie vermeiden ließ. Und jetzt, mit seinen erweiterten Internetkenntnissen, begeisterte ihn die Idee eines Foodblogs. Doch John war ein kleines bisschen besorgt.

»Vater, das alles macht doch eine Riesenarbeit, wird das nicht zu viel für dich?«

»Unsinn, außerdem sind Lilo und Waltraud ja noch da. Sie kommen nachher vorbei und helfen mir beim Spülen und Aufräumen.«

John grinste. »Du hast die beiden gut im Griff, wie mir scheint. Alle Achtung!«

Ben, der sich als ehemaliger Sportlehrer auch mit seinen achtundsiebzig Jahren immer noch fit gehalten hatte, kam bei Frauen gut an, das musste John zugeben. Er hatte einen sehr vielversprechenden Ort ausgemacht, um nette Damenbekanntschaften zu machen, nämlich die sommerlichen Wattwanderungen, die er zwischen den nordfriesischen Inseln unternahm. Auch Lilo und Waltraud hatte er auf diese Weise kennengelernt. John war das nur recht. Er konnte seinen Vater getrost dessen Aktivitäten und kreativen Ideen überlassen, ohne dass dieser anfing, Trübsal zu blasen.

»Ich erwarte«, sagte Ben und räumte den reichlich gedeckten Frühstückstisch ab, »dass du heute Abend pünktlich zum Essen zu Hause bist, Junge! Ich brauche deine Meinung! Vielleicht entschließe ich mich ja im letzten Augenblick, statt Portwein und Sahne einen Hauch von Cremelikör zu nehmen. Und was Grünes muss auch noch rein … Oder was meinst du, soll ich statt des Likörs eine Cognacsoße ins Risotto geben? «

Benthien lähmte das düstere Wetter, dessen feuchte Kälte in seinen Kragen und unter seine Mütze kroch und ihn frösteln ließ. Auf der großen Sankt-Jürgen-Treppe musste er darauf achten, wo er hintrat, um auf dem neu gebildeten Eis nicht abzurutschen. Zu dieser morgendlichen Stunde hatte hier noch niemand gestreut. Er wünschte, er wäre früher dran gewesen, dann hätte er Lilly mit dem Auto abgeholt und sie wären zusammen zur Arbeit gefahren, im Warmen, eingehüllt in Musik und zärtliche Worte. So stellte er sich den perfekten Tagesanfang vor.

Benthien erwartete keine weltbewegenden neuen Erkenntnisse im Fall Derling, als er in der Polizeidirektion eintraf. Umso überraschter war er, als er in seinem Büro bereits Tommy Fitzen und Mikke Jessen vorfand, die bei einem Kaffee die Lage besprachen. Kurz darauf kam auch Lilly hinzu, und Benthien entschloss sich, eine Minikonferenz abzuhalten, zumal Fitzen offenbar sehr redebedürftig war und bereits mit seinen Papieren raschelte.

»Ich habe eben mit Stefano telefoniert«, sagte Fitzen, der ausnahmsweise schon einige Zeit vor Benthien zur Arbeit erschienen war. »Also, die Kollegen von der KTU haben mitgeteilt, dass sie in Anja Derlings Haus kein Projektil gefunden haben, auch keinen Hinweis darauf, dass dort geschossen wurde. Sie haben Luminol versprüht, aber kein Blut gefunden, auch keine Kampfspuren oder fremde DNA außer der der Eltern. Wenige fremde Fingerabdrücke, aber alle nicht registriert. Viel Besuch scheint sie nicht gehabt zu haben. Im Bett keine Spermaspuren, auch an den gewaschenen Laken im Schrank nicht.«

»Die hat man auch untersucht?«, fragte Lilly erstaunt.

»Ja, Spermaspuren gehen beim Waschen nicht unbedingt raus, es sei denn, man wäscht mit neunzig Grad.«

»Unglaublich, was du alles weißt!«, meinte Benthien bewundernd.

»Sagt Stefano«, fuhr Fitzen fort und blätterte in seinen Papieren. »Kommen wir zu den Alibis. Die Kollegen waren da sehr eifrig und haben den Hof, auf dem ihr Pferd steht, durchgecheckt, ebenso die Alibis der Leute dort. Der Bauer, dem der Reiterhof gehört und nach dessen Angaben Anja Derling gegen neunzehn Uhr weggefahren ist, hatte am Abend eine Familienfeier, und gegen sechs Uhr morgens musste er den Tierarzt rufen, weil einer seiner Esel Nachwuchs bekam und das Fohlen nicht richtig lag. Der Bauer und seine Familie sind daher nicht mehr verdächtig.«

Fitzen blätterte weiter, und Benthien stand auf, um für Lilly und sich einen Cappuccino zu ziehen. Den neuen Kaffeeautomaten hatten er und Fitzen sich vom letzten Weihnachtsgeld geleistet. Benthien vermutete, dass der Abend bei seiner Freundin Ulli für Fitzen nicht optimal gelaufen war, sonst wäre er nicht schon so früh zur Arbeit erschienen. Denn immer, wenn Fitzen verstimmt war, pflegte er sich durch besonderen Arbeitseifer abzulenken.

»Derlings Schauspieler-Bruder«, fuhr Fitzen fort, »hatte am Sonntagabend eine Vorstellung im Düsseldorfer Schauspielhaus und am Montag Proben. Ihr Bruder in Amerika war am Sonntag auf dem Weg von Philadelphia nach Albuquerque, wo am Montag ein Symposium begann, an dem er teilnehmen wollte. Ihr Sohn Carmelo war nachweislich in Surat Thani und hat dort Surfunterricht gegeben. Der Chef der Spedition« – Fitzen suchte nach dem zweiten Blatt des Berichtes – »lag mit einer Erkältung im Bett, was von der Familie bestätigt wurde. Auch Derlings Kolleginnen waren im Kreis ihrer Lieben zu Hause. Und am Montag fanden sich alle wieder ausnahmslos in der Spedition ein, selbst der kranke Chef.«

»Und was ist mit den Eltern?«, fragte Lilly.

»Die Eltern!«, sagte Mikke empört, der bisher gedankenverloren an seinem Milchkaffee genippt und aus dem Fenster in die graue Nebelbrühe geblickt hatte. Doch Lillys Frage hatte ihn aus seinen Träumen aufgeschreckt. »Lilly, du siehst so nett und harmlos aus, aber du hast eine abartige Phantasie! Glaubst du wirklich, die Eltern haben ihre eigene Tochter erschossen und vor ihre Tür gestellt? Und dann eine Riesenshow abgezogen, einschließlich Ohnmachtsanfall und Herzinfarkt? Das ist doch völlig gaga und krank!« Er stutzte, als die anderen lächelnd den Kopf schüttelten. »Warum lacht ihr eigentlich so blöd?«

»Deine Empörung ist so süß, Mikke«, sagte Lilly und wischte sich übers Gesicht.

»Du musst mal lernen«, sagte Fitzen ganz im Stil eines Oberlehrers, »alle, absolut alle Möglichkeiten in Betracht zu ziehen und davon auszugehen, dass du ständig belogen und verarscht wirst, lieber Mikke. Und je näher ein Zeuge dem Opfer steht, desto wahrscheinlicher ist es, dass er lügt! Ich gebe aber zu, in diesem Fall halte ich die Eltern auch für unschuldig. Obwohl sie kein Alibi haben und einen Keller besitzen. Außerdem sind sie ja gleich am nächsten Tag nach Mallorca abgedüst.« Letzteres fügte er mit einem Blick auf Benthien hinzu. »Und im Übrigen hatte Hans Derling keinen Herzinfarkt, sondern lediglich einen Herzanfall. Ach ja, Leon und Annika, die die Derlings befragt haben, haben ihnen auch ein Foto der Anstecknadel gezeigt, aber die beiden kannten sie nicht. Aus Derlings Familie stammt sie also schon mal nicht.«

»Es sei denn, sie haben gelogen«, sagte Mikke beißend.

Es klopfte, und Smythe-Fluege betrat den Raum. Fitzen bellte leise, wie zur Begrüßung, was ihm einen vielsagenden Blick von Benthien eintrug. Fitzens Bellen ging noch auf die Zeit des letzten Mordfalles zurück, wo er SF mit seinem Verhalten ziemlich auf die Palme gebracht und aus seiner Abneigung keinen Hehl gemacht hatte.

Klugerweise ignorierte SF ihn. Etwas irritiert wegen der vielen Kollegen sah er sich im Raum um. Zu Benthiens Überraschung sagte er: »Ich wollte eigentlich nur kurz berichten, was ich in Sachen Anstecknadel herausgefunden habe.«

»Haben Sie etwa den Verkäufer gefunden?«, erkundigte sich Fitzen. »Hat er Name und Adresse des Käufers rausgerückt? Wollen Sie einen Kaffee?«

»Danke, nein! Ich habe herausgefunden, dass die Nadel tatsächlich um die Jahrhundertwende hergestellt wurde, also um 1900, und wirklich zu den Potsdamer Gardejägern gehört. Die Händler, die ich befragt habe, haben eine solche Nadel in letzter Zeit allerdings nicht gesehen. Auch bei eBay wird sie nicht angeboten. Ich glaube…«

»Haben Sie auch die beendeten Auktionen gecheckt?«, unterbrach ihn Fitzen.

»Die beendeten Auktionen? Wo kann man die denn sehen?«

»Wenn Sie einen Account haben, Lester, und sich einloggen und auf erweiterte Suche gehen, können Sie sie sehen.«

SF verzog das Gesicht. »Ich pflege nicht bei eBay einzukaufen und habe demzufolge keinen Account.«

Lilly stand auf. »Möchten Sie mitkommen? Ich werde mich einloggen, dann können wir die beendeten Auktionen checken.«

SF nickte, und er und Lilly verließen Benthiens Büro.

Fitzen verschränkte die Hände hinter dem Kopf und fing an, mit dem Stuhl zu kippeln. »Ich wünschte, die Schmeißfliege würde wieder zurück nach Hannover gehen oder dahin, wo der Pfeffer wächst! Er passt einfach nicht in unser Team, er ist ein völlig inkompatibles Element. Und vergiss nicht, John, er hat vor nicht allzu langer Zeit deine Wohnung durchsuchen lassen!«

»Ich habe den Eindruck, er möchte etwas wiedergutmachen«, sagte Mikke. »Deshalb hat er sich auch diese Sisyphosarbeit mit der Suche nach der Anstecknadel auf den Hals geladen. Vielleicht wird er mit der Zeit ja noch ganz erträglich. Manche brauchen einfach eine Weile, bis sie mit ihren Kollegen warm werden.«

Gerade als Benthien die Besprechung beenden wollte, betrat Lilly das Büro. »Ihr werdet es nicht glauben, aber so eine Nadel ist wirklich bei eBay verkauft worden, und zwar eine Woche, nachdem Anja Derling entführt wurde. Hier«, sie legte einen Ausdruck auf Benthiens Schreibtisch, »das dürfte sie doch sein, oder nicht? Unsere Nadel?«

Drei Köpfe beugten sich über das Blatt. Fitzen bewaffnete sich mit einer Lupe. Benthien legte das Tablet mit dem Foto daneben.

»Sie sieht nicht nur aus wie unsere Nadel, es ist tatsächlich unsere Nadel«, sagte Fitzen nach einer Weile. »Hier, seht mal auf der Rückseite, diese kleinen schwärzlichen Abschürfungen am Rand sind auch hier haargenau in den Formen und an den

Stellen vorhanden wie bei unserer Nadel, da gibt es keinen Zweifel!«

»SF ist dabei, den Verkäufer anzuschreiben«, sagte Lilly. »Er glaubt ebenfalls, dass es unsere Nadel ist.«

»Kann er nicht über eBay die Verkäuferadresse erfahren?«, meinte Mikke.

»Das dauert zu lange«, sagte Benthien, der inzwischen das Profil des Verkäufers aufgerufen hatte. »Dazu brauchen wir einen richterlichen Beschluss. Ich würde es auch auf diese Weise versuchen.« Nachdenklich lehnte er sich zurück. »Aber so ganz koscher scheint mir der Verkäufer nicht zu sein. Er ist noch nicht lange angemeldet, aktuelle Auktionen hat er nicht laufen, und Bewertungen hat er auch keine. Und in den letzten vier Wochen hat er gerade mal drei Sachen verkauft, darunter unsere Nadel.«

»Aber von Garde-Jägern ist in dem Text nicht die Rede. Überhaupt ist der Auktionstext voller Fehler«, sagte Lilly und rief die eBay-Anzeige auf dem Tablet auf. »Schaut mal her: ›Bitte Krawattennadel von eine Jägerschaft, sehr alt, an. Vielleicht Gold? Wahrscheinlich Metalllegierung. Aber sehr rarr!‹ Der Mann scheint kein Deutscher zu sein.«

»Und die Nadel hat den stolzen Preis von einem ganzen Euro erzielt!«, bemerkte Fitzen, während er eifrig auf seinem Laptop herumklickte. »Sie hatte nur einen einzigen Bieter!«

»Was machst du da?«, fragte Mikke.

»Ich schau nach dem Käufer. Leider werden aus Datenschutzgründen die Namen nicht mehr voll ausgeschrieben. Der Käufer ist mit *c***t* angegeben und hat fünf Bewertungen. Und wenn ich den Namen anklicke, sehe ich auch nur seine Gebotsübersicht. Er hat in den letzten acht Tagen vor dieser Auktion dreizehn Gebote bei anderen Auktionen abgegeben, und zwar in den Kategorien *Sammeln & Seltenes* und *Antiquitäten & Kunst*. Gekauft hat er allerdings nichts, auch keine Auktion gewonnen.«

»Sieht nach einem ziemlich ungeschickten Anfänger aus«, meinte Lilly. »Oder nach einem sehr sparsamen Menschen, der nur Ein-Euro-Produkte kauft.«

Benthien griff zum Telefonhörer. Nun wollte er doch die Oberstaatsanwältin anrufen, die sich darum kümmern sollte, dass sie von der Internetplattform Namen und Adressen von Käufer und Verkäufer erhielten.

Später am Nachmittag, als er Lilly zufällig auf dem Flur traf, fragte er sie, ob sie am Abend zu ihm kommen wolle, und erzählte von Bens neuen Rezepten. »Bitte, lass mich nicht allein mit dem Brombeerreis«, flehte er, »ich glaube, wenn ich dich dabei ansehe, kann ich ihn essen.«

Lilly lachte und versprach, ihn nach Kräften zu unterstützen.

Der Müßiggänger

Kapitel 11

Benthien war am Freitagmorgen noch im Tiefschlaf, als neben seinem Ohr das Handy klingelte. Da er in einer solchen Situation weder genau wusste, wer noch wo er war, nuschelte er nur ein kurzes »Hmm« in den Hörer. Er zuckte zusammen, als er die durchdringende, energische Stimme der Oberstaatsanwältin hörte.

»Wir haben eine weitere Eisleiche«, verkündete Thyra Kortum, die Benthien schon seit Ewigkeiten kannte, da sie eine Freundin seiner Mutter gewesen war. »Man hat sie in Harrislee auf dem Marktplatz gefunden. Scheint derselbe Täter zu sein, doch diesmal ist das Opfer ein alter Mann. Und, min Jung, diesmal steht die Leiche nicht, sie sitzt, und rate mal, wo?«

Thyra machte eine erwartungsvolle Pause wie eine Lehrerin, die ihrem Lieblingsschüler eine simple Frage stellt in der Hoffnung, dass er wenigstens die würde beantworten können. Doch Benthien stand auf dem Schlauch.

»Hast du nicht gesagt, auf dem Markt in Harrislee?«, antwortete er und zog die Bettdecke über die Ohren. Obwohl die Heizung lief, kam ihm die Temperatur im Zimmer eisig vor.

»Ja, du Schlafmütze! Bei den Skulpturen. Er ist eine von ihnen!«, rief Thyra ins Telefon hinein. »Und ob du es glaubst oder nicht, man hat ihn über Stunden hinweg nicht bemerkt! Erst ein zehnjähriges Mädchen machte ihren Großvater darauf aufmerksam, dass da so ein komischer Mann sitzt, der ganz anders aussieht als die anderen Figuren. John! Hörst du zu? Bist du schon aufgestanden? Er sitzt neben der Frau mit der Ziege, guckt aber in die andere Richtung, zum Marktplatz hin. Da bauen sie übrigens gerade ihre Stände auf, habe ich gehört. Heute ist Freitag, verstehst du? *Freitag*, das heißt Wochenmarkt! Also los, du Faulpelz! Mal sehen, wer von uns beiden als Erster da ist.«

Erst als das Freizeichen in seinem Ohr tutete, begriff Benthien, dass Thyra aufgelegt hatte.

Er sah sich nach Lilly um, erkannte aber schnell, dass sie nicht da war. Sie hatten zusammen Bens Essen probiert, den Rest des Abends hatte er in ihrer Wohnung verbracht, dann aber beschlossen, zu Hause zu übernachten. Er setzte sich auf, kratzte sich am Kopf und dachte über Thyras Anruf nach.

Noch eine Eisleiche? Ein alter Mann, den man zu den bekannten Figuren gesetzt hatte, die den Marktplatz von Harrislee schmückten und ein Anziehungspunkt für Touristen waren? Das sicherlich bekannteste Fotomotiv der kleinen Gemeinde an der Grenze zu Dänemark? Dass man die Leiche ausgerechnet dorthin gebracht hatte, war beinahe genauso verrückt wie die Präsentation von Anja Derlings Leiche. Offenbar benötigte der Täter dringend Aufmerksamkeit.

Benthien drapierte die Bettdecke um sich und tippte die Nummer von Esther Talley ein, einer Mitarbeiterin im Innendienst. Zu seinem Verdruss meldete sie sich sofort und wirkte kein bisschen verschlafen. Seufzend beauftragte er sie, sofort alle Leute, die am Tatort vonnöten waren, zu informieren – die Kollegen, den Rechtsmediziner, die Kriminaltechniker.

Bevor er unter die Dusche ging, warf er noch einen Blick auf die Uhr: kurz vor halb sieben. Was, überlegte er, hatte ein kleines Mädchen um diese Zeit und bei dieser Kälte auf dem Marktplatz von Harrislee verloren?

Die Frage war schnell beantwortet, als Benthien gegen zwanzig nach sieben am Ort des Leichenfundes eintraf. Das Kind und seinen Großvater hatte man nach Hause geschickt, aber der junge Streifenpolizist, der ihn empfangen hatte, berichtete, die beiden hätten den jungen Labrador ausgeführt, den das Mädchen zu Weihnachten geschenkt bekommen hatte. Genau genommen hatte der Hund die Leiche gefunden. Da die forensischen Lichtquellen noch fehlten, war die Beleuchtung schlecht, doch Benthien hatte eine starke Taschenlampe dabei. Zum Glück hatten die ersten Beamten vor Ort mithilfe von Decken bereits einen Zugangsweg über die zertrampelte Schneedecke gelegt, sodass Benthien zur Leiche gelangen konnte, ohne Spuren zu verwischen oder zu verursachen.

Die Leiche saß auf einem niedrigen Mäuerchen aus roten Backsteinen, das einen kleinen Platz umgab, der einen Teil des sehr viel großeren Marktplatzes von Harrislee bildete. Auf diesem Mäuerchen waren, fast in Lebensgröße, eine Reihe von Figuren platziert, die von dem Bildhauer Bernd Maro als Bronzeplastiken entworfen worden waren. Da gab es eine Bäuerin mit einem Ziegenbock, eine schicke Dame mit Hütchen und üppigem Dekolleté, einen Alten mit Stock und einem überdimensionalen Hörrohr, einen Mann in Gummistiefeln, ein Kind, das sich auf der Mauer lümmelte, und weitere Figuren. Bis auf das Kind lachten sie alle. Sie lachten aus vollem Herzen, sie lachten verschmitzt, sie lachten höhnisch, sie fassten sich an den Kopf, sie krümmten und kringelten sich vor Lachen. Das bronzene Kunstwerk trug den Titel »Das Wahlversprechen«.

Der Täter hatte die Leiche neben die alte Frau mit dem Ziegenbock gesetzt, auf einen Exponatständer hatte er diesmal verzichtet. Wie Anja Derling war auch der alte Mann mit einer dünnen Eisschicht überzogen und darunter mit Hose, Hemd und Pullover bekleidet. Auf dem schütteren weißen Haar war ein Hut drapiert worden. Der Tote saß auf dem Mäuerchen, als hätte er es sich gerade eben dort bequem gemacht. Das linke Bein stand mit angewinkeltem Knie auf dem Boden, der rechte Fuß war leicht angehoben. Der Oberkörper krümmte sich, die Arme hatte man angewinkelt und so arrangiert, dass sie in die Luft zeigten, wie jemand, der nicht mehr an sich halten konnte vor Begeisterung. Doch am meisten erschreckte Benthien das Gesicht des alten Mannes, denn auch er lachte unbändig!

Anscheinend hatte der Täter beim Vorgang des Einfrierens den Mund und den Kiefer mit irgendeinem Hilfsmittel aufgehalten, sodass die Lippen die Zähne entblößten und den Anschein von Lachen erzeugten. Auch die Augen waren aufgerissen. Benthien fuhr ein Schauer über den Rücken. Was der Täter hier arrangiert hatte, war unmenschlich, war unbarmherzig und würdelos.

Er blickte sich um. Es war noch kein Gestänge für die Absperrtücher da, das kam erst mit der SpuSi, aber die Beamten hatten den Tatort weiträumig abgesperrt, und glücklicherweise gab es noch keine Schaulustigen. Nur ein paar Marktbeschicker, Bauern aus der Umgebung, bauten in einer entfernten Ecke des großen Platzes ihre Marktstände auf.

Benthien deutete auf die Leute, die von den Vorgängen am Mäuerchen noch nichts mitbekommen hatten, und wandte sich an die uniformierten Kollegen. »Sperrt den gesamten Marktplatz ab«, sagte er, »lasst nur eine schmale Gasse entlang der Häuser für die Anwohner frei. Hier kann heute kein Markt stattfinden! Ich will nicht, dass Leute kreuz und quer über den Platz laufen, auch wenn dieser Bereich hier vor Blicken gesichert ist.«

Kurz darauf traf die Oberstaatsanwältin Thyra Kortum ein. Sie war angezogen wie für eine Nordpolexpedition. Da sie fast vollständig vermummt war, konnte Benthien ihr Gesicht kaum erkennen. Stumm führte er sie durch die Spurengasse zur Leiche, vor der Thyra erschüttert stehen blieb. Er deutete auf den Boden vor der Mauer, wo eine Eisfläche entstanden war, vermutlich, nachdem der Täter die Leiche mit Wasser übergossen hatte. »Pass auf, es ist glatt.«

»Weiß man schon, wer er ist?« Aus irgendeinem Grund flüsterte sie, als wäre sie in einer Kirche. Benthien schüttelte den Kopf, doch zu seinem Erstaunen meldete einer der Streifenbeamten, der die Frage gehört hatte, dass er den Mann kenne.

»Es ist Arthur Peters«, sagte er. »Früher hat er hier gewohnt, auf einem Hof am Rand von Harrislee, wo jetzt seine Tochter … ach, du meine Güte!« Der Beamte, ein älterer, wohlbeleibter Mensch, sah aus, als hätte er ein Gespenst gesehen.

»Was ist?«

Der Mann blickte hinüber zu den Marktständen. »Seine Tochter …«, stammelte er, »Sabine … sie müsste drüben sein. Da steht auch ihr Wagen. Sie scheint wohl gerade den Stand aufzubauen.«

»Seine *Tochter* ist da drüben?«, fragte Thyra entsetzt.

»Ja, Sabine Severin. Sie betreibt mit ihrem Mann eine Gärtnerei und einen kleinen Bauernhof. Meine Frau und ich kaufen gern in ihrem Hofladen ein …« Seine Stimme verlor sich wie der Dunst seines Atems in der kalten Luft.

»Wo wohnte Arthur Peters jetzt?«, fragte Benthien mit rauer Stimme.

Der Kollege sah ihn verstört an. »Ich glaube in Flensburg-Mürwik, im Betreuten Wohnen. Er muss jetzt mindestens achtzig sein!«

»Er hat ihn zurückgebracht«, sagte Benthien leise zu Thyra. »Seiner Tochter zurückgebracht, die dort drüben gerade ihren Stand aufbaut. Er hat ihren Vater zurückgebracht an den Ort, wo seine Tochter lebt. Und wo er selbst früher gewohnt hat.« Benthien holte tief Luft, ehe er weitersprach. »Und genau das war auch der Fall bei Anja Derling. «

Wenig später trafen die Kollegen ein. Benthien setzte sich mit Thyra in den Polizeibus, um sich aufzuwärmen. Thyra zog die Handschuhe aus und wickelte sich den dicken Wollschal aus dem Gesicht. Blonde Haarsträhnen krochen unter ihrer eleganten Wollmütze hervor. Entgegen ihrer sonstigen Gewohnheit war sie auffallend still.

Benthien hatte Mikke Jessen, Leon Kessler, Lester Smythe-Fluege, Annika Gerisch, Tommy Fitzen und ein paar uniformierte Kollegen losgeschickt, um die Bewohner der umliegenden Häuser zu befragen, ehe sie zur Arbeit gingen. Vielleicht hatte jemand in der Nacht etwas gesehen, wodurch sich das Zeitfenster, in dem die Leiche hierher gebracht worden war, eingrenzen ließ. Lilly war auf seinen Wunsch hin nicht von Esther informiert worden. Er wollte ihr die Kälte ersparen und brauchte ohnehin jemanden auf dem Revier als Ansprechpartner. Aber natürlich wusste er, dass eine solche Bevorzugung Unruhe im Team auslösen könnte. Deshalb rief er sie jetzt vom Bus aus an, informierte sie über die neueste Entwicklung und gab ihr Anweisungen, was zu tun sei, bis sie alle zurückkämen.

Thyra grübelte indessen mit finsterer Miene vor sich hin. Sie bedachte ihn mit einem Blick, den Benthien beinahe als hilflos interpretiert hätte, wenn er nicht wüsste, wie taff und unerschrocken die Oberstaatsanwältin mit ihrer dreißigjährigen Berufserfahrung war.

»Hast du irgendeine Erklärung, John? Was soll das? Was bezweckt dieser Täter?«

Benthien kratzte sich am Kinn. »Bei Anja Derling dachte ich, dass es eine persönliche Sache wäre, dass wirklich Anja Derling gemeint war. Aber vielleicht müssen wir jetzt umdenken. Zumindest müssen wir schnellstens herausfinden, ob zwischen Anja Derling und Arthur Peters irgendeine Beziehung besteht.«

»Mir kommt es so vor, als würde dieser Irre aus reiner Freude am Töten und an der Inszenierung morden. Vielleicht sieht er seine Morde als Kunstwerke. Oder ihm ist schlicht langweilig, und er will Spielchen spielen mit der Polizei, mit den Medien. Er ist der Regisseur, und wir sind die Statisten.«

»Thyra, du weißt, das wäre die schlimmste Möglichkeit überhaupt. Dann würde der Täter immer weitermorden, schon weil er den Kick braucht.«

Thyra seufzte. »Ja, wir brauchen dringend eine heiße Spur. Hat Smythe-Fluege den Händler ausfindig gemacht, der diese Nadel verkauft hat?«

»Wir haben sogar den Käufer ausfindig gemacht und warten jetzt darauf, dass wir die Adressen bekommen. Nur dauert das leider etwas. Du weißt ja, wie das läuft. Ich werde nachher noch einmal dort anrufen …«

Er hielt inne, weil Juri Rabanus in den Bus einstieg. Da Juri sehr einfühlsam war, hatte er ihn hinüber zur Tochter von Arthur Peters geschickt, um ihr die Nachricht vom Tod ihres Vaters mitzuteilen. Juri sah mitgenommen aus, fand Benthien.

»Sie war nicht davon abzuhalten, ihn sich anzusehen«, sagte er düster, während er seine dicken Wollhandschuhe auszog. »Sie hat ihn identifiziert. Jetzt kümmern sich Sanitäter um die arme Frau. Ich denke, wir sollten ihr ein wenig Zeit geben, bevor wir sie befragen.«

»Unbedingt.« Benthien überlegte. Dann bat er Juri, nach Mürwik zu fahren, in das Heim, in dem Arthur Peters gewohnt hatte, um herauszufinden, wann er von dort verschwunden war und ob jemand etwas bemerkt hatte. »Zum Glück wohnt er nicht so isoliert wie Anja Derling. Da muss doch jemand etwas gesehen haben! Das zweite Team der Spurensicherung ist auch schon auf dem Weg dorthin. Vielleicht haben wir Glück, und es finden sich die gleichen Fingerabdrücke, die wir auch schon bei Anja Derling gefunden haben.«

Kaum war Juri ausgestiegen und zu seinem Wagen gegangen, als SF in den Bus einstieg, der daraufhin heftig schaukelte. In seiner Nordpol erprobten Daunenjacke wirkte er noch größer und massiver als sonst. Außerdem brachte er einen Schwall Kälte mit herein.

»Ich habe einen Zeugen gefunden!«, verkündete er und hob triumphierend die Mundwinkel, sodass sein rundes Gesicht einmal mehr wie ein Smiley leuchtete. »Eine Frau, die hier am Platz wohnt und in der Nacht nicht schlafen konnte, hat jemanden gesehen, der sich, wie sie sagte, ›an den Figuren zu schaffen machte‹. Das dazugehörige Auto will sie auch beobachtet haben.«

So aufregend, wie das klang, war es allerdings nicht. Die ältere Frau, die sich mit Autos nicht auskannte, konnte die Marke nicht benennen und hatte auch das Kennzeichen nicht gesehen. Sie wusste nur, dass es dunkel war, wie ein kleiner Bus aussah und keine seitliche Beschriftung hatte. Bemerkt hatte sie ein oder zwei Personen, die »an den Figuren herumfummelten«.

»Sie weiß nicht genau, ob es ein oder zwei waren?«, fragte Thyra skeptisch. »Konnte sie sie denn beschreiben?«

»Sie waren dunkel angezogen und ihre Gesichter vermummt«, antwortete SF. »Aber davon abgesehen hätte sie die Gesichter auch nicht erkennen können, denn sie wohnt ungefähr zwanzig Meter vom Ort des Geschehens entfernt. Im dritten Stock. Und die Straßenbeleuchtung ist nicht sehr hell.«

»Konnte sie wenigstens sagen, um welche Uhrzeit das war?«, fragte Benthien.

SF zögerte. »Sie war sich nicht ganz sicher«, bekannte er dann. »Zuerst hat sie, wie sie sagte, nicht auf die Uhr gesehen. Weil es ihr kalt wurde, hat sie sich dann wieder hingelegt. Ungefähr fünf Minuten später, meint sie, hätte sie aber auf die Uhr gesehen, da wäre es halb vier gewesen. Aber als ich dann nachfragte, war sie sich nicht ganz sicher, ob sie nicht zwischen dem Hinlegen und dem Wieder-auf-die-Uhr-Gucken eingedöst war und sie ihre Beobachtung nicht schon früher gemacht hatte. Übrigens meinte sie zum Schluss, dass es wohl doch nur *ein* Mann gewesen wäre.«

»Vielleicht auch eine Frau, ein Zwerg oder ein Neandertaler«, sagte Thyra bissig.

Benthien schüttelte den Kopf. »Im Grunde genommen wissen wir nur, dass die Leiche irgendwann heute Nacht hier abgeladen wurde. Lester, können Sie der Zeugin Bilder von Autos zeigen, die infrage kommen? SUVs, Vans, VW-Busse? Vielleicht erkennt sie die Form.«

SF nickte. »Natürlich. Ich muss mir nur zuerst ein Tablet besorgen, dann werde ich noch mal mit ihr reden. Übrigens sind bereits einige Reporter da und befragen alle möglichen Leute. Die werden einen Aufstand machen, fürchte ich, jetzt, wo wir eine zweite Eisleiche gefunden haben!«

Benthien zog eine Grimasse. Dieses Zurschaustellen der Opfer war natürlich spektakulär, ein gefundenes Fressen für die Medien. Da würde noch etwas auf sie zukommen.

Mauseöhrchen,

ich sollte dir mehr von meiner Kindheit erzählen, sonst wirst du mich wahrscheinlich nie verstehen. Ich hoffe, mein Kleines, dass du in deinem Leben nie erfahren wirst, was Mobbing ist. Als ich ein Kind war, kannte man den Begriff noch gar nicht. Da hieß es dann »jemanden auf dem Kieker haben«, und das klang eher harmlos.

Ich hatte eine Lehrerin, Frau Wendt, die mich auf dem Kieker hatte. Wenn irgendwo neben oder hinter mir Unruhe entstand, wenn einer redete oder Unfug machte, dann war ich in ihren Augen der Störenfried. Ständig rief sie mich auf, und ich musste mich rechtfertigen für etwas, was ich gar nicht getan hatte, oder bekam Strafen. Zwei-, dreimal ging meine Schwester zu ihr – sie war drei Jahre älter als ich – und sprach mit der Lehrerin. Offenbar konnte Annie sie überzeugen, denn irgendwann ließ mich Frau Wendt tatsächlich in Ruhe.

Aber das war noch harmlos.

So richtig schlimm wurde es, als ich in einer Kinderfreizeit im Schwarzwald war. Meine Mutter brachte mich im Haus von Frau Mantau unter, einer älteren, ständig jammernden Witwe, die ein sehr großes, wunderschönes Schwarzwaldhaus im Murgtal besaß, nicht weit von der Schwarzenbachtalsperre. Diese Kinderfreizeiten waren ihr Geschäftsmodell, denn ihr Mann hatte sie mittellos zurückgelassen. Sie engagierte über die Sommermonate Teilzeitarbeiter als Betreuerinnen und nahm Kinder in kleinen Gruppen auf. Manche verbrachten ihre ganzen Sommerferien dort, für die machte sie dann Sonderpreise. Ich wurde dorthin geschickt, weil ich ständig kränklich war und Probleme mit den Bronchien hatte, dafür sollte die Höhenlage nämlich besonders gut sein. Meine Mutter machte mit Annie in einem

kleinen Ort in der Nähe Urlaub, sie wollte, und das konnte ich verstehen, mit Annie zusammen sein, weit entfernt von unserem Vater und ihren Alltagssorgen. Ob sie eine Vorahnung hatte, dass Annie nicht mehr lange bei uns sein würde?
Diese vierwöchige Freizeit, Mauseöhrchen, wurde fast die schlimmste Zeit meines Lebens (die Zeit mit deiner Mutter war dann summa summarum noch schlimmer).
Die meisten Kinder genossen ihren Aufenthalt zwischen Tannenwäldern, hügeligen Wiesen, sprudelnden Wildbächen und liebten die Ausflüge zur malerischen Talsperre. An sich also ein wahres Kinderparadies, zumal die Betreuerinnen eine eher lasche Aufsicht führten. Manchmal ging auch Frau Mantau mit uns spazieren. Unter uns nannten wir sie nur »Fräulein Gesittet«. Denn dieses Wort benutzte sie häufig: Wir hatten gesittet zu essen, ohne Ellbogen auf dem Tisch, wir hatten gesittet auf den Spazierwegen zu gehen und nicht zu rennen oder uns gegenseitig zu schubsen, wir hatten gesittet und höflich mit den Erwachsenen umzugehen.
Frau Mantau war ein wenig lästig, doch im Grunde konnten wir machen, was wir wollten, und wir führten vier Wochen lang ein herrliches, wildes Leben.
Und genau das, meine Kleine, die mangelnde Aufsicht, wurde zu meinem Verderben.

Kapitel 12

Sie war auf der Fähre, wie sie es verabredet hatten. Aber er hielt es für besser, sich nicht zu zeigen, schließlich wollte er nicht die Aufmerksamkeit der übrigen Fahrgäste oder des Personals auf sich ziehen. Daher blieb er in seinem Wagen auf dem Autodeck sitzen, auch wenn es schweinekalt war. Weil er nicht unangenehm auffallen wollte, durfte er den Motor nicht anlassen, denn die umweltbewusste Besatzung der Fähre würde es ihm ganz gewiss verbieten.

Er zog die Mütze tief ins Gesicht, schlüpfte in warme Thermohandschuhe und kuschelte sich in seine Steppjacke. Dabei ging er noch einmal sein Szenario durch. Es war sehr hilfreich, dass sie ihm vertraute. Er wusste, sie hatte keine Bedenken, denn sein Angebot war einfach zu schön, zu verlockend, um Zweifel zu hegen. Er wunderte sich fast selbst, wie gut ihm alles gelang: die Suche nach den Opfern, die Auswahl, die Annäherung. Und neben allem anderen war es auch noch unterhaltend und äußerst spannend.

Auch dieses, sein *nächstes* Opfer, war ihm sicher. Er hatte sie auf die Fähre gehen sehen; alles lief so wie verabredet. Im Restaurant wartete sie jetzt auf ihn, und wahrscheinlich war sie enttäuscht, dass er nicht da war. Umso größer würde die Freude sein, wenn er sie gleich nach dem Ausstieg auflas. Allerdings, die Strecke war kurz. Er würde sich beeilen müssen.

Er machte Musik an – Tschaikowsky, die russischen Tänze. Er musste sich von der Kälte ablenken. Oder vielleicht doch kurz den Motor und die Heizung anstellen? Nein, lieber nicht.

Vorsicht war die Mutter der Porzellankiste. Er stellte die Lehne zurück und ließ seine Gedanken schweifen, dachte bereits über Opfer Nummer vier nach. Dafür würde er sich einen Hund besorgen müssen. Aber das würde er auch noch schaffen.

Anscheinend war er eingenickt, denn Gewusel und Stimmengewirr weckten ihn auf. Die Leute strömten zurück aufs Autodeck, stiegen in ihre Wagen, und über das Dach des vor ihm stehenden Sportwagens konnte er die Silhouette der Amrumer Südspitze am Horizont auftauchen sehen. Bald würde die Fähre an der Mole festmachen.

Er stellte die Lehne wieder aufrecht.

Nun war Action gefragt, nun musste er funktionieren.

Außer der Zeugin, die SF aufgetrieben hatte, hatte niemand eine ungewöhnliche Beobachtung gemacht. Es war zum Aus-der-Haut-Fahren, dachte Benthien. Da waren fast ein Dutzend Kollegen ausgeschwärmt, doch niemand hatte etwas Verdächtiges gesehen.

Einige Stunden später saßen alle, bis auf SF und Juri Rabanus, in der Polizeidirektion um den großen Konferenztisch und labten sich an belegten Brötchen und Fladenbroten, die Lilly geordert hatte, und verschiedenen Heißgetränken. Für viele war es das erste Frühstück überhaupt an diesem Tag.

Lilly, die ebenfalls bereits einige Stunden Arbeit hinter sich hatte, blätterte in einem Papierstapel. Sie blickte auf, schien zu bemerken, dass Benthien sie beobachtete, und lächelte ihm flüchtig zu … als ob ein flüchtiges Lächeln nur von ihnen beiden bemerkt werden könnte, nicht aber von den Kollegen. Sie senkte verwirrt den Blick und begann etwas hastig mit ihrem Bericht. Benthien beschloss, Mikke anzusehen, der gerade herzhaft in ein Fladenbrot biss, um Lilly nicht weiter zu irritieren.

»Der toxikologische Bericht zu Anja Derling ist da. Nun wissen wir, dass das Opfer eine beträchtliche Menge eines verschreibungspflichtigen Schlafmittels im Blut hatte. Der Täter hat sie also in ihrem Versteck ruhiggestellt, bis er sie tötete.

Ihr Sohn ist inzwischen aus Thailand angereist, zusammen mit seinem Vater. Am Montag soll die Beerdigung in Niebüll stattfinden. Auch Anja Derlings Brüder werden dabei sein. Die KTU sagt, dass Derling, genau wie Arthur Peters, erst an ihrem Standort, also vor der Tür ihrer Eltern, mit Wasser übergossen wurde, das dann schnell einen Eisfilm bildete. Er hat sie also nicht schon bei sich zu Hause mit dem Eis präpariert.«

»Wäre ja wohl auch ein bisschen schwierig«, sagte Leon Kessler. »Ich frage mich aber, was er getan hätte, wenn es jetzt nicht diese Minusgrade geben würde. Nur dadurch konnte der Eisfilm entstehen.«

»Die Frage ist doch eher, warum er sie überhaupt mit Wasser übergießt«, warf Annika ein und drehte nervös eine Haarsträhne um ihre Finger. »Nur des ›schönen‹ Effektes wegen?«

Die Tür ging auf, und Juri kam herein. Er warf seinen langen schwarzen Mantel auf einen Stuhl und rieb sich Gesicht und Hände wie einer, der lange in der Kälte war. Lilly schob ihm einen Stuhl hin. »Möchtest du was essen oder trinken? Kaffee, Tee?«

Juri lächelte sie dankbar an. »Das kann ich selbst machen, Lilly!«

Lilly lachte. »Natürlich kannst du das!« Sie schob ihm einen Becher Kaffee hin.

Benthien fiel wieder einmal auf, dass Lilly mit Juri – zumindest hier unter den Kollegen – lockerer umging als mit ihm. Sollte er das gut oder schlecht finden? Er war sich nicht so ganz sicher. In Situationen wie diesen spürte er einen feinen Stich in der Brust – Eifersucht, ohne Zweifel –, da er lange Zeit den Eindruck gehabt hatte, Lilly interessiere sich für Juri. Vielleicht nahm Lilly auch nur Anteil an der Tragödie, die Juri heimgesucht hatte – seine Frau Caroline war ums Leben gekommen, weil ihr Wagen nach einem Unfall auf glatter Straße stundenlang nicht gefunden wurde. Mit ihr war auch das zweite Kind gestorben, das sie erwarteten. Nun lebte die kleine Amélie die meiste Zeit bei Juris Schwiegermutter, nur an den Wochenenden war er mit ihr zusammen. Seine meist schwarze Kleidung passte gut zu seinem etwas schwermütigen Charme, der herb-männlichen Ausstrahlung, den dunklen Augen und Haaren, die immer etwas über dem Kragen zipfelten; dazu war er einfach nett, aufmerksam, ein kollegialer Mitarbeiter, allerdings schwer zugänglich, wie die Frauen unter den Kollegen fanden. Benthien, der ihn gut leiden mochte, beschloss dennoch, ihn im Auge zu behalten. »Du weißt ja, stille Wasser und so …«, erklang Fitzens Stimme, der ihn lange gedrängt hatte, mit Lilly doch nun endlich Tacheles zu reden, irgendwo dunkel in seinem Hinterkopf.

Er nahm Juri ins Visier. »Hast du etwas rausgefunden im Betreuten Wohnen in Mürwik? Hat man Arthur Peters vermisst?«

»Nein, direkt vermisst hat man ihn nicht«, antwortete Juri. »Er lebte weitgehend autark, machte sich sein Essen selbst und brauchte auch keine Pflege. Zuletzt gesehen hat man ihn am Montag, da hat er am Nachmittag mit ein paar Freunden Skat gespielt. Dabei erzählte er, dass er seine Tochter besuchen wollte. Aber sein unmittelbarer Nachbar hat eine interessante Tatsache erwähnt: Am Montagabend klopfte ein uniformierter Polizist an Peters' Tür. Peters hat ihn natürlich reingelassen. Ihr müsst wissen, die Wohnungen im Betreuten Wohnen sind so angelegt, dass man sie über eine Außengalerie erreicht. Man gelangt also unmittelbar vor die Wohnungstür, ohne durch eine Lobby oder an einem Empfang vorbeizugehen.«

»Hat er die beiden zusammen weggehen sehen? Oder hat er Peters gefragt, was der Polizist von ihm wollte?«, fragte Fitzen.

»Beide Male nein.« Rabanus angelte eine Scheibe Tomate von seinem Fladenbrot, die abzurutschen drohte. »Er hat Peters seit Montagabend nicht mehr gesehen. Aber es machte sich auch niemand Sorgen um ihn, weil man annahm, er wäre bei seiner Tochter.«

»Und was sagt die Tochter?«, fragte Lilly.

»Sie hat zuletzt am Sonntag mit ihrem Vater telefoniert. Das war üblicherweise der Tag, an dem er die Verwandtschaft anrief, einen nach dem anderen. In der Woche, sagte sie, war er zu beschäftigt mit Spazierengehen, Besuchen bei Freunden, Kartenspielen, Fernsehen, Essen kochen. Da, sagte er, hätte er keine Zeit zum Klönen gehabt.«

»Hast du sie gefragt, ob sie davon wusste, dass ihr Vater sie besuchen wollte?«

»Sie sagt, das wäre für Samstag mal ›angedacht‹, aber noch nicht endgültig entschieden gewesen. Ab und zu besuchte er sie und ihre Familie für ein bis zwei Tage auf seinem alten Hof, den jetzt seine Tochter und ihr Mann bewirtschaften.«

»Dann war er Bauer?«

»Bauer und Gärtner. Bis vor zehn Jahren. Damals hat er den Hof seiner Tochter und dem Schwiegersohn übergeben und ist in die Stadt gezogen.«

»Welchen Eindruck hast du von der Tochter?«, erkundigte sich Benthien.

Juri zuckte mit den Achseln. »Schwer zu sagen, sie stand unter Schock. Sie ist sechsundfünfzig, die Kinder sind aus dem

Haus, sie wirkt bodenständig, hat Spaß an ihrer Arbeit. Hauptsächlich ist ihr Mann für die Gärtnerei zuständig, sie fürs Gemüse, die Tiere und den Hofladen. Eine nette, durchschnittliche Frau in einem geordneten, wenig spektakulären Leben, die, nach ihrer Ausbildung, bald geheiratet hat. Ihr Mann war ursprünglich Gärtner, aber als ihr Vater einen Bandscheibenvorfall hatte, zogen sie auf den Hof. Jetzt betreiben beide mit Leib und Seele ihre Gärtnerei und die Gemüsefarm. Und sie züchten Mangalica-Schweine.« Juri nippte an seinem Kaffee. »Ich habe Frau Severin natürlich auch gefragt, ob ihr der Name Derling etwas sagt.«

»Und?«, fragte Mikke.

»Nichts. Sie hat ihn noch nie gehört. Eine Sache ist allerdings komisch.«

»Und was?«, fragte Fitzen ungeduldig, während Juri einen Bissen Brot kaute.

»Arthur Peters ist früher gern auf die Jagd gegangen. Er hatte sogar ein eigenes kleines Jagdrevier.«

Verblüfft schwiegen alle. Dann meinte Leon Kessler: »Steht das in Zusammenhang mit der Ehrennadel von Anja Derling, oder ist das reiner Zufall?« Er blickte sich am Tisch um.

Benthien schüttelte den Kopf. »Zufall oder nicht, lassen wir es erst mal so stehen. Was haben wir noch?«

»Ich würde gern auf den Polizisten zurückkommen, den man bei Peters gesehen hat«, sagte Annika. »Vielleicht hat sich der Täter auch bei Anja Derling als Polizist verkleidet. Das würde erklären, warum sie ihn, bei all ihrer Vorsicht, ins Haus gelassen hat.«

»Gute Idee. Hat denn jemand einen Polizisten bei ihr gesehen? Oder ein Polizeiauto?«, wollte Benthien wissen. »Jemand aus der Nachbarschaft?«

»Nein«, musste Annika zugeben. »Aber die Nachbarn wohnen ein Stück weg. Und abends wird es früh dunkel.«

»Wo ist eigentlich Smythe-Fluege?«, fragte Fitzen. »Sollte der nicht auch hier sein?«

»Er war hier«, sagte Lilly. »Er erzählte mir, dass er seiner Zeugin etliche Automodelle gezeigt hat, aber sie konnte den Wagen, den sie in der letzten Nacht gesehen hat, nicht zuordnen. Dann kam ein Anruf von der eBay-Zentrale aus Kleinmachnow und danach ein Fax mit den Adressen vom Verkäufer der Anstecknadel und dem Käufer. Beide Adressen sind aus Hamburg.«

»Lass mich raten: SF ist jetzt auf dem Weg nach Hamburg?«, fragte Benthien. »Das hätte er aber mit mir absprechen müssen! Außerdem hätte er nicht allein fahren sollen!« Er ärgerte sich. Fing SF jetzt schon wieder mit seinen Alleingängen an?

Doch Lilly wiegelte ab. »Er war so Feuer und Flamme, als er die Adressen sah, dass er sofort losfahren wollte. Er möchte sich engagieren, fürs Team, das ist jedenfalls mein Eindruck. Vielleicht hat er tatsächlich etwas aus dem Desaster von Dezember gelernt.«

Benthien hatte es schon geahnt, genau wie das letzte Wochenende fiel auch dieses der Arbeit zum Opfer. Die nächsten beiden Tage verbrachte das Team damit, mögliche Beziehungen zwischen Anja Derling und Arthur Peters aufzuspüren, kam damit aber nicht weiter. Beide hatten sich nachweislich nicht gekannt. Anja Derling war, laut Aussage ihrer Eltern, nie in Harrislee gewesen, und Arthur Peters war überhaupt nie herumgereist, noch nicht mal in der Umgebung. Er hatte mit seinem Hof genug zu tun gehabt. Ein einziges Mal, erzählte seine Tochter Juri, war er mit ihrer Mutter im Urlaub gewesen, und zwar im Ostseebad Dahme. Ansonsten hatten sie höchstens mal einen Tagesausflug nach Kappeln gemacht. Sein einziges Hobby war die Jagd gewesen.

Mikke kam auf die Idee, dass Peters oder die Severins sich Landmaschinen bei der Spedition ausgeliehen haben könnten, in der Anja Derling arbeitete, aber auch das war nicht der Fall gewesen. Die Namen Peters oder Severin waren den Mitarbeitern gänzlich unbekannt.

Derlings Nachbarn, Freunde, Bekannte wurden mithilfe der Niebüller Kollegen noch einmal befragt, diesmal in Hinsicht auf Arthur Peters. Und, auf Benthiens Vorschlag hin, fragte man nach einem Polizisten, der bei oder mit Anja Derling gesehen worden war oder von dem sie vielleicht erzählt hatte. Aber auch das erwies sich als Sackgasse.

Juri Rabanus hatte zudem auf der Polizeistation in Mürwik nachgefragt, ob einer der Kollegen am Montagabend bei Arthur Peters gewesen war, was verneint wurde. Peters war auf der Polizeiwache völlig unbekannt.

Übereinstimmende Fingerabdrücke, die sowohl bei Derling als auch bei Peters zu finden gewesen wären, gab es ebenfalls nicht.

Als Benthien und seine Kollegen am Sonntagnachmittag wieder zusammensaßen, tauchte, zur Überraschung aller, SF auf. Er wirkte deprimiert.

»Der eBay-Käufer ist einfach nicht zu finden«, klagte er. »Er hat in Hamburg eine Adresse angegeben, die zu einem verlotterten Grundstück führt, und dort befindet sich ein verwahrlostes Haus, in dem niemand wohnt. Aber es hat einen Briefkasten, auf dem der Name P. Müller steht – der Name des Käufers. Dort muss ihm die Nadel zugestellt worden sein.«

»Er wohnt nicht da, hat aber seine Nadel, die er bei dem

eBay-Händler gekauft hat, dorthin schicken lassen«, wiederholte Mikke.

SF sah ihn verwirrt an. »Habe ich das nicht gerade gesagt? Den Verkäufer habe ich übrigens auch nicht angetroffen, sondern nur mit ihm telefoniert. Er ist Italiener und besucht gerade seine Familie in Italien. Er konnte mir natürlich nicht weiterhelfen. Hier, das sind die Bilder von dem Haus des Käufers, die ich gemacht habe.« Er schob sein Tablet über den Tisch.

»Aber der Käufer hat fünf Bewertungen«, sagte Fitzen, »ich fände es sinnvoll, wenn wir uns auch mit den anderen vier Verkäufern in Verbindung setzen würde, um zu sehen, ob er bei denen dieselbe Hamburger Adresse genannt hat. Der erste Kauf ist mehr als sechs Monate her. Vielleicht hat er damals noch seine richtige Adresse angegeben.«

SF sah ihn an, ohne eine Miene zu verziehen. »Ist längst in Arbeit. Aber vor Montag werde ich aus Kleinmachnow die Adressen nicht bekommen.«

»Und dann«, warf Benthien ein, »telefonieren Sie zunächst mal mit den Verkäufern, Lester. Die Adresse des Käufers können Sie auch am Telefon erfragen.«

»Aber auch das wird uns nicht weiterbringen«, sagte Fitzen, und selbst SF nickte resigniert.

»Peters' Tochter muss noch einmal befragt werden, ebenso wie ihr Mann«, schlug Benthien nach einigen Sekunden des Schweigens vor. »Inzwischen wird sie sich doch wohl ein wenig gefangen haben.«

SF stand auf. »Das kann ich gerne machen«, bot er an. Er warf Lilly einen Blick zu. »Kommen Sie mit nach Harrislee? Vielleicht ist sie bei Ihnen etwas unbefangener.«

Benthien fühlte einen Stich. Er hatte eigentlich nach Beendigung der Konferenz den Abend mit Lilly verbringen wollen, wenigstens ein paar Stündchen vom Wochenende retten. Aber er konnte schlecht protestieren und musste Lilly ziehen lassen.

Sie fanden Sabine Severin im Schweinestall, wo sie in einem Koben im Stroh hockte und einem Ferkel, das aussah, als lächelte es selig, den wuscheligen Kopf kraulte. Mit einigem Erstaunen stellte Lilly fest, dass Mangalica-Schweine sehr niedlich aussehende Wollschweine mit großen, flauschigen Ohren waren. Verlegen stand Sabine Severin auf, als sie die Besucher bemerkte. Das Ferkel behielt sie auf dem Arm. »Haben Sie schon was herausgefunden?«, fragte sie leise.

Sabine war eine robust wirkende Frau Mitte fünfzig, die sicherlich mit beiden Beinen auf der Erde stand, wenn sie nicht gerade um ihren Vater trauerte. Ihr Gesicht war aufgequollen und zeigte rote Flecken, doch ihre Augen waren trocken.

»Nein, aber wir sind noch ganz am Anfang«, sagte SF, und Lilly ergänzte: »Glauben Sie mir, unsere Kollegen sind fast Tag und Nacht im Einsatz, um den Mörder Ihres Vaters zu finden. Können Sie uns sagen, ob er irgendwelche Feinde hatte?«

»Mein Vater?« Verstört sah die Frau sie an. Dann merkte sie, wie kalt es in dem Stall war. Sie setzte das Ferkel zurück ins Stroh und lud Lilly und Smythe-Fluege in die gute Stube zu einem Kaffee ein. »Ich kann Ihnen gern einen Kuchen anbieten. Wissen Sie, backen beruhigt mich.«

»Ich dachte schon, sie würde nie fragen«, raunte SF Lilly zu, während sie Sabine Severin folgten.

Im Wohnzimmer, das erstaunlich modern eingerichtet war, mit einer weiträumigen Sitzlandschaft und einem riesigen Fernseher an der Wand, tauchte bald darauf Benno Severin auf, ein vierschrötiger Mann im blauen Overall und mit Lotsenmütze, die er auch nicht abnahm, als er aufs Sofa sank und nach seinem Kaffeebecher griff.

»Hast du deine Schuhe ausgezogen?«, fragte ihn seine Frau, »ich habe hier gerade geputzt!«

Dann fing sie zu Lillys Bestürzung an zu weinen.

SF beachtete es nicht. »Wo waren Sie beide am Donnerstagabend und in der Nacht zu Freitag?«

Severin starrte ihn empört an. »Sie wollen damit doch nicht sagen, dass Sie uns verdächtigen, Sabines Vater umgebracht zu haben?«

»Wo waren Sie?«, wiederholte SF schlicht.

»Das fragen wir jeden, der Arthur Peters gekannt hat, es gehört zur Routine«, sagte Lilly, um ihn zu beruhigen. Allerdings war auch sie irritiert. Warum fragte SF nicht nach dem Montagabend, dem Tag, an dem Peters aus dem Altenheim verschwand?

»Wir waren natürlich hier, auf dem Hof«, erwiderte Severin, keineswegs besänftigt. »Meine Frau hat den ganzen Nachmittag Pflanzen für den Marktstand eingepackt. Und dann sind wir früh ins Bett, weil wir auch früh rausmussten. Und nein, uns hat dabei keiner über die Schulter geschaut!«

»Doch«, wandte Sabine leise ein und wischte sich die Nase, »Liesel war da, hast du das vergessen? Liesel«, sagte sie in Richtung Lilly, »ist unsere Nachbarin und eine Freundin von mir. Sie hilft mir oft mit den Vorbereitungen für den Markt, seit sie pensioniert ist. Sie war früher Lehrerin.«

»Ja, stimmt, sie hat uns einen Eintopf gebracht. Das macht sie manchmal vor Markttagen, um meine Frau zu entlasten.«

»Und Sie, Herr Severin, waren wo?«, fragte SF. »Auch auf dem Hof? Bisher war nur von Ihrer Frau die Rede.«

Severin glotzte ihn wütend an. »Jawohl, ich war ebenfalls hier, in der Scheune und danach im Keller, ich musste verschiedene Geräte reparieren. Kommt vor auf einem Hof. Was soll denn diese blöde Fragerei, verdammt noch mal?«

»Anderes Thema«, sagte SF munter, ohne Severins rüden Ton zu beachten oder auf seine Frage einzugehen. »Montagabend. Wo waren Sie da?« Er musterte Benno Severin, dessen grobknochiges Gesicht sich bedenklich rötete, dann wanderte sein Blick weiter zu Sabine.

»Warum, zum Henker …«, tobte Severin los, doch seine Frau legte ihm eine Hand auf den Arm.

»Wir haben meinen Vater ganz gewiss nicht entführt und auch nicht ermordet«, sagte sie, nun wieder ganz ruhig. »Am Montagabend hatten wir Besuch von meinen Schwiegereltern aus Lübeck. Sie blieben über Nacht.« Sie warf Lilly einen Blick zu. »Weiß man schon, wie mein Vater gestorben ist?«

»Da müssen wir die Obduktion abwarten«, antwortete SF an Lillys Stelle. »Aber das dauert noch etwas, zuerst muss die … muss Ihr Vater … tja, also im Moment geht das noch nicht, das verstehen Sie sicher.«

Er räusperte sich verlegen, während Lilly ihren Ärger über Smythe-Flueges Taktlosigkeit zu verbergen suchte. Um Sabine Severin von den Bildern abzulenken, die sie jetzt möglicherweise von der Obduktion und ihrem langsam auftauenden Vater im Kopf hatte, wiederholte sie ihre Frage von vorhin noch einmal: »Hatte Ihr Vater Feinde?«

»Natürlich nicht!«, polterte Severin, doch seine Frau unterbrach ihn: »Mein Vater war eine Seele von Mensch, immer für andere da, er war hilfsbereit und warmherzig. Feinde hatte er ganz sicher nicht. Jeder mochte ihn, er hatte so viele Freunde, dass wir an seinem Geburtstag immer draußen im Garten feiern mussten, weil die Leute nicht alle ins Haus gepasst hätten.« Ein Lächeln huschte kurz über ihr Gesicht. »Vater war niemand, der viel geredet hat, und manchmal mochte er auch einfach nur allein sein, aber er war immer zur Stelle, wenn jemand Hilfe brauchte und er etwas für ihn tun konnte. Da machte er auch nicht viele Worte drum.«

Zu Lillys Erstaunen fragte SF, ob ihm jemand die Kellerräume zeigen könnte, und ging dann mit Benno Severin hinunter, während Lilly bei Sabine blieb.

Später, im Auto, fragte sie SF mit leichtem Spott, ob er die Tiefkühltruhe gefunden hätte, in der man die Leichen eingefroren hatte.

»Platz genug ist jedenfalls da, und es gibt mehrere große Truhen dort unten ...«

»Ich hoffe, Sie haben nicht vergessen hineinzusehen«, bemerkte Lilly bissig.

SF drehte den Kopf in ihre Richtung. »Sie glauben trotz allem noch an das Gute im Menschen, Frau Velasco. Das finde ich bewundernswert.«

Lilly, die am Steuer saß, beschloss, auf der nunmehr geräumten Straße noch einen Zahn zuzulegen, und drückte aufs Gaspedal.

Kapitel 13

Auch der Montag war wieder ein eisig kalter Tag, doch diesmal schneite es nicht, sondern die Sonne schien grell von einem tiefblauen Himmel, sodass alle Schneekristalle blitzten. Lilly und Juri standen auf dem verschneiten Friedhof in Niebüll nicht weit von der Osterkapelle. Lilly zog sich die Mütze tiefer ins Gesicht, und auch Juri schien zu frieren, kunstvoll drapierte er seinen dicken Schal über Mund und Nase. Sie standen etwas abseits von der Trauergesellschaft, halb verborgen hinter einem immergrünen Strauch. Es waren nicht allzu viel Menschen gekommen, vielleicht, weil es so kalt war. Die meisten kannte Lilly natürlich nicht, obwohl sie sich zwei von Anja Derlings Fotoalben in Vorbereitung auf die Beerdigung angesehen hatte. Sie erkannte ihre Eltern und ihre beiden Brüder, der eine groß, schlank und dunkelhaarig, der andere kleiner, umfangreicher, mit einem flaumigen Haarkranz um die Glatze. Neben dem kleineren Bruder stand der Sohn aus Thailand. Er trug seine schwarzen Haare zum Pferdeschwanz gebunden und galt, vermutete Lilly, mit seinem schmalen, hübschen Gesicht sicherlich als Mädchenschwarm. Doch er wirkte mürrisch und starrte auf den Boden. Hinter Anja Derlings Eltern erkannte sie Martha Gropius und Johannes Brederloh. Irgendwie wirkten sie verloren dort im Schnee, wie sie so dicht beieinanderstanden. Brederloh hatte fürsorglich den Arm um Martha Gropius gelegt, die leicht zitterte und kreideweiß war. Vor Kälte? Unwillkürlich fiel Lilly Brederlohs seltsamer Vergleich von den beiden Kindern ein, die durch den Wald liefen, ausgesetzt und allein gelassen.

Während sie ihre Beobachtungen anstellte, hantierte Juri mit seiner Kamera und schoss ein Foto nach dem anderen. John hatte den Vorschlag gemacht, Anja Derlings Begräbnis zu besuchen und später auch das von Arthur Peters, um festzustellen, ob einer der Trauergäste auf beiden Beerdigungen auftauchte.

»Ist es nicht ein Mythos, dass der Mörder das Grab oder sogar die Beisetzung besucht?«, hatte Annika mit einem gelinden Zweifel in der Stimme gefragt, doch Fitzen hatte ihr erklärt, das sei keineswegs ein Mythos, genauso wenig wie die Tatsache, dass der Mörder oft zum Ort der Tat zurückkehre oder sich eine Trophäe seines Opfers nehme.

»Er will seine Tat immer wieder erleben«, ergänzte Benthien. »Naturgemäß kann er ja nicht darüber reden, er kann sich nicht mit seiner Heldentat brüsten, aber er erfährt eine gewisse Befriedigung, ein Feedback, wenn du so willst, wenn er die Angehörigen am Grab beobachtet. Dass hier ein Begräbnis abgehalten wird, dass Menschen da sind, die trauern, gibt ihm, so widerlich das klingt, eine Art von Bestätigung. Denn er, der Täter, ist ja dafür verantwortlich, dass diese Veranstaltung überhaupt stattfindet.«

»Vor drei Jahren haben wir auf diese Weise einen Frauenmörder gefasst«, bemerkte SF.

Lilly hoffte, dass John recht hatte. Sie wusste nicht, wie es den Friedhofsarbeitern gelungen war, für die Urne ein Loch in den gefrorenen Boden zu fräsen, aber irgendwie war es zustande gekommen, und die Beisetzung nahm ihren Lauf. Zum Glück war sie sehr kurz. Benthien hatte mit den Derlings ausgemacht, dass seine Kollegen noch kurz Anja Derlings Brüder und ihren Sohn befragen durften, daher fuhren sie hinter der

Trauergesellschaft zum Gasthaus, in dem der Leichenschmaus stattfinden sollte.

In einem separaten kleinen Raum konnten sie Eric und Per Derling befragen, beide hatten sich bereitwillig zur Verfügung gestellt.

»Ich kann Ihnen aber nicht viel sagen, die Beziehung zu meiner Schwester war nicht sehr eng. Sie hat fast nie gemailt – sie hätte keine Zeit, sagte sie immer – und nur hin und wieder angerufen, aber da kamen auch nur Gemeinplätze. Ich weiß so gut wie nichts über ihr Leben in den letzten Jahren.« Eric Derling, der Professor aus den USA, schien sich erkältet zu haben, ständig putzte er sich seine Nase, wofür er sich mehrfach höflich entschuldigte.

Entgegen Lillys Vorstellung war der kleine, rundliche Glatzkopf der Schauspieler. »Ich habe meine Schwester zwar häufiger gesehen als Eric, aber sehr vertraut waren wir nicht«, antwortete er auf Juris Frage. »Wir hatten nicht viel gemein. Anja war nicht besonders intellektuell, und was ich zu sagen hatte oder vom Theater erzählte, langweilte sie. Sie war mehr an Klatsch und Tratsch interessiert.«

»Aber wahrscheinlich können Sie uns doch etwas über Anjas Freunde erzählen. War sie mit jemandem liiert?«, fragte Lilly. »Sie muss doch nach diesem Kim noch andere Freunde oder Liebhaber gehabt haben.«

»Sie ist mal mit einem Kollegen ausgegangen, soweit ich mich erinnere, aber das ist jetzt auch schon zwölf, fünfzehn Jahre her.« Per Derling rieb sich so heftig das Gesicht, als wollte er der Friedhofskälte Herr werden, die ihm immer noch in den Knochen saß. »Moment mal … da war etwas … aber gut ein bis zwei Jahre ist das jetzt her. Da hat sie mir am Telefon erzählt, dass sie sich mit jemanden trifft, den sie schon lange kennt. Wie war das noch mal?« Er schloss die Augen, runzelte die Stirn, dachte angestrengt nach.

»Ich weiß davon nichts«, bemerkte Eric Derling.

»Sie sagte«, nahm Per den Faden wieder auf, »sinngemäß jedenfalls, dass sie es ganz seltsam fände, aber es wäre eben so, dass sie sich in jemanden verliebt habe, den sie seit Jahren kenne. Mit dem sie schon ewig befreundet war. Und sie fragte sich und mich, wie es denn möglich sei, einen alten Freund plötzlich mit anderen Augen zu sehen, ihn plötzlich sexuell interessant zu finden. – Ich glaube«, setzte er hinzu, »dass Anja an dem Abend ziemlich high und aufgedreht war, geradezu euphorisch, vielleicht hatte sie auch etwas getrunken, obwohl sie normalerweise nie Alkohol trank.«

»Und wie hieß dieser Freund?«, fragte Lilly gespannt.

Per Derling schüttelte bedauernd den Kopf. »Keine Ahnung. Sie hat keinen Namen genannt. Das weiß ich sicher.«

»Vielleicht Johannes Brederloh?«

»Der Name sagt mir nichts. Aber fragen Sie unsere Eltern, vielleicht wissen die etwas.«

»Bestimmt nicht«, wandte der ältere Bruder ein. »Anja hat unseren Eltern nie etwas erzählt. Wenn sie überhaupt über ihre Beziehungen sprach, dann mit dir.«

»Aber den Namen hat sie mir nicht gesagt«, beharrte Per Derling, »und in ihrem Freundeskreis kenne ich mich nicht aus.«

Lilly und Juri wechselten einen Blick.

»Wissen Sie, warum sie sich so wenig um ihren Sohn gekümmert hat?«, fragte Lilly.

»Anja war sehr ichbezogen«, antwortete Eric. »Ich glaube, sie scheute die Verantwortung.«

Juri wollte wissen, ob sie eine Ahnung hätten, wer ihre Schwester getötet haben könnte, doch Lilly überraschte es nicht, dass beide Brüder mit Nein antworteten. Alles in allem war das Gespräch mit den Derlings wenig ergiebig, und das mit Carmelo, Anjas Sohn, fand Lilly, war auch nicht aufschlussreicher.

Der junge Mann kam herein und machte keinen Hehl daraus, dass ihn das alles nur sehr wenig interessierte. Offenbar war er in erster Linie nach Deutschland gekommen, um sich hier eine Lehrstelle zu suchen. Im nächsten Jahr war er mit der Schule fertig, dann wollte er zurückkommen und eine Lehre als Hotelkaufmann beginnen, möglichst in einem Fünfsternehotel.

»Warum gerade in Deutschland?«, fragte Juri.

Der Junge, der lässig auf einer Tischkante hockte, hob den Kopf. »Auch wenn man es mir vielleicht nicht ansieht, ich bin sehr ehrgeizig.« Ein Lächeln huschte flüchtig über sein Gesicht. »Ich will später in Thailand ein First-Class-Hotel aufmachen oder übernehmen, und in Deutschland ist die Ausbildung einfach am besten.«

»Wie standest du zu deiner Mutter?«, wollte Lilly wissen.

Der Junge zuckte mit den Achseln. »Wenn Sie's genau wissen wollen, sie war eine Fremde für mich. Ab und zu rief sie an oder mailte und mischte sich in mein Leben ein, das konnte ich natürlich nicht akzeptieren. Deshalb hatten wir oft Streit. Ich fand, sie hatte kein Recht, über mich zu bestimmen.«

»Ging darum auch der Streit, als sie im Herbst in Thailand war?«

Der Junge nickte. »Sie wollte, dass ich in Bangkok studiere, sie wollte *stolz* auf mich sein. Sie fand, studiert zu haben wäre ein besonderes Renommee.« Er lachte verächtlich. »Meine Mutter war ein Snob. Von einer Lehre als Hotelkaufmann wollte sie nichts wissen. Vielleicht hatte sie auch Angst, dass ich ihr zu dicht auf die – wie sagt man da? Haut? Pelle? – rücken würde.«

»Glaubst du«, fragte Juri, »dass deine Mutter einen Freund hatte?«

»Der sie dann umgebracht hat? Nein, sie hatte bestimmt keinen Freund! Ihr ganzes Interesse galt ihrem Gaul. Von dem hat sie stundenlang erzählt. Andere Interessen hatte sie anscheinend nicht.« Der Junge zog eine Grimasse. Er sah unglücklich aus, fand Lilly, wie jemand, der zwischen allen Stühlen saß.

Bevor sie zurückfuhren, gelang es ihnen, noch kurz mit Elke Derling zu sprechen. Es bestätigte sich, was der ältere Bruder bereits vermutet hatte: Die Mutter wusste nichts vom Liebesleben ihrer Tochter – falls es denn eins gab. »Anja war in dem Punkt immer sehr zurückhaltend«, sagte Elke Derling leise. Als Lilly ihr erzählte, was Per von dem langjährigen Freund berichtet hatte, in den Anja Derling sich offensichtlich verliebt hatte, war sie sehr überrascht, ja geradezu entsetzt.

»Glauben Sie, dieser Freund könnte Johannes Brederloh gewesen sein?«, fragte Lilly, aber Frau Derling hielt das für völlig ausgeschlossen.

»Ich kenne Johannes«, sagte sie verstört, »warum sollte mir Anja nichts davon erzählen? Ich war doch keine Fremde für sie!«

Diese Frage konnte ihr auch Lilly nicht beantworten.

Kapitel 14

Für Benthien war es eine Art Déjà-vu. Wieder stand er im Sektionsraum der Kieler Uniklinik – diesmal mit Fitzen –, wieder lag eine sehr blasse Leiche auf dem Sektionstisch aus Edelstahl, wieder beugten sich die beiden Obduzenten, Radtke und Wagner, mit angespannter Aufmerksamkeit über den Toten.

Wieder, wie schon vor einer Woche, hörte er Dr. Radtke sagen: »Kommen Sie mal her und sehen Sie sich das an!«

Doch Benthien fiel nichts Besonderes auf, als er den toten Arthur Peters betrachtete. Ein kurzer Blickkontakt mit Tommy Fitzen sagte ihm, dass auch dieser ratlos war. Fasziniert beobachtete er, wie Dr. Wagner eine lange, schmale Pinzette mit geriffelten Spitzen aufnahm, sie in den Bauchnabel des Toten einführte und mit einem rosafarbenen Partikel wieder herauszog. Es handelte sich dabei um eine sehr kleine, runde Tablette, die er sorgsam auf einem Tablett ablegte.

Benthien glaubte zu träumen. Sollte es wieder eine Botschaft des Mörders an die Polizei sein? Eine Nachricht, abgelegt im Bauchnabel des Opfers? Das konnte einfach nicht wahr sein.

»Was ist das?«, fragte er mit rauer Stimme.

Radtke nahm die mit einer pinkfarbenen Glasur überzogene Tablette und legte sie unter ein Mikroskop. Er wandte sich an seinen Assistenten. »Na, Wagner, was sagen Sie dazu?«

»Sieht wie eine Antibabypille aus!« Nicolas Wagner schien den verblüfften Gesichtsausdruck der beiden Polizeibeamten zu genießen; jedenfalls grinste er verschmitzt vor sich hin.

Radtke nickte. »Das denke ich auch. Aber sie geht natürlich ins Labor. Na gut, machen wir weiter.«

»Arthur Peters wurde auf dieselbe Weise erschossen wie Anja Derling, von oben, mit einem einzigen Schuss aus einer kleinkalibrigen Waffe«, sagte Fitzen, als sie auf dem Rückweg nach Flensburg waren. »Laut Radtke hat die Kugel denselben Weg genommen wie beim ersten Opfer, und beide waren sofort tot. Das heißt, der Täter muss sehr gute anatomische Kenntnisse haben oder eine Riesenportion Glück, sonst hätte er sie nicht sofort tödlich getroffen. Und dann hat er beiden Opfern noch eine Art Message mitgegeben. Eine Ehrennadel der Gardejäger im Bauchnabel einer fünfzigjährigen Frau, und eine pinke Antibabypille im Bauchnabel eines achtzigjährigen Mannes.« Er verstummte und dachte eine Weile nach. »Ergibt das für dich irgendeinen Sinn? Haben wir es hier mit einem Irren zu tun?«

Benthien setzte zum Überholen an. Inzwischen waren die Straßen geräumt und trocken. Die düsteren, nassen Schneewolken hatten wieder einmal einem strahlend blauen Himmel Platz gemacht. »Das glaube ich ganz und gar nicht, aber ich habe aufgehört, mir diese Frage zu stellen. Zumindest vorläufig, weil es zu nichts führt. Ich suche und sammle Erkenntnisse. Was ich nicht verstehe, räume ich erst mal beiseite, damit es mich nicht aufhält. Und das solltest du auch tun, Tommy. Stellen wir diese Frage einfach zurück, okay?«

»Okay, sprechen wir übers Wetter.« Fitzen zog einen Müsliriegel aus der Tasche. »Es soll wärmer werden, haben sie gesagt. Ich hoffe nur, der Schnee taut nicht so schnell, Jenny liebt Schnee. Sie kommt übrigens heute. Eine Freundin von Katharina hat sie mit dem Auto nach Hamburg mitgenommen und fährt sie heute Nachmittag hierher. Meinst du, ich kann am Wochenende freinehmen?« Fitzen biss in den Riegel.

»Wenn nicht noch ein neuer Mord dazwischenkommt, meinetwegen. Wohnt sie bei ihrer Oma?«

»Wenn ich Dienst habe, ja, ansonsten bei mir. Hast du eigentlich schon mal überlegt, ob du mit Lilly Kinder haben willst? Es ist doch was Ernstes zwischen euch, oder irre ich mich?«

Benthien antwortete nicht gleich. Stattdessen warf er eine CD in den Player.

Trav'ling lady, stay awhile, until the night is over.

I'm just a station on your way, I know I'm not your lover.

»O Gott«, stöhnte Fitzen. »Soll das etwa deine Antwort sein?«

»Quatsch! Aber lass uns doch ein bisschen Zeit, du redest ja schon wie mein Vater. Kinder, das war überhaupt noch kein Thema bei uns. Man muss sich doch erst einmal kennenlernen. Außerdem bin ich gar nicht so sicher, ob Lilly nicht noch an Simon hängt, ihrem ...«

»Hat sie mit dem nicht Schluss gemacht?«

»Er mit ihr. Er ist ja ständig in Kriegsgebieten unterwegs und hat gemeint, er könne es ihr nicht länger zumuten, die meiste Zeit des Jahres abwesend zu sein, im Irak, in Afghanistan, in Syrien, noch dazu ständig in Gefahr.« Benthien fuhr ein bisschen zu schnell in eine Kurve und musste Gas wegnehmen. »Dabei hätte er, wenn er gewollt hätte, ja auch auf anderen Gebieten als Fotograf und Reporter arbeiten können ... aber er wollte eben nicht. Ich weiß nicht, ob Lilly daran nicht doch noch ein bisschen zu knabbern hat.«

Fitzen nuckelte an seinem Riegel. »Weißt du, was dein Problem ist, mein Alter? Du grübelst zu viel. Du unterstellst den Menschen manchmal Gedanken und Emotionen, die diese so gar nicht haben. Hab doch mal ein bisschen Vertrauen in Lilly! Und in dich!«

»Apropos. Wie läuft's denn gerade mit dir und Ulli?«

»Ach, kommt jetzt die Retourkutsche? Dann lass uns doch lieber über unsere Mordfälle reden. Glaubst du, dass sie als Serie geplant sind? Ich habe jedenfalls diese Befürchtung. Der Abstand zwischen den Morden beziehungsweise dem Auffinden der Leichen ist schon verdammt kurz.«

»Kann es nicht sein, dass Ulli eifersüchtig auf Jenny ist? Erinnerst du dich an Weihnachten? Da hast du Chiara dieses Riesenvieh von Bär geschenkt, und sie hat sich erschrocken und geheult. Ulli hat dir Vorwürfe gemacht, dass ein ein Meter fünfzig großer Bär kein Geschenk für ein sieben Monate altes Kleinkind sei, und du bist schnurstracks zu Jenny gelaufen und hast ihr den Bär überlassen.«

»Genau! Und übernächste Woche bringe ich sie samt Bär zurück nach Zürich! Katharina wollte ihn ja im Zug nicht mitnehmen.«

»Und da wunderst du dich, dass Ulli sauer ist?«

»Aber was habe ich denn getan? Ulli wollte den Bären nicht, daraufhin habe ich ihn Jenny geschenkt, und die hat sich tierisch gefreut. Sollte ich ihn nach draußen in den Schnee werfen? Und vielleicht habe ja auch ich einen Grund, sauer zu sein, Mister Moralapostel? Ich wollte, dass wir uns gemeinsam ein Haus suchen, aber Ulli musste ja unbedingt in diese spießige Vorstadtidylle ziehen und lieber ihr Atelier mitnehmen als mich.«

»Ja, das nagt an dir, das weiß ich. Aber hab doch ein bisschen Geduld mit ihr, Tommy. Du willst doch diese Beziehung nicht wirklich aufs Spiel setzen!«

»Reden wir lieber über den Mord. Oder über Lilly. Oder übers Wetter!«

Fitzen drehte den Ton lauter.
Trav'ling lady, stay awhile, until the night is over…

Mauseöhrchen,

ich hoffe wirklich, dass du niemals die Menschen von ihrer schlimmsten Seite kennenlernst. Offenbar brauchen sie, um glücklich und zufrieden zu sein oder um von ihren eigenen Unzulänglichkeiten abzulenken, jemanden, auf dem sie herumtrampeln können.
So war das auch damals im Schwarzwald.
Wir waren, wie ich schon sagte, weitgehend uns selbst überlassen. Zwölf, dreizehn oder vierzehn Kinder und kaum eine Aufsicht. Aus irgendeinem Grund haben sie mich zum Sündenbock erkoren, jedes Mal, wenn etwas schiefging oder sie sich über etwas ärgerten. Immer war ich daran schuld.
Dazu kam, dass einer der Jungs – Lutz – von Anfang an gegen mich intrigierte. Lange Zeit wusste ich gar nicht, warum. Heute, mit sehr viel mehr Lebenserfahrung, weiß ich es natürlich. Er war neidisch und eifersüchtig auf mich, weil ich in dasselbe Zimmer verlegt wurde wie er. Außer uns wohnten dort noch zwei andere Jungs, JoJo und Faxe, wie wir sie nannten, die äußerst beliebt waren. Sie waren sozusagen die heimlichen Stars unserer kleinen Truppe. Sie hatten die Aufgaben übernommen, die eigentlich die Betreuerinnen leisten sollten, nämlich uns zu unterhalten, sich Spiele auszudenken, uns zu führen. Und Lutz, der ein Stück jünger war als die beiden Jungs, war unglaublich stolz darauf, dass er mit ihnen in einem Zimmer sein durfte.
Und dann kam ich!
Mauseöhrchen, ich weiß nicht, wie man es schafft, schon in so jungen Jahren so durchtrieben zu sein, aber Lutz war ein Kö-

nig in dieser Disziplin, der geborene Machiavelli. Er beschuldigte mich aller nur denkbaren Untaten – ich hätte ihn beim Schuheputzen mit einem Schuh auf den Kopf geschlagen, hätte seine Schokolade geklaut und aufgegessen, ich würde ihn ständig schlagen und treten, besonders gern auf die Nase. Zum Beweis führte er sein Nasenbluten vor, das er zufällig tatsächlich hatte, aber nicht durch mich. Keinem der anderen fiel auf, dass alle meine »Missetaten« nur dann stattfanden, wenn wir beide allein waren. Keiner konnte sich offenbar vorstellen, dass Lutz dermaßen verlogen war.

Und er erreichte, was er wollte: Ich bekam ein Einzelzimmer, weil man, nach Frau Mantaus Meinung, einen wie mich den anderen, anständigen Jungs auf keinen Fall zumuten konnte.

Manchmal wurden Strafgerichte über mich abgehalten, oh ja, Mauseöhrchen, man war ja fair und gerecht! JoJo war der Richter, und eines der Mädchen spielte meinen Anwalt. Allerdings ohne mit mir zu reden oder meinen Standpunkt zu kennen. Und am Schluss gab es immer eine Strafe. Ein paarmal durfte ich meinen Nachtisch nicht essen. Oder man hat mich für einen ganzen Nachmittag ins Bett gesteckt. Ich durfte an manchen Ausflügen nicht teilnehmen. Für das angebliche Schlagen mit dem Schuh musste ich fast nackt, nur mit Unterhosen bekleidet, durch ein großes Brennesselfeld gehen. Frau Mantau und die beiden Betreuerinnen – die Frau Mantau als Hausmädchen missbrauchte, denn JoJo und Faxe passten ja auf uns auf – wussten genau, was da vor sich ging, aber sie zogen es vor wegzusehen.

Doch am schlimmsten wurde es, als meine Schwester kam und ich Jule kennenlernte.

Kapitel 15

Nachdem am späten Nachmittag alle Mitglieder des Teams von ihren Aufgaben und Ermittlungen zurückgekommen waren, saßen sie um den großen ovalen Tisch im Besprechungsraum beieinander, mit roten Ohren und tropfenden Nasen, und jeder wärmte sich die Hände an seinem heißen Becher mit Kaffee, Tee oder Schokolade.

Die Lampen brannten, denn es wurde bereits dunkel.

Benthien war müde und hatte die Nase voll vom Reden, deshalb forderte er Juri Rabanus auf, die bisherigen Erkenntnisse zusammenzufassen.

Juri stellte sich an das große Whiteboard mit den verschiedenen Notizen und Beschriftungen, auch etliche Fotos hatte man dort angepinnt.

»Tja, wo stehen wir?«, begann er mit einer rein rhetorischen Frage. Er deutete auf zwei Fotos, die nebeneinanderhingen. »Wir haben zwei Morde, zwei Opfer, wie sie unterschiedlicher nicht sein könnten: Anja Derling und Arthur Peters. Altersmäßig sind sie knapp dreißig Jahre auseinander, er war Bauer und lebte zuletzt im Betreuten Wohnen, war aber noch sehr rüstig und lebensfroh und hatte einen großen Bekanntenkreis.

Anja Derling war Sekretärin, wohnte allein, etwa fünfzig Kilometer von Peters entfernt, hatte vermutlich keinen Partner – zumindest weiß niemand davon –, und ihr Freundeskreis war begrenzt. Sie lebte zurückgezogen, war gerade von einem Thailand-Aufenthalt zurückgekehrt.

Beide wurden entführt oder unter einem Vorwand aus dem

Haus gelockt. Offenbar ging das ohne Aufsehen vonstatten. In beiden Wohnungen gab es keine Kampfspuren, keine Unordnung, und im Fall Peters hörten die Nachbarn auch keine verdächtigen Geräusche. Er war einfach irgendwann weg, vermutlich am Montagabend. Kurz zuvor hat man einen Polizisten in Uniform an seine Tür klopfen sehen.«

SF räusperte sich. »Frau Severin sagte mir auf meine diesbezügliche Frage, sie wüsste nicht, dass ihr Vater einen Polizeibeamten im Bekanntenkreis hätte.«

Juri setzte sich wieder. »Ich kann dazu nur sagen, dass man von der zuständigen Polizeiwache in Mürwik keinen Beamten in das Seniorenheim geschickt hat. Ich selbst habe das überprüft.«

»Im Bekanntenkreis von Anja Derling gab es ebenfalls keinen Polizeibeamten«, sagte Annika und putzte sich die Nase. »Ich denke, der Entführer könnte sich als Polizist ausgegeben haben; Polizisten in Uniform vertraut man üblicherweise.«

»Sehe ich auch so«, warf Mikke Jessen ein. Er blickte sich im Zimmer um. »Wo ist denn Tommy eigentlich?«

»Zu Hause«, antwortete Benthien. »Seine Tochter kommt heute aus der Schweiz für ein paar Tage. Morgen ist er aber wieder da.«

»Wir haben schon abgesprochen, dass sie sich mal mit Amélie trifft«, meinte Juri Rabanus. »Jenny kennt sonst kein anderes Kind in der Stadt, und Tommy ist sehr darauf bedacht, dass es ihr hier nicht langweilig wird.«

»Gute Idee«, sagte Benthien. »Aber machen wir weiter. Welche Verdächtigen haben wir bisher?«

»Ich sehe das so«, sagte Leon Kessler, »im Fall Peters gibt es niemanden, es sei denn, man sieht seine Tochter und deren Mann in dieser Rolle.« Er zeigte zum Whiteboard, auf die Fotos von Sabine und Benno Severin, die neben einer topografischen Karte von der Region Nordseeküste bis Flensburg geheftet waren.

»Und was sollte ihr Motiv sein?«, fragte Annika.

»Peters' Erbe?«

Smythe-Fluege lächelte etwas geringschätzig. »Peters hat keine Reichtümer angehäuft, das habe ich überprüft. Sie erben nur den Hof und die Gärtnerei, und beides gehört ihnen ja praktisch schon.«

»Im Fall Anja Derling ist Johannes Brederloh verdächtig«, sagte Benthien, »möglicherweise in Zusammenarbeit mit ihrer Freundin Martha Gropius. Motiv: das Ende einer Freundschaft, Enttäuschungen, Verletzungen … Also eine Art von Rache. Allerdings ist das reine Theorie, schlüssig ist es für mich nicht.«

»Aber wir sind uns doch alle einig, denke ich«, wandte Mikke ein, »dass beide, Peters und Derling, von ein- und demselben Mörder getötet wurden. Warum sollten aber Brederloh und Gropius auch Arthur Peters töten? Oder die Severins Anja Derling? Hat denn jemand herausgefunden, ob es eine Verbindung zwischen diesen Personen gibt, ob die sich alle von irgendwoher kennen?«

»Du weißt doch genau, Mikke, dass dem nicht so ist!«, sagte Rabanus. »Jedenfalls, soweit wir bis jetzt wissen.«

»Es gab mal so einen Hitchcock-Film«, meldete sich SF. »Da treffen sich zwei Fremde im Zug, kommen ins Gespräch und vereinbaren letztendlich, dass der eine den Mord des anderen begeht, weil auf diese Weise niemand verdächtigt werden kann. Denn der Angehörige des jeweiligen Opfers hat für die Tatzeit natürlich ein Alibi. Vielleicht sollten wir überprüfen, wo sich die Severins am Sonntag, dem achten Januar, aufgehalten haben, als Anja Derling verschwand …«

»Das haben Fitzen und ich schon gemacht«, unterbrach ihn Benthien. »Fitzen ist nämlich auf dieselbe absurde Idee gekommen … was eigentlich nur ein Indiz für unsere Ratlosigkeit ist. Jedenfalls waren die Severins am Wochenende von Anja Derlings Verschwinden auf der Hochzeit von Bennos Nichte in Plön, und dort haben sie auch übernachtet. Erst Montagmittag sind sie zurückgekommen und waren ab da auf ihrem Hof. Ein Bauer aus der Nachbarschaft hat sich während dieser Zeit um ihre Tiere gekümmert.«

SF streichelte unbewusst seinen Bauch, als spürte er einem guten Essen nach. »Also ein perfektes Alibi, ganz wie aus dem Lehrbuch. Und was hat Brederloh an dem Montagabend gemacht, als Peters verschwand?«

Benthien runzelte die Stirn. »Er hat einen Freund besucht. Nein, nicht Martha Gropius, einen Studienfreund in Rostock. Er ist erst gestern zurückgekommen. Sagt er zumindest, und der Freund hat es bestätigt.«

»Also halten wir fest: Es herrschte zu den relevanten Zeitpunkten eine allgemeine Reisetätigkeit«, sagte SF mit leisem Spott, »und das bei diesem Wetter!«

Eine Weile war es still am Tisch.

Benthien hielt die Theorie von den Morden, die über Kreuz begangen wurden, nach wie vor für absurd. Aber Tatsache war auch, dass sie nicht weiterkamen. Es fehlte ihnen schlicht an Verdächtigen. Außerdem beunruhigte ihn, dass Lilly noch nicht zurück war. Sie war am Nachmittag zu Martha Gropius gefahren, um mit ihr noch einmal über Johannes Brederloh zu sprechen und vielleicht auch weitere Informationen über Anja Derling zu bekommen. Alle Versuche, sie anzurufen, hatten nur die Mailbox erreicht. War ihr Handy nicht geladen, oder hatte sie es im Auto vergessen? War ihr etwas passiert? Benthien hatte sich bereits nach Unfällen auf dem Weg von Flensburg nach Aventoft erkundigt, aber offenbar hatte es keine gegeben. Er konnte nur warten, und Warten war ihm schon immer ein Graus gewesen.

Er wurde aus seinen Gedanken gerissen, als das Faxgerät ansprang und eine weiße Seite ausspuckte, die aus dem Labor der Rechtsmedizin kam.

Juri, der dem Gerät am nächsten saß, ergriff das Blatt, warf kurz einen Blick darauf und reichte es an Benthien weiter.

»Die Pille, die im Bauchnabel von Arthur Peters gefunden wurde, ist tatsächlich eine Antibabypille, und er wurde ebenso wie Anja Derling unter Beruhigungsmittel gesetzt«, informierte Benthien seine Kollegen. »Der genaue Todeszeitpunkt lässt sich aufgrund des Einfrierens nicht so genau bestimmen, Radtke meint aber, es müsste kurz nach der Entführung geschehen sein, denn es braucht ja einige Zeit, um die Leiche zu arrangieren und einzufrieren.« Er wandte sich an SF. »Lester, was kam bei den eBay-Verkäufern heraus, bei denen der Käufer unserer Ehrennadel ebenfalls eingekauft hat?«

»Drei von den vier Verkäufern konnte ich nur telefonisch kontaktieren, den vierten habe ich besucht, er wohnt in Tondern. Der Käufer hat überall nur diese Hamburger Adresse von dem verwahrlosten, unbewohnten Grundstück angegeben.«

»Eigentlich eine geniale Idee, wenn man anonym bleiben will«, meinte Leon Kessler.

»Und was hat unser Käufer bei eBay sonst noch gekauft außer der Anstecknadel?«, fragte Mikke.

SF blätterte in seinem Notizbuch. »Ein Buch über Gifte, zwei Lippenstifte, ein Konvolut alter Schlüssel, eine Disney-DVD vom ›König der Löwen‹ und einen Krimi. Ich habe die Auktionen ausgedruckt und Ihnen auf den Schreibtisch gelegt.«

Benthien nickte. Er war ratloser als zuvor. Passte hier bei diesen beiden Fällen *überhaupt* irgendetwas zusammen?

Als er später in sein Büro zurückgekehrt war, vermisste er Fitzen, der ihm normalerweise gegenübersaß, kippelnd, die Füße auf dem Tisch und einen Becher Kaffee in der Hand. Jetzt den leeren Stuhl anzusehen irritierte ihn und hemmte seinen Gedankenfluss. Ebenso vermisste er Lilly. Gerade, als er ihre Nummer noch einmal wählen wollte, klingelte sein Smartphone. Aber es war nicht Lilly, es war sein Vater. Benthien fiel auf einmal ein, dass er ihn in den letzten Tagen ziemlich vernachlässigt hatte. Was war aus seinem Foodblog geworden? War er bereits online? Hatte Ben schon Feedback bekommen?

»Kommst du heute Abend zum Essen?«

Sein Vater klang alt und müde, die Stimme war brüchig, und Benthiens schlechtes Gewissen verstärkte sich. Er war einfach zu oft bei Lilly, und Ben war allein gewesen mit seinen Überlegungen und Entscheidungen.

»Wenn's keine Graupen oder herzhaften Fruchtreis gibt ...«, sagte er betont locker. »Was ist denn mit deinem Foodblog, Vater? Ist der schon im Netz?«

Ben erzählte von technischen Schwierigkeiten und dass es wohl noch ein paar Tage dauern würde, bis er online gehen könne, außerdem hatte er noch nicht alle Rezepte beisammen, die er für den Anfang brauchte.

»Heute Abend gibt es Kartoffelpü...ree, Rotweinschalotten, Rouladen und Soße, ist dir das recht, mein Sohn?«

Benthien spürte einen Stich. Sein Vater machte sich große Mühe, ihm einen Gefallen zu tun, indem er eins seiner Lieblingsessen kochte und auf die exotischen Variationen für seinen Foodblog verzichtete. Was bedeutete das wohl?

»Ich merke gerade, was für einen Riesenhunger ich habe«, sagte Benthien. »Dein Essen klingt wunderbar! Kann ich auch Lilly mitbringen?«

Er fühlte förmlich durch die Leitung, wie sich Bens Stimmung aufheiterte. »Du weißt doch, wie sehr ich Lilly mag. Pass bloß auf, dass du sie nicht vergrätzt, mein Junge!«

Beim nächsten Versuch war Lilly erreichbar. Sie teilte ihm mit, dass sie auf dem Rückweg sei, und ja, ihr Handy habe sie im Auto liegen gelassen.

»Warum rufst du mich dann nicht an, bevor du losfährst, wenn du siehst, dass ich dich zigmal angerufen habe?« Benthien konnte nicht verhindern, dass seine Stimme vorwurfsvoll klang, und Lilly reagierte pikiert.

»Ich bin doch gleich da, und außerdem brauche ich keinen Aufpasser. Ich bin schon ein ziemlich großes Mädchen, weißt du!«

Ehe Benthien noch etwas sagen konnte, von den neuesten Erkenntnissen aus der Rechtsmedizin, über das Essen bei seinem Vater, hatte sie aufgelegt.

Verblüfft starrte er das Telefon an.

Martha Gropius saß mit geschlossenen Augen zusammengekuschelt in ihrem Sessel in der Küche vor dem Ofen. Obwohl sie die dicke Wolljacke ihrer Tante trug, fror sie. Eigentlich fror sie immer, selbst im Sommer, wenn Türen und Fenster offen standen und eine warme Brise über die Felder strich. Doch heute ging es ihr gut, heute war ein Tag zum Feiern! Es war der Tag, an dem sie ihre letzte Illustration machen würde, dann war sie ihn los, diesen Albtraum von den gequälten Kreaturen. Dann konnte sie sich endlich anderen Dingen zuwenden.

Sie spürte Buttes warmen Körper an ihrem Bein, spürte, wie er sich mit seinem ganzen Gewicht gegen sie lehnte, und strich ihm sachte mit zwei Fingern über den Kopf. Sie ging zum Kraulen über, als er leise und behaglich seine Butte typischen Laute von sich gab.

Von oben hörte sie die Stimme ihres Großvaters: »Kind, hast du's warm da unten? Soll ich noch Briketts nachlegen?«

Und dann Bea, die sagte: »Bleib du mal im Bett liegen mit deiner Erkältung und nimm deinen Hustensaft.«

Martha lächelte. Doch, heute war, obwohl sie fror, ein guter Tag. Ein Blick auf die Küchenuhr sagte ihr, dass sie noch ein paar Minuten Zeit hatte, ehe sie spätestens anfangen musste mit dem Zeichnen. Sie dachte über den Besuch der jungen Kommissarin nach. Seltsame Fragen hatte sie ihr gestellt, die darauf hinzielten, dass Johannes zum Kreis der Verdächtigen gehörte. Aber das war undenkbar! Johannes konnte keiner Fliege etwas zuleide tun! Und er konnte auch keinen Menschen töten, mit dem er seit über dreißig Jahren befreundet war, auch wenn diese Freundschaft auf üble Weise verraten worden war.

Anja, überlegte Martha, war jemand gewesen, der Spaß im Leben haben und nicht mit Problemen konfrontiert werden wollte. Jemand wie Johannes, obwohl er extrem zurückhaltend mit Berichten über seine Krankheit war, hatte ihr keinen Spaß gebracht. Im Gegenteil, er hatte sie an ihre eigene Sterblichkeit erinnert. Damit konnte Anja nicht umgehen. Vielleicht war es Johannes nicht möglich, ein solches Verhalten zu verzeihen, aber verstehen konnte er es wohl. Menschen reagierten eben so, besonders unsichere, unreife Menschen. Das war kein Grund, gewalttätig zu werden. Was sie allerdings der Kommissarin nicht erzählt hatte und was ihr nun ständig im Kopf herumging, waren die Informationen, die sie über Arthur Peters hatte. Peters war, nach allem, was sie gelesen und gehört hatte, auf dieselbe Weise umgekommen wie Anja. Die Kommissarin hatte sie gefragt, ob sie Arthur Peters kenne, und sie hatte mit Nein geantwortet. Einfach deshalb, weil es ihr nicht wichtig erschien, und dass sie ihn kannte, wäre auch zu viel gesagt. Es musste irgendwann im Herbst gewesen sein, als sie zusammen mit Johannes im Hofladen der Severins eingekauft hatte. Peters hatte seine Tochter vertreten, die beim Arzt war, wie er einer anderen Kundin gegenüber erwähnt hatte. Martha war damals zum ersten Mal in dem Hofladen gewesen, und Johannes, da war sie sicher, hatte Peters bis zu diesem Zeitpunkt auch nicht gekannt.

Peters hatte sie sehr zuvorkommend bedient, hatte verschiedene Fragen von Johannes zu dem Hirschrücken, den er zu seinem Geburtstag kaufen wollte, geduldig beantwortet, und für Martha einen schönen Strauß aus Herbstblumen frisch gebunden. Dann hatte er sie beide gefragt, ob sie an einem Mischlingswelpen interessiert wären, seine Tochter hätte zwei, die noch nicht vermittelt waren. Johannes hatte sich das ernsthaft überlegt und sich die niedlichen Hunde auch angesehen, dann aber, wie er sagte, blutenden Herzens verzichtet.

»Ich kann die Verantwortung nicht übernehmen«, hatte er Martha auf dem Rückweg erklärt, »so gern ich auch einen Hund hätte. Aber was soll aus ihm werden, wenn ich nicht mehr fit genug bin, um ihn zu versorgen und mit ihm spazieren zu gehen?«

»Ich bin doch auch noch da«, hatte Martha geantwortet.

Trotzdem hatte Johannes gezögert. Doch zwei Wochen später hatte er sich entschieden und Arthur Peters angerufen, aber da waren die Hunde schon vermittelt gewesen.

Jetzt überlegte Martha, ob sie der Kommissarin nicht doch

von dieser Begegnung hätte erzählen sollen. Aber würde das nicht verdächtig aussehen? Dass sie und Johannes beide Mordopfer kannten … oder, im Fall von Peters, zumindest schon mal kurz getroffen hatten? Warum hatte sie sich eigentlich dazu entschlossen, nichts davon zu erwähnen? Sie war sich doch sicher, absolut sicher, dass Johannes weder Anja noch Arthur Peters ermordet hatte. Was für ein Motiv hätte er im Fall Peters denn auch haben sollen? Ablenkung, Irreführung, flüsterte eine Stimme in ihr, die sie aber schnell zum Schweigen brachte.

Und genauso gut, aber das wussten die Kommissare nicht, hätte auch sie ein Motiv gehabt, Anja zu töten. Wenn sie ihr einen ganz kleinen Kredit gewährt hätte, hätte sie ihr Häuschen per Mietkauf erwerben können und stünde in ein paar Monaten nicht auf der Straße. Aber das war für Anja nicht infrage gekommen, obwohl sie es sich hätte leisten können …

Ob sie die Kommissare darüber informieren sollte?

Nein, sie würde nichts sagen. Stattdessen dachte sie über Johannes' Vorschlag nach. Sollte sie darauf eingehen oder nicht? Dann müsste sie aber auf Butte, Großvater und Tante Bea verzichten.

Doch jetzt hatte sie keine Zeit mehr, ihren Gedanken nachzuhängen. Sie musste aufstehen, musste endlich die letzte Zeichnung beenden. Einen Mann, der an einem Handgelenk am Baum aufgehängt wurde, mit schweren Steinen an den Füßen, bis ihn nach Tagen der Tod erlöste.

Sie versuchte sich schon jetzt gegen die Albträume zu wappnen, die sie mit Sicherheit wieder nächtelang heimsuchen würden.

Die Tänzerin

Kapitel 16

Etwas brummte neben ihm. Benthien tauchte aus seinen Träumen auf und starrte auf sein Handy, das schon wieder mitten in der Nacht vibrierte. Gab es etwa einen neuen Mord? Mit geschlossenen Augen meldete er sich, doch diesmal war nicht die Oberstaatsanwältin am anderen Ende, sondern Fitzen, und er klang entnervend munter.

»Schläfst du etwa noch? Jenny und ich sind schon um den Block gejoggt und haben gerade eine Runde Sackhüpfen hinter uns. Jetzt macht sie Kaffee für mich. Sag mal, hast du was dagegen, wenn ich sie für etwa zwei Stunden ins Büro mitbringe? Ihre Oma holt sie dann ab. – Hallo? Bist du schon wieder eingenickt? Du solltest langsam aufstehen, Johnny-Boy!«

Benthien konnte sich später nicht mehr daran erinnern, was er geantwortet hatte. Er war schon wieder am Einschlafen, als sein Vater an die Tür klopfte und wissen wollte, wann er eigentlich aufzustehen gedenke. »Es ist zehn nach sieben, Junge. Willst du ein Ei? Weich gekocht? Rührei oder Spiegelei?«

»Mach irgendwas«, murmelte Benthien und schlurfte ins Bad. Er erinnerte sich vage daran, dass sie bis in die späte Nacht hinein geredet hatten, nachdem er Lilly nach dem Essen zu Hause abgeliefert hatte. Eine Flasche Rotwein war auch mit von der Partie gewesen. Ben hatte über seine Probleme mit dem Foodblog und verschiedenen Essenszubereitungen gesprochen und sich gefreut, in seinem Sohn seit Langem mal wieder einen aufmerksamen Zuhörer zu haben. Und John hatte sich gefreut, dass er seinem Vater diesen Gefallen tun konnte. Er war entsetzt gewesen, als er nach Hause kam und die Küche in einem extrem chaotischen Zustand vorgefunden hatte: Fast das gesamte Geschirr und unzählige Töpfe hatten verschmutzt herumgestanden, und durchsetzt war das ganze unschöne Stillleben mit Küchenabfällen. Ben hatte mit rotem Kopf in der Küche rotiert und verzweifelt nach weiteren Abstellflächen gesucht. Als Lilly gekommen war, hatten sie Ben zum Entspannen ins Wohnzimmer geschickt und dann zu zweit die Küche aufgeräumt. Danach hatte Lilly Bens Rotweinschalotten und die Soße zu Ende gekocht, und sie alle drei hatten einen gemütlichen Abend verbracht.

Warum Lilly auf dem Rückweg von Martha Gropius so heftig reagiert hatte, hatte Benthien noch nicht herausgefunden, wollte sie aber demnächst danach fragen. Er spürte, dass da etwas im Hintergrund war, worüber Lilly nicht sprach. Denn eigentlich war sie alles andere als launisch.

Ruth Möller legte den Kopf in den Nacken und atmete tief die kalte, frische Seeluft ein. Im Osten der Insel Amrum zeigten sich die ersten Sonnenstrahlen, die den Eisschollen auf dem zugefrorenen Wriakhörnsee einen goldenen Glanz verliehen. Außer Ruth und ihrem Mann war zu dieser frühen Stunde kein Mensch auf dem schmalen Bohlenweg zu sehen, der zwischen Dünen und dem See entlangführte. Ruth genoss die Stille, in der nur die Geräusche der Natur zu hören waren: die Brandung weit draußen, der Wind, der das hohe winterbraune Dünengras zerzauste, das aus den Schneewehen ragte, Enten, die leise und zufrieden gluckste, hin und wieder der Schrei einer Möwe. Und neben ihr die Schritte ihres Mannes auf den Holzbohlen. Über dreißig Jahre waren sie verheiratet gewesen, dann war Georg auf die Idee gekommen, dass er im Leben wohl etwas versäumt hatte. Er war ausgezogen, hatte sich eine eigene Wohnung genommen, Nachtlokale besucht und davon gesprochen, als Rucksacktourist die Anden zu durchqueren.

Zum Glück war diese Phase inzwischen vorbei. Als er sich an Weihnachten einsam gefühlt hatte, hatte er Ruth zu einer gemeinsamen Feier eingeladen. Jetzt, im Februar, wollten sie sich ein kleines Wintermärchen auf Amrum gönnen, und Ruth war zuversichtlich, dass ihr Mann bald wieder bei ihr einziehen würde. Fast schüchtern schob sie ihre Hand in seine, ein fester Druck, ein Streicheln ihrer Finger. Worte bedurfte es nicht. Ruth stiegen die Tränen in die Augen, ob vor Rührung oder wegen des Windes, wusste sie nicht so genau, aber es war auch egal. Vor sich sah sie die Strandhäuser von Wittdün liegen, dem Hafenort an Amrums Südspitze, und auf einmal erschien ihr der Spaziergang viel zu kurz. »Lass uns noch einen kleinen Umweg machen«, schlug sie vor. »Am Badeland vorbei, zum Seezeichenhafen und auf der Promenade am Watt entlang. Dann hat auch der Bäcker auf, wenn wir in den Ort zurückkommen.«

Georg war es recht, und sie bogen in den hölzernen Bohlenweg ein, der zum Wittdüner Thalassozentrum führte. Die Dünen wirkten so weiß wie im Sommer, nur war es jetzt der Schnee, der ihnen die weiße Farbe verlieh. Spuren von Kaninchen und Rebhühnern verliefen kreuz und quer übers Gelände. Als sie, noch immer Hand in Hand, durch das kleine Wäldchen gingen, hatte auch der Wind aufgehört, und Ruth atmete tief die wunderbar reine Luft ein, die nach Salz, Holz und Tannennadeln schmeckte.

Plötzlich blieb Ruth überrascht stehen und streckte einen Arm aus. »Sieh mal, wie schön!«

Zwischen den Dünen und durch die Bäume hindurch hatte sie eine gefrorene Wasserfläche entdeckt, auf deren Mitte eine

Skulptur stand. Es schien eine junge Schlittschuhläuferin zu sein, die über das Eis tanzte, das Gesicht zum Himmel gewandt, die Arme zur Sonne erhoben. Und die Sonnenstrahlen ließen sie glitzern, als wäre sie die Schneekönigin im Weihnachtsmärchen.

Fehlte nur noch die Musik.

»Sie bewegt sich nicht«, sagte Georg neben ihr, und ein Hauch von Irritation schwang in seiner Stimme mit.

Ruth legte die Hand über die Augen, denn die Sonne fing an, sie zu blenden. »Aber es ist doch eine Skulptur«, wandte sie ein. »Wie sollte die sich denn bewegen?«

»Das muss ich mir mal näher ansehen!« Georg sprang vom Bohlenweg auf den schneebedeckten Sand und schritt zielstrebig auf die seichte Wasserfläche zu, die sich nur im Winter in diesem breiten Dünental bildete. Ruth zuckte mit den Schultern und folgte ihm, obwohl ihr ein wenig mulmig zumute war.

Als Benthien kurz nach acht in der Polizeidirektion ankam, fand er sein Büro unerwartet bevölkert vor. Fitzen kippelte auf seinem Stuhl, Lilly, die hinter seinem Schreibtisch saß, hatte den Computer bereits hochgefahren, und SF war am italienischen Kaffeeautomaten zugange. Jenny, Fitzens siebenjährige Tochter, lag der Länge nach auf dem Teppichboden und malte ein Bild. Nachdem Benthien Jenny begrüßt, von Smythe-Fluege staunend einen Kaffee entgegengenommen und sich einen zweiten Stuhl an den Schreibtisch herangerückt hatte, wollte er wissen, ob es etwas Neues gäbe. »Weil ihr alle hier so rumgluckt, meine ich!«

»Nein, wir wollten nur Jenny begrüßen«, sagte Lilly und zwinkerte Jenny zu, die gerade etwas Braunes malte, das Benthien für einen wuscheligen Hund hielt. »Allerdings«, fuhr Lilly fort, »wollte ich auch von meinem Besuch bei Martha Gropius berichten. Ihr war doch noch etwas aufgefallen, nämlich an dem Tag, als sie Anja Derling zum letzten Mal besucht hat, einige Tage vor ihrem Verschwinden. Sie sagt, da habe ein Auto am Straßenrand gestanden … nicht direkt vor Anjas Haustür, sondern einige Meter entfernt, und jemand habe darin gesessen. Als sie nach einer Stunde ihren Besuch beendete, war der Wagen immer noch da.«

»Konnte sie den Mann erkennen?«, fragte Benthien gespannt. Dann erst fiel ihm auf, dass er automatisch an einen Mann gedacht hatte.

Lilly schüttelte den Kopf. »Sie meinte, sie habe ihn zwar flüchtig gesehen, aber weil sie sich schon vorher am Telefon über Anja geärgert hatte, war sie in Gedanken ganz woanders und hat ihn nicht wirklich in ihrem Gehirn gespeichert.«

»Gespeichert?«, fragte SF, der lässig an einem Regal lehnte.

»Sie sagt, das geschieht automatisch, sie habe ein fotografisches Gedächtnis, was allerdings mehr Fluch als Segen wäre. Dafür könne sie sich keine Namen merken.« Lilly lächelte. »Aber diesmal, sagte Martha Gropius, wäre sie zu sehr abgelenkt gewesen. Sie habe in Gedanken schon mal geprobt, was sie Anja sagen wollte.«

»Weiß sie wenigstens, welcher Wagentyp es war?«, fragte SF nach.

»Mercedes oder BMW oder Volvo, genauer konnte sie es nicht sagen. Sie interessiert sich nicht für Autos.«

»Irgendwie haben wir diesmal kein Glück mit unseren Zeugen«, sagte SF seufzend, und Benthien musste ihm im Stillen recht geben.

Jenny war offenbar fertig mit ihrem Bild. Sie sprang auf und zeigte es strahlend Benthien. Nun erkannte er, dass der »Hund« ein schottisches Hochlandrind sein musste, denn es hatte Hörner.

»Wunderschön hast du das gemacht, sehr stimmungsvoll«, lobte er sie.

»Ich schenk es euch für euer Büro«, sagte Jenny. »Und jetzt male ich eins für Papa. Der hat so kahle Wände zu Hause.«

Fitzen grinste. »Darf ich mir was wünschen?«

»Was denn?«

»Malst du für mich das Meer? Und einen Strand mit Strandkörben? Kannst du dich daran noch erinnern, Jenny?«

»Natürlich, wir waren doch im letzten Sommer da. Und ich male dir auch Dünen und Mama, die in einem Strandkorb sitzt, und einen Hund, der mit einem Ball spielt.«

»Fantastisch«, murmelte Fitzen und kippelte heftiger.

»Apropos Meer«, sagte Lilly. »Martha Gropius fragte mich am Montag, ob sie für ein paar Tage ans Meer fahren dürfe. Ich sagte, wir hätten nichts dagegen, brauchen aber ihre Adresse. Die wollte sie mir geben, falls sie sich dazu entschließen würde.«

»Sicher, sie kann fahren, wohin sie will. Sie ist nicht verdächtig.«

»Das ist ja das Problem. Niemand ist verdächtig«, murmelte Fitzen.

Die Tür ging auf, und Juri kam herein. »In den Dünen von Wittdün ist …« Sein Blick fiel auf Jenny, und er stockte. »Es ist … äh, man hat dort etwas gefunden«.

Er machte eine auffordernde Handbewegung zur Tür hin, und sein Blick war nicht misszuverstehen.

Kapitel 17

Benthien konnte es nicht fassen. Innerhalb weniger Tage stand er vor dem dritten Opfer des Eismörders, wie der Täter inzwischen intern genannt wurde. Diesmal war es eine junge Frau, siebzehn oder achtzehn Jahre alt. Das hübsche Gesicht hatte sie der Sonne zugewandt, die langen goldbraunen Haare umhüllten sie wie ein samtenes Tuch.

Es war unheimlich, wie lebendig sie wirkte. Auch sie wurde, ebenso wie Anja Derling, mittels eines Exponatständers in der Senkrechten gehalten. Auch sie war von Eis umhüllt, das im Sonnenschein glitzerte. Einen Fuß hatte sie leicht angehoben wie eine Ballerina, die gerade zu einer Pirouette ansetzt. Die Arme waren graziös ausgestreckt, die zarten Handgelenke hingen spielerisch herab. Selbst die Finger hatte der Eismörder anmutig arrangiert.

Stumm stand Benthien etwas abseits auf der Eisfläche des seichten Gewässers und schaute den Kriminaltechnikern zu, die ebenso wie Lilly und er selbst mit dem Hubschrauber der Bundespolizei eingeflogen worden waren. Fitzen, Mikke und Smythe-Fluege sollten in drei Zivilfahrzeugen mit der Fähre nachkommen.

Benthien fragte sich, ob mit ihnen auch eine Horde von Presseleuten auf der Insel einfallen würde. Ob sie von dem dritten Eismord schon erfahren hatten? Dann würde hier jedenfalls bald die Hölle los sein!

Der Inselarzt war da gewesen und schon wieder gegangen. Er hatte den Tod festgestellt und auf eine Fraktur am Kopf hingedeutet. Auf den Haaren am Oberkopf war Blut zu sehen, das auf eine größere Wunde hindeutete. Ob sie allerdings die Todesursache war, konnte der Arzt nicht sagen. Benthien hatte nach einem Einschussloch gesucht, doch das Mädchen trug schwarze Kleidung – einen dicken Pullover über einer legginsähnlichen Hose –, sodass er unter der Eisschicht kein Einschussloch erkennen konnte.

Als Lilly und er auf Amrum eingetroffen waren, hatte sie am Hubschrauberlandeplatz in Nebel ein junger Kollege abgeholt, der noch ganz neu auf der Insel war. Benthien kannte ihn nicht. Er hatte sie mit dem Wagen nach Wittdün gebracht, zum Badeland, und dann zu Fuß in die Wildnis der Dünen geführt, zu ihrem dritten Opfer. Dort kam jemand auf sie zu, den sie beide von einem anderen Einsatz noch gut kannten: Stefan Albrecht, ein verheirateter Mann Ende dreißig, der seit mehreren Jahren als einer von drei Inselpolizisten seinen Dienst tat und bei ihren letzten Ermittlungen auf Amrum sehr hilfreich gewesen war. Er begrüßte sie herzlich. Dann stand er neben ihnen am Rand des Überschwemmungsgebietes – denn nichts anderes war der flache Dünensee – und beobachtete aufmerksam die Kriminaltechniker, die ab und zu leise miteinander sprachen. Benthien bemerkte, wie blass Albrecht war.

Er glaubte auch zu wissen, warum.

»Du kennst das Mädchen, nehme ich an?«

Albrecht nickte bedrückt. »Levke Bronnen«, sagte er. »Ganze siebzehn Jahre jung. Ihre Mutter Jana wohnt hier in der Nähe, in der Straße am Badeland. Dort arbeitet sie auch als Masseurin und Bademeisterin.«

»Wir müssen sie benachrichtigen«, sagte Lilly bedrückt.

»Soll ich das … «, fragte Albrecht.

In diesem Augenblick war ein Knattern zu hören; der Hubschrauber, der die Leiche in die Gerichtsmedizin nach Flensburg bringen sollte, tauchte in der Ferne über den Bäumen der Inselstraße auf.

Benthien schickte Lilly mit Stefan Albrecht los, um der Mutter der Toten die traurige Nachricht zu überbringen. Er selbst wollte beim Abtransport der Leiche zugegen sein. Entgegen seinen Erwartungen erfolgte dies zügig, da der Helikopter ganz in der Nähe landete, auf der gesperrten Straße zum Tonnenhafen. Als das tote Mädchen eingeladen war und sich der Hubschrauber wieder in den blauen Himmel schraubte, fragte sich Benthien, wie viele dieser Eisleichen noch auftauchen würden. Es beunruhigte ihn zudem, dass der zeitliche Abstand, in dem man die Opfer fand, immer kürzer wurde.

Da Benthien eine kleine Auszeit zum Nachdenken brauchte und, seiner Meinung nach, beim Gehen besser denken konnte als in einem geschlossenen Raum, ging er zu Fuß über den Seezeichenhafen in den Ort. Es war eisig kalt, aber sonnig. Der Schnee glitzerte, das Wasser des Wattenmeers war dunkelblau unter einem ebensolchen Himmel. Nur wenige Boote schaukelten im Hafen neben dem Seenotrettungskreuzer. Benthien genoss den Spaziergang. Er wanderte den Weg am Wattenmeer entlang, den Deich und das kleine Örtchen Steenodde im Rücken, vorbei am Seefohrerhus mit den bunten, spitzgiebligen Holzfassaden, im Süden eine weiße Fähre im Blick, die sich durch die Eisschollen hindurch ihren Weg zum Wittdüner Hafen bahnte. Die Kollegen allerdings würden wohl erst mit dem nächsten Schiff eintreffen. Um diese Fähre zu erreichen, war die Zeit zu kurz gewesen. In der Bucht, an dem kleinen Sandstrand, sah er das seltene Schauspiel, dass sich etliche Eisschollen übereinandergeschoben hatten.

Auf seinem Weg erfreute sich Benthien vor allem an der

Stille. Der Wind wehte nur mäßig, der Schnee knirschte sanft unter seinen Stiefeln, das Wasser war weit draußen, da Ebbe war. Nur wenige Menschen wanderten die rustikale Promenade am Meer entlang; ein Hund, der den Weg über die Schollen bis auf die Wattfläche geschafft hatte, schlitterte übers Eis und bellte aufgeregt. Drüben, jenseits des Watts, lag die Insel Föhr im Sonnenschein, die weißen Strände leuchteten.

Wenn die Sonne ein bisschen wärmer wäre, dachte Benthien, könnte man fast, trotz des Schnees, an einen ersten, zaghaften Vorfrühlingstag glauben. Und im Frühling, beschloss er, würde er Urlaub machen. Mit Lilly. Wenn sie wollte.

Doch zuerst musste er noch mehrere Mordfälle lösen.

Das Team der Kripo Flensburg bewohnte Zimmer in einem Hotel, die die Innendienst-Mitarbeiterin Esther Talley ihnen hatte reservieren lassen. Benthien hatte gerade seine wenigen Sachen im Schrank verstaut und bewunderte den Blick aus dem Fenster auf die Bucht von Wittdün, als es klopfte und Lilly das Zimmer betrat.

Er umarmte Lilly, dann nahm sie auf einem der beiden Sessel am Fenster Platz. »Levkes Mutter, Jana Bronnen, war nicht da«, sagte Lilly und nahm dankbar einen Becher heißen Kaffee entgegen. »Albrecht und ich konnten aber mit der Nachbarin im Dünenweg sprechen, Frau Hansen, die Jana und Levke gut kennt. Sie war völlig außer sich, als sie hörte, dass wir Levke tot aufgefunden haben – über die näheren Umstände haben wir sie nicht informiert, aber sie wird es wohl bald erfahren. Levke, hat sie uns erzählt, wohnt seit Kurzem nicht mehr bei ihrer Mutter, sondern in einer WG in Flensburg. Sie arbeitet dort als Verkäuferin in einem Kaufhaus, weil sie darauf spart, in Hamburg auf eine Ballettschule zu gehen. Ihre Mutter lässt sich gerade scheiden und hat nicht viel Geld, obwohl sie neben ihrem Job auch noch Hand- und Fußpflege macht. Der Vater ist im Ausland«

»Sie wollte Balletttänzerin werden?«, fragte Benthien entsetzt. »Und dann inszeniert der Täter sie als Tänzerin? Das ist kein Zufall.«

»Glaube ich auch nicht«, stimmte Lilly ihm zu. »Er muss das Mädchen gekannt haben. Jana Bronnen ist übrigens für ein paar Tage zu ihrer Mutter nach Bozen gefahren, sie ist Halbitalienerin. Die Nachbarin hat uns ihre Nummer gegeben, und Stefan Albrecht, der sie ganz gut kennt, hat sie angerufen und ihr die traurige Nachricht überbracht. Schlimm, dass das am Telefon geschehen musste. Sie will sehen, dass sie so bald wie möglich zurückkommt, wahrscheinlich morgen.«

Für eine Weile schwiegen beide. Dann griff Benthien zum Handy und rief Juri Rabanus an, der in Flensburg die Stellung hielt. Er gab ihm den Namen des Opfers durch und bat ihn, Leon Kessler und Annika Gerisch loszuschicken, die Levkes Mitbewohner aufsuchen und befragen sollten. Wann hatte man sie zuletzt gesehen? Wer waren ihre Freunde, Bekannten? Hatte sie in letzter Zeit Ärger oder Streit mit jemandem gehabt? Warum war sie überhaupt nach Amrum gefahren, wenn ihre Mutter nicht da war? Und wo war ihr Handy?

»Levke ist regelmäßig nach Wittdün gekommen«, klärte ihn Lilly auf, nachdem das Gespräch beendet war, »fast jedes Wochenende. Sie war, sagte die Nachbarin, keine Partymaus, sondern ein *ernsthaftes* Mädchen. Ihre Worte! Die Leute in der WG waren Levke wohl zu laut, deshalb zog sie sich gern hierher auf die Insel zurück. Und natürlich, um ihren neuen Freund zu treffen. Er ist Apotheker, aber Levkes Mutter war mit ihm nicht sehr einverstanden, vor allem, weil es wohl einen beträchtlichen Altersunterschied gibt. Den Mann, meine ich, sollten wir uns so bald wie möglich ansehen! Er heißt Jenko Andresen und führt die Apotheke in Nebel.«

»Das ist geradezu bizarr. Dann hat also die Pille im Bauchnabel von Arthur Peters auf die neue Beziehung Levkes hingedeutet? Das ist unglaublich.«

Lilly trat zu Benthien ans Fenster. » Frau Hansen beteuerte außerdem, dass sie Levke diese Woche nicht gesehen hat. Allerdings war sie am Samstag auch auf dem Festland. Dennoch muss Levke ja irgendwie auf die Insel gekommen sein. Ob der Täter sie in seinem Auto hergebracht hat? Oder hat er sie auf dem Weg abgefangen? War sie schon tot, als sie hier ankam? Fragen über Fragen und keine Antworten!«

Beide schwiegen. »Dieser Mensch muss unglaublich mobil sein«, bemerkte Benthien nach einer Weile. Er beobachtete, wie schnell wechselnd Licht und Schatten über das Wattenmeer wanderten. »Anja Derling an der Westküste, Arthur Peters in Harrislee, jetzt Levke Bronnen auf Amrum.«

»Und von Levke wusste er, dass sie sich fürs Ballett interessiert.« Lilly wandte sich ihm zu. »Ich sage jetzt mal was, was ansonsten immer Tommys Part ist. Du weißt schon, er unkt ja gerne und stellt absurde Theorien auf. Was, wenn das eigentliche Ziel von vorneherein Levke war? Und die anderen beiden hat er getötet, um von sich abzulenken? Denn er kannte ihr Hobby, das Tanzen, und hat den Fundort entsprechend hergerichtet. Solch einen Bezug gibt es bei Anja Derling und Arthur Peters nicht.«

»Du vergisst, dass die Anstecknadel in Anja Derlings Bauchnabel auf Arthur Peters' Hobby hinweist, die Jagd.«

»Nach dieser Theorie könnte schon vor dem Mord an Anja Derling ein Verbrechen stattgefunden haben, bei dem die

Leiche eine Beigabe im Bauchnabel hatte«, sagte Lilly düster. »Vielleicht etwas, was auf Thailand hinweist oder auf den Reitsport.«

Lilly massierte sich die Schläfen. »Ich habe manchmal das Gefühl ... lach nicht, John, und erwähne ja nicht den Ausdruck *weibliche Intuition*! ... dass unser Täter jemand ist, den wir bereits aus dem Umfeld der beiden bisherigen Opfer kennen und der uns mit Genuss zum Narren hält. Vielleicht ist es eben doch so, dass es ihm nur auf den einen Mord ankommt, den einen, den *einzigen*, der ihm wichtig ist, und von dem er ablenken möchte.«

Benthien sah auf die Uhr. »Die Leiche müsste inzwischen in der Rechtsmedizin angekommen sein. Ich habe vorhin mit Dr. Radtke telefoniert und ihn gebeten, sofort nachzusehen, ob auch das Mädchen einen Gegenstand im Bauchnabel hat. Das geht, meint er, auch wenn sie noch nicht vollständig aufgetaut ist. Er wird uns dann anrufen.«

Er griff nach seiner Jacke. »Auf zu Levkes Freund. Wir sollten keine Zeit verlieren. Und danach müssen wir sehen, dass wir in die Wohnung der Bronnens kommen. Die Nachbarin hat sicher einen Schlüssel und kann als Zeugin fungieren.«

»Wenn denn der Durchsuchungsbeschluss endlich mal kommt«, bemerkte Lilly.

Stefan Albrecht hatte ihnen vorerst einen zivilen Wagen zur Verfügung gestellt, mit dem sie nach Nebel fuhren, dem Ort in der Inselmitte, in dem es die meisten Reetdachhäuser gab. In früheren Zeiten hatten sich hier bevorzugt Kapitäne angesiedelt.

In der Apotheke bediente eine Frau mit einem straffen Haardutt, die ihnen erklärte, dass Jenko Andresen nicht da sei.

»Er ist gar nicht auf der Insel?«, fragte Benthien.

»Doch, aber er schwänzt mal wieder«, erklärte die ältere Dame. »Er hat sich freigegeben, das tut er öfter. Na ja, er ist der Chef, was soll man da machen. Wo er steckt, weiß ich aber nicht.«

»Sind Sie eine Verwandte von ihm?«, erkundigte sich Lilly.

Die Dame schüttelte den Kopf. »Nein, aber ich kenne ihn, seit er im Steckkissen lag. Er hat schon immer seinen eigenen Kopf gehabt.«

Sie gab Benthien Andresens Handynummer, aber als er nach Verlassen der Apotheke die Nummer wählte, erreichte er nur den Anrufbeantworter. Er bat Andresen, so bald wie möglich zurückzurufen.

Nach einem frühen Abendessen saß Benthien zusammen mit den Kollegen Lilly, Fitzen, Mikke Jessen und Lester Smythe-Fluege im Hotel in einem kleinen, separaten Zimmer, das man der Polizei zur Verfügung gestellt hatte. Auch Stefan Albrecht war dabei. Er kannte Andresen flüchtig. Zu Benthiens Ärger hatte der Apotheker immer noch nicht zurückgerufen.

»Andresen ist geschieden, Mitte dreißig und gilt als Frauenschwarm«, sagte Albrecht. »Keiner von denen, die was anbrennen lassen. Soweit ich weiß, ist er mit einer Dame vom Festland verlobt. Das ist zumindest die offizielle Version. Dass Levkes Mutter mit dieser Beziehung nicht einverstanden war, kann ich mir lebhaft vorstellen!«

Danach verabschiedete sich Albrecht mit den Worten, er würde seine Kinder gern noch kurz sehen, bevor sie ins Bett müssten.

Benthien überlegte gerade, wie sie vorgehen sollten, als ein Anruf für Lilly kam. Es war Frau Hansen. Lilly hörte mit ausdrucksloser Miene zu, dann teilte sie der Nachbarin mit, dass sie wahrscheinlich jetzt gleich vorbeikommen würden, sie solle sich bereithalten.

»Jana Bronnen hat ihr mitgeteilt, dass sie morgen gegen Mittag auf Amrum eintreffen wird, sie sitzt in einem Nachtzug nach Hamburg. Willst du bis morgen warten mit der Durchsuchung von Levkes Zimmer, oder machen wir das heute noch? Der Durchsuchungsbeschluss ist vorhin gekommen.«

»Wir werden sofort dorthin gehen. Ist Frau Hansen bereit?«

Lilly nickte. Bei der Durchsuchung einer Wohnung musste immer auch ein neutraler Zeuge anwesend sein.

Doch bevor sie gingen, kam endlich der lang erwartete Anruf von Dr. Radtke.

»Sie wollten doch wissen, ob die Tote einen Gegenstand im Bauchnabel stecken hatte?«, fragte der alte Mediziner mit rauer Stimme. »Hat sie! Es ist ein Gummibärchen. Ein rotes!«

»Was …?« Benthien verschlug es die Sprache. Radtke nutzte den Augenblick, um weiterzusprechen.

»Die Todesursache ist sehr wahrscheinlich ein Schlag auf den Kopf, ein Schädel-Hirn-Trauma. Wir haben die Leiche geröntgt … diese Verletzungen hätte sie nicht überlebt. Ein Schuss wurde diesmal nicht abgegeben.« Radtke holte tief Luft. »Sie wissen, Benthien, dass ich mich normalerweise ohne Obduktion nicht so weit aus dem Fenster lehne. Und vielleicht kommen nach der Sektion auch noch ein paar neue Erkenntnisse auf uns zu. Aber das ist das, was ich bisher mit ziemlicher Sicherheit sagen kann. Und noch eins: Schnappen Sie den Kerl! Das Mädchen hätte auch meine Enkelin sein können.«

Das Freizeichen tutete in Benthiens Ohr, Radtke hatte aufgelegt.

Benthien gab weiter, was er eben gehört hatte. »Wir müssen uns wohl darauf vorbereiten, dass es noch einen weiteren Mord geben wird!«, sagte er ernst. »Wenn wir ihn nicht vorher schnappen!«

Sofort nach dem Gespräch mit Radtke eilten sie in den Dünenweg. Die Nachbarin, Frau Hansen, wohnte im Erdgeschoss des Zweifamilienhauses. Sie war eine flotte Siebzigerin, unter deren betroffener Miene, dachte Benthien, auch eine gute Portion Sensationslust stecken mochte und die nur allzu gern mit nach oben kam in die Dachgeschosswohnung des gepflegten, aber in die Jahre gekommenen Hauses aus rotem Backstein. Aus dem Treppenhausfenster erblickte man einen kleinen Garten mit zwei eingeschneiten Strandkörben.

Als Benthien die Wohnung der Bronnens öffnete, stellte er fest, dass Jana Bronnen eine ordnungsliebende Frau sein musste. Nichts lag in der geschmackvoll eingerichteten Wohnung herum, nicht mal eine Zeitschrift. Die Möbel glänzten von der Politur, die hellen Teppiche waren gesaugt. Frau Hansen setzte sich ins Wohnzimmer, Benthien und seine Kollegen gingen in Levkes Zimmer. Es war überraschend groß und enthielt einen weißen, der Dachschräge angepassten Einbauschrank, einen Schreibtisch, zwei Kommoden, ein schmales Bett und ein mannshohes Regal voller Tierfiguren, Aufbewahrungskartons, Kerzen und Blechdosen.

»Levke scheint ja ziemlich viel Kram zu haben«, sagte Lilly. Sie hielt ein Poesiealbum hoch, das offenbar in der ersten Klasse angelegt worden war. Viele der Schrankfächer und die meisten Kartons waren vollgestopft mit Papieren, Zeitungsausschnitten, Bildern, Fotos, Werbebroschüren und Hochglanzmagazinen. Benthien wunderte sich, dass Fitzen fast sofort anfing, das Bett zu untersuchen, zuletzt sogar noch darunterkroch.

»Nach was suchen wir eigentlich?«, fragte SF, der steif mitten im Zimmer stand und unter der Dachschräge viel zu groß und in seinem dreiteiligen Anzug irgendwie fehl am Platz wirkte.

»Nach allem, was uns etwas über ihr Privatleben in den letzten Monaten mitteilt – Briefe, Notizen, Terminkalender, Tagebücher, Fotos. Mann! Sie sind doch nicht erst seit gestern bei der Polizei!« Fitzen war ungewöhnlich gereizt, wahrscheinlich, weil er viel weniger Zeit mit seiner Tochter verbringen konnte, als er geplant hatte. Aber auch Lilly schien nicht ganz bei der Sache zu sein. Seit ein oder zwei Tagen wirkte sie auf Benthien zerstreut, als wälzte sie irgendwelche Probleme. Hoffentlich würde er noch heute Abend ein Gespräch mit ihr führen können, das nichts mit den Ermittlungen zu tun hatte. Er ertappte sich dabei, dass er sich nach ihrer Nähe sehnte, nach einem Ausscheren von dem Druck, der auf ihm lastete, und träumte sich für ein paar Sekunden mit Lilly an einen Ort, wo es keinen Schnee, kein Schmuddelwetter und keine Anrufe gab, die einen neuen Mord verkündeten. Doch dann rief er sich zur Ordnung; er hatte gefälligst zu funktionieren und seine privaten Belange hintanzustellen, das war er den Opfern dieser Mordserie schuldig. Kriminalrat Gödecke hatte kurz vor ihrem Abflug schon damit gedroht, eine SoKo unter Mitwirkung des LKA einzuberufen. Aber Benthien hatte keine Lust auf dieses Kompetenzgerangel; er glaubte, in enger Zusammenarbeit mit den Kollegen, die er kannte und die ihm seit Jahren vertraut waren, weiterzukommen, selbst wenn das hin und wieder zu Reibereien führte. Dennoch: Wenn ihre Ermittlungen nicht bald Ergebnisse brächten, würde der Kriminalrat seine Androhung wahrmachen. Noch profitierte Benthien von seinem Ruf als herausragender Ermittler.

SF hatte sich, ohne zu fragen und ohne Mikkes saure Miene zu beachten, an Levkes Schreibtisch gesetzt und sich ihren Laptop geschnappt. Da Mikke sich in dieser Gruppe ja langsam zum Computerexperten entwickelte, fand er wohl, dass nur er für solche Recherchen zuständig wäre.

»Sie hat kein Passwort«, sagte SF befriedigt, rief die »Dokumente« auf und öffnete eine Datei nach der anderen.

»Ich würde mit den Bildern anfangen«, riet ihm Fitzen, aber SF tat so, als hätte er ihn nicht gehört.

Benthien seufzte im Stillen. Dies würde sicher noch ein langer und nicht sehr erfreulicher Abend werden.

»Was mich beschäftigt«, sagte Mikke, während er einen Stapel Zeitschriften durchblätterte, »ist die Frage, wo eigentlich die Überbekleidung der Opfer ist, die Jacken, Mäntel, Schals, Mützen? Hat der Täter sie behalten? Und was ist mit den Handtaschen der Frauen? Mit den persönlichen Sachen und mit Levkes Handy? Hat man das Handy eigentlich gefunden?«

»Nein zur letzten Frage«, antwortete Benthien. »Und hier scheint es ja auch nicht zu sein. Aber Juri ist dabei, vom Telefonanbieter die Verbindungsnachweise zu bekommen. Die Überbekleidung und Handtaschen sind nicht gefunden worden, der Täter hat sie womöglich als Trophäen behalten.«

»Ja, und bemerkenswert ist auch, dass keine EC- oder Kreditkarten benutzt wurden«, warf Lilly ein. »Von Anja Derlings Mutter wissen wir, dass ihre Tochter zwei Kreditkarten besaß, die im Haus nicht aufzufinden waren. Aber weder von ihrem Konto noch von Arthur Peters' Konto ist jemals Geld abgehoben worden.«

»Was dafür spricht, dass es dem Eismörder nicht ums Geld geht, sondern um die Sache selbst, um das Töten seiner Opfer«, bemerkte Fitzen, der hinter Smythe-Fluege stand und über dessen Schulter auf den Bildschirm blickte, was diesen sichtlich irritierte.

»Hier haben wir Fotos von Levke und Jenko Andresen«, sagte Lilly, die über einem mit Blümchenmuster überzogenen Karton hockte und ein Einsteckalbum hochhielt.

»Seltsamer Typ«, kommentierte Smythe-Fluege, nachdem er einen Blick auf die Fotos geworfen hatte.

Jenko Andresen war unbestreitbar eine auffällige Person, zumindest äußerlich. Er hatte ein schmales Gesicht und überschulterlange Haare, die er im Nacken zu einem Pferdeschwanz zusammengebunden trug. Trotz seines relativ jungen Alters schienen sie auf den Fotos grau zu sein mit einem hohen Anteil von Weiß. Im rechten Ohr hatte er einen Flesh Tunnel, und um seinen Hals wand sich das Tattoo einer Kobra.

»Vom Hals an abwärts scheint er aber normal zu sein«, witzelte Mikke, und Lilly reichte Benthien eins der Fotos.

»Sieh dir mal dieses Oben-ohne-Foto an, lauter Tattoos in Schreibschrift, als wenn seine Brust eine Tafel wäre.« Sie kniff die Augen zusammen und las: »*Verweile nicht in der Vergangenheit, träume nicht von der Zukunft. Konzentriere dich auf die Gegenwart.*«

»Ein bekannter Spruch von Buddha«, sagte Benthien.

Lilly schüttelte den Kopf. »Dieser hier ist aber nicht von Buddha: *Die meisten Menschen sind nur Zeitverschwendung*. Oder der hier: *Einfach mal die Fresse halten!*«

»Ein liebenswerter Zeitgenosse«, bemerkte SF vor dem Laptop.

»Ja, fast genauso wie Sie!«, sagte Fitzen und verließ das Zimmer.

Benthien ging ihm nach. Er sah Frau Hansen im Wohnzimmer in einer Zeitschrift blättern. Fitzen fand er in der Küche, wo er an der Spüle lehnte und ein Glas Wasser trank. »Mensch, Tommy, was ist los mit dir? Warum bist du so knurrig?«

Fitzen sah ihn an. »Das weißt du nicht? Ich hab langsam die Schnauze voll von meinem Job. Er zerstört einem jedes Privatleben! Ulli hat vorhin angerufen und sich schon wieder beschwert, dass ich nie da bin. Früher war es Katharina, die rummaulte, jetzt ist es Ulli. Warum, zum Henker, hatte sie dann was dagegen, mit mir zusammenzuziehen?«

Dann wärst du jetzt aber auch nicht zu Hause, wollte Benthien gerade sagen, verkniff es sich aber. Fitzen hatte ja recht. Man musste als Polizist einfach zu viele Kompromisse im Hinblick aufs Familienleben machen.

»Lass uns nachher darüber reden, vielleicht finden wir eine Lösung«, sagte Benthien und ging wieder zurück in Levkes Zimmer. Dort hatte SF inzwischen etwas auf dem Laptop gefunden, das ihn elektrisierte. Mikke, der hinter ihm stand, war genauso aufgeregt.

»Hier, seht mal!«

Mauseöhrchen,

beide, meine Schwester und Jule, trafen am selben Tag ein. Unsere Mutter war krank geworden und musste nach Hause fahren, deshalb kam Annie für die letzten zehn Tage zu mir ins Ferienlager. Einerseits war ich natürlich überglücklich, dass endlich ein Mensch da war, der mich mochte. Andererseits waren die Kinder am Anfang sehr grausam gegenüber Annie. Sie hänselten sie, weil sie dick war und nicht gut rennen konnte, nannten sie Dickmadame oder gemästetes Schwein. Und Lutz erfand ein Wort, auf das er riesig stolz war: Wabbelkönigin! Beim Kaffee mittags klaute er ihr den Krapfen oder den Mohrenkopf vom

Teller und rief dann: »Wabbel doch mal her und hol ihn dir, du fette Kuh!«
Selbst den anderen Kindern wurde es mit der Zeit zu viel, und sie forderten Lutz auf, mit seinen Beleidigungen aufzuhören. Von den Erwachsenen konnten wir keine Hilfe erwarten, die hielten sich aus unseren Streitigkeiten lieber raus.
Ja, und dann kam Jule. Sie war das erste Mädchen in meinem Leben, in das ich mich verliebte. Sie hatte lange blonde Haare, schmale grüne Augen und wirkte sehr selbstbewusst. Heute weiß ich, dass sie kein nettes Mädchen war, Papis verwöhnter Liebling eben, aber damals war ich wie geblendet. Ich dachte, vielleicht ist sie auf meiner Seite, weil sie am Anfang ja noch nicht wusste, dass ich der Buhmann der Gruppe war, der Aussätzige, der Außenseiter. Ich erinnere mich gut, am ersten Tag unterhielten wir uns sehr nett miteinander, Jule, Annie und ich; Jule wollte wissen, wie hier alles so lief, wie die anderen Kinder waren, wie das Essen war, was wir alles unternahmen. Ich glaube nicht, dass ihr da schon der Verdacht kam, dass ich der Prügelknabe war. Und ich gab mir alle Mühe, sie gut zu unterhalten, Mauseöhrchen! Ich erzählte ihr Anekdoten aus meiner Schule und von zu Hause, zum Beispiel, wie ich unserer Haushälterin eines Abends etliche Grashüpfer, die ich im Garten gesammelt hatte, ins Bett steckte, denn Frau Wendelkorn hatte panische Angst vor Grashüpfern. (Nebenbei gesagt, mein Vater verabreichte mir danach eine gehörige Tracht Prügel wegen Mangels an Respekt, aber das erzählte ich natürlich nicht!)
Jule fand die Geschichte lustig und lachte sehr darüber, und das spornte mich an, ihr noch mehr zu erzählen und sogar neue komische Geschichten zu erfinden. Annie war so lieb und verriet mich nicht und tat alles, damit ich bei Jule gut ankam. An diesem Nachmittag war ich sehr glücklich, auch wenn die anderen

Kinder in der Nähe saßen, uns verwundert beobachteten und anfingen, zu kichern und zu flüstern.
Doch ab dem nächsten Tag wurde alles ganz schlimm. Annie wurde wegen ihrer Adipositas ohne Ende gehänselt, und Jule beachtete mich nicht mehr. Man hatte ihr inzwischen klargemacht, dass ich hier der Loser war. Sie dachte wohl, es könnte ihr in den Augen der anderen Kinder schaden, wenn sie weiterhin mit mir reden würde, deshalb war ich ab da nur noch Luft für sie. Ja, mehr noch, sie beteiligte sich mit großem Eifer und machte sich auf boshafte Weise über mich und Annie lustig, nur um Anerkennung zu bekommen.
Ich war so geschockt, dass mir etwas passierte, was seit Jahren nicht passiert war: Ich machte am helllichten Tag in die Hose! Als ich vier Jahre alt war, hatte ich dieses Problem schon einmal gehabt, meist dann, wenn ich zu Vater ins Arbeitszimmer zitiert wurde und er mir eine Predigt hielt über irgendein Vergehen, das ich wieder mal begangen hatte. Dann war ich so nervös, dass meine Blase dem Druck nicht standhalten konnte, und erntete natürlich die gebührende Verachtung meines Vaters, wenn er den Fleck beobachtete, der sich auf meiner Hose ausbreitete.
So war es auch im Ferienlager. Jule schrie vor Lachen, als sie es zum ersten Mal sah; sie zeigte mit dem Finger auf mich, wälzte sich auf der Gartenwiese und konnte sich kaum beruhigen. Da habe ich Annie zum ersten Mal in meinem (und ihrem) Leben böse werden sehen. Sie stellte sich hin und schrie die Kinder an, dass sie sich schämen sollten, das käme ja nur davon, dass sie mich ständig quälten und sich über mich lustig machten. Ich hätte beinahe geheult, weil sich bisher nie jemand für mich eingesetzt hatte, und nun tat es meine Schwester einer Horde unbekannter Kinder gegenüber. Ich fand das sehr mutig, aber auch ein bisschen beschämend.

JoJo, der sehr für Gerechtigkeit war und Annie eigentlich ganz gern mochte, lenkte ein und erklärte, dass sie mich nur deshalb bestraften, um mir das Petzen abzugewöhnen. Und ja, es stimmte, ich hatte den einen oder anderen bei den Betreuerinnen oder Frau Mantau verpetzt, denn auch ich war für Gerechtigkeit.
Das Seltsame war, dass Annie ab diesem Zeitpunkt einen gewissen Respekt bei den anderen Kindern genoss. Man achtete sie und hörte auf, sie zu beleidigen. Sie wurde sogar regelrecht beliebt, weil sie fair war, ein ausgleichendes Wesen besaß und die anderen respektierte. Einerseits gefiel mir das, andererseits fragte ich mich, warum sie mich nicht so behandelten.
Aber das taten sie nicht, im Gegenteil.
Und Faxe war es, der einen Namen für mich erfand, der schnell die Runde machte und bei den meisten Kindern großen Anklang fand.
Sie nannten mich Pinkelfaden.

Kapitel 18

Smythe-Fluege deutete auf eine E-Mail, die Levke an ihre Tante in Lörrach geschickt hatte. Darin sprach sie von der Begegnung mit einem Mann, der ihr helfen wollte, in Hamburg Fuß zu fassen, wenn sie dort zur Ballettschule ging. Er habe ihr angeboten, schrieb sie, zusammen mit seiner Tochter eine WG zu bilden.

SF las den Text laut vor: »*Er besitzt eine kleine Wohnung in Pöseldorf, die er zur Geldanlage gekauft hat, und sucht eine geeignete Mitbewohnerin für seine Tochter Olga, die achtzehn ist und dann unbedingt von zu Hause ausziehen will. Er meinte eigentlich, sie wäre zu jung, um allein zu wohnen, und macht sich Sorgen. Aber mich findet er ganz verständig und vernünftig – seine eigenen Worte, liebe Tante, stell Dir vor! –, und als ich ihm sagte, dass ich im Herbst schon achtzehn werde, meinte er, es wäre ja ein Glücksfall, dass er mich gefunden hat. Und dass ich ihm gegenüber von meinen Zukunftsplänen gesprochen habe! Ist das nicht cool? Das Zimmer soll mich nur 150 Euro kosten, weil er will, dass ich ein Auge auf seine Tochter habe. Oh Mann, ich bin so glücklich!*«

SF blickte die anderen an. »Viel mehr steht hier leider nicht, kein Name und natürlich auch keine Beschreibung des Mannes. Auch nicht, wo sie ihn kennengelernt hat. Aber wenn ich so etwas lese, klingeln bei mir alle Alarmglocken!«

»Wie alt ist die Mail?«, fragte Benthien.

Mikke, der SF das ausgedruckte Blatt aus der Hand genommen hatte, sagte: »Ziemlich neu, von Ende Januar. Glaubt ihr, das könnte er sein? Unser Eismörder?«

SF beachtete ihn nicht. »Wir müssen dringend mit dieser Tante sprechen. Und mit der Mutter. Wann kommt sie zurück? Morgen? Soll ich die Tante gleich noch anrufen?«

»Vielleicht wissen auch Levkes Mitbewohner in Flensburg etwas über diesen Mann«, meinte Lilly. Sie wandte sich an Benthien. »Haben die sich denn noch nicht gemeldet? Juri, Leon, Annika?«

Fitzen zückte sein Handy. »Die lieben Kollegen? Vielleicht schlafen die schon selig und süß? Ich werde Juri mal Beine machen …«

Benthien drückte Fitzens Arm nach unten. »Lass das! Du weißt doch genau, dass Juri anruft, wenn er so weit ist. Okay, Lester, Sie kümmern sich um die Tante. Wir fahren jetzt zurück zum Hotel. Tommy, du hast doch heute Nachmittag beim Hafen-Terminal nachgefragt …«

»Ich habe sogar in der Wyker Dampfschiffreederei in Wyk angerufen, aber weißt du was? Nur eine der Fähren hat funktionierende Kameras! Die anderen sind wegen der Kälte alle ausgefallen. Aber außerdem fehlen uns Informationen! Wir wissen doch gar nicht, wann und wie Levke nach Amrum gekommen ist! War ihr Mörder schon hier, hat er sie erwartet? Oder hat er sie nach Amrum begleitet? Ist es ihr Freund, dieser Andresen? Warum schüttelst du den Kopf?«

»Andresen hat sich immer noch nicht gemeldet«, sagte Benthien. Er brütete kurz vor sich hin, dann fragte er Lilly, ob sie mit ihm noch einmal nach Nebel fahren würde, um nach Andresen zu sehen. Inzwischen war es halb elf, da musste der Mann doch allmählich zu Hause sein. Aber Lilly zögerte.

»Ich bin so furchtbar müde, John«, sagte sie dann, »kannst du nicht Tommy mitnehmen? Ich kann kaum noch die Augen offen halten.«

Benthien stutzte einen Moment, ehe er antwortete: »Natürlich. Leg dich hin. Ich fahre mit Fitzen zu Andresen.

SF kam ärgerlich aus der Küche gestapft. »Der Anschluss der Tante ist ständig besetzt!«

»Nicht aufgeben, weitermachen!«, sagte Fitzen, was SF allerdings noch wütender machte.

»Lester ist überraschend kooperativ«, sagte Benthien später zu Fitzen, als sie im Hotel auf ein letztes Glas Rotwein beisammensaßen. »Also sei so gut und reize ihn nicht ständig. Vielleicht gewöhnt er sich doch allmählich bei uns ein.«

»Lassie ist nicht mein Problem«, sagte Fitzen düster.

»Was dann?«

»Die Tatsache, dass Jenny tausend Kilometer weit weg wohnt. Ich sehe sie viel zu selten.«

Benthien schwieg mitfühlend. Was sollte er auch dazu sagen?

Obwohl Tommy Fitzen ein liebenswerter und recht unkomplizierter Mensch war, schaffte er es einfach nicht, eine stressfreie Beziehung zu führen. Lag es an seinem sehr fordernden Beruf? Benthien konnte es sich nicht recht erklären. Vielleicht verliebte Tommy sich auch nur immer wieder in die falschen Frauen … in die, die ihn ummodeln wollten. Das funktionierte bei ihm natürlich nicht.

Sie waren gerade aus Nebel zurückgekommen, hatten aber Andresen nicht angetroffen. SF hatte anscheinend die Tante an diesem Abend noch erreicht, denn Benthien fand bei seiner Rückkehr einen Zettel vor mit der lapidaren Nachricht: »Die Dame weiß nichts weiter«. Danach war SF offenbar auf sein Zimmer gegangen, ebenso Mikke. Lilly schlief schon, denn ihr Fenster war dunkel. Außer Tommy und ihm schien niemand mehr auf zu sein.

Tommy Fitzen tat Benthien ein kleines bisschen leid. Er saß auf der Insel fest, wo er sich doch auf ein paar Tage mit seiner Tochter gefreut hatte. Ewig würde sie ja nicht in Schleswig-Holstein bleiben, die Sportferien in der Schweiz waren Ende nächster Woche vorbei. Er beschloss, Fitzen zumindest für einen Tag freizugeben. Und dann würde man sehen.

»Wo wohnt Jennys Oma noch mal? War das nicht in der Nähe der Küste?«

»In Leck«, sagte Fitzen mürrisch.

»Meinst du, sie kann Jenny nach Föhr bringen? Dann musst du nicht den ganzen Weg nach Leck fahren, sondern nur nach Föhr. Du könntest sie morgen oder übermorgen dort treffen und etwas mit ihr unternehmen. Das würde Jenny doch sicher freuen.«

Fitzens Miene entspannte sich. »Meinst du, das geht wirklich? Du kannst tatsächlich auf mich verzichten?«

Benthien grinste. »So unersetzlich bist du nun auch nicht. Los, ruf sie an! Oder ruf sie morgen an, heute ist es wohl zu spät.«

»Mir doch egal«, sagte Fitzen, während er nach seinem Handy suchte. »Weißt du, ich habe Jenny versprochen, mit ihr ins Ozeaneum nach Stralsund zu fahren und vielleicht auch in den Zoo von Aalborg. Ich glaube, sie wäre sehr enttäuscht, wenn wir nichts von alledem machen würden.«

»Jetzt kommt Jenny erst einmal nach Föhr, und für nächste Woche sehen wir weiter, okay?«

Er stand auf, um sich noch eine kleine Flasche Wein fürs Zimmer zu besorgen, und als er zurückkam, grinste Fitzen selig.

»Morgen treffe ich meine Tochter«, sagte er. »Ich dachte, je früher, desto leichter kannst du mich für ein paar Stunden entbehren.«

»Du bist ein guter, mitdenkender Kollege, alter Freund«. Benthien schlug Fitzen wohlwollend auf die Schulter und trank sein Glas in einem Zug leer. Als er aufstand, spürte er wohlig den Wein in seinem Blut. »Jetzt aber ab in die Koje. Gute Nacht.«

Als er oben an Lillys Zimmer vorbeiging, hörte er sie leise sprechen. Telefonierte sie etwa noch um diese späte Zeit? Mit wem? Sie war doch so müde gewesen? Oder hatte einer der Kollegen aus Flensburg sie mit neuen Informationen angerufen? Er war stark versucht, stehen zu bleiben und zu horchen, aber dann ging er doch in sein Zimmer, wobei er die Tür nicht allzu sanft schloss. Lilly würde es hören und zu ihm kommen, wenn sie mit ihm sprechen wollte – oder Sehnsucht nach ihm hatte. Doch auf dem Flur blieb alles still. Lilly blieb, wo sie war, und Benthien dachte unter der Dusche völlig ergebnislos darüber nach, mit wem sie wohl telefoniert haben könnte.

Am Donnerstagmorgen frühstückte Benthien in der Gesellschaft von Mikke und Smythe-Fluege. Lilly, teilte ihm Mikke mit, war in den Ort gegangen, um für sich etwas einzukaufen. »Sie hat aber schon mit Jana Bronnen telefoniert. Die wird am frühen Nachmittag hier sein.«

Da Benthien damit rechnete, erst wieder am Abend an ein Essen zu kommen, ging er nach dem Frühstück ebenfalls in den Ort, um sich mit Proviant zu versorgen. Der Spaziergang in der strahlenden, kalten Wintersonne weckte seine letzten Lebensgeister. Vielleicht würde er Lilly treffen, es gab schließlich nur eine einzige Straße mit Geschäften. Doch sie war nirgendwo zu sehen.

Er betrat den Wittdüner Supermarkt, um sich ein paar Riegel für den Notfall zu kaufen. Auf dem Weg zur Kasse kam ihm ein Mann bekannt vor, der das Weinregal betrachtete und offenbar überlegte, welchen Wein er nehmen sollte. Neben ihm stand ein bis zum Rand gefüllter Einkaufswagen. Als Benthien auf gleicher Höhe mit ihm war, erkannte er, dass ihn sein Gedächtnis nicht getrogen hatte.

Der Mann drehte sich zu ihm um. »Ach du meine Güte … hätte ich mir natürlich denken können, dass Sie hier sind. Steht ja in allen Zeitungen, dass wieder eine Eisleiche gefunden wurde. Hoffentlich verdächtigen Sie jetzt nicht schon wieder mich?« Johannes Brederloh lächelte, aber das Lächeln löste sich schnell auf.

»Was machen Sie hier?«, fragte Benthien.

»Ich wohne hier«, antwortete Brederloh. »Und um Ihrer nächsten Frage zuvorzukommen: Ich bin seit Samstag auf der Insel. Wir haben seit meiner Kindheit ein Ferienhaus in Wittdün.«

»Wo?«

»Auf der Oberen Wandelbahn. Hätte ich Sie um Erlaubnis fragen müssen?«

Sie starrten sich gegenseitig an. Benthien deutete auf den beladenen Einkaufswagen. »Sie scheinen länger hierbleiben zu wollen.«

»Ja, vielleicht.« Brederloh griff nach zwei Flaschen Rotwein und legte sie zu seinen anderen Einkäufen, bevor er den Wagen in Richtung Kasse manövrierte. Benthien folgte ihm mit seinen Riegeln.

Als sie draußen auf dem Parkplatz standen, breitete sich so etwas wie Resignation in Brederlohs Miene aus. Mit einem Anflug von Spott fragte er: »Wollen Sie vielleicht mitkommen?«

»Sehr gerne!«

Sie luden die Waren in Brederlohs Wagen in mehrere Taschen, fuhren die Düne hoch und bogen rechts in die Mittelstraße ein, die die Zufahrt zu den Rückfronten der Häuser auf der Oberen Wandelbahn bildete. Bald darauf hielt Brederloh vor einem weißen Haus mit Reetdach. Benthien erinnerte sich, dass er genau dieses Haus vor ein paar Tagen auf einem Foto in Brederlohs Wohnung gesehen hatte und dass es ihm schon damals bekannt vorkam. Da er bereits des Öfteren auf Amrum gewesen war, kannte er die Obere Wandelbahn und ihre Häuser recht gut.

Auf einer steilen Treppe mit vielen Stufen stiegen sie die Düne hinauf. Brederloh öffnete die Haustür und führte Benthien in die Küche. Dort stellte er seine Einkäufe auf der Arbeitsfläche ab.

»Möchten Sie einen Kaffee?«

Benthien, der bemerkte, dass der Mann heftig nach Atem rang, lehnte ab.

»Dann lassen Sie mich eben die verderblichen Sachen in den Kühlschrank räumen.«

Wenig später saßen sie im Wohnzimmer beisammen. Benthien kannte ihn gut, aber der One-Million-Dollar-Blick nach draußen über den weiten Amrumer Strand tief unter ihm, auf das blaue Wasser und den großen Horizont überwältigte ihn jedes Mal, wenn er auf der Insel war.

Er sah sich um. Das Haus war etwa vor vierzig, fünfzig Jahren gebaut worden. Man hatte es renoviert und modern eingerichtet. Benthien schätzte seinen Wert auf weit über eine Million Euro, besonders in dieser Lage. Brederloh war mit Sicherheit kein armer Mann.

»Ich nehme an, das Haus gehörte Ihrer Familie, oder haben Sie's gekauft? Der Blick ist traumhaft!«

»Es gehörte der Familie meines Vaters. Heute würde ich mir

so ein Haus nicht mehr leisten können.« Brederloh sah ihn freimütig an. »Los, Herr Hauptkommissar, spucken Sie's aus! Ich bin hier auf Amrum, und wieder gibt es eine Leiche. Das kommt Ihnen doch höchst seltsam vor, habe ich recht? Und ja, das ist höchst seltsam, das sehe ich auch so. Aber wissen Sie, ich habe sehr wahrscheinlich ein Alibi!«

Benthien nahm Brederloh in Augenschein. »Ach ja? Ich höre.«

»Es ist Martha ... Martha Gropius«, sagte er, als hätte Benthien vergessen, wer das sein könnte. »Sie ist gerade in Norddorf, müsste aber bald zurück sein.«

»Martha Gropius ist hier? Aber ich nehme an, Sie schlafen in getrennten Zimmern? Dann dürften Sie für die Nacht von Dienstag auf Mittwoch auch kein Alibi haben, oder etwa doch?«

»Was?« Brederloh wirkte verstört. »Äh, nein, aber am Abend waren wir zusammen, lange, bis zwölf oder ein Uhr. Wir hatten uns viel zu erzählen.«

»Aber Sie schlafen getrennt?«

»Natürlich!«

»Also haben Sie kein Alibi«, stellte Benthien fest.

Brederloh stand auf, ging zum Schrank, holte eine Flasche Whisky heraus und zwei Gläser.«

»Sie auch?«

»Nein. Ich bin im Dienst.« Doch dann überlegte er es sich anders. »Ach, meinetwegen, schenken Sie mir einen ein.«

Er trank ihn in einem Zug aus, dann saßen sie eine Weile zusammen, sprachen nicht, beobachteten das Spiel der Wolken, der Schatten und Lichtreflexe, die über den verschneiten Strand huschten.

Brederloh spielte mit seinem Glas. »Ich habe natürlich von

dem Mord gehört. Diesmal ist es ein junges Mädchen, als Tänzerin dargestellt, erzählt man sich. Es ist unfassbar.«

Johannes Brederloh wirkte eingefallen, grau, und noch immer hatte er Schwierigkeiten, Luft zu bekommen. Nur seine blauen Augen wirkten so hell und frisch, als wären sie noch ganz jung und unschuldig.

»Levke Bronnen«, sagte Benthien. »Kannten Sie sie? Vielleicht dem Namen nach?«

Brederloh stutzte, seine Augen weiteten sich, doch dann schüttelte er den Kopf, trank aus und goss sich gleich darauf wieder ein. Er zog sich ein maritim aussehendes Sofakissen auf den Schoß und begann, es zu kneten.

»Und Arthur Peters? Den kannten Sie auch nicht?«

Es klingelte, und Brederloh stand mühsam auf. »Bitte entschuldigen Sie mich.«

Benthien erhob sich und ging mal wieder einer seiner Lieblingsbeschäftigungen in den Wohnungen anderer Leute nach – er guckte sich die Fotos an. Viele gab es allerdings nicht. Eines lag umgedreht auf der Kommode. Benthien nahm es auf und betrachtete es lange. Ebenso ein anderes, das an der Wand hing.

Brederloh kam mit einem Päckchen in der Hand wieder zurück. »Medikamente. Ich bestelle sie online, da sind sie billiger. Die Krankenkasse bezahlt eben auch nicht alles.«

»Warum verkaufen Sie nicht Ihr Haus?«

»Ja, das sollte ich wohl tun. Aber bisher konnte ich mich noch nicht dazu durchringen. Zu viele Erinnerungen hängen daran.«

»Ihre Eltern leben nicht mehr?«

Brederloh trat ans Fenster, ließ seine Augen über den Strand wandern, fixierte eine weiße Wolke. Dann verzog ein ironisches

Lächeln seine Mundwinkel. »Was Sie alles wissen wollen … Ist jeder Polizist so neugierig?«

Benthien erwiderte das Lächeln. »Ich interessiere mich eben für meine Mitmenschen. Trotz meines Berufes bin ich immer noch ein Menschenfreund. Meistens jedenfalls.« Er deutete auf das Bild, das umgekehrt auf der Kommode lag. Wie er wusste, zeigte es Brederloh und Anja Derling, ausgelassen lachend, an einem Strand. »Sind Sie dabei, alle Ihre Anja-Fotos auszusortieren? So ganz sind Sie mit dieser Geschichte wohl doch noch nicht fertig …«

Brederloh machte eine heftige Bewegung. »Aber deshalb habe ich sie noch lange nicht getötet!« Mit den Händen in den Jeanstaschen wanderte er durchs Zimmer. »Sie verstehen es immer noch nicht. Ich war – und bin – mit Anja fertig. Aus, Ende. Für mich existierte sie schon in den letzten Monaten nicht mehr, als sie noch lebte, denn sie war ja nicht der Mensch, für den ich sie hielt.« Er ging zum Tisch und nippte an seinem Whisky. »Wissen Sie, Benthien, dies ist eine gnadenlose, unbarmherzige Welt, in der ichbezogene Menschen wie Anja und solche, die nur von Gier und Macht bestimmt werden, immer mehr die Oberhand erhalten, ohne dass die Politik wirksam einschreitet oder auch nur die Notwendigkeit dazu erkennt. *Der Erde ohne Güte, der nur die Macht gerät …*«, rezitierte er, brach dann aber ab und richtete seinen Blick nach draußen, wo er erneut an einer Wolke hängen blieb.

Benthien besah sich Brederloh genauer. Er fing an, ihn mit anderen Augen zu sehen. Im Augenblick schien er ihm ein Nihilist zu sein, ein Enttäuschter, Verletzter, vielleicht sogar ein Menschenverächter, der sich möglicherweise seine eigenen Gesetze, seine eigene Moral machte. Konnte eine solche Haltung dazu führen, dass man mordete? Aber warum dann Arthur Peters? Alle waren sich darin einig, dass er ein guter, hilfsbereiter Mensch gewesen war, der sich um andere gekümmert hatte. Und auch Levke Bronnen hatte in ihrem jungen Leben sicher noch keine schwerwiegenden Verletzungen verursacht …

Benthien riss sich von dem Panoramablick los. »Wir haben die Information, dass Anja sich etwa vor einem Jahr in jemanden verliebt hat, den sie seit Langem kannte, mit dem sie *seit Ewigkeiten* befreundet gewesen war. Das hat sie zumindest ihrem Bruder erzählt. Sie war selbst ganz fassungslos, dass so etwas geschehen konnte. Derjenige, von dem sie da sprach, das waren nicht etwa Sie?«

Brederloh seufzte leise, offensichtlich langweilte ihn das Gespräch allmählich. »Ich sagte es ja schon, Anja war nicht mein Typ. Schon rein äußerlich nicht. Aber mich verwundert diese Aussage nicht. Anja war in den letzten Jahren ständig auf der Suche, ohne Erfolg allerdings, soweit ich weiß. Vor einigen Jahren, als sie noch in Husum arbeitete, war sie hinter einem ihrer Kollegen her, aber auch daraus wurde nichts …«

»Wissen Sie, wer dieser langjährige Freund gewesen sein könnte?«

»Anja hat mir schon länger nichts mehr anvertraut. Wenn ich sie nach ihrem Leben fragte, antwortete sie nur sehr oberflächlich. Nein, ich versichere Ihnen, ich habe nicht den blassesten Schimmer, wer das gewesen sein könnte.« Wieder bedachte er Benthien mit einem Lächeln und zuckte die Schultern.

Doch Benthien glaubte ihm kein Wort.

Kapitel 19

Mikke Jessen hatte schon einmal mit Smythe-Fluege zusammengearbeitet und sich über SFs arrogantes Auftreten, seine Überheblichkeit ihm gegenüber als kleinem Kommissaranwärter grün und blau geärgert. Letztendlich waren sie getrennte Wege gegangen, da SF kein Teamplayer war. Nun blieb Mikke aber nichts anderes übrig, als mit SF loszuziehen, weil Benthien es so angeordnet hatte und Fitzen auf Föhr war. Er fühlte sich unbehaglich, als er neben dem doch recht umfangreichen Kollegen im Auto eingequetscht saß, auf dem Weg nach Nebel, wo sie nun endlich Levkes Freund antreffen würden. Mikke hatte zur Vorsicht vorher angerufen und sie angemeldet.

»Augenblick, ich muss erst noch in die Apotheke«, erklärte SF, als sie vor dem l-förmigen Einfamilienhaus hielten, und war kurz darauf im Gebäude verschwunden. Da Mikke Andresen nicht allein gegenübertreten wollte, folgte er SF. Der schien tatsächlich erkältet zu sein, denn er kaufte gleich drei Medikamente gegen einen grippalen Infekt. »Ich glaube, ich hatte heute Nacht Fieber«, erklärte er Mikke, als er bezahlte. »Aber noch jemand kann ja nicht ausfallen, wir sind sowieso schon zu wenig Leute.«

»Dann bleiben Sie doch im Bett«, sagte Mikke gelangweilt, »anstatt uns alle anzustecken!« Zur Sicherheit besorgte er sich ein paar Lutschbonbons mit Vitamin C.

»Wollen Sie zu meinem Chef?«, fragte die streng aussehende Frau mit dem großen Dutt, die sie bediente. »Dann gehen Sie durch den Garten direkt ins Haus. Jenko kann jetzt nicht aufmachen, er ist gerade mit seinen Viechern zugange.«

Zögerlich folgte Mikke seinem Kollegen, der das Haus umrundete und den Trampelpfad durch den Schnee nahm. Ohne Umstände öffnete er die nächste Tür.

»Hier rein!«, rief eine Stimme. Mikke tappte hinter SFs breitem Rücken durch einen kahlen Flur in einen ebensolchen Raum, der abgesehen von Metallregalen und einem langen Arbeitstisch in der Mitte unmöbliert war. In den Regalen standen allerlei Gerätschaften, die nach Labor aussahen und Mikke völlig unbekannt waren, außerdem kleine Behälter aus Glas oder Plexiglas, die wohl für irgendwelche Tiere gedacht waren. Allerdings sah man keine Insassen, da sie sich möglicherweise unter Blättern oder Holzspänen versteckt hielten. Mikke hatte ein ungutes Gefühl, erst recht, als er gegen SF prallte, da der Kollege abrupt stehen geblieben war. Als Mikke einen Blick seitwärts auf den Tisch riskierte, sah er dort eine fünfzehn Zentimeter große, behaarte Spinne auf dem Tisch liegen, an der Andresen gerade herumhantierte. Sie lag auf dem Rücken, die langen Beine in die Luft gestreckt, war aber offenbar an Nadeln fixiert, denn sie bewegte sich nicht.

»Was machen Sie da?«, fragte SF heiser.

»Ist sie tot?«, fragte Mikke hoffnungsvoll, bereit, jederzeit zu fliehen, falls das Vieh auf dem Tisch anfing, sich zu bewegen.

»Augenblick. Ich bin gleich fertig«, nuschelte Andresen, der auf einem Hocker saß und sich über die Spinne beugte. Mit einer Pinzette zog er einen dünnen, silbrigen Faden aus dem Tier heraus und wickelte ihn vorsichtig auf ein daneben stehendes Rad aus Eisenstahl, das mehrere Querstreben aufwies, sodass der Faden dort aufgespult wurde. Zuletzt schnitt er den Faden ab, befreite die Spinne, die sich nur sehr träge bewegte, und setzte sie in einen der Glasbehälter in dem Regal.

»Was machen Sie da?«, wiederholte SF.

Andresen musterte ihn. »Ich melke Spinnen, sehen Sie das nicht? Zwei muss ich noch, aber ich kann auch eine kurze Pause einlegen. Was gibt es denn?«

Mikke starrte ihn an, und es kostete ihn viel Mühe, seine Abscheu zu verbergen. »Ich wusste nicht, dass man Spinnen … Wozu soll das denn gut sein?«

Er wunderte sich, dass ihn der Kollege nicht rüde unterbrach, wie es so seine Gewohnheit war, wenn es ihm nicht schnell genug ging, aber offenbar hatte der Anblick der Spinne SF ebenfalls die Sprache verschlagen.

»Zu Forschungszwecken natürlich«, antwortete Andresen. »Die Seidenfäden von Spinnen können in der Medizin eingesetzt werden, zum Beispiel bei Brustimplantaten oder bei anderen Operationen. Die Fäden lösen sich im Körper auf, und die Zellen regenerieren sich selbst. In Oxford forscht man schon lange daran, und nun auch in Kiel.« Spöttisch setzte er hinzu: »Sind Sie gekommen, um mich das zu fragen?«

SF holte tief Luft, und Mikke konnte sich denken, was nun kam.

»Ich finde Ihr Verhalten ein wenig merkwürdig, Herr Andresen!«, sagte der Kollege. »Ihre Freundin ist ermordet worden, und Sie klopfen dumme Sprüche. Interessiert es Sie überhaupt nicht, was mit Levke geschehen ist? Dass sie vermutlich das Opfer eines Serientäters wurde?«

Andresen verschränkte die Arme und lehnte sich ans Regal. Hinter ihm, in einer Plexiglasbox, kroch eine Spinne mit zwei extrem langen Vorderbeinen über einen Stein.

Mikke betrachtete ihn verwundert. Die langen grauen Haare

waren im Nacken zu einem Zopf gebunden, doch sein Gesicht wirkte glatt und jung. Auf die Finger hatte er sich bunte Ringe tätowieren lassen; an seinem rechten Ohr hing ein metallischer Totenschädel. Dass er Apotheker sein sollte, wollte Mikke nicht in den Kopf. Bei dem würde er jedenfalls keine Medizin kaufen! Außerdem verstand er nicht, wie sich ein junges Mädchen in einen solchen Typen verlieben konnte.

»Es tut mir leid um Levke, aber sie war nicht meine Freundin«, sagte Andresen ruhig. »Sie wäre es gern gewesen, allerdings bin ich verlobt, und wir werden bald heiraten. Das wusste Levke.«

»Dass Sie verlobt sind, hat Sie aber nicht daran gehindert, mit ihr eine Affäre anzufangen«, sagte Mikke streng.

Andresen lächelte, doch das Lächeln erreichte seine Augen nicht. »Kann Ihnen das nicht egal sein?«

»Wo waren Sie in der Nacht zum Mittwoch?«, fuhr SF dazwischen.

Andresen zog eine Augenbraue hoch. »Bei meiner Verlobten in Husum.«

»Kann das außer Ihrer Verlobten jemand bezeugen?«

Andresen zuckte mit den Schultern. »Wir waren essen. Der eine oder andere wird uns gesehen haben. In der Nacht waren wir zwei natürlich allein.«

»Ich vermisse bei Ihnen ein gewisses Mitgefühl«, bemerkte SF, während er sein Notizbuch hervorzog und Andresen reichte. »Schreiben Sie bitte Namen und Adresse Ihrer Freundin auf!«

»Meiner Verlobten!« Der Mann setzte sich wieder und notierte die Adresse, dann warf er den Kugelschreiber auf den Tisch. »Was soll ich denn Ihrer Meinung nach sagen? Dass es mir leidtut, dass Levke tot ist? Ja, tut es! Dass ich traurig bin, betrübt, schockiert? Ja, bin ich! Ich hätte Levke ein langes, zufriedenes, erfülltes Leben gewünscht … nur eben nicht mit mir. Aber das wollte sie einfach nicht verstehen. Wir haben uns zwei-, dreimal auf Partys getroffen und uns gut verstanden, haben getanzt, hatten romantische Nächte am Strand, aber das war es auch, zumindest von meiner Seite. Levke war ein nettes Mädchen, aber viel zu jung für mich.«

»Wusste sie, dass Sie verlobt waren?«, fragte Mikke.

»Das habe ich ihr von Anfang an gesagt.« Andresen spazierte im Raum herum, die Hände in den Jeanstaschen. Sein langer grauer Zopf wippte auf dem Rücken auf und ab.

»Wann haben Sie das Mädchen zum letzten Mal gesehen?«, wollte Mikke wissen. Er sah mit einigem Unbehagen, wie eine große, schwarze Spinne sich in einem der Kästen aufrichtete, und meinte sogar, ein leises Fauchen zu hören. Aber vielleicht bildete er sich das auch nur ein.

Andresen tat, als müsste er überlegen. »Vor zwei Wochen, glaube ich.«

Er trat an den Tisch, holte eine Art Ampulle aus einem Kasten und griff hinter Mikke ins Regal. Er nahm das Plexiglasgefäß heraus, in dem Mikke gerade eben die fauchende Spinne gesehen hatte, stellte es auf dem Tisch ab und machte Anstalten, den Deckel zu öffnen. Mikke trat schnell ein paar Schritte zurück, und auch SF war auf der Hut. Der Mann drehte den Verschluss der Ampulle ab und ließ sie in das Gefäß gleiten. »Durch das ausströmende Betäubungsmittel wird die Spinne sediert, das geht sehr schnell. Und das heißt, meine Herren, ich muss weitermachen. Tut mir leid.«

»Vor *zwei Wochen* reicht uns nicht«, beharrte SF. »Wann haben Sie das Mädchen gesehen und wo? Was haben Sie geredet oder getan?«

Andresen entfernte den Deckel, und die Spinne, die noch größer war, als Mikke sie sich vorgestellt hatte, und offenbar immer noch quicklebendig, sprang mit einem einzigen Satz nach draußen.

Eine halbe Minute später saß Mikke atemlos im Auto. Mit irrem Blick vergewisserte er sich, dass alle Fenster geschlossen waren.

»Sie haben mir vorhin die Frage nach Arthur Peters nicht beantwortet«, sagte Benthien. »Kannten Sie ihn? Er lebte nicht allzu weit von Ihnen entfernt, in Mürwick.«

Brederloh runzelte die Stirn. »War das nicht der Mann, der in Harrislee gefunden wurde? Bei den Skulpturen?«

Benthiens Handy klingelte. Es war Juri Rabanus, da musste er sich melden. Er entschuldigte sich und ging hinaus auf den Flur.

»Was gibt's?«

»Du wirst es nicht glauben«, sagte Rabanus, »aber es hat sich ein Polizeibeamter gemeldet, der an jenem Montagabend bei Peters an der Tür geklingelt hat! Es gibt ihn also wirklich, und er ist durchaus ein echter Polizist. Er sagt, er kennt Peters aus der Kneipe, in der sie sich immer zum Skat treffen. Letztes Mal, am Samstag, hatte Peters seine Brieftasche liegen lassen. Breitmatter, Polizeioberkommissar in Engelsby, hat sie an sich genommen und an dem Abend, als er vom Dienst kam, vorbeigebracht, damit sich der alte Mann nicht extra bemühen musste. Das ist die ganze Geschichte.«

Benthien steckte enttäuscht das Handy wieder ein. Auch diese Spur erwies sich also als Irrläufer. Immerhin konnten sie jetzt das Thema Polizist ad acta legen.

Als er wieder ins Zimmer kam, war auch Brederloh am Telefon. Benthien fiel der zärtliche Klang seiner Stimme auf, und er fragte sich, mit wem der Mann sprach.

»Meine Tochter«, sagte Brederloh bereitwillig, nachdem er sein Gespräch beendet hatte. Und Benthien fiel ein, dass er in Lillys Gesprächsprotokoll mit Martha Gropius gelesen hatte, wie sie sagte: »Anja hat Johannes zuletzt beschuldigt, sich nicht genügend um seine Tochter zu kümmern. Johannes war fix und fertig. Ich glaube, das war der Augenblick, als er beschlossen hat, Anja aufzugeben. Sie war seiner Freundschaft einfach nicht wert.«

Offenbar kümmerte sich Brederloh aber durchaus um seine Tochter. Immerhin hing ein Foto von ihr an der Wand. War dieser gehässige Vorwurf ein weiterer Tropfen gewesen, der das Fass zum Überlaufen gebracht hatte? Benthien beschloss, das Thema anzuschneiden.

»Anja Derling hat Ihnen vorgeworfen, sich nicht genügend um Ihre Tochter zu kümmern. Was sagen Sie dazu?«

Es war ein Versuchsballon, der den Zweck hatte, Brederlohs Frustrationstoleranz zu testen. An sich war diese Frage natürlich irrelevant für seine Ermittlungen. Aber Benthien war gespannt, wie Brederloh reagieren würde.

Er bemerkte sofort die fleckige Röte, die in das Gesicht des Mannes stieg. Mit einem Mal atmete er wieder schwerer.

»Anja«, sagte Brederloh leise, »hatte den Hang, klugzuscheißen und alles besser zu wissen; ob sie profundere Informationen über das Thema hatte, kümmerte sie dabei nicht.«

»Aber in diesem Fall, hatte sie da recht?«

Brederloh hob den Kopf. »Was geht Sie das an? Hat das irgendwas mit Ihren Ermittlungen zu tun?«

Benthien musste natürlich zugeben, dass dem nicht so war. Aber er sagte nichts, sondern hielt ein hoffnungsvolles Schweigen aufrecht, dem Brederloh, der nervlich angeschlagen schien, diesmal nicht gewachsen war.

»Sie lebt bei ihrer Mutter in München«, sagte er heftig, »und ich sehe sie so oft, wie es mir möglich ist! Ihre Mutter ist jetzt in einer neuen Beziehung, was mich, meiner Tochter wegen, sehr belastet, wie Sie sich wohl vorstellen können. Kennen Sie den Spruch, ›Kein Mensch weiß, was in ihm schlummert und zutage kommt, wenn das Schicksal anfängt, ihm über den Kopf zu wachsen‹? Ich bin gerade dabei, es herauszufinden!«

Als Benthien wieder im Hotel eintraf, in dem hinteren Gastraum, den man der Polizei zur Verfügung gestellt hatte, fand er dort nur Mikke und SF vor. Er wunderte sich über das leicht süffisante Dauergrinsen auf SFs breitem Gesicht, wohingegen Mikke etwas geknickt wirkte. Von Lilly war nichts zu sehen.

»Wart ihr bei Andresen?«, fragte Benthien fröstelnd. Er ging zum Kaffeeautomaten, den man ihnen ins Zimmer gestellt hatte, und ließ das Gebräu in eine Tasse laufen. Bevor er trank, wärmte er seine Hände an dem heißen Porzellan.

SF, der seine Krawatte abgelegt und sich stattdessen einen Wollschal um den Hals geschlungen hatte, rührte in etwas herum, das stark nach Kamille und Minze roch. Natürlich war er es, der das Wort ergriff; ausführlich gab er Andresens Aussagen wieder und schilderte anschaulich den Eindruck, den er auf sie gemacht hatte. »Spinnen sind sein Hobby«, sagte er, auch an Mikke gewandt, der den Ausgang des Gesprächs ja nicht mehr mitbekommen hatte. »Davon besitzt er stolze zweiundneunzig Stück. Inklusive der Viecher, deren Seidenfäden er erntet. Levke teilte übrigens diese Vorliebe mit ihm, behauptet er.«

»Was ist mit der Spinne passiert?«, wollte Mikke wissen.

»Mit welcher Spinne?«, fragte Benthien.

»Kommissaranwärter Jessen ist vor einer Spinne ausgerissen, die ihrem Glaskasten entkam, und ist ins Auto entfleucht«, sagte SF grinsend.

»Zwanzig Zentimeter, und er hat den Deckel absichtlich geöffnet, um uns zu erschrecken!«, empörte sich Mikke.

»Sie war höchstens zwölf Zentimeter und absolut harmlos«, entgegnete SF ungerührt. »Es handelte sich um eine *Nephila maculata*«, sagte Andresen. »Nachdem sie draußen war, hat sie sich völlig ruhig verhalten.«

Benthien bemerkte amüsiert den Blick, den Mikke seinem Kollegen zuwarf. Doch dann fiel ihm wieder das Gummibärchen im Bauchnabel des jüngsten Opfers ein und dass er keine Zeit hatte, sich über Banalitäten zu amüsieren.

»Nun ja«, SF wickelte den Schal fester um seinen feisten Hals, »der Mann hat mir auch noch etwas anderes, etwas Wichtiges erzählt. Hier«, er nahm ein gefaltetes Blatt Papier aus seiner Brusttasche und legte es auf den Tisch, »diesen Typ hat Andresen gesehen, als er zuletzt mit Levke zusammen war. Er hat Levke beobachtet. Ich habe mir überlegt, ob das vielleicht dieser Sugar Daddy ist, von dem Levke ihrer Tante geschrieben hat.«

»Wieso Sugar Daddy?«, fragte Mikke empört. »Was Sie sich wieder denken! Davon war doch gar keine Rede. Der Mann wollte, dass sie sich um seine Tochter kümmert.«

»Ich kapiere überhaupt nichts mehr. Können Sie vielleicht mal der Reihe nach erzählen?«

»Ich hatte Andresen gefragt, wann und wo genau er Levke zuletzt gesehen hatte.« Er wandte sich feixend an Benthien. »Doch noch ehe er antworten konnte, lief Kollege Jessen vor der Spinne davon.«

»Ja, das wissen wir inzwischen, reiten Sie nicht dauernd darauf herum«, unterbrach ihn Benthien genervt.

SF schürzte die Lippen. »Andresen antwortete, dass sie sich in Wittdün zum Frühstück getroffen hätten, in einem Café. Dort saß auch dieser Mann an einem der Tische« – er deutete mit einem Nicken auf die Zeichnung – »und Andresen behauptet, er hätte ihren Tisch die ganze Zeit im Blick gehabt und immer wieder zu Levke hingesehen.«

»Und was sagte das Mädchen dazu?«

»Nichts. Sie hätte den Typ aber auch nur sehen können, wenn sie sich auf ihrem Stuhl umgedreht hätte. Als sie das Café verließen, sagte Andresen, war er schon gegangen. Die Zeichnung da stammt von ihm. Er meint, das käme dem Kerl schon sehr nahe.«

Das Bild zeigte einen Mann, den Benthien auf Mitte fünfzig schätzte. Er hatte gleichmäßige Züge und kurze, graue Haare. Das Gesicht war schmal, aber mit vollen Lippen und einer kleinen Narbe an der Oberlippe, die in Richtung Nase zeigte. Es war ein Gesicht, das man sich leicht merken und auch leicht wiedererkennen würde. »Er soll schlank gewesen sein und groß, etwa einsfünfundachtzig«, ergänzte SF. »Und er stützte sich auf einen Spazierstock. Andresen fiel das besonders auf, weil er ansonsten recht sportlich wirkte.«

»Hat er vielleicht auch noch gehinkt oder geschielt?«, erkundigte sich Mikke sarkastisch, doch SF beachtete ihn gar nicht.

»Mikke, lass einige Kopien davon machen – das geht auch hier im Hotel –, und dann macht ihr die Runde durch den Ort. Fangt bei diesem Frühstückscafé an. Vielleicht kennt ihn dort jemand«, sagte Benthien. »Wisst ihr, wo Lilly steckt?«

»Oben«, sagte Mikke, »auf ihrem Zimmer. Sie telefoniert.«

Kapitel 20

Als Benthien an Lillys Zimmer vorbeikam, hörte er sie mit gedämpfter Stimme reden. Er wollte schon weitergehen, als er innehielt, zwei Schritte rückwärtsging und klopfte. Er bekam mit, wie Lilly das Gespräch beendete, bevor sie »Herein« rief.

Er trat ein. »Das Telefonieren scheint bei dir ja ein Dauerzustand zu werden.« Mist, das hatte er gar nicht sagen wollen, es war ihm einfach so rausgerutscht. Lilly antwortete nicht, sondern drehte ihm den Rücken zu und sah zum Fenster hinaus. Also waren es nicht die Kollegen in Flensburg gewesen, mit denen sie telefoniert hatte.

»Bist du irgendwie weitergekommen?«, fragte Benthien, noch immer auf der Suche nach einer Erklärung.

Lilly verneinte nur, setzte sich auf einen der Sessel und sah ihn an. »Ihr?«

»Vielleicht.« Er erzählte, was Mikke und SF von Andresen erfahren hatten, dann berichtete er von dem überraschenden Treffen mit Brederloh.

»Er ist hier auf Amrum, und Martha Gropius auch?«, fragte Lilly überrascht. »Dass sie so plötzlich vorhatte, nach Amrum zu fahren, hat sie mir gar nicht erzählt, als ich zuletzt bei ihr war.«

»Ich glaube, Brederloh kannte Levke. Er hat merkwürdig reagiert, als ich ihren Namen erwähnte, aber geleugnet, sie zu kennen.«

Dann schwiegen sie, und Benthien wartete immer noch darauf, dass Lilly ihm irgendeine Erklärung lieferte für ihr Verhalten, das er allmählich schon etwas merkwürdig fand und das gänzlich untypisch für Lilly war. Wieder hatte er den Eindruck, dass sie etwas bedrückte.

Er fragte ins Blaue hinein: »Geht's deinem Vater gut?«

Überrascht sah sie ihn an. »Aber ja, warum fragst du?«

Benthien antwortete nicht, er ließ das Schweigen zwischen ihnen wachsen. Doch Lilly schien in Gedanken versunken, die, wie er meinte, nichts mit ihrem Fall zu tun hatten. Dann aber riss sie sich zusammen.

»Glaubst du immer noch, John, dass Brederloh in diese Morde verwickelt ist? Nicht nur in den an Anja Derling, sondern auch in die Morde an Peters und Levke?«

»Ich weiß nicht mehr, was ich glauben soll. Er ist auf jeden Fall nicht ganz ehrlich. Wir sollten nachher Levkes Mutter nach ihm fragen. Ich werde jetzt Kessler anrufen. Er und Annika müssen inzwischen mit den Leuten aus Levkes Wohngemeinschaft gesprochen haben. Ich frage mich, warum ich eigentlich immer allen Informationen hinterherlaufen muss.« Gereizt griff er zum Handy. Dabei war ihm klar, dass er aus einem ganz anderen Grund verärgert war.

Leon Kessler meldete sich umgehend. Es stellte sich heraus, dass er und Annika gerade bei den WG-Bewohnern waren. »Wir wollten allerdings jetzt gehen«, sagte Leon.

»Frag sie, ob Levke einen Johannes Brederloh gekannt hat«, sagte Benthien rasch. Er hörte, wie Leon die Frage stellte, ebenso vernahm er die ratlose Antwort. Nein, diesen Namen hatten sie noch nie gehört.

»Ruf mich an, sobald ihr zurück seid«, erinnerte ihn Benthien und beendete das Gespräch.

»Wenn Brederloh tatsächlich Levke kannte, sieht das schon

sehr merkwürdig aus, denn dann war er mit immerhin zwei der Mordopfer bekannt, obwohl beide gut vierzig Kilometer auseinander wohnen und überhaupt nichts gemein haben«, sagte Lilly nachdenklich.

»Ach, zweifelst du nun doch an Brederlohs Unschuld?«

»Ich hatte mir bis jetzt noch keine feste Meinung gebildet«, sagte Lilly behutsam. »Kann es sein, John, dass du heute etwas aggressiv bist?« Und im Versuch zu scherzen, fügte sie hinzu: »Fehlt dir etwa Fitzen, und jetzt reibst du dich an mir?«

Benthien wollte gerade antworten, als sein Mobiltelefon klingelte. Ein Blick aufs Display verriet ihm, dass es Juri Rabanus war.

»Was gibt's?«

»Du wirst es nicht glauben, was wir rausgefunden haben«, sagte Juri. »In den USA hat es vor knapp zwanzig Jahren eine ähnliche Mordserie gegeben wie hier bei uns.«

»Eisleichen?«, fragte Benthien ungläubig.

»Nein, Leichen, die mit kleinen Gegenständen im Bauchnabel aufgefunden wurden. Insgesamt waren es vier Leichen, alle auf der Insel Nantucket, alle waren Frauen mittleren Alters, und die Morde wurden bis heute nicht aufgeklärt. Es gab noch nicht mal einen Verdächtigen. Die Morde hörten so plötzlich auf, wie sie begonnen hatten.«

Benthien atmete schwer, er spürte, wie sein Herz klopfte. »Weißt du noch mehr darüber? Was waren das für Gegenstände, die die Opfer im Bauchnabel hatten?«

Er hörte Papierrascheln am anderen Ende. »Ein Dime, also die amerikanische Zehncentmünze, das Filterstück einer Zigarette, ein zurechtgeschnittenes Stück von einem Marshmallow und die Spitze eines angespitzten Bleistifts, die man abgesägt hatte.«

»Klingt völlig absurd. Hat man je herausgefunden, was diese Beigaben zu bedeuten hatten?«

»Nein. Man hat auch nicht feststellen können, was für eine Verbindung es zwischen den Opfern gab, falls es überhaupt eine gab. Die Dime-Morde – so nannte man sie, nach dem ersten Opfer – sind als eine der rätselhaftesten Mordserien in die amerikanische Kriminalgeschichte eingegangen. Esther hat eine E-Mail an die Polizei von Nantucket geschickt mit der Bitte um weitere Informationen, vielleicht ist es möglich, einen der Ermittler von damals zu befragen oder die Akten zu bekommen.«

»Na dann, viel Glück!«

»Vor zwanzig Jahren?«, fragte Lilly, nachdem Benthien ihr erzählt hatte, was er von Juri erfahren hatte. »Aber wäre es nicht völlig absurd zu glauben, dass der Täter von damals seine Serie jetzt hier bei uns fortsetzt? Nach so langer Zeit? Quasi von Nantucket nach Nordfriesland? Und in der Zwischenzeit war er ein braver Bürger? Ich weiß wirklich nicht, was ich davon halten soll!«

»Ich doch auch nicht«, stöhnte Benthien und stand auf. »Ich wüsste nicht, wie uns das im Augenblick weiterhelfen soll. Also lass uns abwarten, was Esther noch herausfindet.«

»Man könnte recherchieren, wer aus dem Umfeld unserer drei Opfer vor zwanzig Jahren in Nantucket war«, schlug Lilly vor. »Oder überhaupt in den USA.«

»Darauf wird es wohl hinauslaufen. Kommst du mit? Ich will mir noch mal den Fundort der Leiche ansehen.«

Wenige Minuten später parkten sie im Dünenweg am Badeland, nicht weit entfernt von der Wohnung der Bronnens, und gingen in Richtung Wriakhörnsee. Benthien sah sich um.

»Ich frage mich, wie er die gefrorene Leiche hierhertransportiert hat. In einen Pkw passt sie nicht. Außerdem kann man hier nur noch ein paar Meter fahren, dann beginnt das Dünengelände, und er …«

»Er könnte sie mit einer Sackkarre zum Dünensee transportiert haben«, meinte Lilly. »Allerdings wäre das ein hohes Risiko. Hier gibt's schließlich Fenster und da oben im Badeland-Gebäude offenbar auch eine Wohnung. Du kannst doch nie wissen, ob nicht jemand, der an Schlaflosigkeit leidet, am Fenster steht und in die romantische Dünenlandschaft hinaussieht … der Mond ist zurzeit ziemlich voll …«

»Er hat bisher einfach unverschämtes Glück gehabt«, bemerkte Benthien.

Sie gingen weiter und betraten den schmalen Bohlenweg, der sich durch das Gelände schlängelte. Das Betreten der Dünenlandschaft war nicht erlaubt, außer auf den Bohlenwegen und einem Reiterpfad, der durch tiefen Sand an einem Wäldchen entlangführte. Von hier aus war der flache Dünensee gut zu erkennen.

»Schau mal, was ist das dort hinten?«, fragte Lilly. Sie waren stehen geblieben, blickten über das Dünental und über das glitzernde gefrorene Wasser, auf dem noch gestern die Eisprinzessin getanzt hatte. Die Kriminaltechniker in ihren weißen Anzügen waren fort. Soweit Benthien wusste, hatten sie verschiedene Fußspuren im Schnee gesichert, auch die Spuren von Reitern, aber nichts, das nach Rädern aussah. Hatte er sie etwa vom Auto bis hierher getragen?

»Es scheint eine Hütte zu sein oder ein Verschlag in dem kleinen Wäldchen«, beantwortete sich Lilly selbst ihre Frage. »Ob die Spurensicherung sie sich näher angesehen hat?«

»Wir gehen mal hin«, schlug Benthien vor. »Er könnte die

Leiche darin deponiert haben, um sie einzufrieren. Kalt genug ist es ja.«

»Was hätte er gemacht, wenn die Morde im Sommer stattgefunden hätten?«, überlegte Lilly. »Dann wäre diese Inszenierung gar nicht möglich gewesen.«

»Hallo«, sagte eine schüchterne Stimme in diesem Augenblick hinter ihnen. Martha Gropius hatte sich einen langen, dicken Wollschal um Hals und Gesicht gewickelt und war nur mit Mühe zu erkennen. Sie gab beiden Polizisten die Hand. An ihren Augen sah Benthien, dass sie lächelte.

»Ich habe schon gehört, dass Sie hier auf Amrum sind, und war überrascht«, sagte er. Dann erzählte er, dass er am Morgen Johannes Brederloh zufällig im Supermarkt getroffen habe und auch bei ihm zu Hause war.

»Ich habe mich ganz spontan entschlossen, seiner Einladung zu folgen«, erklärte Martha. »In meinem verschneiten Häuschen war es doch ziemlich einsam und kalt. Meine Arbeit kann ich auch hier erledigen.« Sie runzelte die Stirn. »Hätte ich Ihnen darüber Bescheid geben müssen? Verdächtigen Sie mich denn?«

Benthien und Lilly wechselten einen Blick. »Nun wissen wir ja, wo Sie sind«, sagte Benthien ausweichend. »Was wir allerdings nicht wussten, ist, dass Herr Brederloh hier auf der Insel ein Haus besitzt und …«

Sie schien zu erschrecken, soweit man das unter dem Schal sehen konnte. »Aber das ist Zufall … Ich meine … Ich verstehe es ja auch nicht, dass nun auch hier eine Eisleiche gefunden wurde, aber Johannes hat ganz gewiss nichts damit zu tun. Er war ganz entsetzt, als er hörte, dass es Levke Bronnen getroffen hat.«

»Kannte er sie gut?«, schaltete sich Lilly schnell dazwischen.

»Er kannte sie und ihre Mutter«, sagte Martha, ohne zu ahnen, dass sie Brederlohs Aussage gerade Lügen strafte, »wie man sich in einem kleinen Ort eben kennt. Man trifft sich hier und dort bei irgendwelchen Anlässen, das bleibt ja nicht aus.«

»Kannte er Levke auch aus Flensburg, zuletzt wohnte sie ja dort?«

Martha stutzte. »Das weiß ich nicht, ich glaube aber nicht. Wenn überhaupt, hat er sie nur hier und rein zufällig getroffen. Ich weiß das auch nur, weil er es mir erzählt hat, weil er so entsetzt war über ihren plötzlichen Tod.«

»Immerhin kannte er damit alle drei Opfer«, sagte Benthien beiläufig. Es war ein Schuss ins Blaue, doch er bemerkte sofort, dass er ins Schwarze getroffen hatte. Martha Gropius trat unruhig von einem Fuß auf den anderen, dann zog sie sich den Schal tiefer ins Gesicht und über das Kinn.

»Wenn Sie glauben, dass Johannes etwas mit den Morden zu tun hat, sind Sie auf einer ganz falschen Fährte«, sagte sie so leise, dass der Wind beinahe ihre Worte verwehte. »Und das ist schlimm, denn dadurch verlieren Sie Zeit. Johannes hat genug mit sich selbst zu tun, und rachsüchtig ist er ganz gewiss nicht!«

»Hätte er denn bei Levke oder Arthur Peters einen Grund gehabt, rachsüchtig zu sein?«

»Aber nein! Was unterstellen Sie mir denn da?« Marthas Hand in dem groben Wollhandschuh fuhr hoch zum Mund, als bedauere sie bereits ihre Worte.

»So war es nicht gemeint«, beruhigte Benthien sie. Insgeheim beglückwünschte er sich für seinen Coup, hatte aber auch ein klein bisschen ein schlechtes Gewissen. Doch den Gedanken wischte er schnell beiseite.

»Findet hier ein Meeting statt?«, ertönte plötzlich eine Stimme hinter ihnen.

Benthien hatte gar nicht bemerkt, dass Smythe-Fluege sich aus Richtung des Badelands genähert hatte. Der Kollege schaute irritiert in die Runde. »Gibt es Neuigkeiten?«

Benthien, der Martha nicht wissen lassen wollte, wie wichtig und auch neu ihre Aussage für ihn gewesen war, schüttelte den Kopf. Er stellte Martha Gropius dem Kollegen vor, und SF zog das Phantombild des Mannes heraus, der Levke und Andresen im Café angeblich beobachtet haben sollte, doch sie meinte, sie kenne ihn nicht. Trotzdem merkte Benthien, dass sie verwirrt schien.

»Nun gut, dann mache ich mal weiter und befrage die Anwohner des Dünenwegs«, sagte SF. Und an Benthien gerichtet: »Kommissaranwärter Jessen ist übrigens nach Nebel zur Polizeistation gefahren, um Stefan Albrecht das Bild zu zeigen. Er dachte, die Amrumer Polizei könnte den Mann vielleicht kennen. Übrigens, eben sind mit der Fähre eine ganze Horde Reporter eingetroffen. Die werden uns das Leben noch schwer machen! Ich wundere mich, dass sie noch nicht hier sind, um den Tatort zu besichtigen.«

Martha schwankte leicht und wäre fast rücklings von dem schmalen Bohlenweg abgerutscht, wenn Lilly sie nicht am Arm festgehalten hätte. »Vorsicht, die Bohlen sind ziemlich glatt!«

Dann läutete Benthiens Telefon, und Martha Gropius verabschiedete sich zögernd mit der Bemerkung, sie müsse sich beeilen, um die Fähre nach Föhr noch zu kriegen, und ging in Richtung der Inselstraße davon, während Benthien ihr zunickte und gleichzeitig der fremden Stimme am Telefon lauschte.

»Das war die Mutter von Levke Bronnen«, sagte er, während er das Handy wegsteckte. »Sie ist in etwa einer halben Stunde zu Hause.« Er sah zu Lilly hinüber. »Vorher können wir uns noch die Hütte ansehen.«

Ehe SF noch etwas sagen oder darum bitten konnte, zu Frau Bronnen mitzukommen, sprang Benthien vom Bohlenweg in den Schnee und stapfte in Richtung Wäldchen und Hütte.

Die Bretterhütte war mehr ein Verschlag, knapp einen Meter achtzig hoch und keine drei Quadratmeter groß. Wahrscheinlich wurde sie zur Aufbewahrung von Baumaterial für die Bohlenwege genutzt, die wegen der Versandung ständig ausgebessert werden mussten. Nachdem Benthien das Vorhängeschloss mit einem Stein aufgeschlagen hatte, stellten sie fest, dass der Verschlag leer war. Allerdings war auch den Kriminaltechnikern die Hütte nicht entgangen, wie man an den Spuren, die sie hinterlassen hatten, sehen konnte. Auch hier hatte man nach Fingerabdrücken, Blut und Genmaterial gesucht. Benthien vermutete, dass der Bericht darüber längst in ihrem Faxgerät auf sie wartete. Da die Hütte nicht mehr versiegelt war, schien die Untersuchung hier abgeschlossen zu sein. Es roch nach altem Holz, verrotteten Kiefernnadeln, Schnee und eisiger Kälte. Und die Hütte war kein schlechter Platz, um eine Leiche aufzubewahren.

»Hat er sie hier auf den Boden gelegt und als Tänzerin arrangiert?«, fragte sich Lilly und zog ihre Mütze weiter über die Ohren.

»Wäre aus seiner Sicht sicher am praktischsten gewesen.« Benthien ging in die Hocke und deutete auf drei kleine, dunkle Flecken, die dicht beieinander waren. »Das könnte Blut sein.«

»Aus ihrer Kopfverletzung? Aber da müsste sie schon tot gewesen sein, als der Täter sie hierherbrachte, sonst hätte sie stärker geblutet.«

»Möglich. Spätestens heute Abend wissen wir mehr.« Er deutete in Richtung Bohlenweg. »Da ist sie schon, die Medienmeute. Komm, wir schlagen uns in die Büsche! Für Pressekonferenzen ist Madeleine zuständig.«

»Wie ich Kriminalrat Gödecke kenne, wird er demnächst eine abhalten«, erwiderte Lilly. »Vielleicht sogar das LKA hinzuziehen.«

»Lilly, bitte, mal den Teufel nicht an die Wand!« Grimmig stapfte Benthien durch den Schnee und verschwand hinter einem Sanddorngestrüpp.

Mauseöhrchen,

habe ich dir schon erzählt, dass sie mich Pinkelfaden nannten? Manchmal kam Jule zu mir, war ganz scheinheilig freundlich und tat so, als würde sie sich doch ein kleines bisschen für mich interessieren. Sie sprach sehr nett mit mir, bewunderte irgendetwas an mir, zum Beispiel meine Augen, und ich Idiot glaubte, sie meinte es ernst. Oder sie säuselte, ich hätte so eine klangvolle Stimme, ich könnte bestimmt gut singen. Und ob ich nicht ein Lied für sie singen wollte. Meine Kleine, ich war ja so grenzenlos naiv! Ich wollte ihre Erwartungen nicht enttäuschen und fing an zu singen. Irgendjemand hätte mir mal sagen sollen, dass ich nun wirklich nicht singen konnte!
Jedenfalls, Jule und die meisten anderen Kinder, die plötzlich aus den Büschen kamen, kugelten über das Gras und johlten vor Lachen, während ich mit knallrotem Schädel und tropfender Hose vor ihr stand und »Dat du min Leefste büst« krächzte. Ach, ich vergaß, du kannst ja gar kein Platt … Ich sang also: Dass du meine Liebste bist, das weißt du wohl … *(Es war das erste Lied, das mir eingefallen war.) Kannst du dir vorstellen, Mausezähnchen, wie albern das ausgesehen haben musste? Mir wird selbst heute noch heiß, wenn ich mir die Szene vorstelle.*

Jule bekam einen Schluckauf vor Lachen, und JoJo klopfte ihr auf den Rücken, als wäre sie nah am Ersticken! Leider passierte ihr aber nichts Schlimmeres, als dass sie sich in die Zunge biss. Soweit ich mich erinnere, versteckten Annie und ich uns für den Rest des Nachmittags irgendwo in einer sonnigen Waldschlucht und hielten uns weinend im Arm.
Nur wenig später war meine Schwester tot, und ich ganz allein auf dieser Welt, ohne einen einzigen Freund.

Kapitel 21

Jana Bronnen wirkte älter, als Benthien sie sich vorgestellt hatte. Falten hatten sich frühzeitig eingegraben, die Haut wirkte schlaff. Mit ihren glänzenden braunen Haaren war sie sicher einmal sehr attraktiv gewesen. Doch jetzt wirkte sie verwelkt wie ein Pflänzchen, das seit Jahren zu wenig Wasser bekam. Das Charisma, das sie sicher einmal gehabt hatte, war verblasst. Der plötzliche Tod ihrer Tochter tat ein Übriges. An ihren rot geränderten Augen sah man, dass sie geweint hatte.

»Kommen Sie rein. Kann ich Ihnen einen Kaffee anbieten? Oder lieber Tee, Mineralwasser?«

Unglaublich, wie sehr sie sich bemühte. Benthien hatte den Eindruck, dass nur eine eiserne Selbstdisziplin diese Frau noch auf den Beinen hielt. Er lehnte die Getränke ab und folgte ihr mit Lilly ins Wohnzimmer. Jana Bronnen wirkte auf dem Sofa völlig verloren; sie betrachtete ihre Hände und Arme, als hätte sie sie noch nie gesehen und als wüsste sie nichts mit ihnen anzufangen. Alle paar Sekunden legte sie sie anders ab, schlang die Arme um sich, legte die Hände aufs Knie, faltete sie, wischte sich übers Gesicht, zerrte an ihren Haaren.

Benthien begann, behutsam zu sprechen. Er informierte sie, was geschehen war, wie sie ihre Tochter gefunden hatten und was inzwischen bekannt war.

»Bitte überprüfen Sie Jenko Andresen«, sagte Jana Bronnen mit brüchiger Stimme, »Levke war ganz vernarrt in ihn, aber er war mir immer suspekt. Ich meine, was will so ein alter Kerl von einer Siebzehnjährigen?«

»Er scheint ein Alibi zu haben«, sagte Lilly. »Angeblich war er bei seiner Verlobten auf dem Festland. Wir überprüfen das natürlich. Außerdem meinte er, dass er gar keine Beziehung mit Levke haben wolle und ihr das auch gesagt habe. Aber sie wollte es wohl nicht wahrhaben.«

Benthien zog das Phantombild hervor. »Kennen Sie diesen Mann?«

Jana Bronnen nahm ihre Brille ab und betrachtete die Zeichnung eingehend. Dann sah sie auf. »Woher haben Sie das? Ich glaube ... doch, ich bin sicher, dass ich ihn kenne.«

Benthien stellte fest, dass sie auf einmal viel jünger wirkte, auch verletzlicher, und ihm kam der Gedanke, dass sie ihre Brille trug wie einen Schutzschild. Als sie von dem Blatt Papier aufblickte, hatte Benthien plötzlich das Gefühl, sie schon einmal gesehen zu haben. Schon wieder ein Déjà-vu. Er hatte den Eindruck, dass sie ihn an jemanden erinnerte ... Nur an wen? Jemanden von früher?

Er wischte den Gedanken beiseite und konzentrierte sich wieder auf die Vernehmung. »Haben Sie diesen Mann zusammen mit Levke gesehen, oder woher kennen Sie ihn?«

»Ich kenne ihn aus dem Badeland. Seine Frau hat Massagen bei mir, und gelegentlich holt er sie ab.« Entsetzt riss sie die Augen auf. »Aber er kann doch nicht ... hat er etwas mit dem Tod meiner Tochter zu tun?«

»Hatte er einen Stock bei sich?«

»Kann sein.« Jana Bronnen setzte ihre Brille wieder auf, und ihre Augenbrauen verschwanden hinter dem dunklen Bogen der Einfassung. Hilflos sah sie Benthien an. »Ist er der Täter? Dieser alte Mann? Was hatte Levke denn mit ihm zu tun?«

Benthien erklärte ihr, dass sie noch ganz am Anfang stünden und verschiedenen Spuren nachgingen. Offensichtlich wusste

Jana Bronnen noch nicht, dass es vor Levke weitere Eisleichen gegeben hatte. Und er hatte nun die schwierige Aufgabe, ihr diese Information beizubringen, wenn er nicht wollte, dass sie es durch den Dorffunk oder aus der Zeitung erfuhr.

Wie er erwartet hatte, war Levkes Mutter fassungslos und brauchte eine Weile, um sich zu beruhigen. Lilly stand auf und brachte ihr ein Glas Wasser, doch Jana Bronnen deutete mit zitternder Hand auf einen Schrank, in dem sich eine Flasche Cognac befand. Ganz offensichtlich hatte sie etwas Stärkeres als Wasser nötig.

»Ich kann den Namen herausfinden«, sagte sie, nachdem sie sich wieder beruhigt hatte. »Sie war im Badeland, kurz bevor ich nach Italien gefahren bin.« Unvermittelt sprang sie auf. »Ich geh rüber und hole meinen Terminkalender!«

Benthien legte ihr die Hand auf den Arm. »Lassen Sie das meine Kollegin machen. Wir müssen noch ein paar Dinge besprechen.«

Lilly wurde von Frau Bronnen instruiert, wo sie hingehen musste, dann rief Jana Bronnen eine Kollegin an, die Lilly behilflich sein würde.

Als sie gegangen war, fragte Benthien: »Könnte dieser Mann derjenige sein, der Levke das WG-Zimmer angeboten hat?«

Überrascht sah Jana Bronnen ihn an. »Das kann ich mir nicht vorstellen. Das wäre ja auch ein sonderbarer Zufall, wenn er und seine Frau gerade jetzt auf Amrum in Urlaub wären, nachdem er Levke Wochen zuvor in Flensburg getroffen hat. Und hätte er mir gegenüber dann nicht erwähnt, wer er war? Und von dem Angebot erzählt?«

Der Zufall, dachte Benthien, schien in diesen Ermittlungen überhaupt eine große Rolle zu spielen. »Was hielten Sie denn von diesem Angebot?«

»Ich war misstrauisch«, gab Jana Bronnen unumwunden zu. »Das klang einfach zu schön, um wahr zu sein. Ich habe Levke gesagt, dass ich … dass ich …« Sie schwieg und versuchte, ihre Stimme wieder in den Griff zu kriegen. »… dass ich diesen Mann auf jeden Fall so bald wie möglich treffen möchte.«

»Und was sagte Levke dazu?«

»Sie war ein bisschen zickig, weil ich nicht sofort in Begeisterungsstürme ausgebrochen bin. Aber sie hat versprochen, mit dem Kerl zu reden. Sie meinte noch, er würde mich ganz sicher ebenfalls kennenlernen wollen.«

»Und seinen Namen wissen Sie nicht?«

»Levke hat meist per Vornamen von ihm gesprochen, Hans-Eric. Aber den Nachnamen hat sie auch genannt, warten Sie mal … Er war so ausgefallen … Skrovo … Skova … nein, etwas mit *nek* am Schluss … Er klang östlich, polnisch vielleicht … Ach, ich weiß es nicht, aber vielleicht fällt es mir noch wieder ein.«

Sie nahm die Brille ab und wischte sich die Augen, und wieder streifte Benthien der Gedanke, sie schon einmal gesehen zu haben. Aber warum erinnerte er sich nicht? An sich hatte er doch ein gutes Gedächtnis.

Lilly kam mit dem Terminkalender zurück. Jana Bronnen riss ihn ihr fast aus der Hand. »Da! Das ist die Frau. Ihr Name war Rittstieg, daran erinnere ich mich.« Enttäuscht sah sie auf. »Aber das ist ganz sicher nicht der Name dieses Mannes!«

»Der Mann auf dem Phantombild muss ja nicht dieser Mann aus Hamburg sein«, beruhigte Benthien sie. »Das war nur eine Vermutung. Und es ist nicht gesagt, dass er Levke überhaupt kennt. Er kann auch zufällig im selben Café gefrühstückt haben, und Andresen hat sich nur eingebildet, dass er ein besonderes Interesse an Levke hatte.«

»Oder er war nur ein lüsterner alter Mann«, sagte Jana Bronnen bitter. »Es ist doch immer dasselbe. Andresen ist ja auch nichts anderes, viel zu alt für Levke. Sind Sie sicher, dass nicht er meine Kleine getötet hat?« Sie riss die Augen auf. »Sie war doch nicht etwa …?«

»Schwanger? Nein, das war sie nicht«, sagte Lilly beruhigend.

»Andresens Alibi wird gerade überprüft«, wiederholte Benthien. »Er sagt, er war in Husum bei seiner Verlobten. Sie haben in einem Restaurant zu Abend gegessen.«

»Na, die wird ihm doch bestimmt jedes Alibi geben!«

»Wenn er wirklich an dem Abend in Husum war«, sagte Benthien, »und wir werden das überprüfen, kann er nicht der Täter sein. Sie wissen, dass man spät am Abend keine Möglichkeit mehr hat, auf die Insel zu kommen.«

Jana Bronnen schloss die Augen und fing still an zu weinen.

»Worauf hat sich meine Kleine da nur eingelassen?«, schluchzte sie leise. »Wie konnte sie nur solch einem Monster begegnen?«

Doch darauf konnten ihr auch Benthien und Lilly keine Antwort geben. Nachdem Jana Bronnen eine Freundin angerufen hatte, die zu ihr kommen wollte, verließen die beiden das Haus. Sie nahmen den Weg durch die Dünen zum Hotel, der wohl auch Levkes letzter Weg gewesen war.

»Wir müssen ein neues Vorhängeschloss für die Hütte besorgen«, sagte Lilly.

»Ruf Mikke an, er soll das machen«, sagte Benthien. »Und frag ihn dann auch gleich, ob Albrecht den Mann vom Phantombild erkannt hat. Wahrscheinlich nicht, wenn es tatsächlich dieser Rittstieg ist und er und seine Frau hier Feriengäste sind. Sag Mikke, er soll die Amrumtouristik aufsuchen. Wenn er eine Gastkarte hat, muss er dort registriert sein.«

»Wir könnten auch die Hotels und Pensionen abfragen«, sagte Lilly. »Ich hoffe, Fitzen ist bald zurück. Uns fehlt es einfach an Leuten!«

»Das wäre doch eine schöne Aufgabe für Esther«, sagte Benthien zerstreut. »Ruf sie an!«

Lilly warf ihm einen Blick zu, dann zückte sie ihr Handy, um die Kollegen zu informieren.

Der Bohlenweg führte sie durch ein kleines Wäldchen mit vielen umgestürzten, schiefgewachsenen Bäumen bis an den Wriakhörnsee, wo er sich gabelte und man entweder in den Ort Wittdün gelangte oder nach Norden zum Leuchtturm.

Hier pfiff der Wind, der vom Meer kam und mühelos die hohen Dünen überwand, die den schmalen Süßwassersee vom Strand trennten. Im Frühjahr und Sommer tummelten sich am See Graugänse, Brandgänse und Eiderenten, doch jetzt, im tiefsten Winter, lief ihnen nur ein Rebhuhnpaar über den Weg.

Nachdem Lilly ihre Telefonate erledigt hatte, gingen sie schweigend weiter, Benthien tief in Gedanken versunken.

»Stefan Albrecht kannte den Mann nicht«, sagte Lilly schließlich. »Aber er will die Augen offen halten. Er meint, ein Einheimischer wäre er nicht.«

»Kann er auch nicht sein, nach dem, was Jana Bronnen sagt. Wenn er denn tatsächlich der Mann von dieser Frau ist, die bei ihr zur Massage war, und sie sich nicht irrt.« Er blieb stehen und starrte auf den See, auf die Wellen, die durch den zunehmenden Wind immer stärker gekräuselt wurden. »Weißt du, Lilly, merkwürdig ist, dass ich in diesem Fall ständig eine Art Déjà-vu-Erlebnis habe. Frau Derling kam mir schon vage bekannt vor, aber so, dass ich es nicht greifen konnte, und Jana Bronnen auch, obwohl ich sie bestimmt noch nie in meinem Leben getroffen habe.«

»Dann kannst du sie nicht kennen«, sagte Lilly verwirrt.

»Nein, eigentlich nicht, das ist ja das Komische. Und dann der Name … Skrovonek …, auch der kommt mir vertraut vor …«

Benthien hielt inne, und er und Lilly starrten sich an.

»Skrovonek? Wie kommst du auf diesen Namen? Frau Bronnen wusste ihn doch gar nicht so genau.«

»Skrovonek«, wiederholte Benthien und spürte dem Klang des Namens nach, »woher kenne ich den nur?«

Er griff nach dem Handy und rief Jana Bronnen an. »Kann es sein, dass dieser Mann, Hans-Eric, dass er Skrovonek hieß?«

Jana Bronnens Überraschungsschrei war so laut, dass auch Lilly ihn hören musste. Er steckte das Handy wieder weg, blieb stehen und schloss die Augen. »Ich kenne den Namen von einer Aufschrift her, einer Aufschrift auf einem Lkw. Man sieht ihn oft im Stadtbild von Flensburg. Blau-grüne Lkws mit dem Schriftzug Skrovonek in Schreibschrift! ›Skrovonek.de‹!« Er riss die Augen auf. »Lilly, das ist ein Transportunternehmen!« Wieder griff er nach seinem Mobiltelefon.

Lilly fröstelte. »Komm, lass uns weitergehen. Du kannst das auch im Hotel checken.«

Benthien beachtete sie nicht und starrte auf das Display seines Handys. »Skrovonek ist ein größeres Transportunternehmen mit Niederlassungen in Flensburg, Kiel, Lübeck und Rostock. Laut Website ist der Betrieb im Nah- und Fernverkehr tätig. Sie bewirtschaften Kiesgruben, transportieren Schüttgüter, sind im Deichbau tätig, transportieren Komplett- und Teilladungen.«

»Aber mit Hamburg haben sie nichts zu tun?«

Entmutigt ließ Benthien das Handy sinken. »Da muss Juri ran. Er soll den Laden persönlich aufsuchen und mit diesem Skrovonek sprechen. Dann sehen wir weiter.«

»Wenn dieser angebliche Gönner unser Mörder ist, ging es ihm vielleicht wie dir! Ihm war dieser Name von den Transportern im Gedächtnis, die man ab und zu durch die Stadt fahren sieht, und weil er schwer zu behalten ist, hat er ihn benutzt.«

Benthien seufzte. »Möglicherweise hast du recht.«

Kapitel 22

Im Hotel saß Mikke gemütlich in dem separaten Raum, den sie angemietet hatten, und telefonierte. Den dampfenden Cappuccino, der vor ihm auf dem Tisch stand, hatte er noch nicht angerührt. Er winkte aufgeregt, als Benthien und Lilly eintraten, und notierte sich etwas in seinem Notizbuch.

»Wir haben sie, die Rittstiegs«, sagte er strahlend, nachdem er das Gespräch beendet hatte. »Seit die Gäste digital registriert werden, ist es kein Problem, sie schnell zu finden. Die Rittstiegs wohnen hier in Wittdün, im Möwenweg, gar nicht weit von uns. Sie sind Stammgäste, die jedes Jahr im Februar für vier Wochen herkommen. Soll ich sie anrufen?«

»Sie haben Telefon in ihrer Ferienwohnung?«, fragte Lilly erstaunt. »Natürlich, ruf sie an, dann können wir den Mann sofort befragen.«

Mikke kratzte sich heftig unter seiner Mütze, dann griff er zum Hörer und wählte die Nummer, ließ es läuten, doch es meldete sich niemand. »Keiner da«, sagte er schulterzuckend.

»Habt ihr keinen Hunger?«, fragte Benthien. »Ich frag mal in der Küche nach, vielleicht kriegen wir noch was.«

»Was ist mit den Riegeln, die du heute Morgen gekauft hast?«, fragte Lilly.

»Riegel! Ich will was Anständiges essen und was Warmes trinken!«

Wenig später saßen sie am Tisch, aßen ein verspätetes Mittagessen und tranken Kaffee. Mikke versuchte es noch einmal bei den Rittstiegs, doch wieder ging niemand ans Telefon. »Sind wahrscheinlich essen gegangen«, sagte Mikke. »Wenn ich nicht müsste, würde ich nicht rausgehen.«

»Es trübt sich ein«, meinte Lilly, und Benthien, der, als er in der Küche das Essen bestellt hatte, den Wetterbericht gehört hatte, berichtete, dass es wärmer werden sollte.

»Über null Grad, dann taut auch endlich der ganze Schnee weg.«

»Aber was macht unser Mörder dann?«, fragte Mikke, während er Nudeln in sich hineinschaufelte. »Seine Eisleichen würden ihm ja wegschmelzen.«

»Mikke!«, fuhr Lilly ihn an. »Rede nicht so blöd daher!«

»Haben sich Kessler und Annika inzwischen gemeldet?«, fragte Benthien. »Ich erwarte ihren Bericht über die Mitbewohner von Levke Bronnen.«

»Bisher ist noch nichts gekommen.«

Benthien griff zum Telefon. Kessler beteuerte, dass sie noch an ihrem Bericht säßen. »Aber ich kann dir auch mündlich sagen, was wir rausgefunden haben, wenn du möchtest.«

»Ja, mein Lieber, das möchte ich!«

»Der Mann von dem Phantombild ist ihnen unbekannt. Levke bekam nie Besuch außer von ihrer Mutter. Sie und die anderen Mädels haben sich höchstens mal in der Küche getroffen, aber außer Smalltalk nicht viel geredet. So weit, so ungut. Mehr habe ich leider nicht.«

Schweigend aßen sie weiter. Benthien war unruhig, weil er so lange auf der Stelle trat und nicht weiterkam.

»Wo steckt Smythe-Fluege eigentlich?«, fragte er nach einer Weile. »Mikke, ruf ihn an und sag Bescheid, dass wir sein Phantom gefunden haben, sonst sucht der noch ewig weiter.«

Der Gedanke, dass SF noch immer draußen in Schnee, Kälte und stürmischem Wind herumstapfte, entlockte Mikke ein schadenfrohes Kichern, doch er griff brav zum Handy und rief den Kollegen an.

Benthien sah, wie sich seine Miene schlagartig veränderte, als SF ranging und sich ein Wortschwall durch den Hörer ergoss.

»Was?« rief Mikke. »Sind Sie sicher? – Er ist oben an der Odde und friert sich den Arsch ab«, sagte er glucksend, nachdem er das Gespräch beendet hatte. »Er hat in Norddorf das Phantombild in ein paar Geschäften herumgezeigt, und jemand in der Bank meinte, der Kerl wäre gerade da gewesen und hätte erzählt, er wolle jetzt um die Odde herumlaufen. Man habe ihn gewarnt, dass das ein weiter Weg sei und ungünstig bei diesem Wetter, aber der Kerl sagte, er würde am Weststrand anfangen, weil er dann auf dem Rückweg an den Dünen entlang relativ windgeschützt sei. SF marschiert ihm jetzt auf der Wattseite entgegen, um ihn nur ja nicht zu verpassen. Die beiden dürften wohl die einzigen Verrückten am Strand sein.« Mikke grinste übers ganze Gesicht, doch Lilly schüttelte unzufrieden den Kopf.

»Ich rufe die Rittstiegs noch mal an.«

Während das Telefon ins Leere läutete, sagte Benthien: »SF legt sich ja mächtig ins Zeug. Der ist wie ausgewechselt.«

»Ja, er will wohl Mitarbeiter des Monats werden«, grinste der junge Kollege.

»Mikke, pfeif ihn zurück! Sag ihm, dass wir jetzt Namen und Adresse des Mannes auf dem Phantombild haben.«

Spät am Abend kam Fitzen zurück, tatendurstig und gut gelaunt, ganz im Gegensatz zu Smythe-Fluege. Der war wortlos ins Zimmer gestapft, hatte sich eine heiße Suppe und einen Glühwein bestellt und sich ab sofort für dienstuntauglich erklärt, zumindest bis zum nächsten Tag.

»Ich habe doch gesagt, Sie sollen zurückkommen«, sagte Benthien. »Keiner verlangt von Ihnen, bei Ihrer Erkältung einen langen Marsch um die Nordspitze zu machen!«

»Ich wollte den Kerl erwischen!«, nuschelte SF in sein Taschentuch und schnäuzte sich. »Aber er muss umgedreht sein, wahrscheinlich war es ihm doch zu kalt.«

»Während Sie die gesamte Ost- und Westküste entlangmarschiert sind?«, fragte Lilly ungläubig. »Sie opfern sich ja wahrlich auf für die Polizeiarbeit!«

»Und ernten Spott und Undank, Sie Armer«, witzelte Fitzen und klaute SF eine halbe geröstete Toastscheibe vom Teller. Dann erzählte er, was er mit Jenny alles unternommen hatte, und Benthien atmete auf. Fitzens mürrische Laune war vorerst gebannt, nun konnte er sich hoffentlich wieder auf die Arbeit konzentrieren.

SF verschwand gleich darauf in sein Zimmer, und Benthien klärte Fitzen über die neueste Entwicklung auf, berichtete von ihrem Gespräch mit Jana Bronnen, von dem »Phantom Rittstieg«, dem Unternehmer Skrovonek, den Juri überprüfen wollte, und der Hütte nahe des Dünensees, über die inzwischen ein Bericht der KTU eingetroffen war. Man hatte festgestellt, dass die Leiche tatsächlich dort gelegen hatte.

»Ich versuche jetzt noch mal, den Rittstieg zu erreichen, dann gehe ich auch nach oben«, sagte Lilly, gähnte und griff zum Telefonhörer. Zur Überraschung aller meldete sich diesmal jemand. Lilly vergewisserte sich, dass sie mit dem Gesuchten sprach, dann fragte sie ihn, ob er eine Levke Bronnen kenne. Aus Lillys Reaktion war zu erkennen, dass der Mann das verneinte. Benthien bedeutete ihr, dass er morgen früh um neun Uhr zu ihnen ins Hotel kommen sollte. Nach einer kurzen Diskussion legte Lilly auf.

»Er sagte, er kapiert gar nichts, und war auch leicht angesäuert, aber er kommt«, verkündete Lilly. Dann stand sie auf, sagte Fitzen gute Nacht, gab Benthien einen Kuss auf die Wange und war verschwunden.

»Was ist denn mit Lilly los?«, fragte Fitzen, erstaunt über den unvermittelten Aufbruch. »Hast du sie etwa geärgert, Johnny-Boy?«

»Natürlich nicht! Zumindest weiß ich nichts davon«, antwortete Benthien. »Sie ist müde, hast du doch gehört!«

Er war gerade dabei, den Raum zu verlassen, in dem Fitzen noch bei einem Feierabendbier saß, als sein Handy klingelte. Es war Johannes Brederloh. »Ist Martha noch bei Ihnen?«, fragte er ohne Umschweife, und seine Stimme klang erregt.

»Wollte sie denn zu uns?«, fragte Benthien.

»Nein … ich weiß nicht … jedenfalls ist sie von Föhr noch nicht zurück! Und die letzte Fähre ist längst eingelaufen!«

»Können Sie sie nicht anrufen?«

»Sie hat ihr Handy nicht dabei!«

Benthien versuchte, Brederloh zu beruhigen, doch der legte mit der Aussage »Dann werde ich sie jetzt suchen!« mitten im Satz auf.

»Das letzte Schiff liegt am Anleger«, sagte Fitzen und stand auf. »Ich werde hingehen und das Fährpersonal nach Martha Gropius fragen. Die übernachten ja hier auf der Fähre. Vielleicht hat sie jemand gesehen.«

»Du bist doch auch mit der letzten Fähre gefahren, Tommy?«

»Ich weiß doch nicht, wie sie aussieht!«

Benthien griff zum Telefon, um Johannes Brederloh anzurufen und um ein Foto von Martha zu bitten.

»Er erwartet dich«, sagte Benthien kurz darauf. »Am besten nimmst du ihn mit, es hat keinen Sinn, dass er allein in der Nacht herumläuft. Und die Ortspolizei sollte informiert werden. Und weißt du was, Tommy? Ich werde jetzt sofort zu den Rittstiegs gehen. Diese ständige Aufschieberei gefällt mir nicht!«

Walter Rittstieg sah genauso aus, wie Andresen ihn beschrieben hatte, mitsamt dem Stock, den er wegen einer zeitweise auftretenden Arthritis im Knie benutzen musste, allerdings nur vorübergehend, wie er Benthien gleich zu Anfang mitteilte. Anscheinend genierte er sich wegen seines Stocks und wollte sofort klarstellen, dass er noch keineswegs zum alten Eisen zählte. Er wirkte jünger, als Benthien ihn sich vorgestellt hatte, etwa Anfang fünfzig.

Er und seine Frau, eine füllige Blondine, waren wenig erfreut, als Benthien so plötzlich und so spät am Abend bei ihnen auftauchte. Offenbar störte er sie gerade bei einer Quizsendung im Fernsehen.

»Wie komme ich zu der Ehre, das Interesse der Flensburger Polizei erregt zu haben?«, fragte der Mann, nachdem sich alle gesetzt hatten. Seine Frau stellte den Ton ab, schaltete den Fernseher aber nicht aus.

»Sie haben sicher davon gehört, dass man hier in Wittdün eine Leiche gefunden hat …«

»Davon hat inzwischen wohl jeder gehört!«

»… ein junges Mädchen, siebzehn Jahre alt, sie heißt Levke Bronnen. Kannten Sie sie?«

Benthien beobachtete den Mann genau, doch seine Miene veränderte sich nicht. Er wirkte genervt, aber völlig unbeteiligt.

»Der Name sagt mir nichts!«

»Warum sollte er sie denn kennen?«, fragte Frau Rittstieg, und in ihrer Stimme schwang Verärgerung mit.

Daraufhin zeigte Benthien den Eheleuten ein Foto von Levke und berichtete, was Andresen ihnen erzählt hatte.

Walter Rittstieg kannte zwar das Café, hatte es mit seiner Frau auch schon besucht, bestritt aber, dort je allein gefrühstückt zu haben. »Was unterstellt man mir da?«, rief er erregt und stieß an seinen Stock, sodass er umfiel und auf dem Teppich landete. »Ich kenne dieses Mädchen nicht. Habe sie nie gesehen!«

»Haben Sie eine Tochter, die demnächst in Hamburg studieren wird?«

Höchst erstaunt musterten ihn die beiden. »Wir haben eine Tochter, aber sie ist seit Jahren in Neuseeland verheiratet!«, sagte Frau Rittstieg mit spitzen Lippen.

»Was soll das alles, zum Donnerwetter?« Der Mann beugte sich nach vorn. »Muss ich einen Anwalt hinzuziehen? Wollen Sie mir unterstellen, dass ich eine Affäre mit diesem Mädel hatte? Das ist doch lächerlich!« Er warf seiner Frau einen Blick zu.

»Wir unterstellen Ihnen gar nichts«, sagte Benthien ruhig. »Aber Sie werden verstehen, dass wir alle Hinweise überprüfen müssen, die …«

»Ich will diesem Mann, der mich angeblich im Café gesehen hat, gegenübergestellt werden«, unterbrach ihn Rittstieg energisch. »Ich bin sicher, er hat mich verwechselt. Zeigen Sie mir mal das Phantombild!«

Benthien legte das Blatt auf den Tisch. Die Zeichnung bewies nicht gerade ein großes Zeichentalent, aber Rittstieg mit seinen speziellen Merkmalen war darauf unzweifelhaft zu erkennen.

»Ich kann es nicht fassen!«, sagte er immer wieder und schob das Papier auf dem Tisch herum. Seiner Miene nach hätte er das Blatt am liebsten in viele kleine Schnipsel zerrissen.

Benthien nahm die Personalien auf und fragte nach dem Beruf. Das Ehepaar kam aus Darmstadt, sie war Hausfrau, er Beamter beim Landesrechnungshof. Sie waren seit zweiunddreißig Jahren verheiratet. Eine gutbürgerliche Familie, die nun zutiefst verunsichert schien, weil sie zum ersten Mal nähere Bekanntschaft mit der Polizei machte.

Benthien fing an zu zweifeln, ob Andresen überhaupt zu trauen war. Hatte er den Gast im Café einfach erfunden? Und einen Mann beschrieben, den er vielleicht irgendwo auf der Straße gesehen hatte, um von sich selbst abzulenken?

Er wandte sich noch einmal an den Mann. »Waren Sie in den letzten Wochen in Flensburg?«

»Nein! Ich war noch nie in Flensburg!« Rittstieg schien immer wütender zu werden.

»Oder in einer der Amrumer Apotheken?«

»Auch nicht! Abgesehen von meinem Knie sind wir gesund! Hören Sie, ich verlange, diesem Mann gegenübergestellt zu werden!«

»Ja, aber nicht mehr heute. Wir rufen Sie an.«

»Und das hoffentlich bald!«

Benthien schoss seine letzte Frage ab. »Wo waren Sie am letzten Dienstagabend und in der Nacht zum Mittwoch?«

Er rechnete mit einem empörten »Im Bett natürlich«, aber zu seinem Erstaunen herrschte erst einmal Stille. Die Ehefrau warf ihrem Mann einen durchdringenden Blick zu.

»Da war ich auf dem Festland«, gab Rittstieg endlich zu. »Beim Arzt. Akupunktur. Ich musste so lange warten, dass ich die Fähre verpasst und in Husum übernachtet habe. In einer Pension.«

»Wie heißt die?«

Rittstieg zögerte. »Ich habe mir den Namen nicht gemerkt.«

»Walter!«, schaltete sich seine Frau ein. »Du wirst doch wohl wissen, wo du übernachtet hast. Und eine Quittung hast du doch auch! Und soweit ich weiß, bist du nicht senil!«

Benthien hatte durchaus ein gewisses Mitgefühl für Rittstieg, dennoch musste er auf einer Auskunft bestehen. Der Mann gab zu, eine Quittung zu haben, fühlte sich aber offensichtlich reichlich unbehaglich. Wie nicht anders erwartet, fand er die Quittung nicht.

»Ich bringe sie Ihnen morgen vorbei«, sagte er schließlich und wischte sich ein paar Schweißtropfen von der Stirn. »Wenn ich zur Gegenüberstellung komme!«

Benthien nickte und verabschiedete sich, ahnte er doch, dass Rittstieg nur in Abwesenheit seiner Frau Klartext reden würde.

Kapitel 23

Der nächste Tag brachte einen Wetterumschwung. Schwere Wolken hingen am Himmel, der Sturm pfiff über die Insel, und das Thermometer war um 12 Grad gestiegen. Demnächst würden das Eis und die gewaltigen Schneemassen anfangen zu tauen. Als Benthien aus dem Fenster sah, kam ihm unwillkürlich Mikkes Aussage von gestern in den Sinn, dass dem Mörder jetzt die Eisleichen wegschmelzen würden. Aber was bedeutete das für ihren Fall? Würde der Mörder seine Mordserie nun beenden? Oder würde er sich eine neue Methode einfallen lassen, seine Leichen zu präsentieren? Und was war mit Martha Gropius geschehen? Zum ersten Mal überdachte Benthien die Möglichkeit, dass sich der Eismörder seine Opfer ganz willkürlich aussuchte, aus purer Freude am Morden, ohne ein persönliches Motiv zu haben, gerade diesen Menschen auszuwählen. Das wäre allerdings die schlimmste aller Möglichkeiten. Und reichlich unwahrscheinlich, beruhigte er sich. Die Beigaben im Bauchnabel sprachen dagegen, denn die bezogen sich ja offenbar eindeutig auf das jeweils nächste Opfer. Levke hatte ein rotes Gummibärchen im Bauchnabel gehabt. Könnte das was mit Martha Gropius zu tun haben? Sie war Grafikerin, Illustratorin, die auch für Kinderbuchverlage arbeitete. Und ihr nächster Auftrag, hatte sie ihnen erzählt, war ein Kinderbuch!

Er machte sich ernsthaft Sorgen um Martha. Für ihn gab es einfach keine Erklärung, warum sie von Föhr nicht zurückgekehrt war, ohne Johannes Brederloh Bescheid zu sagen. Sie wollte in Wyk nichts anderes tun, als ein paar Aquarellfarben für ihre Arbeit kaufen, die sie zu Hause vergessen hatte. Mit der 16-Uhr-Fähre hatte sie zurückfahren wollen und wäre eine Stunde später wieder auf Amrum gewesen. Doch auf den Fähren, mit deren Personal man bisher gesprochen hatte, hatte sie niemand nach ihrem Foto identifizieren können. Allerdings musste das nicht viel heißen. Das Personal von zwei Fähren musste noch befragt werden, was Stefan Albrecht übernehmen wollte. Und es bestand auch die Möglichkeit, dass Martha Gropius gar nicht im Restaurant der Fähre gewesen war, dann wäre sie nicht unbedingt bemerkt worden.

Es blieb ein Rätsel, und Benthien hoffte von ganzem Herzen, dass sich eine harmlose Erklärung für Marthas Verschwinden fand.

Das Nächste, was ihm ebenfalls Rätsel aufgab, war Lillys Verhalten. Sie ging in den letzten Tagen auf Distanz zu ihm. Aber warum? Nur, weil er sie vor ein paar Tagen mal kurz angeblafft hatte? Aber so war Lilly nicht; verletzter Stolz, und das über Tage hinweg, war nicht ihre Sache. Lilly war ein offener Mensch, sie rückte mit dem heraus, was sie auf dem Herzen hatte. Im Grunde passte ihr Verhalten gar nicht zu ihr, und John nahm sich vor, sich nicht mehr vornehm zurückzuhalten, sondern mit ihr zu reden. Egal was es war, wenn ihre Beziehung das nicht aushielt, dann war da sowieso der Wurm drin.

Es klopfte, und entgegen Benthiens Hoffnung war es Fitzen, der ins Zimmer platzte. Seine Miene war ungewöhnlich ernst.

»Was ist jetzt schon wieder passiert?«, fragte Benthien mit schwacher Stimme. »Sag mir nicht, dass …«

»Ich fürchte, sie haben Martha Gropius gefunden. Auf Föhr, in einem Wäldchen. Sie saß im Schnee, ganz ordentlich an einen Baum gelehnt. Tot natürlich. Aber wie sie zu Tode kam, weiß man noch nicht. Ein Mann, der seinen Hund ausführte, hat sie entdeckt. Oder vielmehr, der Hund hat sie entdeckt. Albrecht sagt, der Seenotrettungskreuzer könnte uns umgehend nach Föhr bringen. Die Frage ist, soll Johannes Brederloh mitkommen? Er könnte sie identifizieren.«

Benthien fühlte eine unglaubliche Leere im Kopf, als hätte sein Gehirn beschlossen, kurzfristig alle Arbeit aufzugeben. Das konnte doch nicht wahr sein! Wie konnte denn Martha Gropius in die Fänge des Killers geraten? Aber war es überhaupt der Eismörder? Eine Inszenierung wie bisher hatte es bei ihr ja offenbar nicht gegeben. Andererseits war es äußerst unwahrscheinlich, dass sie rein zufällig das Pech hatte, auf Föhr einem Gewalttäter in die Arme zu laufen.

»Tommy, geh und sag den anderen Bescheid und lass mich zehn Minuten allein. Ich muss das erst mal verkraften. Und nein, Brederloh soll vorläufig noch nicht informiert werden.«

Fitzen sah Benthien etwas zweifelnd an, doch dann verließ er das Zimmer. Benthien hörte, wie er an Mikkes Tür klopfte.

Eine gute Stunde später legte der auf Amrum stationierte Seenotrettungskreuzer im Föhrer Hafen an. Ein junger Streifenbeamter holte Benthien, Lilly und Mikke mit dem Wagen ab. Smythe-Fluege, hatte Benthien beschlossen, sollte im Hotel bleiben, da er ernsthaft krank zu sein schien. Sie fuhren den Siedlerweg entlang, der erst parallel zur Küste verlief, dann aber nach Westen abbog und durch die Marschen führte. Hier, in dieser wenig bebauten Gegend, gab es nur einige Aussiedlerhöfe, kleine Gewässer und das Wäldchen, in dem Martha Gropius gefunden worden war. Der Feldweg, der von der Straße dorthin führte, war dick verschneit und leider, wie Benthien schnell feststellte, so voller verschiedener Reifenabdrücke, dass man mit den Spuren nichts mehr anfangen konnte.

In dem kleinen Wäldchen, das einsam inmitten von Feldern und Marschland lag, war die Leiche sitzend gegen einen Baum gelehnt worden. Benthien stellte fest, dass sie immer noch so gekleidet war, wie er sie zuletzt gesehen hatte: im dunklen Wollmantel, den Schal um Hals und Gesicht geschlungen. Selbst ihre große Umhängetasche war ordentlich neben ihr abgestellt worden, als sei sie eine notwendige Beigabe für ihr kaltes Grab. Ihre grauweiße Haut erinnerte an eine Wachsfigur.

Da die Spurensicherung noch nicht eingetroffen war, benutzte Benthien einen langen, dünnen Ast, um sich die Tasche zu angeln, ohne allzu dicht an die Tote heranzukommen. Die ersten Föhrer Streifenbeamten, die die Leiche bewachten, waren so umsichtig gewesen, Fußmatten und eine Decke auf den Schnee rund um den Fundort zu legen, um nach Möglichkeit die Fußspuren zu erhalten, die der Täter verursacht hatte. Dennoch bezweifelte Benthien, dass die Spuren zu verwerten waren.

Fitzen, der schon seine Latexhandschuhe übergestreift hatte, nahm Benthien die Tasche ab und öffnete sie. Das Portemonnaie samt EC-Karte, Ausweis und achtzig Euro war noch vorhanden, dazu Stricknadeln und ein angefangener Strumpf aus dicker Wolle, Papiertaschentücher und ein kleines Fotobuch mit Hundefotos. Aquarellfarben waren nicht in der Tasche.

Lilly, die Benthien und Fitzen über die Schulter sah, bemerkte: »Zum Einkaufen ist sie anscheinend nicht mehr gekommen.«

»Aber wie fiel sie ihrem Mörder in die Hände? Wie kommt sie hierher, in diese einsame Gegend, weit weg von Wyk, das ihr Ziel war und wo die Fähre ankommt? Da wäre sie doch in fünf oder höchstens zehn Fußminuten im Laden gewesen«, sagte Benthien und wärmte sich seine Nasenspitze mit seinen Wollhandschuhen.

Ein Knirschen im Schnee verriet, dass sich jemand näherte.

»Frau Dr. Herforth, sie hat jetzt hier in Wyk eine Praxis als Internistin, war aber in Hamburg auch als Pathologin tätig«, informierte sie der junge Streifenbeamte mit unterdrückter Stimme, der sich die ganze Zeit in respektvollem Abstand von den drei Flensburgern unter einem Baum die Füße vertreten hatte.

Benthien betrachtete die Frau interessiert, die energisch durch den Schnee stapfte. Quadratisch, praktisch, gut, schoss es ihm durch den Kopf, als er der Dame mit der tief in die Stirn gezogenen Mütze und den warmen braunen Augen die Hand schüttelte. Ihr Händedruck war zupackend wie der eines Bauarbeiters, und Benthien konnte danach gerade noch den Impuls unterdrücken, seine Hand zu massieren.

Im Umgang mit der Leiche war sie weniger grobmotorisch. Vorsichtig und beinahe zärtlich drehte sie Martha Gropius' Kopf hin und her; sie zog die Mütze herunter, ließ ihre Finger über die Schädeldecke gleiten, zerteilte sanft die dünnen braunen Haare mit den grauen Strähnen. Sie knöpfte den Mantel auf und betastete den Oberkörper. Der dicke Pullover wurde ausgezogen, ebenso das T-Shirt darunter.

»Ich will sehen, ob sie sichtbare Verletzungen hat«, erklärte Dr. Herforth.

Lillys Handy klingelte. Sie meldete sich und reichte es kurz darauf an Benthien weiter. »SF hat eine Frage!«

Smythe-Fluege war offensichtlich schon wieder ganz munter und tatendurstig. Er berichtete, dass Walter Rittstieg angerufen habe und auf die Gegenüberstellung dränge und fragte nun, ob er beide, Andresen und Rittstieg, ins Hotel bestellen solle. Benthien fand an der Idee nichts auszusetzen und stimmte zu. »Haben wir wenigstens wieder etwas Zeit gespart«, sagte er zufrieden zu Fitzen, dessen Gesicht inzwischen fast gänzlich unter einem Rollkragen und einem dicken Schal verschwunden war. Jetzt war es zwar weniger kalt, doch der stürmische Wind blies eisig. Auch Benthien hoffte, dass sie bald wieder ins Warme kämen.

Lilly kam mit bittender Miene auf ihn zu. »Kann ich dich mal kurz sprechen, John?« Sie gingen ein paar Schritte, und sie bat ihn sichtlich angespannt um einen freien Tag. »Ich muss dringend nach Kiel und dachte, ich könnte das doch verbinden mit einem Besuch bei Martha Gropius' Verwandten. Die müssen benachrichtigt werden, und das sollte nicht Brederloh tun. Was meinst du, ginge das?«

Benthien schossen viele Dinge durch den Kopf, vor allem, dass er dringend mit Lilly sprechen musste, dies aber von allen ungünstigen Gelegenheiten die mit Abstand schlechteste war. Wieder musste er sich gedulden! Er war es langsam leid, und allmählich wurde er auch sauer auf Lilly. War das Absicht? Erst entzog sie sich ihm, sprach nicht offen mit ihm und dann suchte sie sich ausgerechnet den Schauplatz eines Leichenfundes aus, um ihre Bitte vorzubringen. Lilly war doch sonst nicht so unprofessionell.

Er versuchte es trotzdem. »Warum musst du nach Kiel, und wie lange wirst du weg sein?«

»Nur heute, John, spätestens morgen Abend bin ich wieder zurück!«

»Wen willst du treffen? Eine alte Patentante, einen Erbonkel aus Amerika? Hier kann doch nicht jeder ein und aus gehen, wie er will!«

In Lillys Augen glühte ein Funke auf, doch sie sagte nichts und wandte sich ab. Benthien war durchaus bereit, sich selbst in den Hintern zu beißen. Hätte er sich diesen sarkastischen Ton nicht verkneifen können? Und dann fiel ihm siedend heiß ein, dass es auch um Lillys verwitweten Vater gehen könnte, dem vielleicht etwas passiert war. Aber warum sprach Lilly nicht darüber?

Er folgte ihr, um sich zu entschuldigen.

»Lilly, warte doch mal, es tut mir leid! Natürlich kannst du nach Kiel fahren. Ist deinem Vater etwas passiert?«

Gerade als Lilly sich umdrehte und antworten wollte, kam die Ärztin mit einem anzüglichen Blick und einem verhaltenen Lächeln auf sie zugestapft. »Darf ich das kleine Tête-à-tête kurz unterbrechen? Ich bin vorläufig fertig und lasse die Leiche gleich abholen, damit sie in die Rechtsmedizin kommt. Möchten Sie meine ersten Erkenntnisse hören?«

Für Benthien war das wie Musik in den Ohren, denn Dr. Radtke, der alte, knurrige Rechtsmediziner, geizte extrem mit Informationen am Leichenfundort und hielt es geradezu für eine persönliche Beleidigung, wenn man ihn danach fragte. Auch Fitzen hatte die magischen Worte der Medizinerin gehört und kam neugierig herbei.

»Ich nehme stark an, dass das Opfer ein Schädel-Hirn-Trauma erlitten hat – sprich, einen Schlag auf den Kopf – und daran gestorben ist. Weitere Verletzungen konnte ich auf den ersten Blick nicht feststellen, aber das kann sich bei der Obduktion noch ändern.«

»Und wie lange ist sie schon tot?«, fragte Lilly gespannt.

»Zwanzig bis vierundzwanzig Stunden, das ist schwer zu sagen, weil man nicht weiß, wo sie getötet wurde und wann sie in die Kälte kam.«

Benthien sah auf die Uhr. »Jetzt ist es kurz nach zehn. Gestern haben wir Martha Gropius gegen halb zwölf zuletzt gesehen, da wollte sie zur Fähre, um auf Föhr Aquarellfarben einzukaufen, aber dazu kam sie wohl nicht mehr. Zumindest hat sie keine in ihrem Shopper. Konnten Sie sehen, ob sie etwas in ihrem Bauchnabel stecken hatte?«

»Wie die Eisleiche auf Amrum? Nein, da war nichts«, sagte die Ärztin knapp und packte ihre Sachen zusammen. Kurz darauf war sie in einer Schneewolke, die hinter ihrem Fahrzeug aufstob, verschwunden.

Mauseöhrchen,

ich habe wirklich Gewissensbisse, ob ich dir das alles erzählen soll. Es ist so eine abgrundtief traurige Geschichte. Aber ich habe Angst. Angst, dass du mich hassen und verachten wirst, wenn du später erfährst, wer ich bin und was ich getan habe. Und deshalb möchte ich dir wenigstens meine Sicht der Dinge schildern. Glaubst du, ich hätte ein anderer Mensch werden können bei meiner Vorgeschichte? Vielleicht, wenn ich ein Heiliger gewesen wäre. Aber irgendwann kam der Augenblick, da konnte ich nur noch schreien vor Schmerz. Und dann kommt man eben auf dumme Ideen. Ich wollte anderen, glücklichen Menschen ebenso wehtun, wie man mir als Kind wehgetan hatte. Meine Mutter beging Selbstmord, ohne Rücksicht darauf, dass sie ein Kind hatte, das sie brauchte. Zuvor hatte ich meine Schwester verloren, mein Vater hasste mich, deine Mutter verachtete mich. Sie nahm mir meine Tochter weg, hat uns einander entfremdet, und sie wird dich auch in Zukunft gegen mich beeinflussen. Dass sie dir damit nichts Gutes tut, schert sie nicht. Heute wünschte ich, ich hätte sie nie gesehen. Doch dann würde es dich nicht geben, mein Mauseöhrchen, mein verlorenes Glück.

Du fragst dich sicher, warum ich nicht sie getötet habe.

Ich konnte es nicht, mein Mauseöhrchen! So einfach ist das. Ich konnte es nicht, und daher habe ich andere Menschen getötet. Die Kriminalisten nennen das Stellvertretermorde begehen.

Einen Menschen zu töten, zu dem man keine Beziehung hat, ist leichter, als jemanden zu töten, den man liebt. Und ich liebe deine Mutter immer noch und verachte mich dafür.

Rabea war, nach Jule, und die zählt ja nicht, die erste Frau, die mich vollständig verzaubert hat. Komischerweise war sie ein ganz ähnlicher Typ wie Jule. Eingebildet, arrogant, ichbezogen, hochnäsig, im Grunde hat sie mich von Anfang an verachtet.

Weißt du, dass sie die Geliebte meines Vaters war? Die dritte oder vierte nach dem Tod meiner Mutter. Alle seine Betthäschen lebten in unserem Haus, die eine länger, die andere kürzer. Mich interessierte keine, bis Rabea kam. Ich war achtzehn damals, sie zweiundzwanzig, gut dreißig Jahre jünger als mein Vater. Er muss sie wohl fasziniert haben, er war ein Mann von Welt, gut aussehend, gebildet, sein Auftreten souverän und selbstbewusst. Alle achteten, respektierten ihn, viele fürchteten ihn, auch ich, immer noch, trotz meiner achtzehn Jahre.

Rabea erzählte mir später, dass sie sich bei ihm sicher und geborgen fühlte, da er durchaus fürsorglich sein konnte und sie am Anfang sehr verwöhnte. Vor allem aber faszinierte sie seine Intelligenz, sein vielfältiges Wissen. Mich beachtete sie überhaupt nicht. Ich fing an, die beiden heimlich zu beobachten, vor allem im Bett und wo immer sie es sonst taten. Ich lernte viel von meinem Vater, und je mehr ich Rabea liebte, desto mehr blutete mir das Herz. Mausezähnchen, du kannst nicht erahnen, wie sehr ich mir gewünscht hätte, dass sie mich einmal beachtete, mir ein

Lächeln schenkte, ein Wort, einen Blick. Wenn sie es tat, dann war es herablassend gemeint. Warum bloß interessiere ich mich ständig nur für Frauen, denen es Spaß macht, mich zu demütigen? Irgendetwas muss ich an mir haben, dass dieses Verhalten herausfordert.
Rabea blieb länger als die meisten anderen. Erst als sie vollständig in der Scheiße steckte, als mein Vater sie rauswarf und ich mich um sie kümmerte; beachtete sie mich gezwungenermaßen, denn sie hatte sonst niemanden.
Wusstest du, dass deine Mutter unbedingt Schauspielerin werden wollte? Mein Vater bezahlte ihr die Schauspielkurse, und einmal sponserte er sogar ein Theaterstück, in dem sie in einer Laienspielgruppe mitwirkte. Ich weiß nicht, ob sie meinen Vater je geliebt hat. Heute glaube ich, dass es reine Berechnung war, denn durch ihn konnte sie ihren Traum wenigstens für kurze Zeit verwirklichen. Deine Großeltern waren bei einem Autounfall ein paar Jahre zuvor ums Leben gekommen, und Rabea taumelte orientierungslos und ohne finanzielle Mittel in eine mehr als düstere Zukunft. Da kam mein Vater gerade recht, bis er merkte, dass er ausgenutzt wurde.
Das war das Aus für Rabea.
Und meine Chance.
Ich zog endlich von zu Hause aus, unterschlug Gelder in der Firma meines Vaters, räumte den Tresor aus, finanzierte weiterhin ihren Schauspielunterricht.
Und das Böse nahm seinen Lauf.

Kapitel 24

Johannes Brederloh hatte, so schien es, das Reden aufgegeben. Wie eine Statue saß er auf seinem Sofa, unbeweglich, den Kopf gesenkt, die Hände gefaltet. Aber sicherlich nicht, um zu beten. Benthien hatte ihn zusammen mit Lilly aufgesucht, um ihm die traurige Nachricht zu überbringen, und er war buchstäblich vor ihren Augen in sich zusammengesackt, war grau geworden, als wäre plötzlich alles Leben aus ihm gewichen. Mit letzter Kraft hatte er sich zum Sofa geschleppt und dort angefangen zu zittern. Eine überzeugendere Darstellung eines Schocks hatte Benthien noch nicht erlebt. Er fragte sich, ob er einen Arzt rufen sollte.

Lilly beobachtete Brederloh aufmerksam. »Wann haben Sie Martha zuletzt gesehen?«

Der Mann antwortete nicht, und sein Blick ging ins Leere.

»Wie ist es passiert?«, fragte er nach einer Weile, während er sich, mit einem Kissen in den Armen, hin und her wiegte.

Benthien erzählte ihm, was sie auf Föhr gesehen und von der Ärztin erfahren hatten. Er spürte, wie Lilly ihm einen erstaunten Blick zuwarf. Doch Benthien wusste, wie quälend es sein konnte, mit seiner Fantasie und all den düsteren Bildern, die sich aufdrängten, allein gelassen zu werden. In einigen Fällen war es besser, den Angehörigen oder Freunden eine präzise Vorstellung davon zu geben, was mit ihren Liebsten passiert war.

Brederloh hatte die Augen geschlossen. »Ist es derselbe Täter, der auch Anja Derling umgebracht hat?«, fragte er schließlich.

»Das kann man noch nicht sagen«, erklärte Benthien. »Auf

jeden Fall scheint es die gleiche Todesart gewesen zu sein wie bei dem Amrumer Opfer. Ein Schlag auf den Schädel.«

Brederloh jetzt damit zu konfrontieren, dass er sie in Bezug auf seine Bekanntschaft mit Levke und auch Arthur Peters belogen hatte, hielt er nicht für ratsam. Das konnte er in ein paar Stunden tun. Zumal er Brederloh instinktiv nicht mehr für den Eismörder hielt. Benthien konnte sich fast immer auf sein Bauchgefühl verlassen, und das sagte ihm, dass der Mann zwar nicht ganz ehrlich zu ihnen gewesen, er aber kein Mörder war. Außerdem musste der Täter jemand sein, der eine gute Kondition besaß und kräftig genug war, seine Opfer hochzuheben und zumindest ein Stück weit zu tragen. So angeschlagen wie Brederlohs Gesundheit war, traute Benthien ihm das nicht zu.

»Inzwischen haben wir vier Opfer«, zählte Lilly auf, als sie den kurzen Weg zum Hotel zurückgingen. »Drei Inszenierungen als Eisleichen und eine, die anscheinend eine Improvisation war. Drei Opfer wurden zuerst entführt – möglicherweise auch Martha Gropius –, aber der Zeitrahmen der Entführung variiert sehr stark. Zwei der Opfer wurden erschossen, zwei durch einen Schlag auf den Kopf getötet, wohl ziemlich bald, nachdem sie in die Fänge des Mörders geraten waren.«

»Drei hatten signifikante Beigaben im Bauchnabel, die auf den nächsten Mord hinwiesen, das letzte Opfer, Martha Gropius, aber nicht«, fuhr Benthien fort. Er verzog das Gesicht. »Lilly, hätten wir den Mord an Martha verhindern können?«

Lilly schüttelte den Kopf. »Wie denn, wenn sie nicht offen zu uns war? Ich denke, sie wusste etwas, das sie uns verschwiegen hat. Sicher nicht aus eigennützigen Gründen, vielleicht wollte sie jemanden schützen. Jetzt fang bloß nicht an, dir Vorwürfe zu machen, John!«

»Vielleicht hätte ich eindringlicher mit ihr reden müssen.«

»Unsinn. Du kannst schließlich nicht hellsehen!«

Schweigend gingen sie weiter. Benthien überlegte gerade, ob er Lilly auf ihr seltsames Verhalten ansprechen sollte, als sie ihn fragte, ob sie heute Abend schon aufs Festland übersetzen könne. »Ich werde zu Martha Gropius' Verwandten fahren, mit ihnen reden, und morgen, am späten Nachmittag, bin ich wieder zurück. Ist das akzeptabel für dich?«

Sie hatten das Hotel erreicht. Da Benthien keine Lust auf einen erneuten Streit hatte, nickte er und wollte gerade zu der Frage ansetzen, was Lilly denn in Kiel wolle, als Fitzen aus der Tür gestürzt kam.

Er wirkte aufgeregt, doch offenbar nicht aus einem erfreulichen Grund. »Ihr werdet es nicht glauben«, stieß er hervor und zog Benthien und Lilly geradezu in ihren kleinen Beratungsraum, wo Mikke angespannt vor seinem Laptop saß. SF war nicht zu sehen.

»Was ist denn jetzt schon wieder los?«, fragte Lilly und schaute auf die Uhr.

Benthien, der an Fitzens impulsive Stimmungen gewöhnt war, zog erst einmal in Ruhe seine dicke Winterjacke aus.

»Es ist ernst!«, schnaufte Fitzen. »Kennt ihr Svenja Cleve? Sie war letztes Jahr Praktikantin am Institut für Rechtsmedizin, also bei Dr. Radtke. Und zwar zu der Zeit, als die Zwillinge Till und Rasmus Sarfeld auf Sylt diesen Unfall hatten. Erinnert ihr euch? Pension Astarte? Letzten Oktober?« Vor lauter Aufregung schien er etwas kurzatmig zu sein, denn er musste erst tief Luft holen, ehe er weitersprechen konnte. »Diese Svenja hat eben in Flensburg angerufen, und Juri war am Apparat. Und der hat dann sofort uns informiert. Also, die Praktikantin hat ihm erzählt, dass sie im letzten Herbst dafür zuständig war, die

Obduktionen vorzubereiten, die Toten zu entkleiden und ihre Kleidung und andere Gegenstände zu archivieren. Darüber gibt es dann ein Verzeichnis, und später bekommen die Angehörigen die Sachen wieder ausgehändigt. So, und jetzt kommt's: Als Svenja mitbekommen hat, dass unsere Eisleichen diese Beigaben im Bauchnabel hatten, fiel ihr plötzlich ein, dass auch bei den beiden kleinen Jungs jeweils ein Gegenstand, und zwar ein identischer, im Nabel gefunden wurde …«

»*Wie bitte?*«, donnerte Benthien.

»Ja, aber sie hat dem damals keine Bedeutung beigemessen! Sie dachte, dass die beiden Jungs sich die Dinger beim Spielen in den Nabel gesteckt hätten, wie kleine Kinder das nun mal so machen, die stopfen sich Sachen in die Ohren, in die Nasen, in den Mund, ohne dass das irgendeine tiefere Bedeutung hat …« Fitzen hob die Hände. »Ihre Worte, nicht meine!«

»Und was für Dinge waren das?«

»Schrei mich doch nicht so an, John! Ich kann auch nichts dafür.«

»*Was für Dinge waren das?*«

»Winzige Miniaturpferde.«

»*Pferde?*«

Fitzen nickte unglücklich.

»Könnt ihr euch an den Vater der beiden Kinder erinnern? An Lutz Sarfeld?«, fragte Mikke, der immer noch über seinem Laptop hing. »Der wohnt jetzt in Berlin. Er ist Politiker einer Umweltpartei und will sich für die nächste Bundestagswahl aufstellen lassen. Till und Rasmus waren die beiden einzigen Kinder von ihm und seiner Frau Rieke.«

Benthien erinnerte sich noch gut an den Fall, der sie im Jahr zuvor auf Sylt, ganz in der Nähe seines Wohnhauses, beschäftigt hatte. Die Eltern der beiden Kinder aus Freiburg und die

Großeltern aus Dänemark hatten auf Sylt ein Familientreffen in der Pension Astarte arrangiert, einer kleinen Pension, die auf einer hohen, zur Straßenseite hin steil abfallenden Düne stand. Früh am Morgen, noch vor dem Frühstück, hatten die Kinder draußen gespielt. Eine Zeugin, die vom Nachtdienst kam, sah von ihrem Auto aus, wie ein Bollerwagen mit den Kindern darin die steile Düne hinunterraste, direkt in ein kleines Krüppelwäldchen am Fuß der Düne. Die Zwillinge wurden hinauskatapultiert und zogen sich schwerste Kopfverletzungen zu, an denen sie starben. Zuerst glaubten Benthien und sein Team, der Tod der Zwillinge sei nur der Auftakt zu den Morden gewesen, die danach in der Pension geschahen. Doch trotz sorgfältiger Recherche gab es keine Hinweise auf ein Verbrechen an den Kindern, obwohl die Zeugin glaubte, eine schwarze Gestalt im Nebel oben auf der Düne gesehen zu haben, aber sicher war sie sich nicht gewesen. Auch die Obduktion ergab keinen Hinweis auf ein Gewaltverbrechen.

Benthien bezweifelte, dass das Ergebnis anders ausgefallen wäre, wenn man damals von den Beigaben im Nabel gewusst hätte.

Er stand auf und lief wie ein gehetzter Hase hin und her. Er fühlte sich als Versager; irgendetwas hatte er falsch gemacht. Aber konnte es denn möglich sein? Hatte ihr Eismörder schon damals im Oktober angefangen zu morden? Fragen über Fragen drängten sich Benthien auf. Warum zwei kleine Kinder? Waren sie die Ersten in der Reihe gewesen? War der Täter einer der Gäste der Pension? Oder ein Irrer, ein Verrückter aus dem Umfeld der Familie Sarfeld, der, krank vor Schmerz, sich nun an der Menschheit rächen wollte? War ein Familienangehöriger von Anja Derling, Arthur Peters oder Levke Bronnen in das Verbrechen an den Kindern verwickelt gewesen?

Aber nein, das konnte nicht sein, denn der Täter musste schon damals Anja Derling im Visier gehabt haben. Warum sonst die Miniaturpferde?

Benthien fühlte eine sanfte Berührung an der Hand. Es war Lilly.

»Ich muss gehen, wenn ich die Fähre noch kriegen will«, sagte sie leise. »Aber ich komme so bald wie möglich zurück, versprochen. Und ich rede mit Marthas Angehörigen!« Sie strich leicht mit dem Daumen über seinen Handrücken, dann ging sie, und Benthien ertappte sich bei dem Gedanken, dass er noch immer nicht wusste, was sie in Kiel wollte.

Der Drucker, den Mikke in Gang gesetzt hatte, fing an zu rattern.

»Wo steckt Smythe-Fluege schon wieder? Liegt er immer noch im Bett?« Endlich setzte sich Benthien an den Tisch, verbarg den Kopf in den Händen und schloss die Augen, vor denen bunte Kreise flimmerten. Auf einmal hatte er starke Kopfschmerzen. Hatte SF ihn mit seinem Infekt etwa angesteckt?

»Nein, Rittstieg ist vorhin gekommen. Er will unbedingt die Gegenüberstellung mit Andresen«, erzählte Mikke. »Sie sind jetzt auf dem Weg zu ihm.«

»Ich überlege gerade«, sagte Fitzen, »ob jemand, der damals als Gast in der Astarte war, mit den Morden zu tun haben könnte. Zumal unsere Mordserie wohl dort, mit den beiden Jungs, ihren Anfang genommen hat!«

»Ich verstehe jetzt überhaupt nichts mehr«, sagte Mikke, der damals ebenfalls auf Sylt ermittelt hatte und die Beteiligten kannte. »Hier«, er schob einen Stapel Papiere aus dem Drucker zu Benthien hin, »das ist die Akte Sarfeld. Falls du mal reinsehen willst.«

Benthien blätterte die Papiere durch, dann griff er zum Telefon und stellte es laut. Fitzen und Mikke beobachteten ihn gespannt. Er wählte, und nach kurzer Zeit meldete sich eine Frau namens Sarfeld. Doch die Stimme klang fremd, mit einem badischen Akzent. Ihm fiel ein, dass die Sarfelds nach Berlin gezogen waren. Lebten noch andere Familienmitglieder unter dieser Telefonnummer in Freiburg? Die Frau war, wie sich herausstellte, die Schwester von Lutz Sarfeld, und als sie hörte, worum es ging, gab sie ihm die neue Nummer in Berlin. Dort meldete sich nach wenigen Augenblicken Rieke Sarfeld. Nun erst fiel es Benthien ein, dass es etwas schwierig werden könnte, die Mutter, deren beide Kinder erst vor wenigen Monaten ums Leben gekommen waren, nach den Miniaturpferden im Nabel der Jungs zu fragen. Aber da musste er jetzt durch, abzuwarten, konnte er sich nicht erlauben.

Rieke Sarfeld stutzte kurz, dann bestätigte sie, dass sie, neben den anderen Sachen der Kinder, auch zwei Pferdchen von der Gerichtsmedizin bekommen hatte, und ja, die wären noch da.

Gespannt fragte Benthien: »Wissen Sie, wo Till und Rasmus die herhatten? Haben Sie sie ihnen geschenkt?«

»Nein. Ich weiß nicht, wo die herkamen, ich hatte sie noch nie vorher bei meinen Jungs gesehen. Sie passten gar nicht zu ihnen, ich meine, das war kein Kinderspielzeug. Sie sehen ziemlich kunstvoll aus, wie winzige Skulpturen. Ich ging damals davon aus, dass sie sie irgendwo gefunden haben mussten.« Ihre Stimme veränderte sich. »Warum wollen Sie das wissen?«

Benthien entschied sich blitzschnell. »Frau Sarfeld, wir kommen morgen bei Ihnen vorbei. Sie haben die Pferde doch noch?«

»Natürlich. Aber warum … warum ist das so wichtig? Es war doch ein Unfall, oder etwa nicht?«

»Wir besprechen das alles morgen. Bitte fassen Sie die Miniaturpferde nicht mehr an!«, sagte Benthien und legte auf.

»Wir fahren nach Berlin?«, fragte Mikke ungläubig.

»Fitzen und ich fahren nach Berlin. Mikke, du hältst hier die Stellung. Ich hoffe, dass wir morgen Abend wieder zurück sind.«

Kapitel 25

Am Anleger von Wittdün peitschte der Wind den Schneeregen fast senkrecht gegen die Windschutzscheibe. Alle paar Minuten musste Lilly den Scheibenwischer anstellen, um überhaupt noch etwas sehen zu können. Es war erheblich wärmer geworden, dadurch kam der Niederschlag in Form von wässrigen Schneeflocken auf dem Boden auf. Lilly befürchtete, dass die Straßen in einigen Stunden spiegelglatt sein würden.

Dummerweise hatte sie sich mit der Abfahrtszeit der Fähre vertan und nicht daran gedacht, dass die Nachmittagsfähre nur im Sommer fuhr. Sie telefonierte mit John, und beide kamen überein, dass sie im Auto auf ihrem Laptop die bisherigen Protokolle durcharbeiten und ergänzen sollte. Außerdem wollte sie Martha Gropius' Handy checken, das Brederloh ihnen gegeben hatte. Es war ein altmodisches Gerät, kein Smartphone und ohne die Möglichkeit, Fotos zu machen oder ins Internet zu gehen.

Lilly war schnell damit fertig. Martha hatte offenbar nie gesimst und nur selten telefoniert. Ebenso selten war sie angerufen worden. Nichts wies darauf hin, dass sie mit ihrem Mörder telefoniert hatte oder in eine Falle gelockt worden war.

Wenig später meldete sich Benthien erneut und berichtete Lilly von seinem Telefongespräch mit Rieke Sarfeld und seinem Plan, noch am Abend nach Berlin zu fahren. »Übrigens, SF wird dich zu Martha Gropius' Familie begleiten. Seht euch ein bisschen im Haus um, nehmt den Computer mit und sucht nach allem, was auf eine Verbindung zu unseren Mordfällen hindeuten kann.«

Lilly erzählte ihm von Marthas Handy und fügte hinzu: »Aber warum muss Smythe-Fluege mitkommen? Glaubst du, das schaffe ich nicht allein?«

Benthien seufzte. »Irgendwie ist in dieser Ermittlung der Wurm drin. SF bekommt seine Kinder an diesem Wochenende, das war seit Langem ausgemacht. Seine Frau oder vielmehr Ex-Frau reist extra an, um sie ihm zu bringen. Keine Ahnung, warum ihm das jetzt erst einfällt. Da ich schon Tommy für ein paar Stunden freigegeben habe und jetzt auch dir, kann ich bei SF nicht plötzlich Nein sagen. Er ist Sonntagabend aber wieder zurück und hat versprochen, am Wochenende stundenweise zu arbeiten, indem er telefonisch Alibis überprüft.«

»Welche Alibis?«, fragte Lilly erstaunt.

»Ich würde gern wissen, wo sich die Leute in den letzten beiden Wochen aufgehalten haben, die damals Gäste in der Pension Astarte waren, da es nun so aussieht, als bestünde zwischen unseren Morden und dem Tod der kleinen Jungs ein Zusammenhang. Und ebenso will ich wissen, wo die Freunde und Angehörigen unserer Opfer waren, als Levke zum Dünensee gebracht wurde. Er notiert sich die Aussagen, und dann wird irgendein armer Tropf – wahrscheinlich Leon – die Alibis noch genau überprüfen müssen. Übrigens, der Fleck in der Hütte, den wir gesehen haben, ist tatsächlich Blut. Morgen wissen wir, ob es Levkes Blut ist. Wenn ja, ist es sehr wahrscheinlich, dass sie dort eingefroren wurde.«

»Das Wetter spielt unserem Täter aber schon sehr in die Hände! Stefano hat mich vorhin angerufen, weil bei dir ständig besetzt war. Er hat keine guten Nachrichten: Am Fundort von Martha Gropius' Leiche gibt es keine verwertbaren Fußspuren im Schnee. Der Täter hat sie hinter sich verwischt, wahrscheinlich mit einer Fußmatte. Da kommen wir also nicht weiter, zumal es in der Nacht auch geschneit hat.«

»Natürlich, was denn sonst«, knurrte John.

»Mit Radtke habe ich ebenfalls gesprochen. Er sagt, er hat dir eine E-Mail mit dem Obduktionsergebnis von Levke geschickt. Sie ist unversehrt, hat auch keine blauen Flecken, nur diese starke Kopfverletzung. Keine Vergewaltigung. Radtke ist der Überzeugung, dass sie wahrscheinlich am letzten Samstag gestorben ist, der Tag, an dem sie nach Amrum fuhr. Ihr Mörder scheint ihr gefolgt zu sein und hat sie irgendwo aufgelesen. Die Mordwaffe, meint Dr. No, müsste ein ganz eigenartiger Gegenstand sein, vielleicht eine Antiquität.«

»Warum Antiquität?«, fragte John gespannt.

»Weil er Abdrücke auf der Kopfhaut gefunden hat, die auf einen schweren Gegenstand hindeuten, der auf dem Schädelknochen eine Art Muster hinterlassen hat, etwas Geriffeltes, und ein kleines, aber ziemlich tiefes Loch. Hast du eine Idee, was das sein könnte?«

»Nicht eine einzige.«

»Er wird uns ein Foto schicken. Übrigens war er außer sich wegen dieser Geschichte mit den Sarfeld-Zwillingen, geradezu sprachlos, und das will bei Radtke was heißen. Er hatte damals nie erfahren, dass sie diese Pferdchen im Nabel hatten. Ich möchte nicht wissen, was er jetzt mit dieser armen Praktikantin anstellt.«

Wenig später rief Kriminalrat Gödecke bei Benthien an. »Jetzt werden Nägel mit Köpfen gemacht«, sagte er verärgert, »denn offenbar kommen immer mehr Leichen hinzu, und unsere Erkenntnisse sind gleich null. Das kann so nicht weitergehen, deshalb wird sich jetzt das LKA einschalten. Benthien, schicken Sie eine Kopie aller Unterlagen an die Kollegen, ein Fallanalytiker wird sich der Sache annehmen. Vielleicht kommen wir damit einen Schritt weiter!«

Benthien, der diese Rede als Kritik an seiner Arbeit verstand, biss die Zähne zusammen. Er war selbst ausgebildeter Fallanalytiker und hatte seine Erkenntnisse durchaus in seine Ermittlungsarbeit einfließen lassen. Insofern war Gödeckes Kritik nicht gerechtfertigt. Aber dennoch, die Lage war äußerst prekär, und gegen die kompetente Mitarbeit eines Profilers hatte er nichts einzuwenden, so eitel war er nun auch nicht. Er hätte es nur vorgezogen, vorher in diese Entscheidung mit einbezogen zu werden.

»Dann haben wir jetzt noch einen LKAler auf dem Hals, der uns überall reinquatscht?«, fragte Mikke entrüstet.

Doch Benthien beruhigte ihn. »Der bleibt in Kiel und wird mit uns keinen Kontakt haben, das ist so üblich. Er arbeitet nur in aller Ruhe und unbeeinflusst die Akten durch. Das ist alles.«

»Ja, und in ein paar Tagen wird er uns dann alles über den Mörder sagen«, bestätigte Fitzen, »bis hin zur Farbe seiner Krawatte.«

Es war dunkel und begann, neblig zu werden, als sich Lilly auf den Weg zu Martha Gropius' Haus in den Marschen machte. Vor ihr her fuhr der Kollege Smythe-Fluege, und sie versuchte angestrengt, seine Rücklichter nicht aus den Augen zu verlieren. Ihre Gedanken wanderten hin und her. Sie dachte an John, mit dem sie dringend persönlich reden musste, an Martha Gropius, deren plötzlicher Tod ihr zusetzte, und an das, was sie morgen in Kiel erwarten würde. Sie hielt sich an der Aussicht fest, bald in ihrer warmen Wohnung in Jürgensby zu sein; sie stellte sich vor, wie sie, gekuschelt in ihre Mohairdecke und mit einem Glas Rotwein in der Hand oder auch einem grünen Tee, auf die nächtliche Stadt blicken würde, auf die Lichter der Hafenspitze. Wenn doch nur John an ihrer Seite wäre! Bei dem Gedanken an ihn schlug ihr Herz schneller, und ein warmes, freudiges Gefühl stieg in ihr auf. Sie hatte ihn in den letzten Tagen nicht gut behandelt, das war ihr klar, sie war abwesend und distanziert gewesen, und das tat ihr leid. Sie hätte gleich mit ihm reden sollen. Aber Lilly war es gewohnt, Probleme mit sich allein auszumachen, und sie wollte John nicht belasten, jetzt, wo er die Verantwortung für diese Mordfälle trug.

Ihre Gedanken waren bei ihm und Fitzen, die jetzt die halbe Nacht unterwegs nach Berlin sein würden, um mit den Sarfelds zu sprechen, immerhin eine Fahrtzeit von über fünf Stunden in einer unwirtlichen Nacht. Auf der Fähre hatten sie alle zu Abend gegessen und dann mehr oder weniger herumgehangen, zu müde, um noch ein vernünftiges Gespräch zu führen. Nur SF hatte Lilly erzählt, dass Jenko Andresen wieder mal nicht da gewesen war und man daher die Gegenüberstellung mit Rittstieg nicht hatte machen können. Benthien hatte sich von Brederloh ein Foto von Martha Gropius geben lassen und veranlasst, dass Plakate von ihr an strategischen Stellen auf Amrum und Föhr aufgehängt wurden. Auch in der Inselzeitung sollte ihr Foto abgedruckt werden. Sie mussten herausfinden, wer sie am Vortag gesehen hatte und in wessen Begleitung sie möglicherweise gewesen war.

»Sie kann ja wohl kaum auf dem Luftweg nach Föhr gelangt sein«, hatte Benthien ärgerlich gesagt, und SF hatte ergänzt: »Aber im Kofferraum eines Autos! Wir sollten die Kameras der Fähre überprüfen!«

In Dagebüll hatten sie sich getrennt. Da SF dabei war, hatte sich Lilly nur sehr kollegial von John verabschiedet, obwohl sie ihn am liebsten fest in den Arm genommen hätte. Dann hatten sie sich in drei Fahrzeugen auf den Weg gemacht, John und Tommy nach Berlin, sie selbst mit dem Kollegen nach Aventoft, um dort die traurige Nachricht von Martha Gropius' Tod zu überbringen.

Tief in Gedanken versunken hätte Lilly fast übersehen, dass SF vor ihr am Straßenrand angehalten hatte. Sie waren in dem kleinen Ort angekommen.

Auch bei Nacht wirkte das Haus nicht gerade einladend, fand Lilly, als sie aus dem warmen Auto stieg. Der schmale Trampelpfad war seit Längerem nicht geräumt worden, und innen brannte kein Licht. Nicht weit entfernt, drohend am Horizont, ragte groß und düster das ehemalige Herrenhaus auf, das bald zu einem Luxushotel umgebaut werden sollte.

Sie folgte SFs breitem Rücken in Richtung Eingangstür. Er klingelte mehrmals, doch im Haus rührte sich nichts. Überhaupt war es totenstill ringsherum. Das nächste bewohnte Haus war gerade noch so in Sichtweite und die dänische Grenze nur einen Steinwurf entfernt.

»Haben Sie die Schlüssel?«, fragte SF ungeduldig und streckte die Hand aus.

Lilly ging an ihm vorbei und schloss selbst auf. Im Hausflur schlug ihr klamme Kälte entgegen. Sie machte Licht, ging durch die unteren Räume, rief mehrmals, doch niemand antwortete. Kein Hund bellte, und das Feuer im Küchenofen war erloschen.

»Ärmlich«, kommentierte SF und musterte den wackligen Küchentisch und die Holzscheite, die in einem Korb neben dem Ofen lagen, die abgewetzten Holzfronten, die ramponierte Arbeitsplatte. Irgendjemand hatte aufgeräumt, und alles war sauber und an seinem Platz. Trotzdem sah es danach aus, als ob das Haus derzeit unbewohnt wäre.

Ohne SF weiter zu beachten, stieg Lilly die alte Holztreppe nach oben. Sie wunderte sich darüber, dass es hier nur zwei Zimmer und ein kleines Bad gab. Die Tür zum Badezimmer stand offen. Es war grün gekachelt und besaß neben WC und Waschbecken eine kleine Badewanne, an der an manchen Stellen das Emaile abgeschlagen war. Auf der Ablage über dem Becken standen verschiedene Utensilien, aber nur ein einziger Zahnputzbecher.

Lilly ging zurück in den Flur und öffnete eine der Zimmertüren. Der Raum war leer bis auf einen Kleiderschrank und roch muffig. Im Schrank war Sommerkleidung verstaut, wahrscheinlich von Martha, dazu Handtücher und zwei Koffer.

Das zweite Zimmer war offensichtlich Marthas Schlafzimmer. Ein breites Bett mit vielen Kissen, ein bequemer Ohrensessel, zwei Kommoden, ein Regal mit Büchern und Kleidung. Zwischen den beiden Kommoden an der Wand lag ein großer Hundekorb, in dem sich zwei stark abgewetzte Hundespielzeuge befanden. An der Wand hingen Fotos von dem Besitzer des Spielzeugs – einem großen Mischling – und ein gelungenes Gemälde von ihm, das vielleicht von Martha Gropius stammte. Darauf war er noch sehr jung, lag auf dem Bauch im Gras, einen angekauten Stock zwischen den Pfoten, und schaute aufmerksam den Betrachter an. Wenn Martha im Bett lag oder im Sessel saß, konnte sie Zwiesprache mit ihm halten.

Weitere Räume gab es nicht. Irritiert lief Lilly wieder nach unten. Neben der Küche lag das kleine Wohnzimmer, vollgestopft mit älteren Möbeln, einer Sitzgarnitur, einem großen Schreibtisch, einer Schrankwand. Nichts deutete darauf hin, dass Martha hier nicht allein gewohnt hatte.

»Haben Sie einen Hundenapf gesehen? Oder Hundefutter?«, fragte Lilly den Kollegen.

SF, der gerade einen PC abstöpselte, musterte sie und zog eine Augenbraue hoch. »Nein! Sollte ich?«

Lilly lief in die Küche und schaute selbst nach. Kein Trockenfutter, keine Dosen oder Leckerli, keine Näpfe. Und abgesehen davon, wo wohnte die Tante? Und der Großvater?

Der Großvater?

Lilly runzelte die Stirn. Martha Gropius war um die fünfzig. Wenn ihre Mutter sehr jung schwanger geworden wäre und deren Vater ebenfalls in sehr jungen Jahren seine Tochter bekommen hätte, dann musste er jetzt um die neunzig sein oder eher darüber. Möglich wäre es. Aber wo war er? Oder die Tante?

Lilly hörte, wie draußen ein Auto hielt. Der Schnee knirschte, dann klingelte jemand. Als Lilly öffnete, sah sie eine ältere Frau vor sich stehen; sie trug eine selbst gestrickte Mütze, eine dicke Lammfelljacke und salzverkrustete Gummistiefel. Im Auto bellte ein Hund.

Die Frau starrte sie an. »Entschuldigung. Wer sind Sie? Ich hatte eigentlich mit Martha gerechnet. Martha Gropius.«

Lilly trat einen Schritt zurück, um die Tür zu schließen und die Kälte auszuperren. Sie erfuhr, dass die Frau die nächste Nachbarin war, Bogdahn hieß und mit Martha etwas besprechen wollte. »Wir haben Ärger mit der Müllabfuhr«, sagte sie und blickte zerstreut um sich. »Wo ist Martha denn? Telefonisch kann ich sie nicht erreichen.«

Lilly blieb nichts anderes übrig, als der Frau zu erzählen, dass Martha Gropius auf Amrum verstorben sei. »Wissen Sie, wo ich die Angehörigen von Frau Gropius erreichen kann?«

Frau Bogdahn wirkte erschrocken. »Hatte Martha einen Herzinfarkt? Schlaganfall? Sie war doch ganz gesund!«

»Sie wurde ermordet«, sagte SF hinter Lillys Rücken.

Frau Bogdahn riss den Mund auf und fasste sich ans Herz. Es wirkte theatralisch, aber Lilly hatte den Eindruck, dass die Frau tatsächlich entsetzt war. »Himmel noch mal! War es wieder der Eismörder? Sind Sie deshalb hier? Sie sind doch von der Kripo, oder? Sie haben doch keine Uniform an.« Sie ging in die Küche und ließ sich schwer auf den nächsten Stuhl fallen.

SF und Lilly tauschten einen Blick und folgten ihr.

SF ergriff als Erster das Wort. »Wüssten Sie denn jemanden, der Frau Gropius nach dem Leben trachten würde? Hat jemand sie bedroht?«

Die Nachbarin riss die Augen immer weiter auf. »Nein! Nicht dass ich wüsste! Aber woher sollte ich so was auch wissen? Wir waren nicht befreundet. Ich meine … wir hatten wenig Kontakt. Martha blieb lieber für sich, obwohl sie nett und umgänglich war. Da kann man nichts sagen.«

»Ist Ihnen in der letzten Zeit hier in der Gegend etwas aufgefallen?«, bohrte SF weiter. »Autos, die hier nicht hingehörten, Fremde, die herumlungerten oder komische Fragen stellten, oder etwas anderes, was eben nicht alltäglich war?«

Frau Bogdahn starrte ihn an. »Nein, nichts dergleichen. Das klingt ja, als ob hier das organisierte Verbrechen zugange wäre!«

Lilly beruhigte sie. Das wären eben die üblichen Routinefragen, die sie immer nach unnatürlichen Todesfällen stellen würden. »Wir sind hier«, fuhr sie fort, »weil wir den Angehörigen die traurige Nachricht überbringen wollten. Können Sie uns sagen, wo wir die finden? Ich dachte eigentlich, sie wohnen hier.«

»Hier, in diesem Haus? Da lebt niemand außer Martha.« Frau Bogdahn schüttelte energisch den Kopf. »Martha hat keine Angehörigen mehr, die sind alle seit Jahren tot.«

»Und was ist mit dem Hund?«

Die Frau starrte sie an. »Welcher Hund?«

»Hieß er nicht Butte?«

»Auch Butte ist seit Jahren tot! Seit mindestens zehn Jahren! Nein, Martha wohnt hier ganz allen.«

Lilly überlief ein Frösteln. Sie glaubte, was Frau Bogdahn sagte, es klang schlüssig und passte zu dem, was sie im Haus gefunden oder vielmehr nicht gefunden hatte.

Frau Bogdahn stand schwerfällig auf. »Was soll ich denn jetzt machen?« Ratlos ließ sie ihren Blick durch die Küche schweifen.

»Vorerst machen Sie mal gar nichts«, sagte SF und drängte sie in den Flur und zur Haustür. »Im Augenblick hat die Polizei hier noch zu tun.«

»Sind Sie fertig?«, rief SF Lilly zu, nachdem die Nachbarin abgefahren war.

Lilly packte noch ein paar Unterlagen zusammen, die sie sich zurechtgelegt hatte, darunter ein dünnes Büchlein, auf dem »Adressen« stand. Im letzten Augenblick entschloss sie sich, auch Marthas Skizzenblock mitzunehmen. Sie wollte sehen, womit sie sich in ihren letzten Lebenstagen beschäftigt hatte.

Dann schaltete sie das Licht aus und schloss dieses kalte Haus hinter sich ab, das sich für sie wie ein schäbiges Mausoleum anfühlte, seelenverlassen und leer.

Es stellte sich heraus, dass SFs Wagen auch nach mehreren Versuchen nicht ansprang.

»Wollen Sie hier auf den Pannendienst warten, oder soll ich Sie mitnehmen?«, fragte Lilly, und SF entschied sich für Letzteres. Sie luden den PC um, und SF setzte sich zu ihr in den Wagen.

»Ich glaube nicht, dass es die Batterie ist«, sagte der Kollege. »Ich befürchte, es liegt an der Kupplung. Die kam mir schon auf der Fahrt nach Amrum so komisch vor, aber ich dachte, es liegt an der Kälte.«

Lilly fuhr die Grenzstraße entlang in Richtung Flensburg. Sie wusste, dass SF auf dem platten Land wohnte, an der dänischen Grenze, nahe dem Jardelunder Moor. Ohne Auto war man hier aufgeschmissen. Ihr Versuch, SF in ein Gespräch zu verwickeln, misslang. Seine Erkältung machte sich wieder stärker bemerkbar. Er schniefte, nieste und hustete so stark, dass Lilly nur hoffen konnte, sich nicht anzustecken. Einen weiteren Personalausfall konnte sich die Mordkommission nicht leisten.

»Warum dachten Sie eigentlich, dass Martha Gropius mit ihren Verwandten zusammenwohnt?«, war so ziemlich die einzige Frage, die SF zwischen zwei Niesanfällen stellte.

»Sie hatte sie erwähnt, als wir bei ihr waren«, antwortete Lilly einsilbig. Ihm mehr zu erzählen, hielt sie nicht für notwendig. Sie musste ja selbst erst einmal damit klarkommen, dass Martha mit Wesen »zusammengelebt« hatte, die nur in ihrer Fantasie und in ihrem Herzen existierten und schon längst nicht mehr da waren. Wie einsam musste sie gewesen sein! Und dann das Körbchen mit dem Hundespielzeug, als könnte Butte jederzeit hineinspringen und sich fröhlich sein Spielzeug um die Ohren beuteln …

»Wir bekommen übrigens Kopien von den FBI-Akten«, sagte SF nach längerem Schweigen, als Lilly gerade vor seinem Haus anhielt.

»Welche Akten?«, fragte sie, noch ganz in Gedanken.

»Von dieser Mordserie auf Nantucket, damals vor zwanzig Jahren«, sagte SF geduldig. »Die nie aufgeklärt wurde.«

Lilly starrte auf das dunkle Haus. Es ähnelte dem von Martha und wirkte zu dieser Jahreszeit ähnlich trostlos. Genauer betrachtet war es aber viel größer und umgeben von einem weitläufigen Garten. Am Waldrand lugte das Dach eines zweiten Gebäudes – vielleicht einer Jagdhütte – zwischen den Bäumen hervor. Hier in der Einsamkeit zu wohnen, konnte sich Lilly gut vorstellen, nahe am Moor, mit wunderbaren Wanderwegen und inmitten der Natur. »Schön haben Sie's hier«, sagte sie und unterdrückte einen Anflug von Neid.

»Ich verspreche mir viel davon«, fuhr SF fort, ohne auf Lillys Bemerkung einzugehen, »ich meine, von den Akten! Denn es wäre doch mehr als seltsam, wenn diese Serie nichts mit unserem Mörder zu tun hätte. Eine Geldmünze, ein Stück Marshmallow, ein Stück von einer Zigarette und eine Bleistiftspitze hatten die Opfer im Bauchnabel, und bei unseren Opfern haben wir ein Gummibärchen gefunden, eine Ehrennadel, eine Antibabypille und …«

»Sie müssen mir das nicht alles aufzählen, Lester, ich habe es noch im Kopf«, unterbrach ihn Lilly, die darauf wartete, dass er endlich ausstieg. »Aber wissen Sie was? Irgendwann muss auch mal Schluss sein, und ich brauche jetzt meinen Feierabend. Viel Spaß mit Ihren Kindern! Den Computer bringe ich noch ins Büro.«

SF wirkte irritiert, kletterte aber endlich aus dem Wagen und wünschte ihr sogar ein schönes Wochenende.

Während Lilly weiterfuhr auf der leuchtend weißen, schneebedeckten, leeren Straße, träumte sie sich wieder zurück in ihr Fantasiegebilde, das große Haus inmitten einer Blumenwiese, mit John im Liegestuhl, zwei fröhlich spielenden Kindern,

Hunden und vielleicht auch ein paar kleinen afrikanischen Zwergziegen, die die Hecke anknabberten. Dagegen, dass indische Laufenten im Garten ihre Schnecken fraßen, hatte sie auch nichts.

Mit einem Umweg über die Polizeidirektion, wo Lilly den Computer abgab, fuhr sie nach Hause. Sie rief in Kiel an und machte einen Termin für den morgigen Tag aus. Dann telefonierte sie mit Juri Rabanus. Mit irgendwem musste sie jetzt reden.

Kapitel 26

Rieke Sarfeld verwahrte die beiden Miniaturpferde in einem kleinen Kästchen. Sie waren aus grüner Jade, kunstvoll geschnitzt und nicht größer als fünf oder sechs Millimeter, schätzte Benthien. Sie sahen aus wie eine kostbare Antiquität, aber vielleicht war es auch nur Tinnef und aus Glas oder Kunststoff, das konnte er auf den ersten Blick nicht feststellen.

»Haben Sie sich nie gefragt, woher Ihre Kinder diese Figuren hatten?«, fragte Fitzen.

Rieke Sarfeld, eine zierliche junge Frau mit rötlichem Pferdeschwanz und deutlich schwanger, schienen die Kräfte zu verlassen. Sie ließ sich in einen Sessel im Wohnzimmer ihres Berliner Altbaus fallen und legte eine Hand wie schützend auf ihren Bauch. »Ich dachte, sie hätten sie gefunden. Oder dass ihr Großvater sie ihnen auf Sylt geschenkt hätte«, sagte sie und rang die Hände. »Mein Vater – Sie kannten ihn ja auch – hat sich intensiv mit seinen Enkeln beschäftigt. Ihnen viel beigebracht, auch über Kunst.« Alarmiert blickte sie zu Benthien auf. »Aber was hat das alles zu bedeuten? Warum sind Sie extra nach Berlin gekommen? Was ist mit diesen Pferden?«

Benthien und Fitzen setzten sich. Die Sonne fiel durchs Fenster und erhellte den freundlichen Raum mit den schönen polierten Möbeln, in dem bald ein neues Kind fröhlich herumtollen würde. Es fiel Benthien unendlich schwer, Rieke Sarfeld diese Frage zu beantworten, aber es half nichts, er musste es tun. Sie hatte ein Recht darauf. Daher berichtete er von ihrem Verdacht und den neuen Erkenntnissen.

»Sie meinen …« Es war so ungeheuerlich, dass sie es kaum aussprechen konnte. »*Ermordet?* Till und Rasmus wurden ermordet? Wollen Sie mir das sagen?«

»Es gab damals keinerlei Hinweise auf eine Straftat«, sprang Fitzen seinem Freund bei. »Und jetzt … es ist auch nur wegen dieser Miniaturpferde. Wir müssen der Sache auf den Grund gehen, das verstehen Sie doch sicher.«

Rieke Sarfeld drehte ein Papiertaschentuch zwischen ihren Fingern, bis die Fetzen flogen. »Ich bin sicher, das hat nichts zu bedeuten«, sagte sie endlich. »Es hat nichts mit uns zu tun. Irgendjemand aus dem Freundes- oder Verwandtenkreis hat ihnen diese Pferdchen geschenkt. Ich werde meinen Vater fragen. Es ist doch absolut undenkbar, dass jemand meine Kinder … dass jemand sie umbringen wollte. Es ist einfach absurd. Ich werde mich erkundigen, wer sie ihnen gegeben haben könnte, und sage Ihnen dann Bescheid.«

»Ja, bitte tun Sie das!« Benthien stand auf. Es drängte ihn, von dieser traurigen, erschütterten Frau wegzukommen. Aber konnte man sie jetzt allein lassen?

»Wo ist eigentlich Ihr Mann?«, fragte Fitzen, der ähnliche Gedanken hegen mochte.

Rieke lächelte gequält. »In Freiburg. Er kommt heute Abend zurück. Es tut mir leid, dass sie extra wegen dieser Pferdchen den weiten Weg nach Berlin gemacht haben. Ich hätte sie Ihnen doch auch schicken können!«

Sie schien es einfach nicht wahrhaben zu wollen.

»Ist schon okay so«, sagte Benthien und steckte die Schachtel ein. Fitzen zog wie ein Taschenspieler einige Papiere aus seiner Jackentasche, blätterte sie wie einen Fächer auf und zeigte sie Rieke Sarfefeld. Es waren Fotos von Johannes Brederloh, Jenko Andresen, Arthur Peters, Anja Derling, Levke Bronnen, Martha

Gropius und die Phantomzeichnung von Walter Rittstieg. Rieke Sarfeld starrte darauf, als wüsste sie nicht, was sie damit anfangen sollte.

»Bitte, sehen Sie genau hin«, sagte Fitzen. »Kommt Ihnen jemand bekannt vor?«

Sie nahm sie entgegen und betrachtete jedes Bild so genau, als müsste sie sich diese Porträts für den Rest ihres Lebens einprägen. Doch dann schüttelte sie den Kopf. »Ich habe noch keinen von diesen Menschen jemals gesehen.«

Benthien hatte noch eine weitere Frage an die junge Frau, die sie mit Sicherheit sehr belasten würde. Aber es musste sein.

»Frau Sarfeld, kann es sein, dass Sie oder Ihr Mann Feinde haben? Gibt es jemanden, der Ihnen nicht wohlgesinnt ist? Jemand, mit dem Sie Streit hatten oder haben?«

Sie starrte ihn mit weit aufgerissenen Augen an. »Nein, oh nein! Sie werden mir nicht einreden, dass meine Jungs ermordet wurden, nur weil ... Nein! Außerdem gibt es so jemanden nicht. Auch mein Mann hat keine Feinde! In seiner Partei liebt ihn nicht jeder, aber das ist doch normal. Nein, ich bin sicher, es war ein Unfall. Warten Sie, ich rufe jetzt gleich meinen Vater an.«

Sie lief zum Telefon und wäre auf dem Weg beinahe gestolpert. Doch das Telefon klingelte ins Leere, es meldete sich niemand. Langsam legte sie den Hörer wieder auf.

Benthien legte ihr sanft eine Hand auf den Arm. »Bitte, beruhigen Sie sich, Frau Sarfeld. Das wird sich klären. Bisher haben wir nur einen vagen Verdacht. Wir rufen Sie an, sobald wir mehr wissen.«

Rieke Sarfeld blätterte in ihrem Telefonverzeichnis. »Ich werde rauskriegen, woher sie die Pferde haben. Ich sage Ihnen dann Bescheid, okay?«

»Okay.« Benthien lächelte sie an, dann verabschiedeten sie sich.

Auf der Autobahn sagte Fitzen: »Ich fasse es immer noch nicht! Müssen wir jetzt etwa auch noch im Umfeld der Sarfelds nach dem Mörder suchen? Und warum hatten wir damals so gar keinen Verdacht?«

Benthien, der diesmal auf dem Beifahrersitz saß, gähnte, während er im Radio nach einem anderen Sender suchte. »Wehe, du wählst Klassik aus«, protestierte Fitzen, »davon werde ich nämlich schwermütig!«

Schließlich einigten sie sich auf eine alte CD von Benthien mit Soul und Jazz. Davon wurde Fitzen, wie er erklärte, zwar auch schwermütig, aber auf eine angenehme Weise.

Benthien war todmüde, konnte aber nicht schlafen. In der letzten Nacht waren sie gegen halb drei in Berlin angekommen, hatten bei einem Kumpel von Tommy Fitzen kurz an der Matratze gehorcht und waren nach einem frühen Frühstück zu den Sarfelds gefahren. Danach ging es sofort zurück. Benthien wollte unbedingt noch die 15-Uhr-Fähre erreichen.

Selbst wenn er hätte schlafen können, wäre er gar nicht dazu gekommen, denn laufend gingen Telefonanrufe der Kollegen ein.

Beide Obduktionen, sowohl die von Levke Bronnen als auch die von Martha Gropius, waren nun abgeschlossen. Beide Frauen waren nicht vergewaltigt worden. Levke starb, wie schon vermutet, am vorletzten Samstagnachmittag oder -abend, Martha Gropius vorgestern, am Donnerstag. Beide hatten keine Betäubungs- oder Schlafmittel oder sonstige fremde Substanzen im Blut. Martha Gropius' Todeszeitpunkt berechnete der Arzt auf die Mittagszeit, da er noch die Überreste eines Frühstücks in ihrem Magen fand. Gekochte Eier und Brombeermarmelade. Und Martha wie auch Levke waren mit demselben Werkzeug auf den Kopf geschlagen worden.

»Radtke hat Fotos von den Schädelknochen mitgeschickt«, sagte Benthien, der sein Tablet musterte. »Sieht richtig gruselig aus, und in beiden Fällen völlig identisch. Ein kleines Loch, daneben und dahinter sieht man wellenförmige Eindrücke, ein gleichmäßiges Muster. Radtke meint, den Spuren nach könnte es eine Legierung aus Kupfer und Zinn sein, Bronze.«

»Klingt nach einer Antiquität«, sagte Fitzen. »Und dabei fällt mir wieder diese alte Jägernadel von unserem ersten Opfer ein. Vielleicht ist unser Täter Antiquitäten- oder Schrotthändler!«

»Das macht es nicht unbedingt leichter, ihn zu finden«, sagte Benthien. Er las weitere E-Mails. »Der Blutfleck, den Lilly und ich in der Hütte am Dünensee gesehen haben, ist tatsächlich von Levke. Sie befand sich also an genau diesem Ort. Vermutlich, um zu der Tänzerinnenfigur zu gefrieren, als die sie dann aufgestellt wurde.«

»Abartig«, murmelte Fitzen, »einfach nur abartig.«

»Juri hat uns seinen Bericht über die Firma Skrovonek geschickt«, sagte Benthien nach einigen Minuten des Schweigens. »Er war selbst dort. Skrovonek, der übrigens nicht Hans-Eric heißt, sondern Waldemar, ist über neunzig, aber rüstig und noch jeden Tag in der Firma, die seine beiden unverheirateten Töchter leiten. Niemand dort hat eine Verbindung zu Hamburg, war in letzter Zeit auf Amrum oder kennt Levke Bronnen. Auch das scheint eine Sackgasse zu sein.«

»Vielleicht ist es wirklich so, wie Lilly gesagt hat: Der Mörder kam auf den Namen, weil er ihn auf einem dieser Lkws gesehen hat.«

»Und das würde heißen, dass wir wahrscheinlich eine erste

Spur unseres Mörders gesichtet haben! Ein Mann um die fünfzig, mit einem gewissen Auftreten, der sympathisch wirkt und nicht gerade auf den ersten Blick Misstrauen erweckt! Und der möglicherweise in Flensburg lebt.«

Beide schwiegen und dachten über diese Erkenntnis nach. Konnte es so einfach sein?

Benthien rief Juri Rabanus an. Nach Annika Gerisch und Leon Kessler hatte er Levkes WG besucht.

»Sie lebte mit zwei anderen Mädchen in einer Dreier-WG«, berichtete Juri. »Ich hatte aber nicht den Eindruck, dass die drei eng befreundet waren. Die beiden machten nicht den Eindruck, als wüssten sie viel über Levke oder ihr Leben. Von dem Mann, der Levke in Hamburg ein Zimmer angeboten hat, hatten sie noch nie gehört. Levkes Zimmer ist auch nicht gerade aussagekräftig. Kaum was Privates, nur Unterlagen über die Schule und Lehrbücher übers Tanzen. Sie hat eine Stange an der Wand anbringen lassen, und die Mädchen erzählten, Levke hätte dort in jeder freien Minute geübt.«

»Hat Levke nie Besuch bekommen?«

»Ich habe ihnen Fotos von Andresen, Brederloh und Rittstieg gezeigt, und sie waren sich sicher, einen von ihnen schon mal gesehen zu haben ...«

»Wen?«, rief Fitzen, der gerade dazu ansetzte, einen Lkw zu überholen.

»Johannes Brederloh.«

»Er kannte Anja Derling, er kannte Levke Bronnen und, so wie du mir Marthas Reaktion bei eurem letzten Gespräch geschildert hast, kannte er auch Arthur Peters«, zählte Fitzen auf, nachdem Benthien das Gespräch beendet hatte. »Wir müssen den Kerl noch einmal akribisch unter die Lupe nehmen! Was hat er denn für Alibis?«

»Tommy, es wäre hilfreich, wenn du mal die Protokolle lesen würdest! Am Sonntag, als Anja Derling entführt wurde, waren er und Martha Gropius zusammen bei ihm in Flensburg, und als man unser erstes Opfer vor der Tür der Eltern abgestellt hat, war jeder für sich allein im Bett. Im Fall Levke hat er gar kein Alibi. Er sagt, am Tag zuvor ist Martha gekommen und sie hätten sich die halbe Nacht unterhalten. Was natürlich gar nichts besagt.«

»Zumal sie jetzt tot ist.«

»Ich ruf Kessler an. Er soll rausfinden, zu welchen Kraftfahrzeugen Brederloh Zugang hat. Er fährt zwar einen Passat Variant, aber auch da passt keine gefrorene Leiche rein, selbst wenn man die Hintersitze ausbaut.«

»Und laut Zeugenaussagen wurde am Freitag in Harrislee eine Art kleiner Bus gesehen oder ein Van, das würde schon eher zu den Leichen passen«, wandte Fitzen ein. »Du siehst, ich lese durchaus die Protokolle. Und den Wagen könnte er sich ja auch ausgeliehen haben.«

»Genau das soll Kessler jetzt herausfinden. Vielleicht bekommen wir auch einen Durchsuchungsbefehl für Brederlohs Wohnung, Haus und Wagen. Da gab es ja diese dunklen Fasern aus Polypropylen an Anja Derlings Strümpfen, die auf eine Bodenmatte hindeuten könnten. Ich rufe Thyra gleich mal an.«

Es stellte sich heraus, dass auch die Oberstaatsanwältin stark erkältet war und mit Fieber im Bett lag. Trotzdem war sie nicht ausgebremst. »Ich werde gleich mal Richter Herdegen aus seiner Sauna klingeln«, sagte sie energisch mit einer röchelnden Stimme, die Benthien kaum wiedererkannte. »Der sauniert nämlich immer samstags und danach wirft er sich wahrscheinlich in den Schnee. Aubele ist ja zum Glück wieder in Stuttgart. Warte mal …« Benthien hörte ein Geräusch, das nach einem prustenden Seebären klang, aber Thyra putzte sich nur kräftig die Nase. »Ich denke, der Durchsuchungsbeschluss dürfte kein Problem sein. Ich hätte mir ja zu gern die Amrumer Leichen angesehen. Was soll dieser Brederloh denn für ein Motiv haben? War der vorher schon mal auffällig?«

Benthien musste zugeben, dass dem nicht so war. Und nach dem Motiv müssten sie auch noch suchen. »Er war wohl mit allen Opfern bekannt, was er allerdings bisher nicht zugegeben hat. Nach seiner Aussage kannte er Levke Bronnen und Arthur Peters nicht. Martha Gropius hat uns aber unabsichtlich verraten, dass er sie sehr wohl kannte. Und gerade habe ich erfahren, dass Brederloh Levke auch in Flensburg besucht hat.« Benthien machte eine Pause, als er am anderen Ende leises Röcheln hörte. »Thyra, bist du noch da? Kriegst du noch Luft?«

»Mach dich nur über mich lustig«, krächzte die Oberstaatsanwältin. »Dich erwischt es auch noch, min Jung! Und was sagte eigentlich dieser Andresen bei der Gegenüberstellung?«

»Tja, Andresen war nicht da. Wir versuchen es heute noch mal.«

»Das klingt alles ziemlich faul«, sagte Thyra unzufrieden. »Die Medien hüpfen schon im Quadrat! Eine Fünf-Zentimeter-Überschrift heute lautete: *Eismöder stellt Polizei kalt.* Haha! Und Gödecke will eine SoKo einberufen unter Mitwirkung des LKA. Das heißt quasi, sie nehmen dir die Sache aus der Hand, John. Dann bist du höchstens noch pro Forma der Leiter.«

»Wir tun, was wir können, Thyra«, sagte Benthien ärgerlich.

»Übrigens«, sagte Thyra mit der ihr eigenen Sprunghaftigkeit, »hast du schon gesehen? Der Foodblog deines Vaters ist jetzt online! Mit zehn Rezepten! Zwei davon für Grippekranke. Wenn meine Haushaltshilfe nachher kommt, soll sie mir eine Chili-Hühnersuppe mit viel Graupen und Ingwer machen und einer Preiselbeersoße, die kommt nämlich auch noch dazu. Das soll helfen, sagt Ben. Man kann auch noch Knoblauch reintun oder Putenfleisch.«

»Ich wusste gar nicht, dass mein Vater ein Experte für Erkältungskrankheiten ist«, sagte Benthien nach dem Gespräch zu Tommy Fitzen, dann zählte er ihm die Zutaten für die Grippe-Suppe auf, was bei Fitzen einen Lachanfall auslöste.

»Zumindest kannst du stolz auf deinen Vater sein, Johnny-Boy! Mit achtundsiebzig ist er fit wie ein Flummi. Und weißt du was: Ich habe jetzt Lust auf eine Currywurst!« Mit einem rasanten Schlenker lenkte Fitzen den Wagen in die Ausfahrt zum Rasthof.

Lilly betrachtete den schlafenden Mann. Es war erschreckend, an wie vielen Schläuchen er hing. Sie hätte ihn kaum wiedererkannt. Sein Gesicht war grau und eingefallen, der Hals mager geworden, die Knochen stachen spitz hervor. Sie vermied es, auf die Decke zu sehen, die den ausgemergelten Körper des Mannes bedeckte, mit dem sie jahrelang glücklich gewesen war. Sie wusste, dass sich dort, wo das linke Bein sein sollte, nur Luft befand. Ein Wunder, dass Simon die Explosion der Landmine überhaupt überlebt hatte. Obwohl solche Risiken zu seinem Beruf als Kriegsreporter gehörten, hatte er sie immer ausgeblendet oder zumindest vor ihr so getan. Daran war letzten Endes auch ihre Beziehung gescheitert. Nicht nur, dass Simon selten zu Hause war. Lilly hatte das Gefühl gehabt, dass ihm sein Beruf viel wichtiger gewesen war als ihr gemeinsames Leben, auch als sie selbst, und das hatte sie auf die Dauer nicht ertragen können. Jedes Mal zusammenzuzucken, wenn das Telefon nachts klingelte; zu warten, wenn sich Simon nicht zu einem verabredeten Termin meldete; die Freude, wenn er schließlich nach Hause kam, und die Enttäuschung, wenn er dann tagelang über dem Computer hing, um seine Berichte zu schreiben – das alles hatte sie irgendwann nicht mehr ausgehalten. Und obwohl sie ihn noch geliebt hatte, hatte sie Schluss gemacht, nicht ganz ohne Hoffnung, dass er es sich doch noch einmal überlegen würde. Aber das war nie geschehen. John hatte einmal die Bemerkung gemacht, dass dieses Verhalten, das nach außen hin altruistisch und heldenhaft wirkte, durchaus auch eine Art von Egoismus sein konnte.

Als vor ein paar Tagen die Nachricht gekommen war, dass Simon in Afghanistan lebensgefährlich verletzt und nach Deutschland verlegt worden war, war das für Lilly zwar erschreckend, aber nicht wirklich überraschend gekommen. Nun lag Simon hier, in der Kieler Uniklinik, und Lilly war froh, dass sie sich dazu entschlossen hatte, ihn zu besuchen. Einen Fehler hatte sie allerdings begangen: Sie hatte John nichts davon erzählt. Irgendetwas in ihr sträubte sich dagegen. Wollte sie ihn nicht belasten? Wollte sie weiterhin die gutgelaunte Gefährtin spielen, mit der man Spaß haben konnte? Und wenn ja, warum bloß? John war ein Mensch, der zuhören konnte, der sich gut in einen anderen Menschen hineinversetzen konnte und kluge Sachen sagte, die einem oft allein schon dadurch halfen, dass man die Dinge aus einer anderen, einer neuen Perspektive sah.

Lilly holte tief Luft. Sie nahm sich vor, John noch heute reinen Wein einzuschenken.

Sie wurde in ihren Gedanken unterbrochen, weil sie ein Kitzeln spürte, eine ganz sachte Berührung an ihrer Hand. Fast erschrocken blickte sie zu Simon, der sie mit großen Augen ansah. »Du bist da«, sagte er so leise, dass sie ihn nur mit Mühe verstehen konnte, und ein Lächeln, nahe verwandt mit einer Schmerzgrimasse, stahl sich auf sein Gesicht.

»Du bist da«, wiederholte er noch leiser und schloss die Augen wieder. »Das ist gut.«

Lilly spürte, wie sich seine Finger an ihre Hand klammerten.

Mauseöhrchen,

wie du dir wohl denken kannst, schäumte mein Vater vor Wut. Da hatte ihn sein Sohn, der Bettnässer, der Loser, der Nichtsnutz, der nichts eigenes auf die Beine stellen konnte, doch sauber ausgetrickst! Anzeigen konnte er mich nicht, da ich zu viel über die unsauberen Geschäfte seiner Baufirma wusste, angefangen bei seinen Amigo-Geschäften bis hin zu den Schwarzgeldkonten in verschiedenen Ländern. Ich glaube, damals habe ich meinen Vater zum letzten Mal gesehen. Heute lebt er, soviel ich weiß, als Privatier in der Karibik, seine augenblickliche Geliebte soll eine hübsche siebzehnjährige Kreolin sein.

Ich war überglücklich, als Rabea einwilligte, mit mir zusammenzuziehen. Sie besuchte weiter ihre Schauspielkurse, die ich bezahlte, und ich erlernte einen »anständigen« Beruf. In dieser Zeit war ich tatsächlich glücklich, wenngleich mit einigen Einschränkungen.

Deine Mutter liebte es nämlich, mich zu provozieren und zu schikanieren. Wenn ihr danach war, tat sie so, als trauerte sie immer noch meinem Vater nach. Sie liebte es, mich mit ihm zu vergleichen, natürlich nur zu meinem Nachteil. Er war, ihrer Aussage nach, souveräner, selbstbewusster, er wusste sich zu benehmen, er war intelligenter, vor allem war er besser im Bett und konnte eine Frau befriedigen, während ich ein elender Stümper war, ohne jedes Talent. Da ich die beiden des Öfteren heimlich beim Sex beobachtet hatte, wusste ich, dass mein Vater sehr bestimmend war, manchmal sogar sadistisch, er liebte es,

Rabea zu schlagen, sie zu unterwerfen und genau das zu tun, was sie eben nicht wollte. Ich tat genau das Gegenteil, ich respektierte sie und versuchte herauszufinden, womit ich sie glücklich machen könnte. Doch je mehr ich mich anstrengte, desto mehr verachtete sie mich, nannte mich ein Weichei und Loser, wie schon mein Vater. Ich zerbrach mir den Kopf, was ich falsch machte …, aber vielleicht lag es ganz simpel daran, dass ich ihr unendlich gleichgültig war?

Ging der Fluch meines Lebens hier weiter: Niemand liebte mich?

Ich erinnere mich noch sehr gut an den Tag, als Rabea mich wieder einmal aufs Übelste beleidigte, und zwar ausgerechnet, während wir miteinander schliefen. Ich sei langweilig, völlig unfähig, hätte keine Ahnung, was Frauen wollten. Und dann, Mausezähnchen, kam das Schlimmste. Sie wiederholte den altbekannten Spruch meines Vaters, mit dem er mich schon in meiner Kindheit fertiggemacht hatte: »Du dummer, dummer Nichtsnutz!«

Ich war so entsetzt, wütend und verletzt, dass ich ihr eine schallende Ohrfeige versetzte.

Rabea schlug zurück.

Und nicht nur einmal.

Sie verabreichte mir noch im Bett eine Tracht Prügel, als wäre ich wirklich ein dummer, dummer Nichtsnutz.

Damit begann Phase zwei unserer Beziehung.

Kapitel 27

»Wenn dieser Kerl nicht aufzufinden ist, der mich angeblich gesehen hat, bestehe ich darauf, jetzt nach Hause zu gehen und von Ihnen nicht mehr belästigt zu werden«, sagte Walter Rittstieg und blickte in die Runde. »Das ist doch lächerlich! Ich bringe doch kein siebzehnjähriges Kind um!«

Seine Frau, die ihn ins Hotel begleitet hatte, nickte energisch und starrte Benthien herausfordernd an.

Benthien trank bereits seine vierte Tasse Kaffee in der Hoffnung, das Koffein würde ihn wacher und konzentrierter machen. Vielleicht hätte er, wie Fitzen, nach ihrer Ankunft in der kalten Luft einen Sprint um den Block machen sollen. Stattdessen hatte er mit seinem Vater telefoniert, nachdem er kurz den Foodblog angesehen hatte, weil ihm klar war, wie enttäuscht Ben wäre, wenn sein Sohn sein lange geplantes Werk nicht bewundern würde. Danach hatte er etliche Male versucht, Lilly zu erreichen, doch ihr Handy schien ausgeschaltet zu sein.

Kurz bevor Rittstieg samt Ehefrau erschienen war, hatte ihm Mikke mitgeteilt, dass sich Jenko Andresen nicht mehr auf Amrum aufhielt. »Anscheinend eine Reise, die er schon länger geplant hat, sagte die Frau aus der Apotheke.«

»Wohin?«

»Nach Südafrika.«

»Himmel!«

»Ich habe ihr gesagt, dass Andresen die Insel in dieser Situation natürlich *nicht* hätte verlassen dürfen – und ich bin sicher, auch SF hat ihm das verklickert –, aber die Frau lachte nur und meinte, davon würde sich Jenko nicht abhalten lassen. Der würde sowieso nur das tun, was er wollte. Aus Südafrika können wir ihn wohl kaum zurückholen«, fügte er düster hinzu. »Zumal die Frau keine Adresse hat. Sie kann ihn nur übers Handy erreichen.«

»Wir rufen ihn an und setzen ihm so zu, dass er zurückkommt«, sagte Fitzen.

Benthien schüttelte den Kopf. »Nur, damit er einen Mann identifiziert, der nichts anderes getan hat, als Levke im Café anzustarren? Da lachen ja die Hühner!«

»Aber dieser Rittstieg hat kein Alibi und könnte, rein theoretisch, der mysteriöse Mann mit dem WG-Angebot sein«, wagte Mikke einzuwenden.

In diesem Augenblick war Rittstieg eingetroffen, und Benthien hatte sich der Eindruck aufgedrängt, dass er viel lieber ohne seine Ehefrau gekommen wäre. Sicherlich wäre er dann auch redseliger und weniger widerspenstig gewesen. Hilfreich jedenfalls war er nicht. Die Hotelquittung hatte er verlegt, den Namen der Unterkunft vergessen, und die Straße wusste er auch nicht mehr.

Frau Rittstieg hörte sich das alles mit zusammengepressten Lippen an, sagte aber kein Wort.

»Und Sie?«, schnarrte Fitzen sie so plötzlich an, dass sogar Benthien zusammenzuckte. »Wo waren Sie am Dienstag?«

Ihre Augen wurden groß. »Ich … ich«, stotterte sie. »Ich war im Badeland, bei Frau Alessio. Massage, Fangopackung, Sauna, Schwimmen, das ganze Programm. Und abends saß ich in unserer Ferienwohnung und habe auf meinen Mann gewartet.« Sie warf Rittstieg einen ärgerlichen Blick zu.

»Kann das jemand bezeugen?«

»Frau Alessio, mit der haben Sie doch schon gesprochen!«

»Wir haben mit einer Frau Bronnen gesprochen ...«

»Die meine ich«, sagte Frau Rittstieg ungeduldig. »Sie hat ihren Mädchennamen wieder angenommen, weil sie gerade in einer unschönen Scheidung steckt. Aber offiziell heißt sie noch Bronnen.«

Fitzen runzelte die Stirn, als dächte er über ein schwieriges Problem nach. Benthien beschloss, die beiden gehen zu lassen. Allerdings bestellte er Walter Rittstieg für den nächsten Morgen wieder ins Hotel. »Sie kommen bitte allein und verlassen auch die Insel nicht, ohne uns vorher Bescheid zu geben!«

Der Mann murmelte etwas von Schikane und wollte noch etwas hinzufügen, ließ es dann aber bleiben und verließ mit seiner Frau das Hotel.

Kaum waren sie draußen, kam eine Reihe Fotos aus der Rechtsmedizin. Mikke druckte sie aus und reichte sie Benthien und Fitzen. Die Fotos zeigten die kahlgeschorenen Schädel von Levke und Martha Gropius, die ein überraschend identisches Muster zeigten. Ein kleines, tiefes Loch, und rechts und links daneben verschieden lange Wellen oder Streifen mit unterschiedlich tiefer Einprägung. Dazwischen, in der Mitte, einige Zentimeter unter dem Loch, gab es noch mal zwei verschiedene Abdrücke. Das Wellenmuster, schrieb Radtke dazu, könnte vielleicht ein Wappen sein oder der extravagante Griff eines Spazierstocks.

»Bringt uns das weiter?«, fragte Mikke. Auch Benthien und Fitzen konnten sich keinen Reim auf die Mordwaffe machen.

»DNA wurde in beiden Fällen nicht gefunden, und beide Frauen haben keine weiteren Verletzungen, haben sich also auch nicht gewehrt«, fasste Mikke den Bericht zusammen, mit dem die Fotos gekommen waren. »Der Schlag muss für sie völlig überraschend gekommen sein.«

Lilly sah die Insel näher kommen, erblickte die Lichter von Wittdün und glaubte sogar, die Fenster des Hotels ausmachen zu können, in dem John und die Kollegen jetzt wohl beisammensaßen und versuchten, die neuesten Erkenntnisse einzuordnen.

Die Fähre glitt fast lautlos durchs Wasser, die Eisschollen waren bereits getaut. Lilly lehnte sich über die Reling des Restaurantdecks und beobachtete die dunkle Silhouette der Insel, über die in regelmäßigen Abständen der Lichtkegel des Leuchtturms strich. Sie hatte gerade noch die letzte Fähre erwischt, denn der Besuch auf der Intensivstation hatte länger gedauert als erwartet. Simon wollte sie einfach nicht gehen lassen. Zu ihrem Erstaunen erfuhr sie, dass der Unfall schon vor einigen Wochen geschehen war. Zwei seiner Begleiter, die näher an der Mine gestanden hatten als er, waren ums Leben gekommen. Simon hatte den größten Teil des linken Beins verloren. In einem Krankenhaus in Kundus hatte man ihn operiert, danach war er zunächst nicht transportfähig gewesen. Als sich die Wunde entzündete, hatte man ihn nach Deutschland ausgeflogen. Seit drei Wochen war er nun hier.

Sie hatten lange miteinander geredet. Darüber, was sich in Simons Leben ändern würde. Aber auch darüber, welche Rolle Lilly in Simons Leben noch spielen könnte oder wollte. Das hatte sie erschreckt. Er schien zu glauben, dass er da wieder anknüpfen könnte, wo er sie vor zwei Jahren verlassen hatte. Sie erzählte ihm von John und welche Rolle er nun in ihrem Leben spielte, aber darauf reagierte Simon gar nicht. Stattdessen sprach er von ihrem gemeinsamen Leben, davon, dass sie nun endlich das haben würde, was sie immer hatte haben wollen: einen Mann, der zu Hause war, der Zeit für sie hatte und seinen Beruf nicht vor alles andere stellte. Davon, dass er bald eine Prothese bekommen würde, dass er wieder Sport machen wollte, dass sie beide ein neues, normales, glückliches Leben führen könnten.

Lilly hatte ihn reden lassen.

Zum Schluss hatte er sie damit erschreckt, dass er ganz plötzlich die Bettdecke zurückgeschlagen und ihr seinen Beinstumpf gezeigt hatte, der immer noch entzündet war.

Lilly begriff, dass Simon unter starken Schmerz- und Beruhigungsmitteln stand, dass er mit Sicherheit immer noch traumatisiert und noch nicht ganz in der Realität angekommen war. Das würde seine Zeit brauchen.

Aber was sollte sie bis dahin tun? Wie sollte sie sich verhalten? Als sie ging, hatte er sie festgehalten, hatte mit erstaunlicher Kraft ihre Hand gepackt. »Kommst du wieder, Lilly? Bald?«

Auf dem Weg zurück nach Dagebüll konnte sie zeitweise vor Tränen kaum die Straße sehen. Simon tat ihr so leid, und gleichzeitig ärgerte sie sich über ihn. Wie konnte er denn glauben, dass er so einfach wieder über sie verfügen durfte? Gleichzeitig weinte sie, weil er ihr unendlich leidtat und sie nichts für ihn tun konnte. Ziemlich aufgewühlt betrat sie die Fähre, am liebsten hätte sie sich in ihr kleines Nest über dem Hafen zurückgezogen und niemanden gesehen und gesprochen. Aber sie musste den Kollegen gegenübertreten, ohne sich etwas anmerken zu lassen, musste funktionieren, ihren Privatkram ausschalten. Und was sie John von alledem sagen würde, wusste sie auch noch nicht.

Das Schiff rumste so fest gegen die Mauer des Anlegers, dass Lilly beinahe das Gleichgewicht verloren hätte. Dann fiel ihr ein, dass sie vor lauter Träumerei vergessen hatte, zum Auto zu gehen. In aller Eile rannte sie die Treppe hinunter zum Autodeck.

Benthien, der von Lilly eine SMS bekommen hatte, dass sie doch leider erst mit der letzten Fähre käme, freute sich, als sie nach dem Abendessen endlich eintraf. Sie begrüßten sich mit einer kurzen Umarmung, wobei Benthien den Eindruck hatte, dass es Lilly nicht besonders gut ging. Er hoffte, dass sie später auf seinem Zimmer endlich einmal die Zeit hatten, sich auszusprechen.

Vorerst saßen sie alle bei Tee, Kaffee und alkoholfreiem Bier beisammen und besprachen die neuesten Erkenntnisse. Benthien erzählte, was sie von Rieke Sarfeld erfahren hatten, und zeigte Lilly die Miniaturpferde. »Morgen kommen sie in die KTU und dann zu einem Kunstexperten, den Stefano kennt. Ebenso diese Fotos.« Er zeigte ihr die Bilder der Schädelknochen. »Ach ja, Rieke Sarfeld hat in ihrem Verwandten- und Freundeskreis herumgefragt, ob jemand den Jungs diese Pferdchen geschenkt hat. Dreimal darfst du raten …«

»Also niemand. Dann waren sie die ersten Mordopfer unserer Serie? Schon im letzten Oktober?« Lilly konnte ihr Entsetzen kaum verbergen.

»Und die Frage ist«, sagte Mikke lebhaft und kratzte sich unter seiner Mütze, »gehört Martha Gropius auch dazu? Okay, sie war keine Eisleiche, dazu hatte er entweder keine Zeit, oder es war nicht mehr kalt genug, aber wenigstens hatte sie keinen Gegenstand im Bauchnabel. Das könnte darauf hindeuten, dass die Serie jetzt zu Ende ist. Das Werk ist sozusagen vollbracht.«

»Und wir wissen immer noch nicht, was die Opfer gemeinsam haben«, sagte Benthien und warf Tommy Fitzen, der auffallend still war, einen Blick zu.

»Wenn es denn überhaupt einen gemeinsamen Nenner gibt«, meinte Lilly. »Übrigens, Martha Gropius.« Sie erzählte, was sie in ihrem Haus erlebt hatte. »Den Hund, die Tante, den

Großvater … ihr werdet es nicht glauben, aber die alle gibt es nicht, sie sind schon lange tot! Sie existierten nur in Marthas Fantasie. Auf dem Rückweg auf der Fähre habe ich mir ihr Telefonverzeichnis angesehen und probeweise ein paar Leute angerufen. Einige waren verstorben, andere weggezogen, wieder andere konnten sich nicht an Martha Gropius erinnern. Viele der Nummern und Adressen waren zwanzig Jahre und älter. Eine Engländerin erzählte mir am Telefon, sie hätte eine Brieffreundschaft mit ihr gehabt … vor zweiunddreißig Jahren! Insgesamt waren nur sechs Adressen noch aktuell, davon zwei geschäftliche und zwei von Ärzten. Brederloh stand nicht drin – vielleicht kannte sie seine Telefonnummer auswendig –, Anja Derling und ihre Mutter schon. Ist das nicht schrecklich? Wie einsam manche Menschen sind, und man merkt es nicht?«

Wenig später, als sich alle in ihre Zimmer zurückgezogen hatten, erzählte Lilly John von ihrem Besuch bei Simon und was mit ihm passiert war. Sie saßen im dunklen Zimmer am Fenster, blickten aufs Wattenmeer und tranken Wein, Benthien einen roten Burgunder, Lilly einen kühlen Chardonnay.

»Er scheint zu glauben, dass ich zu ihm zurückkehre«, sagte Lilly bedrückt. »Anscheinend hat er überhaupt keinen Zweifel daran.«

»Dein Freund Simon war schon immer ein Egoist«, erwiderte John hart.

Lilly wunderte sich. Normalerweise war John ein mitfühlender Mensch, aber was Simon zugestoßen war, schien ihn nicht im Geringsten zu berühren.

»Er wünscht sich natürlich, dass ich ihn weiterhin besuche. Wenn wir wieder in Flensburg sind, würde ich das gerne tun. Er hat doch sonst niemanden hier.«

John sprang vom Stuhl auf und starrte sie an. »Lilly! Was willst du eigentlich? Du solltest Simon von Anfang an klarmachen, dass sich seine Vorstellungen von einer Fortsetzung eurer Beziehung nicht erfüllen werden …«

»Das habe ich ihm gesagt. Aber er nimmt es vorerst nicht zur Kenntnis.«

John schüttelte heftig den Kopf. »Er ist ein erwachsener Mann, der für sich selbst verantwortlich ist und bestimmt nicht noch eine Krankenschwester braucht! Er war schließlich auch erwachsen genug, dich im Stich zu lassen, um durch die Krisengebiete dieser Welt zu ziehen …«

»Du tust ihm unrecht, John.«

Lilly beobachtete, wie John durchs Zimmer tigerte. Das tat er immer, wenn er aufgewühlt war. Offenbar hatte sie ihn schwer beunruhigt. »Ich möchte ihn doch nur im Moment nicht allein lassen, John. Sobald es ihm etwas besser geht, verabschiede ich mich wieder aus seinem Leben. Ich würde doch niemals seinen Plänen von einer gemeinsamen Zukunft zustimmen, das wäre ja absurd …«

»Aber Simon wird das so sehen!«

»Nein, das wird er nicht, das mache ich ihm schon klar …«

Benthien stöhnte. »Lilly, du lässt dich schon wieder … du lässt dich von ihm manipulieren und merkst es nicht. Du …«

Jetzt sprang auch Lilly vom Stuhl auf. »Das ist doch nicht wahr! Und was heißt *schon wieder*? Das kannst du doch gar nicht beurteilen, du warst damals nicht dabei! Du bist ganz schnöde eifersüchtig, mein Lieber, das ist alles! Und das ist, mit Verlaub, einfach nur kindisch! Und lächerlich. Und albern!«

Für eine Weile herrschte Schweigen. John trat zu Lilly an die Fensterbank, ergriff sein Weinglas und trank es in einem Zug aus. »Ich schlage vor, wir verschieben die Diskussion auf ein anderes Mal. Natürlich kannst du machen, was du willst, Lilly, meinetwegen auch Simon jeden Abend beglücken. Wir sehen uns morgen früh zu einem kurzen Meeting. Gute Nacht.«

Lilly verließ schweigend das Zimmer, ihr volles Glas nahm sie mit. Im eigenen Zimmer angekommen, griff sie nach dem nächstbesten Gegenstand – ihrer Haarbürste – und schleuderte ihn gegen die Wand. Sie hätte heulen können, aber wütend war sie auch. Warum war John manchmal so schwer zu greifen? Wieso konnte so ein einfühlsamer Mensch wie er manchmal so kalt sein? Und warum hatte sie so dämlich reagiert? Sie riss das Fenster auf und streckte den Kopf hinaus in die frostige Nachtluft in der Hoffnung, der eisige Wind würde sie abkühlen.

Kapitel 28

Benthien frühstückte auf seinem Zimmer. Er hatte keine Lust, schon beim Frühstück auf die Kollegen zu treffen, insbesondere nicht auf eine spezielle Kollegin. Stattdessen schaute er sich in Ruhe den Foodblog seines Vaters an. Dabei fiel ihm auf, dass sie schon seit einigen Tagen nicht mehr miteinander telefoniert hatten. Was eigentlich ungewöhnlich war. Irgendwie fühlte er, dass er Ben enttäuscht hatte, denn der hätte sich ja sicherlich ein gewisses Interesse an seinem großen Vorhaben Foodblog erhofft.

Doch als Benthien seinen Vater anrief, wirkte er recht vergnügt. »Ich verfasse gerade ein paar Antworten auf die Kommentare, die eingegangen sind«, erklärte Ben. »Weißt du, dass meine Erkältungssuppe grandios ankommt? Hätte ich nie gedacht, dass die ein Renner wird. Nachher kommt Waltraud, da probieren wir neue Rezepte aus und fotografieren sie … also ich meine, wir fotografieren die Ergebnisse. Gibt's einen besonderen Grund, warum du anrufst, mein Junge?«

Benthien musste lachen. »Dir scheint's ja gut zu gehen. Und Thyra hat mir schon von deiner Suppe erzählt. Ich wollte nur sagen, dass ich deinen Foodblog sehr cool finde. Großes Kompliment! Aber ich will dich nicht länger aufhalten. In ein paar Tagen bin ich wieder zu Hause.«

»Das ist schön«, sagte Ben zerstreut. »Dann kannst du gleich mal meine neue Kohlrouladenkreation probieren. Hack, Chili und ein paar Apfelstücke. Vielleicht nehme ich aber auch Aprikosen, mal sehen. Grüß Lilly von mir!«

Benthien hatte eigentlich gehofft, dass Lilly vor Beginn des Arbeitstages bei ihm reinschauen würde, doch als es an der Tür klopfte, war es Tommy Fitzen. Seine Miene war ungewohnt düster, und er ließ sich schwerfällig auf einen Stuhl fallen, als trügen ihn seine Beine plötzlich nicht mehr. Sein Handy hielt er noch in der Hand.

»Kaffee?«, fragte Benthien und schenkte ihm ein. »Du wirkst irgendwie schlecht gelaunt.«

»Bin ich auch.« Fitzen nahm einen Schluck, verbrannte sich die Zunge und fluchte. »Hab gerade mit Ulli telefoniert. Schon so früh am Sonntagmorgen hat diese Frau die Energie zu lamentieren! Sie wollte mit der Kleinen für ein paar Stunden vorbeikommen und war stocksauer, als ich sagte, das könnte sie gerne tun, ich hätte aber keine Zeit für sie. Dann meinte sie, wir müssten dringend über unsere Probleme reden! Darüber, wie ich mir ein Familienleben vorstelle. Ich kann dir sagen, Johnny-Boy, du kannst froh sein, dass du Lilly hast! Die weiß wenigstens …« Er stutzte, als er Benthiens Miene sah. »Was ist los? Ihr habt doch nicht etwa Krach?«

Benthien lächelte schief. »Tommy, Bruder im Geiste, lass uns nicht darüber reden. Fangen wir lieber mit der Arbeit an. Gleich kommt dieser Rittstieg, ich denke, den müssen wir ein bisschen härter anfassen als bisher, der tanzt uns auf der Nase herum und er …«

»Apropos arbeiten, sagt dir eigentlich der Name Jana Alessio nichts? Gar nichts?«

Benthien wunderte sich über den Themenwechsel. Er dachte kurz nach, irgendetwas rührte sich auch in seinem Hinterkopf, aber ehe er sich noch eingehender damit beschäftigen konnte, kam Mikke mit der Meldung, dass Rittstieg da sei und schon reichlich nervös unten herumzappelte.

In ihrem temporären Arbeitszimmer war Lilly damit beschäftigt, für alle Kaffee einzuschenken. Sie begrüßte Benthien besonders freundlich, was ihn einigermaßen irritierte. Daher konzentrierte er sich auf Rittstieg, der versuchte, gelassen und souverän auszusehen, dabei aber unablässig mit den Fingern auf den Tisch trommelte. Dass so viele Polizeibeamte um ihn herumsaßen, schien ihn nicht gerade zu beruhigen.

»Was wollen Sie eigentlich noch von mir?«, begann er, ohne dass ihn jemand gefragt hätte. »Ich habe Ihnen doch schon alles erzählt. Ich kannte diese Levke nicht und habe sie wissentlich nie getroffen. Warum stellen Sie mich nicht endlich diesem Mann gegenüber, der mich angeblich gesehen haben will? Dann wird sich ja wohl alles in Wohlgefallen auflösen.«

Mikke tat so, als läse er in wichtigen Papieren, die offenbar Rittstieg betrafen. »Ihr Alibi stimmt nicht«, sagte er gelassen. »Sie waren nicht in Husum. Und einen Arzt mit Namen Müller, den Sie angeblich aufgesucht haben wollen, ist dort nicht niedergelassen. Haben Sie gedacht, wir überprüfen das nicht? Wir haben zudem alle Pensionen und Hotels angerufen – Fehlanzeige! Sie waren nirgendwo gemeldet.«

Benthien wusste, dass diese letzte Aussage ein Schuss ins Blaue war. Niemand hatte bisher die Hotels und Pensionen in Storms »Grauer Stadt am Meer« überprüft.

Rittstieg fiel in sich zusammen, als hätte jemand die Luft aus ihm herausgelassen. »Also gut. Es war so – aber meine Frau darf das auf keinen Fall erfahren!« Er sah jedem der vier Polizeibeamten beschwörend in die Augen. »Ich habe in Norddorf eine gute Freundin … ich kenne sie seit Jahren … und immer, wenn ich auf Amrum bin, treffen wir uns, so oft es geht. Bei ihr war ich von Dienstagmittag bis Mittwochvormittag. Sie wird das bestätigen.«

»Name, Adresse, Telefonnummer«, sagte Fitzen schroff und schob ihm Block und Kugelschreiber über den Tisch. »Sind Sie sich eigentlich im Klaren darüber, dass Sie durch Ihre Lügen Polizeiarbeit behindern?«

Rittstieg wurde rot, sagte aber nichts. Er kniff die Lippen zusammen und schrieb Namen und Adresse seiner Geliebten auf. Der Frage, wo er am letzten Samstag war, wich er zuerst aus. »Daran kann ich mich nicht erinnern. Die Tage hier verlaufen ziemlich gleichmäßig.«

»Waren Sie auf der Insel? Oder haben Sie einen Ausflug mit der Fähre gemacht?«, fragte Lilly.

Rittstiegs Miene erhellte sich. »Ah, jetzt, wo Sie es sagen, fällt es mir wieder ein. Wir waren auf Föhr. Einkaufen in Wyk, und anschließend haben wir in Nieblum Kaffee getrunken.«

»Und dann?«

»Dann haben wir uns getrennt. Meine Frau wollte ins Museum Kunst der Westküste, und ich wollte zurückfahren. Das haben wir dann auch so gemacht. Meine Frau kam eine Fähre später als ich nach Amrum zurück.«

Benthien runzelte die Stirn. »Das Museum hat, soviel ich weiß, im Winter bis Anfang März geschlossen.«

»Ja, das hat meine Frau dann auch festgestellt. Sie war verärgert wegen der vergeudeten Zeit und weil es draußen so kalt war. Und weil sie nun auf die nächste Fähre warten musste.«

Mikke zog Levkes Foto aus den Akten. »Schauen Sie mal genau hin. Sind Sie sicher, dass Sie dieses Mädchen nicht gesehen haben? Sie müsste auf der 16-Uhr-Fähre gewesen sein.«

Ungeduldig warf Rittstieg ein Blick auf das Foto. »Das habe ich doch schon gesagt. Ich kenne dieses Mädchen nicht. Kann ja sein, dass sie auf dem Schiff war, aber das Schiff ist groß.«

»Sind Sie eigentlich mit dem Auto hier?«, wollte Lilly wissen.

Rittstieg schüttelte den Kopf. »Nicht im Winter.«

Dann fing er wieder mit der Gegenüberstellung an. Da Benthien ihm nicht sagen wollte, dass Andresen nicht greifbar war, schickten sie den Mann weg, nicht ohne ihn zu ermahnen, die Insel nicht zu verlassen. »Ob Sie noch Urlaub haben oder nicht, spielt für uns keine Rolle«, blaffte ihn Fitzen an, und Rittstieg wollte protestieren, doch Fitzen hatte bereits die Tür hinter ihm geschlossen.

Benthien überlegte, dass der Streit mit Ulli doch ernster sein musste, als er angenommen hatte, da Fitzens üblicherweise gute Laune nicht so leicht zu trüben war. Oder lag es daran, dass er den Sonntag natürlich viel lieber mit Jenny verbracht hätte, die nur noch eine knappe Woche in Deutschland war und von ihrem Vater noch nicht allzu viel gehabt hatte? Er musste unbedingt sehen, dass Tommy wenigstens noch ein, zwei Tage mit seiner Tochter verbringen konnte. Und wenn das bedeuten würde, dass Lilly eben nicht nach Kiel fahren konnte. Tommys Tochter hatte in diesem Fall Vorrang. Punkt!

Mikke telefonierte mit Rittstiegs Freundin und bekam natürlich prompt bestätigt, was dieser ausgesagt hatte. Am Abend hatten sie in einem Restaurant in Norddorf gespeist, immerhin etwas, das verifiziert werden konnte.

»Trotzdem ist das Alibi zweifelhaft«, meinte Mikke und goß sich noch einen Kaffee ein. »Er kann ja am Abend gegessen und trotzdem nachts um drei die Leiche aufs Eis gepackt haben.«

»Unwahrscheinlich, aber nicht gänzlich unmöglich«, stimmte Benthien zu. »Wir müssen seine Ferienwohnung durchsuchen. Lilly, ruf doch mal Thyra an. Ich wage es nicht, weil sie erstens krank und grantig ist und mir zweitens den Kopf abreißen wird, weil ich es ihr nicht schon gestern gesagt habe. Jetzt muss sie Richter Herdegen noch einmal in Anspruch nehmen.«

»Aber das tu ich doch gern!«, sagte Lilly. Ein Lächeln nahm ihren Worten die Spitze.

Während sie noch mit Thyra sprach, der es überraschend besser ging, kam eine E-Mail von Richter Herdegen mit dem Durchsuchungsbeschluss für Brederlohs Haus in Wittdün, seine Wohnung in Flensburg und seinen Wagen.

Nun ging alles ganz schnell. Benthien gab Stefan Albrecht von der Amrumer Polizei Bescheid, der später dazukommen wollte, dann brachen sie auf zu Brederlohs Haus. Der noch immer mürrische Fitzen hielt die Stellung im provisorischen Büro. Benthien vermutete, dass der Streit mit Ulli per Telefon nun weitergehen würde.

Johannes Brederloh blickte fassungslos auf das Schreiben in seiner Hand.

»Sie verdächtigen allen Ernstes *mich*, Martha und die drei anderen Opfer ermordet zu haben? Warum denn, um Gottes willen?«

»Sie haben uns belogen, Herr Brederloh«, sagte Benthien ruhig. »Sie haben behauptet, dass Sie Levke Bronnen und Arthur Peters nicht kennen. Das ist aber nicht wahr. Wir haben mit Martha Gropius gesprochen, kurz bevor sie verschwand. Da hat sie uns bestätigt, dass Sie beide gekannt haben. Und die Mitbewohnerinnen von Levke haben Sie auf einem Foto identifiziert. Sie haben das Mädchen mindestens einmal in Flensburg getroffen und nach Hause gebracht.«

Brederloh, der erregt im Wohnzimmer auf und ab gelaufen war, ließ sich aufs Sofa fallen. Er atmete schwer.

»Also gut. Ich habe Sie angelogen, das gebe ich zu.« Er lächelte reumütig. »Nachdem ich für Sie bei Anja wohl als der Hauptverdächtige galt, befürchtete ich, dass ich geliefert wäre, wenn Sie erfahren würden, dass ich auch Levke und Arthur Peters gekannt hatte. Und diese Bekanntschaft war in beiden Fällen ohnehin nur oberflächlich. Dass man sich auf dieser kleinen Insel hin und wieder über den Weg läuft, noch dazu, wenn man im selben Ort wohnt, hat nun wirklich nichts zu sagen, das wissen Sie ja selbst. Man trifft sich hier und da auf Festivitäten und redet ein paar Worte miteinander, zumal ich auch ihre Mutter kannte. In Flensburg habe ich Levke nur ganz zufällig getroffen. Ich wusste nicht, dass sie jetzt dort wohnt. Wir sind uns im Dezember auf dem Weihnachtsmarkt über den Weg gelaufen. Levke wollte ihrem Freund eine Armbanduhr schenken, und als sie mich zufällig sah und wir uns begrüßten, fragte sie mich, ob ich sie beraten könnte, was Mann so im Allgemeinen gefällt. Also habe ich ihr den Gefallen getan. Weil ihre Wohnung auf meinem Weg lag, habe ich sie auch noch nach Hause gefahren. Draußen war es sehr ungemütlich. Danach habe ich Levke nie wiedergesehen, das schwöre ich!«

Benthien verschränkte die Arme. »Sie sind noch mit ihr nach oben gegangen, habe ich gehört.«

»Und ich dachte, Sie sind vielleicht ein Mensch, der nicht nur in den üblichen vulgären Klischees denkt!«

Benthien schmunzelte. »Ich bin eben auch nur ein Polizist!«

Brederloh erwiderte das Lächeln flüchtig.

»Arthur Peters kannte ich so gut wie gar nicht. Als ich von seiner Ermordung hörte, war mir zuerst gar nicht klar, dass ich ihn mal getroffen hatte. Die Erinnerung kam erst nach und nach. Ich habe einmal im Hofladen in Harrislee eingekauft, Martha war übrigens auch dabei. Es hieß, dass man dort gut Wild kaufen kann, und zum Geburtstag wollte ich meinen Freunden und mir einen schönen Hirschrücken gönnen. Arthur Peters hat damals seine Tochter vertreten und uns bedient.

Später fragte er, ob wir Interesse an einem Hundewelpen hätten. Das war alles. Danach habe ich ihn nie wieder gesehen.«

»Und das konnten Sie mir nicht erzählen?«

Johannes Brederloh zuckte mit den Schultern. »Wie gesagt, ich war zu feige dazu. Und hielt es auch für nicht relevant.«

»Wären Sie bereit, uns ihre Fingerabdrücke und eine DNA-Probe zu geben?«

»Sie glauben's also wirklich«, stellte Brederloh fest. Er wirkte nicht ärgerlich oder wütend, sondern nur verwundert wie ein Kind, dem jemand erzählt, dass das Christkind gar nicht fliegen kann. Er stand auf und breitete die Arme aus. Seine hellen blauen Augen glänzten. »Nehmen Sie mich, nehmen Sie alles, was Sie hier sehen, untersuchen Sie es, tun Sie, was nötig ist, ich stehe Ihnen nicht im Weg. Ganz im Gegenteil. Es kann Sie schließlich nur von meiner Unschuld überzeugen.«

Er stellte sich mitten ins Zimmer, doch Benthien wehrte ab. »Gleich kommt mein Kollege Stefan Albrecht, der Sie auf die Polizeiwache begleiten wird.«

»Ich möchte in den nächsten Tagen, eigentlich so bald wie möglich, nach Flensburg zurückfahren«, sagte Brederloh und setzte sich wieder. »Jemand muss Marthas Beerdigung organisieren. Brauchen Sie mich noch hier auf Amrum?«

»Vorläufig schon, aber wir werden das alles noch besprechen. Hat Frau Gropius eigentlich noch Verwandte?«

»Ein paar Cousins und Cousinen, aber die sind über die ganze Welt verstreut. Nur einer wohnt in Deutschland, in Frankfurt. Außer ihm und mir wird wohl keiner zur Beerdigung kommen. Vielleicht noch die Derlings.«

»Wir dachten eigentlich, Martha Gropius würde mit ihrer Tante und ihrem Großvater zusammenleben. Und mit ihrem Hund.«

Brederloh lächelte traurig. »Martha hat allein gewohnt, glauben Sie mir. Aber sie hatte schon immer eine lebhafte Fantasie, das heißt, sie hatte eher imaginäre Freunde als solche aus Fleisch und Blut. Anja war da eine Ausnahme. Deswegen war es auch so schlimm für sie, Anja zu verlieren, und es sah ja schon vor Anjas Ermordung so aus, dass sich die beiden nicht mehr verstanden. Darunter hat sie sehr gelitten.«

Benthien fragte sich flüchtig, ob Martha nicht doch ein gutes Motiv gehabt hätte, Anja Derling zu ermorden. Aber dann verwarf er den Gedanken wieder.

»Eine letzte Frage: Um welche Uhrzeit haben Sie und Martha am Donnerstag gefrühstückt?«

»Nachdem sie aus Norddorf zurückgekommen war«, antwortete sein Gegenüber prompt. »Und nachdem Sie mich verlassen hatten. So gegen zehn Uhr.«

»Erinnern Sie sich noch, was Martha gegessen hat?«

Er lächelte wehmütig. »Wenn sie auf Amrum war, hat sie immer dasselbe zum Frühstück gegessen: einen bestimmten dänischen Brombeeraufstrich und Föhrer Eier. Martha sagte, wer die einmal gegessen hat, ist für andere Eier verloren.«

Das stimmte genau mit dem überein, was Dr. Radtke über den Mageninhalt ausgesagt hatte. Danach hatte sie also nichts mehr zu sich genommen.

Stefan Albrecht traf ein und berichtete, dass offenbar niemand Martha Gropius auf der Fähre nach Föhr, auf Föhr, in Wyk oder sonstwo gesehen habe. Es schien, dass sie sich in Luft aufgelöst hatte und erst als Leiche in dem abgelegenen Wäldchen wieder aufgetaucht war. Albrecht nahm Brederloh vor Ort die Fingerabdrücke und eine Genprobe ab und war dann auch schon wieder weg, da er zu einem Glatteisunfall nach Steenodde gerufen wurde.

»Was suchen Sie eigentlich bei mir?«, fragte Brederloh, der, die Hände in den Hosentaschen, vor dem großen Fenster stand und auf den Strand starrte, auf dem sich ein paar Menschen, klein wie Ameisen, bewegten.

»Sie interessieren sich doch für Antiquitäten, oder?«, fragte Benthien, ohne auf Brederlohs Frage einzugehen.

»Ich mag alte Möbel, Holz, das schon viele Jahre hinter sich hat, das lebt und atmet und sich verändert«, erwiderte Brederloh.

Es klingelte, und zu Benthiens Erstaunen kam Fitzen hereinmarschiert. Er stellte Brederloh seinem Freund und Kollegen vor. War vielleicht nicht schlecht, dass Tommy Brederloh kennenlernte; auf sein Urteil über Menschen konnte man sich verlassen. Die beiden waren gerade in ein Gespräch über die Chancen der Handewitter Handballmannschaft vertieft, als Lilly und Mikke hereinkamen; sie hatten ihre Durchsuchung beendet.

»Ich hoffe für Sie, dass Sie mich jetzt wegen mehrfachen Mordes überführen können, sonst wäre doch die ganze Arbeit umsonst gewesen«, spöttelte Johannes Brederloh.

»Wie wird es Ihnen nun gehen ohne Martha?«, fragte Benthien, nachdem die drei Kollegen das Haus verlassen hatten. Brederloh saß wieder auf dem Sofa, mit hängenden Schultern, wie ein verlorenes Kind.

»Schlecht. Wie jemandem, der in einem zusammenstürzenden Haus im vierten Stock auf dem letzten verbliebenen Stück festen Boden steht und um sich herum nur Abgründe sieht. Ein Schritt, egal in welche Richtung, und du bist verloren. Wann kann ich Martha beerdigen?«

»Wir geben Ihnen Bescheid.«

Als Benthien nach draußen kam, atmete er tief die kühle Luft ein, die schon eine Ahnung von Frühling in sich trug. Lilly und Mikke waren verschwunden, aber Fitzen wartete auf ihn. Sie stiegen hinauf zur Oberen Wandelbahn, einem schmalen, rot gepflasterten Weg hoch über dem kleinen Stück Wattenmeer, das sich zwischen der Insel und dem Ausläufer des gewaltigen Kniepsandes befand, des Amrumer Strandes. Hier auf dem Kniepsand gab es ein großes Vogelschutzgebiet und Dünen, die sich jeden Sommer neu bildeten und während des Winters durch auflaufende Fluten wieder zerstört wurden. Und hier war auch der trügerische Sand, der schon so manche Strandwanderer festgehalten hatte, die dann von der Feuerwehr gerettet werden mussten.

»Es ist zwar noch kalt, und überall liegt Schnee, aber die Luft ist viel milder geworden«, sagte Benthien zufrieden und streckte sein Gesicht der Sonne entgegen. »Hast du dich mit Ulli wieder versöhnt?«

»Ja ... nein ... darum geht's mir jetzt nicht«, erwiderte Fitzen. »Jana Alessio, sagt dir der Name eigentlich gar nichts?«

»Das hast du mich doch schon heute Morgen gefragt!«

»Ich war eben kurz bei ihr, ich kannte sie ja noch nicht. Und ich habe mit ihr gesprochen ...«

»Warum denn?«, fragte Benthien verwundert. »Hat sie dir was Neues erzählt, was wir noch nicht wussten?«

»Nein, das nicht, aber ich hatte so ein komisches Gefühl ... Kannst du dich erinnern, John, dass wir vor etlichen Jahren in den großen Ferien im Schwarzwald waren? In einem Kinderheim? Bei Fräulein Gesittet? Damals war ich hoffnungslos verknallt in sie – in Jana Alessio!«

Der Mann saß im Wagen, den er an der Einfahrt eines Wirtschaftswegs geparkt hatte. Er blickte auf die verschneiten Felder, während er versuchte, sich eine Strategie zurechtzulegen. Ein Hund musste her, das war mal sicher. Damit würde er ihr Vertrauen gewinnen. Aber woher sollte er den nehmen?

Plötzlich hatte er ein Bild vor Augen, eine Erinnerung, die zwei Jahre her war: ein einsam gelegener Hof, ein zutraulicher Hund, der dort frei herumlief und mit allen Feriengästen schäkerte. Mit ein paar Wurststücken sollte er ihn wohl in sein Auto locken können.

Er seufzte erleichtert. Manche Dinge fügten sich einfach, als sollte es so sein. Schwieriger war, was danach folgen sollte. Irgendwie musste er sie allein erwischen, und das kostete Zeit. Dennoch vertraute er auf sein Glück. Wie hieß es doch so schön? *Et hät noch immer jot jejange.* Was schon einmal gut gegangen ist, wird auch wieder funktionieren.

Gerade als er sich ausmalte, wie es dann weitergehen würde – wie und wo sollte er sie unterbringen? –, meldete sich sein Handy. Da musste er rangehen. Aber am Abend blieb noch genug Zeit, sich seine weitere Strategie auszumalen.

Kapitel 29

Elke Derling hatte sich an diesem Wochenende die traurige Aufgabe auferlegt, zusammen mit ihrem Mann Hans und ihrem Enkel Carmelo das Häuschen ihrer Tochter auszuräumen. Sie war so froh, geradezu glücklich, dass Carmelo immer noch da war und vorerst auch bleiben würde; er hatte sich dazu entschlossen, sein Abitur nun auf einer deutschen Schule zu machen und danach in Deutschland seine Lehre zum Hotelkaufmann zu beginnen. So hatte sie auch endlich die Gelegenheit, ihn besser kennenzulernen, den Enkel, den ihr die Tochter so lange vorenthalten hatte.

Sie warf einen Blick aus dem Fenster. Carmelo, der Schnee bisher nur von Fotos und aus Filmen kannte, tobte draußen herum wie ein kleines Kind, seine kinnlangen schwarzen Haare hingen ihm ins erhitzte Gesicht. Im Augenblick beschäftigte er sich damit, Schneebälle gegen Bäume zu werfen. Als er ihren Blick bemerkte, kam er herein, doch bevor er das Haus betrat, putzte er sich lange und sorgfältig die Schuhe ab. Elke war stolz auf seine gute Erziehung, man musste der unbekannten Familie, in der er aufgewachsen war, großes Lob zollen. Anja, davon war sie überzeugt, hätte seine Erziehung nicht so gut hinbekommen, dafür war sie viel zu inkonsequent gewesen.

»Entschudigt«, sagte Carmelo und nahm seinem Großvater eine offenbar schwere Umzugskiste aus der Hand, auf der »Floh« für Flohmarkt stand, »ich bin ja hier, um euch zu helfen. Soll das ins Auto?«

Hans erklärte ihm, dass die Kisten mit der Aufschrift »Floh« im Flur gestapelt werden sollten. Die würden die Leute vom Pflegeheim abholen, für das Elke ehrenamtlich arbeitete und das zweimal im Jahr einen Flohmarkt abhielt.

Elke seufzte innerlich. Es gab noch so viel zu tun.

Sie stieg die Treppe hinauf, um oben weiterzumachen. Auch Hans kam in Anjas Schlafzimmer und fing an, die Pferdebilder von der Wand zu nehmen. Seit dem Tod seiner Tochter war er schweigsam geworden. Nur im Beisein von Carmelo taute er auf. Neuerdings sprach er davon, nach Thailand zu reisen, um Carmelos Heimat kennenzulernen. Elke war froh, dass sich Hans wenigstens in die heitere Urlaubswelt von Thailand flüchten konnte.

»Wo sollen die Pferdebilder hin?«

Elke musste nicht lange überlegen. »In die Kisten für das Sozialkaufhaus. Wer die Bilder nicht will, kann ja immer noch die Rahmen gebrauchen.«

Sie entdeckte im Kleiderschrank Anjas Schmuckschatulle und nahm sie mit nach unten, wo Carmelo auf dem Sofa saß und sich fasziniert ein altes Fotoalbum ansah.

Elke setzte sich neben ihn. Es freute sie, dass er sich so für die Familie interessierte. Sie öffnete die Schatulle und breitete den Schmuck vor sich auf der Tischdecke aus. Was war wertvoll, was Modeschmuck, wie sollte sie ihn verteilen? Sie entdeckte eine Uhr mit einem großen Gehäuse und einem auffälligen, aus eckigen weißen Emailegliedern zusammengesetzten Armband. Sie lachte leise.

»Diese Uhr hat mir deine Mutter zum Geburtstag geschenkt. Sie kostete dreihundert Euro, so viel hatte Anja sonst nie für ein Geschenk für mich ausgegeben. Als ich sie anzog, wusste ich auch, warum sie sie mir geschenkt hatte, man bekam den

Verschluss des Armbands nämlich nicht auf. Ich musste zum Juwelier gehen, damit er mich von der Uhr befreite.«

»Meine Mutter war schon immer eine Egoistin! Aber du hast sie ihr zurückgegeben?«, fragte Carmelo.

Elke nickte. »Ich konnte ja nicht jedes Mal zum Juwelier gehen, wenn ich sie wieder ausziehen wollte.«

Carmelo probierte die Uhr prompt an seinem Handgelenk, schloss das Armband und bekam es erst nach minutenlangen Versuchen auf, wobei er sich einen Fingernagel abbrach. »Es ist typisch für meine Mutter, so was zu verschenken. Ich finde die Uhr hässlich. Und warum ist dieses Uhrgehäuse so dick?«

Er fummelte daran herum, und plötzlich ging der rückwärtige Deckel auf und ein Foto kam zum Vorschein. »Ups! Wer ist dieser Typ? Hatte meine Mutter etwa einen jungen Lover?«

Elke war verblüfft. Sie glaubte, den Mann auf dem Foto zu kennen. Er war ein Arbeitskollege von Anja gewesen, der sie vor ein oder zwei Jahren nach einer nachmittäglichen Betriebsfeier nach Hause gefahren hatte. Anja hatte Elke schon im Voraus gebeten, etwas Besonderes zu kochen, und dann hatte sie ihn auf eine Art und Weise zum Abendessen eingeladen, ja fast genötigt, dass er höflicherweise nicht Nein sagen konnte. Elke erinnerte sich, es war trotz allem ein recht vergnüglicher Abend geworden, denn der Kollege lernte gerade Bauchreden und führte ihnen seine Künste vor, indem er kurzerhand eine von Elkes alten Puppen zu seiner Partnerin erklärte. An den Namen des Mannes erinnerte sie sich allerdings nicht. Doch sie sah wieder die verliebten Blicke ihrer Tochter vor sich, die sie dem viel jüngeren Kollegen zugeworfen hatte.

Elke stand vom Sofa auf. War er etwa der geheime Liebhaber gewesen, von dem Anja Johannes Brederloh am Telefon erzählt hatte? Aber andererseits, sie kannte ihn doch nicht schon seit

Jahren? Auf jeden Fall musste dieser nette Hauptkommissar davon erfahren. Sie kramte in ihrem Portemonnaie nach der Visitenkarte.

Carmelo kicherte. Er hatte das Foto herausgefummelt und umgedreht. »*Thorben, mon amour*, steht auf der Rückseite. Und drumherum hat sie Herzchen gemalt und einen Kussmund. Sag mal, war meine Mutter nicht zu alt für so etwas?«

Elke fühlte, wie ihr Herz heftig pochte. Sie ging zum Telefon und wählte.

»Das hier ist eine schöne Landschaft, Oma«, sagte Carmelo, als Elke das Telefonat mit Hauptkommissar Benthien beendet hatte. Noch immer blätterte er im Fotoalbum. »So viele dunkle Wälder und die grünen Wiesen dazwischen und dahinter die Berge in verschiedenen Grautönen, das sieht so … so sanft und beruhigend aus, erinnert mich ein bisschen an unsere Reisfelder im Norden.«

Hans kam herunter, über dem Arm eine Menge Kleidungsstücke, die er schwer atmend neben Elke auf dem Sofa ablegte. »Wo die hinkommen, musst du entscheiden, Elke, das ist Frauensache. Ich räume jetzt das Badezimmer aus.«

»Das bist ja du, Oma, als du noch jung warst«, rief Carmelo aus, als er weiterblätterte. »Habt ihr etwa in dieser schönen Gegend gewohnt?«

»Nur für kurze Zeit«, erwiderte Elke nach einem flüchtigen Blick auf das Foto, das sie auf einer Blumenwiese zeigte. »Dein Opa war Hausmeister dort, ich Köchin. Aber wir wurden nicht gut bezahlt und sind bald wieder weggezogen.«

»Können wir da nicht mal hinfahren?«

Elke lachte. »In den Schwarzwald? Das ist eine ganz schöne Strecke bis dorthin. Vielleicht im Sommer.« Im Stillen fragte sie sich bekümmert, ob Carmelo etwa Heimweh hatte und sich deshalb nach einer Landschaft sehnte, die ihn an den grünen Norden Thailands erinnerte.

Mauseöhrchen,

Phase zwei in unserer Beziehung sah so aus, dass deine Mutter anfing, mich systematisch zu quälen. In Phase eins war sie noch, für ihre Verhältnisse, relativ umgänglich gewesen, hatte mich glauben lassen, dass sie mich auf ihre etwas herablassende Art trotzdem mochte und mir gnädig zugestanden, ihr die Schauspielausbildung zu bezahlen, nachdem mein Vater dazu nicht mehr bereit war.

Jetzt, in Phase zwei, als sie glaubte, mich emotional fest an sich gebunden zu haben, zeigte sie eine ganz andere Seite: Sie war es, die den Ton angab. Sie sagte, was gemacht werden sollte. Sie ging ein und aus, ohne mir zu sagen, wo sie hinging, wann sie zurückkäme. Manchmal war sie drei, vier Tage weg. Wo sie gewesen war, erfuhr ich auch nach ihrer Rückkehr nicht. Dass sie keine Liebschaft hatte, wusste ich, denn ich hatte sie wieder und wieder beschattet und verfolgt. Ich glaube, sie wusste das, und es machte ihr Spaß. Irgendwann habe ich meine Beschattung eingestellt, weil ich ja noch mit meiner anspruchsvollen Ausbildung beschäftigt war. Außerdem wusste ich inzwischen, dass ihre Unternehmungen harmlos waren, meistens waren es Seminare im Zusammenhang mit ihrer Schauspielerei, mal eine Aufführung, in der sie mitwirkte, am längsten abwesend war sie, als sie an einem vierwöchigen Kurs übers Drehbuchschreiben teilnahm. Da allerdings bin ich ziemlich durchgedreht, da sie noch nie so lange weg gewesen war. Warum, frage ich mich, hat sie mir nie erzählt, was sie vorhatte und wo sie hinging?

Wohl deswegen, weil es sie schlicht nicht interessierte, was ich dazu zu sagen hatte, was ich dachte oder empfand, ich war ja nur der Versorger, so etwas wie ein nützliches Haustier, ich war es nicht wert, dass sie überhaupt einen Gedanken an mich verschwendete.

Wenn ihr danach war, durfte ich mit ihr schlafen, streng nach Ansage, denn ich war ja ein dummer, dummer Nichtsnutz, den man anleiten musste, damit er überhaupt zu gebrauchen war. Es machte ihr Spaß und geschah regelmäßig, dass sie dann irgendwann im Bett Streit anfing, der in Handgreiflichkeiten ausartete. Es stimulierte sie, mich zu schlagen. Meistens ins Gesicht, damit sie sich am nächsten Morgen an den sichtbaren Spuren ihrer Misshandlung berauschen konnte. Auch die Vorstellung, dass ich den Arbeitskollegen erklären musste, was mir nun schon wieder zugestoßen war, schien ihr viel Freude zu bereiten. Und ich hatte bald einen neuen Spitznamen weg: Tolli Tollpatsch. Immerhin eine Spur besser als Nichtsnutz oder Pinkelfaden.

Mausezähnchen, fragst du dich, warum ich das alles mitgemacht habe? Ich jedenfalls habe mich das jeden Tag gefragt. Und ich habe mich gefragt, warum ich diese Frau nicht einfach verlasse, in den Wind schieße und sie allein für ihre Ausbildung schuften lasse.

Meine Antwort war immer dieselbe: Weil ich sie liebte. Weil ich nicht von ihr lassen konnte. Offenbar war ich durch die Rolle, die man mir in meiner Kindheit zugewiesen hatte, so konditioniert, dass es mir nur gut ging, wenn es mir schlecht ging. Ich stand auf lieblose Behandlung und Demütigungen, mit Freundlichkeit konnte ich anscheinend nicht umgehen. Ich war ganz wie die Frauen, die aus einer gewalttätigen Familie stammen, die nicht früh genug von zu Hause abhauen können und sich dann wieder einen Partner suchen, der ein Säufer und Schläger ist. Und wenn sie den glücklich losgeworden sind, kommt der nächste Schläger und Säufer. Einfach, weil ihnen dieses Muster vertraut ist, weil sie es nicht anders kennen.

Das war meine Küchenpsychologie, aber sie half mir nicht weiter. Irgendwann stellte ich mir keine Fragen mehr, nahm die Dinge, wie sie kamen, stumpf und dumpf lebte ich mein Leben. Wenn ich mir vorstellte, ohne Rabea zu sein, durchlief mich ein gewaltiger, unerträglicher Schmerz. So sehr ich mich auch dafür hasste und verachtete, ich blieb bei ihr.

Das Schlimme war, Mauseöhrchen, dass es auch gute Tage gab, da machte es ihr Spaß, mit mir zu schlafen, da tanzten und lachten wir, hörten Musik, machten Ausflüge, waren für ganz kurze Zeit glücklich. Diese Zeiten waren die Falle, der Strick, mit dem sie mich an sich fesselte, die Verheißung auf Glück, darauf, dass es nun besser werden würde. Verstehst du, ab und zu musste Rabea mir zeigen, wie es auch sein könnte zwischen uns, sie musste mir ein wenig Hoffnung geben, denn sonst würde sie womöglich ihr Spielzeug verlieren, ihr Schoßhündchen, ihren Sklaven, den dummen, dummen Nichtsnutz. Und genauso, wie sie mein Lebensinhalt war, mein Grund, jeden Tag aufzustehen, war ich etwas Ähnliches für sie, ohne dass ich das damals erkannt hätte. Übrigens, als deine Mutter für vier Wochen verschwunden war und ich schon dachte, sie läge tot in irgendeinem unzugänglichen Graben … damals hätten wir uns beinahe getrennt. Als sie nämlich zurückkam, fröhlich und entspannt, und mir auf meine Vorwürfe hin sagte, ich hätte kein Recht, über ihr Leben zu bestimmen, kam es zu einer Prügelei zwischen uns. Ja, du liest ganz richtig, Mauseöhrchen, wir beide prügelten uns, diesmal schlug ich ein- oder zweimal zurück, dann heulte ich, und dann landeten wir wieder im Bett.

Ich denke manchmal darüber nach, was geschehen wäre, wenn

ich Rabea damals verlassen hätte, wie ich es mir fest vorgenommen hatte. Dann wären die Morde nicht passiert, dich gäbe es nicht, und ich würde diese Briefe nicht schreiben …
Wenig später, Mauseöhrchen, wurde die dritte Stufe gezündet. Das Monster wurde schwanger!

Kapitel 30

Smythe-Fluege kehrte am Sonntagabend nicht nach Amrum zurück, sondern blieb auf dem Festland, weil Benthien ihn zur Unterstützung der Kollegen in Flensburg brauchte. SF hatte am Wochenende alle Gäste der Sylter Pension Astarte angerufen, die während des Todes der Zwillinge dort gewohnt hatten, und nach ihren Alibis für die relevanten Zeiten im Januar und Februar gefragt.

»Dafür kann man ihn gut gebrauchen«, meinte Fitzen abschätzig. »Er ist der geborene Mann für solch einen langweiligen Kram.«

»Ja«, bestätigte Mikke. »So etwas kann er.«

Benthien saß, versunken in einen Stapel Papiere am Tisch. Trotzdem entging ihm nicht, wie Lilly sich intensiv mit ihrem Handy beschäftigte. Es ärgerte ihn, denn er nahm an, dass sie Nachrichten von ihrem Freund Simon las.

Sie hatten gerade ihr Frühstück beendet. Fitzen schlenderte mit verbissener Miene durch den Raum, ohne etwas zu sagen. Benthien wusste, dass ihm die Zeit davonrannte. Jenny würde nur noch fünf Tage in Nordfriesland sein.

Gestern hatten sie sich noch eine Weile über Jana Alessio unterhalten. Kein Wunder, dass Fitzen dieser Name bekannt vorgekommen war. Benthien hatte sich vor fast dreißig Jahren mindestens zwei Wochen lang anhören müssen, wie Tommy immer wieder erzählte, dass er Jana auf jeden Fall und unter allen Umständen heiraten würde. Die oder keine! Und dann würde er Alessio heißen, Tommy Alessio, war das nicht ein wunderbarer Name? Er wiederholte den Namen so oft, bis er alle seine Zuhörer in die Flucht geschlagen und sein Freund John ihn dezent darauf hingewiesen hatte, dass üblicherweise die Frau bei der Heirat den Namen des Mannes annahm, Jana dann also Jana Fitzen heißen würde. Und dass es noch mindestens sechs oder sieben Jahre dauern würde, bis er und Jana im heiratsfähigen Alter wären, und auch dann würden ihnen die Eltern eine so frühe Ehe mit Sicherheit verbieten. Das hatte Tommy zwar ernüchtert, aber er redete sich trotzdem weiterhin ein, in Jana verliebt zu sein. Und sie nach ihrer Rückkehr auf jeden Fall wiedersehen zu wollen.

»Hast du ihr eigentlich geschrieben, als wir wieder zu Hause waren? Oder sie wiedergesehen? Sie wohnte doch in Husum, damals, oder irre ich mich?«

Fitzen grinste. »Du kennst doch den Spruch: Aus den Augen, aus dem Sinn! Besonders für einen Elfjährigen. Ich hatte tatsächlich nach dem Ferienlager gar keinen Kontakt mehr mit ihr. Erst als ich jetzt den Namen Jana Alessio gehört habe, durchfuhr es mich wie ein Blitz. Aber ehrlich gesagt, auf der Straße wiedererkannt hätte ich sie nicht. Ist schon komisch, wie das Leben so spielt. Sie heiratet, kriegt ein Kind, das Jahre später ermordet wird, und ich gehöre zu denen, die den Mord aufklären müssen. Und wenn nicht der Name Alessio gefallen wäre, wäre ich wahrscheinlich nie darauf gekommen, dass es hier um ›meine‹ Jana von früher geht.«

»Und was hat sie dazu gesagt?«

Fitzen seufzte. »Ich glaube, es war ihr nicht sehr wichtig.«

Benthien legte seinen Stift beiseite, mit dem er sich bis jetzt Notizen gemacht hatte. »Alle mal herhören!«, sagte er laut, »wir müssen unsere nächsten Schritte besprechen.«

Er sah mit einer gewissen Befriedigung, wie Lilly zusammenzuckte und ihr Handy weglegte. Er hatte sich gestern Abend auf ein gemütliches Beisammensein gefreut, auf eine klare, freundschaftliche Aussprache, doch Lilly war ihm aus dem Weg gegangen, hatte behauptet, müde zu sein, und sich früh auf ihr Zimmer zurückgezogen. Er kannte sich mit ihr langsam nicht mehr aus. Sie war doch sonst einfach und gradlinig, ehrlich und einfühlsam. Wie konnte sie denn jetzt auf die Idee kommen, ihm Eifersucht vorzuwerfen? Er war sich sicher, dass sie Simon höchstens noch freundschaftliche Gefühle entgegenbrachte, und genauso sicher war er sich auch, dass der narzisstische Simon die Situation womöglich ausnutzen und Lilly Schuldgefühle einimpfen würde. Und genau davor wollte er sie bewahren. Es musste doch möglich sein, mit ihr in aller Ruhe darüber zu sprechen!

Aber natürlich nicht jetzt. Wieder einmal musste ihr Privatleben zurückgestellt werden. Er fragte sich, wie lange noch.

Lilly schenkte sich frischen Kaffee ein und setzte sich zu den anderen an den Tisch. Auch Fitzen beendete seinen Rundgang.

»Bleibt unser neuer Kollege in Flensburg?«, fragte Mikke.

Benthien nickte. »Ich denke, wir brechen hier so langsam unsere Zelte ab. Mikke, du fährst bitte mit der nächsten Fähre aufs Festland und befragst zusammen mit Lester Anja Derlings Schwarm, diesen Thorben Gruber, der, wie wir inzwischen wissen, in Tönning lebt. Leider ist das ein ganzes Stück zu fahren. SF wird dich in Dagebüll abholen.« An die anderen gewandt fuhr er fort: »Jetzt lasst uns überlegen, wie wir weiter vorgehen. Heute Vormittag werden die Kollegen Brederlohs Wohnung in Engelsby durchsuchen. Ebenso wird die Möglichkeit überprüft, ob er Zugang zu einem Fahrzeug hat, mit dem er die Leichen von Peters und Derling transportiert haben könnte.

Tommy, du hast ihn gestern kennengelernt. Was hältst du von ihm? Könnte er unser Täter sein?«

»Auf den ersten Eindruck würde ich sagen Nein. Er kommt mir zu sensibel vor, zu empathisch für einen solchen Mörder. Und ist er körperlich überhaupt dazu imstande? Wiederum hat er zumindest im Fall Derling ein starkes Motiv. Sie hat ihn genau in dem Augenblick fallen lassen, als er dringend einen guten Freund gebraucht hätte. Er ist zutiefst verletzt. Persönliche Verletztheit ist schon immer ein guter Grund gewesen, jemandem etwas antun zu wollen.«

»Ja«, wandte Mikke ein, »aber warum sollte er dann auch noch einen Menschen töten, der loyal ist und zu ihm hält? Nämlich Martha Gropius? Und warum Arthur Peters und Levke Bronnen? Das passt doch alles nicht zusammen!«

»Wir wissen immer noch nicht, wo die Gemeinsamkeiten zwischen den Opfern liegen«, sagte Lilly. »Und ich glaube, solange wir das nicht herausgefunden haben, kommen wir mit unseren Ermittlungen nicht weiter.« Sie warf Benthien einen Blick zu, und er musste ihr recht geben.

»Wer hat Vorschläge, wie wir weiter vorgehen könnten?«, fragte Benthien.

»Ich finde, zuerst einmal müssten wir Jenko Andresen erwischen«, meinte Mikke. »Zumindest könnte man ihm doch ein Foto von diesem Rittstieg zukommen lassen, damit er uns sagen kann, ob er der Mann ist, der Levke in dem Café angestarrt hat.«

»Und wenn er das alles erfunden hat? Um von sich abzulenken?«, nahm Lilly einen Gedanken auf, den auch Benthien schon gehabt hatte. »Vielleicht hat er Rittstieg auf der Straße gesehen, ihn beschrieben und sich diese Geschichte ausgedacht?«

»Jetzt hast du unseren guten Mikke wieder völlig aus den

Pantinen gekippt«, bemerkte Fitzen. »Der kann sich eine solche Trickserei überhaupt nicht vorstellen.«

»Aber diese Reise nach Südafrika war seit Langem geplant!«, sagte Mikke empört. »Jedenfalls hat Andresens Verkäuferin das SF so mitgeteilt. Und die steckt bestimmt nicht mit Andresen unter einer Decke!«

»Wir müssen irgendwie weiterkommen«, murmelte Fitzen. »Wir können Rittstieg nicht ewig hier festhalten.«

»Das ist allerdings wahr. Gut, wir versuchen, Andresen ein Foto von Rittstieg aufs Handy zu schicken. Wir müssen unbedingt Verbindung zu ihm aufnehmen!«

Lilly nahm einen Schluck Kaffee. »Ich schlage vor, wir besorgen uns von allen Opfern, von ihren Angehörigen und von allen Tatverdächtigen Fotos und zeigen sie den Hinterbliebenen. Vielleicht …«

»Wozu denn das?«, unterbrach sie Mikke.

»Sie meint«, erklärte Fitzen, »dass sich da irgendwelche Gemeinsamkeiten zeigen könnten. Keine schlechte Idee. Zum Beispiel könnte Sabine Severin Rittstieg kennen – was sonderbar wäre, da er ja angeblich nie in Flensburg war. Und Elke Derling kennt ihn ebenfalls, vielleicht nur vom Sehen. *Das* wäre dann ultrasonderbar. Verstehst du?«

»Natürlich. Aber ich muss los«, sagte Mikke erschrocken nach einem Blick auf die Uhr, »sonst kriege ich die Fähre nicht mehr. Muss noch meine Sachen zusammenpacken.«

»Ich fahr dich zum Anleger«, sagte Lilly.

Stunden später klingelten Mikke und SF an einem naturgrauen Vier-Familien-Haus am Rand von Tönning auf der Halbinsel Eiderstedt südwestlich von Husum, vor dem ein grauer Pick-up stand. Er trug an den Seiten die Aufschrift »Antiquitäten Gruber & Felten«. Dieselben beiden Namen standen auch auf der Klingelleiste. SF wippte auf den Fußballen auf und ab. Seinen Schal hatte er dreifach um den Hals gewickelt. Noch immer schien er erkältet zu sein.

Nach dem zweiten Klingeln ertönte der Summer. Im ersten Stock erwartete sie ein junger Mann, den Mikke sofort als den Mann auf dem Foto aus Anja Derlings Uhr identifizierte. Seine dunklen Haare waren jetzt kürzer, und er hatte sich einen spitz zulaufenden Kinnbart zugelegt. Er war groß und dünn, und seine Arme schienen von den Proportionen her zu lang zu sein.

»Was'n los?«, nuschelte er, während er reichlich schief und zerzaust im Türrahmen hing.

»Polizei!« SF zeigte seinen Ausweis. Mehr zu sagen, hielt er anscheinend nicht für nötig.

»Wir ermitteln im Mordfall Anja Derling«, ergänzte Mikke betont freundlich.

Gruber zuckte leicht zusammen. »Sie ermitteln bei mir?«, fragte er ungläubig.

»Meinen Sie nicht, es wäre besser, das drinnen zu besprechen?«, fragte Mikke, doch SF hatte schon Tatsachen geschaffen und war in die Wohnung und geradewegs ins Wohnzimmer marschiert, in dem statt Bilder lauter Spiegel in Barockrahmen an den Wänden hingen. Mikke fand es irritierend, ständig ganz unvermittelt sein Gesicht zu sehen, und dachte, dass der junge Mann ein ziemlicher Narzisst sein müsse. Eine unscheinbare junge Frau mit strähnigen Haaren saß auf der Couch und blies Rauchringe in die Luft. Vor ihr stand ein Becher mit Kaffee. Sie trug einen Blümchenschlafanzug aus Flanell, obwohl es bereits nach zwölf Uhr war. Im Gegensatz zu ihrem Freund grüßte sie freundlich.

»Was wollen Sie eigentlich von mir?«, fragte Gruber und blieb mitten im Zimmer stehen. Einen Platz bot er ihnen nicht an.

»Was für eine Beziehung hatten Sie zu Anja Derling?«, fragte SF.

Gruber hob das Kinn. »Gar keine!«

»Ach. Da haben wir aber etwas ganz anderes gehört!«

»Sind Sie verrückt?« Gruber schnaufte. »Ich gehe doch nicht mit alten Tanten ins Bett!«

Er stritt alles ab. Dass er Anja Derlings Liebhaber gewesen war, dass sie sich in ihn verliebt hatte, dass sie befreundet gewesen waren, dass sie zusammen zu Mittag gegessen hatten. Am liebsten hätte er wohl auch noch abgestritten, dass sie Arbeitskollegen gewesen waren, falls das möglich gewesen wäre.

»Sie arbeiten nicht mehr bei der Spedition«, stellte SF fest, während er nicht aufhörte, den jungen Mann zu umkreisen, der noch immer mitten im Zimmer stand und damit eine gewisse Aggressivität ausstrahlte. »Warum nicht?«

»Was geht Sie das an?«

»Soll ich bei Ihrem Chef nachfragen?

Gruber schnaubte. »Ja, tun Sie das.«

»Jetzt sei doch nicht so stur«, protestierte die junge Frau, die die drei Männer beobachtete, als wäre sie Zuschauerin eines absurden Theaterstücks. »Wir haben uns selbstständig gemacht«, sagte sie dann, an SF gewandt. »Wir handeln mit Antiquitäten … na ja, ehrlich gesagt, manchmal ist es auch Trödel. Wir haben gerade einen kleinen Laden in Husum gemietet, aber wir gehen auch auf Flohmärkte.«

Mikke klingelten die Ohren bei dem Wort Antiquitäten. SF umkreiste weiter den jungen Mann, der minütlich nervöser wurde.

»Kann man davon leben?«, fragte Mikke. Und: »Wie heißen

Sie?«, fragte SF im gleichen Atemzug. Die Frage galt der jungen Frau.

»Melanie Felten. Ich arbeite auch noch in einem Friseursalon«, erklärte sie. »Aber wir kommen über die Runden. Aller Anfang ist schwer.« Sie lächelte Mikke an und strich sich ihr fahlblondes Haar aus der hohen Stirn. »Heute ist mein freier Tag«, setzte sie erklärend hinzu.

Gruber räusperte sich. »Kann ich sonst noch was für Sie tun?«

»Sie könnten uns die Wahrheit sagen!« SF blieb abrupt vor ihm stehen. Mit der Schnelligkeit eines Taschenspielers zog er ein Blatt Papier aus seiner Manteltasche, das eine vergrößerte Kopie des Fotos aus der Uhr und dessen Rückseite zeigte. »Thorben, mon amour!«, zitierte er mit einem Hauch von Spott in der Stimme. »Hat sich Frau Derling da nur etwas vorgemacht?«

»Jetzt sag endlich die Wahrheit«, drängte ihn seine Freundin. »Was ist schon dabei?«

»Okay, sie hat sich in mich verknallt«, sagte Gruber widerwillig. »Was ich ziemlich seltsam fand, denn wir kannten uns schon ewig, haben uns mal auf einem Reitturnier kennengelernt. Als ich später in derselben Spedition arbeitete wie sie, wurde sie ziemlich aufdringlich, und irgendwann habe ich gemerkt, dass sie sich in mich verguckt hatte. Fand ich komisch, denn sie hätte glatt meine Mutter sein können. Wir sind ein paarmal miteinander ausgegangen, und einmal hat sie mich übers Wochenende zu einem Paris-Trip eingeladen …«

»Warum haben Sie das mitgemacht, wenn Ihnen an einer Beziehung nichts lag?«, unterbrach ihn Mikke verblüfft. Insgeheim dachte er, dass Gruber ja wohl immer noch auf ältere Frauen stand. Seine Freundin Melanie war auch einige Jahre älter als er.

»Ganz ehrlich?« Der junge Mann ließ sich in einen Sessel

fallen. »Ich hatte mit Anja über meine Idee gesprochen, einen Antiquitätenhandel aufzumachen, und sie war Feuer und Flamme und wollte unbedingt mit einsteigen. Und als Geldgeberin fungieren. Da wollte ich sie eben bei Laune halten. Aber in Paris hatten wir getrennte Zimmer, das will ich betonen!« Er schenkte seiner Freundin ein vielsagendes Lächeln, und sie lächelte beruhigend zurück.

»Und warum wurde da nichts draus?«, wollte SF wissen.

»Als Anja gemerkt hat, dass ich nichts von ihr wollte – also sexuell, meine ich –, wurde sie unglaublich lästig und wich mir nicht mehr von der Pelle. Wir bekamen Krach, sie zog ihr Angebot, in mein Geschäft zu investieren, zurück, und dann habe ich Melli kennengelernt.« Er warf seiner Freundin einen zärtlichen Blick zu. »Als Anja das mitbekam, wurde sie ziemlich ungemütlich und hat mir im Büro das Leben zur Hölle gemacht. Intrigen, Gerüchte, Verleumdungen, eben dieser ganze Scheiß. Sie war nahe daran rauszufliegen, weil sie das Arbeitsklima total vergiftete. Ich habe ihr wahrscheinlich den Arsch gerettet, weil ich gekündigt habe. Dafür hätte sie mir sogar dankbar sein müssen!« Er ließ sein Ziegenbärtchen mehrfach durch die Finger gleiten.

»Wo waren Sie am Sonntag, dem achten Januar, ab achtzehn Uhr?«, fragte SF und baute sich in seiner beträchtlichen Höhe vor Gruber auf.

»Woher soll ich das heute noch wissen? Was war denn an diesem Sonntag?«

Die junge Frau stand auf, ging ins Nachbarzimmer und kam Sekunden später mit einer Kladde in der Hand wieder zurück.

»Ich schreibe Tagebuch«, erklärte sie den beiden Beamten. »Keine romantischen Ergüsse, ich notiere nur, was ich oder wir so getan haben. Der achte Januar müsste hier drin sein.« Sie blätterte ein paarmal vor und zurück, dann hatte sie gefunden, was sie suchte. »Hier ist es!« Laut las sie vor: »*Haben endlich in Kolding den Herd abgeholt. Der Bauer war sehr nett, er hat uns noch einen alten Bowlentopf aus Messing gratis mitgegeben und einen Kupfertopf (war allerdings leicht verbeult).*« Sie blickte hinüber zu Thorben. »Erinnerst du dich? Und dann steht hier noch: *Haben in Tondern zu Abend gegessen, ganz leckeres Spanferkel. Gegen halb eins zurück.* Danach«, fügte sie hinzu, »waren wir die ganze Nacht zusammen. Und am nächsten Morgen haben wir mit ein paar Freunden den alten Stangenherd in unseren neuen Laden bugsiert.«

Mikke fand, dass das Alibi nicht schlecht war, aber durchaus auch Löcher haben konnte. Natürlich musste es noch überprüft werden.

SF fragte noch alle anderen Daten ab: Wo war Thorben, als man Anja vor das Haus ihrer Eltern gebracht hatte, wo, als Peters entführt und dann auf dem Marktplatz in Harrislee abgesetzt wurde, und war er in der letzten Woche auf Amrum gewesen? Für jeden Zeitpunkt hatte Gruber ein mehr oder minder gutes Alibi, allerdings zumeist nur bestätigt durch seine Freundin. Zuletzt machte Mikke für die geplante Gegenüberstellung Fotos von Thorben und Frau Felten, obwohl beide protestierten. Dabei rückte er ein Stück zur Seite und schoss mehrere Fotos, um möglichst nicht selbst in einem der Spiegel zu erscheinen, die an der Wand hingen.

»Wie wär's mit einem Selfie von uns beiden?«, kommentierte Gruber frech, doch SF nahm Mikke das Handy aus der Hand.

»Unbefriedigend«, konstatierte SF, als sie aus dem Haus kamen. »Wir haben immer mehr verdammte Alibis zu überprüfen, aber es kommt nichts dabei heraus.«

»Hatten Sie viel Arbeit am Wochenende?«, fragte Mikke. Er

trat zu dem Pick-up und warf einen Blick ins Innere. Einen anthrazitfarbenen, hochflorigen Bodenbelag konnte er allerdings nicht erkennen.

»Viel Arbeit? Das kann man wohl sagen«, schnaubte der Kollege. »Ich habe alle damaligen Gäste der Pension Astarte überprüft und angerufen. Das Ergebnis war gleich null. Wenn Sie mich fragen, war es nur vergeudete Zeit. Das sind alles harmlose, unauffällige Mitbürger mittleren Alters oder älter, die ganz bestimmt keine Morde dieser Art begehen.«

»Trotzdem kann man sie ja nicht ganz außen vor lassen«, widersprach Mikke.

Gemeinsam fuhren sie nach Flensburg zurück in die Polizeidirektion, wo SF Mikke absetzte, um danach Grubers Alibi zu überprüfen.

Die lütte Deern

Kapitel 31

»Er heißt Fröhlich«, sagte der Mann zu dem Mädchen.

Jenny fing an zu lachen. »So heißt er nicht wirklich!«

»Ich schwöre!«, sagte der Mann feierlich. »Guck ihn dir doch an. Sieht er nicht aus wie einer, der Fröhlich heißt?«

Jenny betrachtete das freundliche Hundegesicht, das sich durch das halb geöffnete Fenster des Pick-ups schob, den der Mann vor dem Gartenzaun ihrer Oma geparkt hatte. »Fröhlich!«, sagte sie lockend, und der Hund spitzte die Ohren und legte den Kopf schief. »Er sieht aus, als ob er mir zuhört«, rief sie begeistert.

»Willst du ihn mal streicheln? Dann musst du aber ins Auto steigen, denn Fröhlich darf nicht in den Schnee. Er hat sich am Streusalz die Pfoten verätzt.«

»Ach, der arme Fröhlich!«

»Er hält sich aber ganz tapfer.«

»Aber wenn er verätzte Pfoten hat«, überlegte Jenny, »dann dürfen Sie doch nicht mit ihm spazieren gehen?«

»Tu ich auch nicht, ich fahre ihn spazieren. Das liebt er, Fröhlich ist nämlich ein Genießer. Hast du nicht Lust, mit uns eine kleine Runde zu drehen? Bis deine Oma ihr Mittagsschläfchen beendet hat? Hier draußen ist es reichlich kalt, finde ich.«

»Hat Fröhlich denn nichts dagegen? Ich nehme ihm ja dann den halben Platz weg!«

»Ganz bestimmt nicht. Er teilt sogar seinen O-Saft mit dir.«

Einen Hund, der Fröhlich hieß, O-Saft trank und Spazierfahrten im Auto machte, fand Jenny außerordentlich spannend.

Sie stieg in den Pick-up, und sie fuhren los. Überall begann der Schnee zu tauen, und die Schneemänner ließen die Köpfe hängen.

»Schade, dass der Schnee schmilzt«, sagte Jenny. »Bei uns in der Schweiz bleibt er immer lange liegen.« Sie kraulte das weiche Fell des Hundes und wünschte sich wieder einmal, ihre Mutter würde ihr einen Hund erlauben. Noch nicht mal ihr Papa hatte es bis jetzt fertiggebracht, ihre Mama umzustimmen. Obwohl er alles versucht hatte.

»Früher, in meiner Kindheit, hat es viel häufiger geschneit«, erzählte der Mann. »Einmal, in einem ganz harten Winter, habe ich hintereinander fünf Schneemänner gebaut, und jeden habe ich vor einem unserer Fenster aufgestellt, so dicht vor den Scheiben, dass es aussah, als würde er die Menschen im Zimmer beobachten. Meine Mutter hatte Baiserplätzchen gebacken, mit so einer weißen, glatten, halbrunden Baiser-Haube, die habe ich mit Filzstiften bemalt, so dass sie wie Augen aussahen, und sie den Schneemännern eingesetzt. Sie hat sich ganz furchtbar erschrocken, als sie in der Dämmerung nach draußen sah und durch jedes Fenster sie ein Schneemann anstarrte.«

»Das ist ja auch ziemlich unheimlich«, sagte Jenny.

»Ja, das fand meine Mutter auch.«

Sie fuhren durch eine einsame Landschaft mit nur wenigen Häusern. Nur ein gelbes Postauto begegnete ihnen. Überall lag noch der Schnee, doch an allen Ecken tropfte es. Bald, dachte Jenny, wäre er weggetaut.

Der Mann hielt ihr einen Knopf hin. »Schau mal, solche Knöpfe habe ich meinen Schneemännern angesteckt. Gefällt er dir?«

Auf dem weißen Plastikknopf war nichts anderes zu sehen

als rote Lippen, weiße Zähne und eine weit herausgestreckte pinke Zunge.

»Das ist das Markenlogo einer weltberühmten Band, die du wahrscheinlich nicht kennst, man nennt sie die Rolling Stones. Wenn man sie einem Schneemann ansteckt, mehrere Knöpfe untereinander, sieht das lustig aus, so als ob er einem mehrfach die Zunge rausstreckt.«

»Witzig«, sagte Jenny und kicherte. Der Hund drehte den Kopf in ihre Richtung.

»Genau, du sagst es. Aber mein Vater fand es überhaupt nicht lustig, er hat gedacht, ich wollte ihm damit zeigen, was ich von ihm hielt.«

»Und was hat er getan?«, fragte Jenny gespannt.

Der Mann lächelte gequält. »Er hat mich grün und blau geschlagen.«

»Oh!« Jenny schlug die Hand vor den Mund. Der Hund begann, ihr linkes Ohr zu lecken.

»Wenn du möchtest, schenke ich dir den Knopf. Möchtest du?«

Jenny nickte begeistert.

»Und hier habe ich ihn noch einmal, nur viel kleiner. Es ist ein Knopf für ein Puppenkleid.«

Der Mann fuhr an den Straßenrand. Er griff in seine Brusttasche und legte einen Miniaturknopf, ebenfalls bedruckt mit der herausgestreckten pinken Zunge, in Jennys Hand.

»Den musst du aber an einem ganz besonderen Ort aufheben. An einem magischen Ort!«

»Wo denn?«, fragte Jenny gespannt.

»Steck ihn in deinen Bauchnabel. Frag nicht, warum, tu es einfach. Ich erkläre dir später, warum es so wichtig ist!«

Während Jenny ihr Unterhemd aus dem Hosenbund zog,

um den Knopf zu verstauen, startete der Mann den Wagen wieder und fuhr hinein in die weiße Schneelandschaft.

Der Hund Fröhlich, der zwischen ihnen saß, knurrte leise.

Auch auf der Fähre, auf der Rückfahrt nach Dagebüll, wurde gearbeitet. Benthien, Lilly und Fitzen saßen an einem der langen Tische am Fenster und schauten auf den Monitor ihrer Laptops. Juri Rabanus hatte ihnen die amerikanischen Akten, die inzwischen aus Boston eingegangen waren, übersandt. Er hatte lange mit dem damaligen Leiter der Ermittlungen, einem Detective Ray Sutcliffe, gesprochen. Die Morde auf der Ferieninsel Nantucket waren ebenfalls innerhalb weniger Wochen passiert, vier an der Zahl, alles Frauen mittleren Alters, vom Phänotyp her waren sie sich erstaunlich ähnlich gewesen: lange braune Haare, rundes Gesicht, schmale Lippen, etwas mollig. Sie stammten aus verschiedenen Regionen Amerikas und waren auf der Insel Nantucket im Winterurlaub gewesen. Zwei waren verheiratet, eine geschieden, eine ledig. Letztere wurde von ihrer betagten Mutter begleitet. Die beiden verheirateten Frauen waren in Begleitung ihrer Ehemänner und Kinder. Allesamt waren sie wohlsituierte amerikanische Bürger kaukasischen Ursprung, mit einer guten Ausbildung. Die ledige Frau war Rechtsanwältin, die geschiedene Abteilungsleiterin bei einer gut gehenden Modekette, eine war die Ehefrau eines Managers, die vierte arbeitete zusammen mit ihrem Mann in der eigenen Steuerkanzlei.

Alle vier Frauen waren abends überfallen worden, als sie allein unterwegs waren. Die eine auf dem Parkplatz eines Supermarkts, zwei bei einem Strandspaziergang, eine in den Dünen. Alle hatte man sitzend auf den Holztreppen gefunden, die von den Stränden in die Dünen und in die Orte führten.

»Viel Ähnlichkeit mit unseren Fällen kann ich da nicht sehen, außer dass sie ebenfalls diese Beigaben im Bauchnabel hatten«, sagte Fitzen. »Und dass sie im Winter ermordet wurden.«

»Man hat sie in gewisser Weise zur Schau gestellt, genau wie unsere Eisleichen«, bemerkte Benthien.

»Da hast du recht, das sehe ich auch so«, sagte Lilly. »Fassen wir doch mal zusammen, wo haben wir ähnliche Merkmale, wo gibt es Unterschiede. Ähnlich ist, dass alle Frauen bekleidet waren und nicht vergewaltigt worden sind. Aber die Zurschaustellung war nicht ganz so spektakulär wie bei uns.«

»Was vielleicht daran lag, dass die Morde zwar im Winter, aber bei milden Temperaturen und auf einer schneefreien Insel begangen worden waren«, sagte Fitzen, und Lilly warf ihm einen genervten Blick zu.

»Der Mörder«, fuhr Lilly fort, »beschränkte sich auf einen relativ kurzen Zeitraum von zwei Monaten; er tauchte aus dem Nichts auf und verschwand wieder im Nichts. Und er hinterließ keine Spuren. Im Gegensatz zu unseren Opfern wurden die Frauen ausnahmslos stranguliert, sie wurden sofort getötet, gleich nach ihrem Verschwinden, man hat sie also nicht gefangen gehalten. Und sie hatten vom Typus her Ähnlichkeit miteinander – es waren eben nur Frauen, keine Männer, keine Kinder oder Jugendlichen.«

»Im Grunde genommen ist das einzig Überzeugende, was diese Morde mit den unseren verbindet, die Tatsache, dass die Frauen, verborgen unter ihrer Kleidung, Beigaben im Bauchnabel hatten: eine Münze, ein Stück Zigarette, ein Stück Marshmallow und eine Bleistiftspitze«, sagte Benthien. »Juri hat sich die Mühe gemacht, die Namen aller Verdächtigen in einer Tabelle zusammenzustellen – also Ehemänner, Freunde, Liebhaber, männliche Verwandte und alle weiteren Typen, die der Polizei damals verdächtig erschienen – einschließlich aller

Hintergründe wie Ausbildung, Beruf, Familie, mögliche Überschneidung der Freundeskreise, Aufenthaltsorte während der vorangegangenen zwanzig Jahre, Vorstrafen et cetera. Eine Sisyphusarbeit, und nun wird er auch noch überprüfen, ob diese Leute irgendeine Beziehung zu Deutschland haben oder hatten oder jetzt hier wohnen. Smythe-Fluege, der damit schon aus Hannover Erfahrung hat, wird sich mit Europol in Verbindung setzen. Kann ja sein, dass solche Morde mit unserem speziellen Merkmal, den Beigaben, auch noch in anderen Ländern vorgekommen sind. Das müssen wir herausfinden.«

»Wir sollten den Angehörigen unserer Opfer außer den Fotos, die wir schon haben, auch die Namensliste und Fotos der Verdächtigen aus Amerika vorlegen«, sagte Fitzen. »Vielleicht kennt jemand eine dieser Personen.«

»Gute Idee!« Benthien kritzelte eine Notiz in seinen ohnehin schon randvollen Notizkalender.

»Interessant finde ich«, sagte Lilly, »dass die Information über die Beigaben im Bauchnabel in den USA nie veröffentlicht wurden!«

»Ja, und Juri sagte auch, dass in Deutschland nie über diese Mordserie berichtet wurde. Vielleicht, weil die Medien damals über die Clinton-Lewinsky-Affäre so aus dem Häuschen waren, da ging das einfach unter«, meinte Fitzen.

Wieder einmal klingelte Benthiens Mobiltelefon. Kessler war dran, der berichtete, dass sie die Durchsuchung der Wohnung von Johannes Brederloh abgeschlossen hatten.

»Wir haben nichts gefunden, was irgendwie bemerkenswert gewesen wäre. Keine anthrazitfarbenen Polypropylen-Fasern, keine Waffen, keine besonderen Antiquitäten, nur einige alte Glaskaraffen, keine fremde Kleidung außer Kinderkleider seiner Tochter. Ein Tablet, das er anscheinend wenig benutzt, haben wir durchgesehen, da sind hauptsächlich Fotos von seiner Tochter und von Freunden gespeichert. Die Anrufliste ist ebenfalls ziemlich belanglos, allerdings hat er Anja Derling am Sonntag ihres Verschwindens angerufen. Doch die Gesprächsdauer war nur kurz. Das war am Vormittag, ehe sie zum Mittagessen zu ihren Eltern fuhr. Es gibt aber auch ein Gespräch nach Thailand am Samstag davor. Als ich dort anrief, meldete sich der Vater von Derlings Sohn Carmelo. Nebenbei: ein sehr freundlicher Mensch. Er war entzückt, einen Anruf aus Deutschland zu bekommen, und sehr höflich. Er sagt, es sei für ihn eine große Ehre, dass Carmelos Großeltern für die Ausbildung seines Sohnes sorgen werden. Darüber sei er sehr glücklich. Und im Sommer wollen er und seine Frau unser schönes Nordfriesland besuchen. Was Brederloh damals von ihm wollte, hat er nicht gesagt. Vielleicht hat er meine Frage nicht verstanden.«

Benthien kratzte sich am Kinn. »Hm. Habt ihr überprüft, ob Brederloh Zugang zu einem Raum hat, in dem er die Leichen hätte einfrieren können? Und zu einem Fahrzeug, mit dem er sie hätte transportieren können?«

»In dem Haus, in dem er wohnt, kann er sie nicht kühlen, obwohl in seinem Keller eine Gefriertruhe steht. Aber die ist viel zu klein. Unterlagen darüber, dass er eine Garage oder Ähnliches angemietet hat, haben wir nicht gefunden. Freunde scheint er in Flensburg und Umgebung kaum zu haben. Und damit auch keinen Zugang zu einem passenden Fahrzeug, es sei denn, er hätte eins gemietet. Da ist Annika gerade dran.«

»Einen Ort, in dem er die Leichen lagern und einfrieren konnte, hat Brederloh aber doch, nämlich das Eishaus von Martha«, bemerkte Fitzen, nachdem Benthien das Telefonat beendet hatte. »Lilly, habt ihr da mal reingeguckt?«

Lilly starrte ihn an. »Ohne Durchsuchungsbeschluss? Nein! Es wäre auch schwierig gewesen, durch den Schnee dorthin zu gelangen.«

»Möglich wäre es«, überlegte Benthien. »Aber rein intuitiv glaube ich, dass weder Martha Gropius noch Johannes Brederloh in diese Morde verstrickt sind, auch wenn Brederloh alle Opfer kannte.«

»Da bin ich deiner Meinung«, warf Lilly ein.

Benthien sah sie an. »Trotzdem hat Tommy recht. Wir müssen das nachprüfen. Ich rufe die Kriminaltechniker an. Sollen die sich das Eishaus ansehen und das Grundstück nach einem Transporter absuchen.«

Kapitel 32

»Sprich langsam, Marianne«, sagte Fitzen, »ich kann dich nicht verstehen. Was ist los? Was ist mit Jenny?«

Sie waren im Auto auf dem Weg nach Flensburg, hatten eben Niebüll passiert und waren auf dem Weg zu der Kleinstadt Leck, wo Fitzen den Abend mit seiner Tochter verbringen wollte, die dort während der Ferien bei ihrer Oma wohnte.

»Wie bitte? Was heißt, sie ist nicht da?«

Benthien hörte einen Wortschwall am anderen Ende der Leitung, der immer hysterischer wurde, während Tommy den Atem anzuhalten schien.

Lilly auf dem Beifahrersitz drehte sich nach hinten und starrte ihn an.

Fitzen ließ das Telefon sinken.

Als er sprach, erkannte Benthien seine Stimme kaum wieder.

»Jenny ist weg«, sagte er tonlos. »Seit zwei Stunden. Sie hat im Garten gespielt. Jetzt ist sie weg.«

Aus Niebüll waren inzwischen sechs Streifenpolizisten gekommen und ausgeschwärmt, um die Nachbarschaft in ihren schmucken, weit auseinanderstehenden Anwesen in dem kleinen Dorf bei Leck zu befragen. Benthien hatte früher, als er noch mit Karin zusammen war, selbst in Leck gewohnt, er kannte die Gegend um die Kleinstadt gut. Sie war idyllisch ländlich, mit Pferdekoppeln, Wiesen, Schafen, Mooren, Wäldern und kleinen Flussläufen, nicht weit entfernt von der dänischen Grenze. Ältere Leute und junge Familien lebten hier, gearbeitet wurde in den Städten Niebüll, Flensburg, vielleicht auch in Husum oder noch weiter weg. Jenny war am Nachmittag verschwunden, gegen halb vier. Kurz bevor sich ihre Oma zu einem Nickerchen hingelegt hatte.

»Sie wollte draußen im Garten einen Schneemann bauen, bevor alles wegtaut«, schluchzte Marianne Elert, Fitzens Ex-Schwiegermutter. »Ich konnte doch nicht wissen, dass sie in Gefahr ist!«

Obwohl er selbst unter Strom stand, strich Fitzen ihr beruhigend über den Rücken. Lilly war in die Küche gegangen und kochte Tee für alle. Das hatte sie wohl aus englischen Kriminalromanen, dachte Benthien. Die Idee, Tee zu machen, während um einen herum die Welt zusammenbrach. Fast im gleichen Augenblick schämte er sich für seine Gedanken.

Er ging hinaus und musterte die Umgebung. Um ihn herum eine Schneelandschaft, die taute, aber immer noch sanft die Dunkelheit erhellte, eine einsame schmale Landstraße und Häuser mit großen Gärten, jedes ein Stück abseits der Straße. Dunkle Schatten – die Polizeikollegen in Uniform – huschten durch die Gartentore in dem Versuch, irgendjemanden zu finden, der etwas gesehen hatte.

Benthien sah auf die Uhr. Seit vier Stunden war Jenny nun verschwunden. Den Schneemann hatte sie jedoch noch gebaut. Er stand vorn nahe des Zauns und des geklinkerten Weges, der zur Haustür führte. Es gab auch zahlreiche Spuren im Schnee, solche von Jenny, von ihrer Oma, als sie Jenny verzweifelt suchte, und einige, die auf eine große Schuhgröße hinwiesen. Aber ehe die Kriminaltechniker nicht da waren, durfte niemand die verschneiten Flächen betreten.

Während Benthien gedankenverloren den Schneemann betrachtete, fiel ihm etwas ins Auge. Er ging zum Wagen und holte seine Taschenlampe, mit der er den Schneemann anleuchtete. Auf der Brust, sozusagen unter dem »Kinn« des Schneemannes, hing ein Stück Papier, das in eine kleine Klarsichthülle eingetütet war. Darunter befanden sich zwei größere Knöpfe. Benthien konnte nicht näher herangehen, ohne Spuren zu verursachen, aber er glaubte, auf dem Papier und den Knöpfen eine pinkfarbene Zunge zu erkennen, die ihn an das Logo der Rolling Stones erinnerte. Und dort, wo man sich den Mund vorstellen konnte, steckte ein rotes Gummibärchen im Schnee. Seine Nackenhaare stellten sich auf, und trotz der Kälte fühlte er Schweißperlen auf der Stirn.

Das war doch nicht möglich!

Welche Verbindung hatte Jenny zu dem Eismörder?

Hatte das Gummibärchen im Bauchnabel von Levke etwa auf Jenny hindeuten sollen?

Bisher hatte er damit gerechnet, dass Jenny ausgebüxt war, dass sie sich bei einer Freundin oder einem Nachbarskind aufhielt und alles um sich herum vergessen hatte. Jenny in den Händen des Eismörders – einfach unvorstellbar! Und doch spürte er langsam Panik in sich aufsteigen.

Seine Aufmerksamkeit richtete sich auf die Straße. Der Bus der Spurensicherung hielt vor dem Haus. Sie waren ohnehin in der Gegend gewesen, da er sie ja noch von der Fähre aus zu Marthas Haus dirigiert hatte. Claudia Matthis, die Leiterin der Spurensicherung, Stefano Rossi und Birgit Timmermann, eine zierliche junge Frau, überaus gewissenhaft und von Benthien sehr geschätzt, stiegen aus. Benthien zwang sich zur Ruhe und erklärte die Situation, Rossi brachte die notwendige Beleuchtung. Als Erstes wollten sie die verschiedenen Schuhlaufflächenabdrücke sichern und in die Datenbank für Schuhprofile eingeben.

»Frau Elert, die Oma von Jenny, meint, diese großen Spuren, die für mich aussehen wie die Spuren von Gummistiefeln, müssten von einem Entführer sein, denn anderen Personen kann sie sie nicht zuordnen, zumindest nicht in den letzten Tagen. Stefano«, er deutete auf den Schneemann, »kannst du mir bitte die Knöpfe bringen und diesen eingetüteten Zettel? Und das Gummibärchen?« Benthien fuhr sich nervös durchs Haar. »Übrigens, habt ihr im Gropius-Haus oder im Eishaus Hinweise darauf gefunden, dass unsere Opfer irgendwann mal dort gewesen sind?«

»Wir können nicht hexen und nicht hellsehen, John«, sagte Claudia Matthis ruhig. »Wir haben jede Menge Fundsachen eingetütet, aber wir müssen schließlich noch die Laborarbeit machen.«

»Lagen im Eishaus nicht irgendwelche Kleidungsstücke herum, die dort nicht hingehören?«, fragte Benthien hoffnungsvoll. Dieser Ort wäre so verdammt geeignet gewesen, um darin die Opfer zu positionieren und einzufrieren.

»Das Eishaus«, sagte Claudia, »ist ein Raum, der in den Erdwall integriert wurde, so etwas wie eine kleine Nissenhütte, nur kürzer, weniger breit und ohne Boden. Der besteht aus Erdreich. Kleidungsstücke haben wir dort nicht gefunden, allerdings ein paar Dinge wie Zigarettenkippen, Dosen, Butterbrotpapier, eine uralte Zeitschrift und mit Sicherheit auch DNA-Spuren. Die müssen nun ausgewertet werden. Ich glaube eher, dass sich im Sommer dort Liebespaare getroffen haben.«

»Ist das Eishaus denn leicht zugänglich?«

»Es hat eine angerostete Metalltür, die nicht verschlossen ist. Daher kann ich zum jetzigen Zeitpunkt noch nicht mal sagen, wie aktuell die Spuren sind, die wir gefunden haben.«

Als Benthien wenig später mit den gewünschten Utensilien das Haus betrat, fand er Fitzen und Lilly zusammen im Wohnzimmer vor, Frau Elert war nicht zu sehen. Lilly erzählte, dass sie in der Küche sei und Frikadellen zubereite. »Sie sagt, sie muss irgendwas tun. Und Jenny mag Frikadellen so gern.«

Fitzen fragte mit rauer Stimme: »Was hast du da in der Hand?«

Benthien legte die eingetüteten Beweise auf den Wohnzimmertisch – die beiden Knöpfe, das Ding in der Plastikumhüllung, das sich als Aufkleber herausgestellt hatte, eine Anstecknadel, die ein grinsendes Clownsgesicht trug, und das Gummibärchen.

»Ist das nicht das Logo der Rolling Stones, diese pinke Zunge?«, fragte Lilly verwirrt, während Fitzen gleichzeitig fragte: »Wo kommt die Anstecknadel her?«

Benthien erklärte, wo er die Sachen gefunden hatte. »Mit der Nadel war dieser eingetütete Aufkleber am Kopf des Schneemanns befestigt.«

Der Aufkleber trug, genau wie die Knöpfe, das Logo der Rockband. Benthien, Fitzen und Lilly starrten verstört auf drei herausgestreckte pinke Zungen.

»Er will uns verhöhnen«, sagte Fitzen mit brüchiger Stimme. »Und jetzt hat er Jenny!« Er stürzte zu seiner Jacke, die er auf einen Stuhl geschmissen hatte. »Wir haben keinen echten Verdächtigen außer diesem verdammten Brederloh! Komm, wir gehen da hin! Und ich werde den Kerl so lange würgen, bis er …«

»Tommy!«, schrie Lilly, und Benthien stellte sich Fitzen in den Weg.

»Mensch, Tommy, sei vernünftig!« Er packte ihn am Arm. »Hör zu! *Ich* fahre hin und rede mit ihm … falls er überhaupt schon wieder zurück in Flensburg ist!«

»Aber ich …«, beharrte Fitzen, doch Benthien riss ihm fast die Jacke vom Leib, da er sie festhielt und Fitzen zu entkommen suchte.

»Du bleibst hier, verdammt noch mal!«

»Aber es geht um meine Tochter!«

Sie standen sich gegenüber und maßen sich mit Blicken.

»Das weiß ich doch«, sagte Benthien, indem er sich zur Ruhe zwang. »Und ich kann dich verstehen, Tommy. Aber du musst wirklich hierbleiben. Frag deine Schwiegermutter, ob ihr irgendetwas aufgefallen ist. Ob sie jemanden beobachtet hat. Ob seltsame Anrufe kamen. Hat Jenny ein Handy dabei? Hat Frau Elert jeden angerufen, bei dem Jenny sein könnte? Vielleicht kommt sie ja demnächst hier hereinspaziert und hat einfach die Zeit vergessen …«

Benthien stockte. Fitzen war ja kein Idiot. Mit einer so billigen Beruhigungstaktik konnte er ihm nicht kommen. »Vielleicht finden unsere Spurensucher etwas, das uns weiterhilft«, sagte er. »Oder sie …«

»Dann geh schon!«, rief Fitzen ungeduldig und schob seinen Freund durch die Tür in den Flur. »Und nimm Brederloh auseinander!«

Als Benthien im Auto saß, atmete er erst einmal tief durch. Er konnte immer noch nicht fassen, was passiert war. Jenny! Was, zum Teufel, hatte Fitzens kleine Tochter mit dieser Mordserie zu tun? Oder Fitzen selbst? Ihm schoss wieder einmal der Gedanke durch den Kopf, dass diese Morde möglicherweise Stellvertretermorde waren. Hatten sie etwa die ganze Zeit in eine falsche Richtung ermittelt? Kamen sie deshalb nicht weiter?

Nachdenklich wählte er Johannes Brederlohs Nummer in Flensburg, doch niemand meldete sich. Ob er noch auf Amrum war? Dann konnte er wohl kaum Jenny entführt haben. Aber auch auf Amrum klingelte das Telefon ins Leere. Er versuchte es mit der Handynummer und hörte kurz darauf Brederlohs Stimme.

»Wo sind Sie?«, fragte er schroff und vergaß, sich mit Namen zu melden.

»In meinem Wagen, vor Marthas Haus«, erwiderte Brederloh.

»Bleiben Sie da, ich komme vorbei. Bin gleich bei Ihnen!«

Er startete den Wagen. Bis zum Haus von Martha Gropius war es nicht allzu weit.

Benthien fand Brederloh tatsächlich im Auto vor, das er vor dem Haus geparkt hatte. Er saß auf dem Beifahrersitz, eingehüllt in eine Wolldecke, und hörte mit geschlossenen Augen klassische Musik.

Benthien klopfte ans Fenster.

Brederloh zuckte zusammen.

Benthien öffnete die hintere Tür und setzte sich hinter den Fahrersitz.

»Was wollen Sie denn jetzt schon wieder?«, fragte Brederloh gereizt.

»Ich möchte wissen, mit welcher Fähre Sie heute von Amrum nach Dagebüll gefahren sind.«

»Mit der Mittagsfähre. Gegen halb zwei war ich in Dagebüll.«

»Und was haben Sie dann gemacht?«

Brederloh zuckte mit den Schultern. »Ich bin durch die Gegend gefahren.«

»Ach, kommen Sie!«

»Doch, bis nach Angeln und Schleswig.«

»Weil das Wetter ja so schön war«, sagte Benthien spöttisch.

»Die Straßen waren frei, und es hat nicht geregnet oder geschneit.«

»Und warum sitzen Sie jetzt hier im Auto und nicht in Ihrer warmen Wohnung in Engelsby?«

Brederloh seufzte. »Weil ich feige bin«, bekannte er. »Und Angst habe. Hier drin«, er deutete auf das kleine Haus, »ist alles, was Martha ausgemacht hat. Verstehen Sie? Hier werde ich mit ihr und ihrem Leben konfrontiert. Alles, was sie geliebt hat, ist hier, und ich bin derjenige, der sich jetzt darum kümmern muss. Kommen Sie mit rein?«

»Warum nicht?«, sagte Benthien, und beide stiegen aus. Im Grunde genommen kam dieser Vorschlag Benthien sehr zupass. Wo, fragte er sich, könnte man ein Kind besser verstecken als in einem Haus, durch das gerade die Spurensicherung gegangen war? Aber würde ihn Brederloh dann einladen, mit reinzukommen? Vielleicht war sie auch im Eishaus oder im Keller? Rechnete Brederloh überhaupt damit, dass er dort nachsehen würde? Oder im Kofferraum?

»Öffnen Sie bitte mal Ihren Kofferraum!«

Der Mann fragte nicht einmal mehr nach dem Warum. Er tat es einfach, und Benthien erblickte einen sehr aufgeräumten Kofferraum, in dem sich nur die notwendigen Utensilien wie Verbandskasten, Warndreieck und ein Paar Gummistiefel befanden. Auch kein Bodenbelag aus anthrazitfarbenem Polypropylen.

Danach betraten sie das Haus. Benthien sah die Räumlichkeiten – bis auf die Küche – jetzt zum ersten Mal, und genau wie Lilly empfand er sie als kahl und leer, nur Marthas Schlafzimmer vermittelte einen Anflug von Geborgenheit. Nein, hier im Haus hatte außer ihr niemand mehr gewohnt. Er ging durch alle Zimmer, schaute in Schränke und Truhen und unter die Betten, auch den Keller ließ er nicht aus. Nirgendwo eine Spur von Jenny. Aus der Küche erklangen leise Geigentöne, offenbar hatte Brederloh seine Musik-CD mit ins Haus gebracht. Als Benthien zurück in die Küche kam, hatte Brederloh im Ofen Feuer gemacht, saß am Küchentisch und starrte vor sich hin.

»Mit Ihrer Wohnung sind wir übrigens fertig«, sagte Benthien und setzte sich dazu, »Sie können wieder hinein.«

»Und … haben Sie etwas gefunden?«, erkundigte sich der Mann mit leiser Ironie.

»Nein. Aber mich interessiert noch etwas anderes: Waren Sie schon einmal in den USA?«

Brederloh legte den Kopf in den Nacken und schloss die Augen. »Wer war das nicht?«

»Wann?«

»Vor fünf Jahren habe ich mit meiner Frau und meiner Tochter eine Rundreise gemacht, durch einige der Nationalparks. Und vor sieben oder acht Jahren war ich zwei Wochen in San Francisco. Die Bundesarchitektenkammer hatte zusammen mit dem amerikanischen Pendant zu einem Treffen eingeladen, das Motto war ›Architektur der Westküste‹. Ich war mit zwei Freunden dort, wir haben eine Rundfahrt gemacht, und es war hochinteressant und sehr beeindruckend. Wir sind voller neuer Ideen zurückgekommen.«

Seine Stimme, die für ein paar Sekunden fast euphorisch geklungen hatte, beendete den Satz traurig und bedrückt. Benthien erinnerte sich daran, dass Brederloh nicht mehr als Architekt arbeitete.

»Waren Sie vor zwanzig Jahren schon mal in Amerika?«

»Nein. Der Aufenthalt an der Westküste war mein erster Besuch. Und die Rundfahrt mit der Familie der letzte.«

»Sie haben im Dezember mit Anja Derlings Ex-Freund Kim in Thailand telefoniert. Warum?«

Brederloh wählte ein anderes Musikstück. Klavier, eine Mozart-Sonate, vermutete Benthien. »Ich hatte die ganze Zeit, seit sie nach Thailand aufgebrochen war, nichts von Anja gehört und machte mir Sorgen. Sie wollte mit mir per E-Mail den Kontakt halten, aber es kam nichts. Da habe ich bei diesem Kim nachgefragt, ob es ihr gut geht, ob sie gut angekommen ist. Anja war da gerade unterwegs, aber sie rief auch später nicht zurück.«

»Und am Sonntag, an dem Tag, als sie verschwand, haben Sie mit ihr telefoniert, wenn auch nur kurz.«

Brederloh warf ihm einen spöttischen Blick zu. »Alle Wetter, Sie haben aber Ihre Hausaufgaben gemacht, Herr Hauptkommissar! Hoffentlich führen sie auch bald zu dem Mörder.« Sein Gesicht verdunkelte sich. »Wenn Sie's genau wissen wollen, wir haben uns gestritten. Anja warf mir vor, dass ich sie überwache, *dass ich sie stalke*, nur weil ich wissen wollte, ob sie gut zurückgekommen sei und was sie in Thailand so erlebt habe. Ich halte solche Fragen für völlig normal, wenn man befreundet ist, Anja offenbar nicht. Spätestens da wurde mir klar, dass sie keine Freundschaft mehr wollte. Dass sie, aus welchen Gründen auch immer, unserer Freundschaft überdrüssig geworden war.« Er lachte unfroh. »So etwas kenne ich sonst nur von Beziehungen, aber wir hatten ja gar keine.«

»Es war eine herbe Enttäuschung für Sie.«

»Aber deshalb habe ich sie immer noch nicht umgebracht. In zwei Tagen ist Marthas Beerdigung. Werden Sie auch da sein?«

»Wenn ich kann«, antwortete Benthien und stand auf. »Ich habe vor, jetzt zum Eishaus zu gehen. Wollen Sie mitkommen?«

Brederloh schüttelte den Kopf. »Sonderbare Ideen haben Sie!«

Benthien, der vorausschauend seine Gummistiefel angezogen hatte, denn auf dem Pfad lag immer noch nasser, pappiger Schnee, sah schon von Weitem, dass jemand die Metalltür mit einem Vorhängeschloss gesichert hatte. Vermutlich die Spurensicherung. Oder doch Brederloh? Leicht genervt wanderte er zum Haus zurück und ging auf die Suche nach einem Bolzenschneider. Den fand er nicht, aber in einem alten Messingschälchen etliche Schlüssel. Brederloh saß immer noch untätig da und hörte Musik, scheinbar völlig desinteressiert an dem, was Benthien tat.

Einer der Schlüssel passte tatsächlich, und Benthien stellte überrascht fest, wie sauber es im Eishaus aussah, als hätte jemand den Boden abgesaugt – was die Kollegen wahrscheinlich sogar getan hatten.

Jenny war jedenfalls nicht hier.

Er brachte den Schlüssel zurück, verabschiedete sich von Brederloh und ging zu seinem Wagen. Er hatte auf einmal wieder diesen Songtext im Ohr und dieses Bild vor Augen: »*And why are you so quiet now, standing there in the doorway? You chose your journey long before you came upon this highway.*« So würde er Martha Gropius immer in Erinnerung behalten: ein verlassener Mensch im Schnee, der in der Tür stand, nach ihnen Ausschau hielt und nach Wärme hungerte.

Er würde ganz sicher zu ihrer Beerdigung gehen.

Mauseöhrchen,

kannst du dir vorstellen, wie ein solch zerstrittenes, von Hass, Gewalt und gelegentlichen Ausbrüchen krankhafter Leidenschaft geprägtes Paar wie deine Mutter und ich ein Kind großziehen sollte? Es versorgen, ihm Liebe und Geborgenheit schenken, ohne dass es für den Rest seines Lebens geschädigt wäre?
Ich hätte damals gesagt, ein Kind wäre das Letzte, was wir beide brauchten, aber ich wurde ja nicht gefragt.
Du kamst auf die Welt, und gegen jede Vorstellung, gegen jede Vernunft war ich glücklich. Es war so schön, so bereichernd, dich heranwachsen zu sehen, und nach einer depressiven Phase wurde auch deine Mutter erstaunlich ruhig und gelassen. Ihre Schauspielträume hatte sie, zumindest vorerst, aufgegeben, ab und zu spielte sie in einem Laientheater mit. Für eine ganz kurze Zeit waren wir beinahe glücklich. Rabea dachte weniger an sich selbst und beschäftigte sich dafür hingebungsvoll mit dir, dein Wohl stand für sie an erster Stelle. Irgendwann allerdings wurde mir klar, dass sie auch hierbei wieder übertrieb. Sie war geradezu besessen von dir. Dass ich als Vater auch einen Anteil an der Familie hatte, ignorierte sie, ich spielte keine Rolle mehr, weder als Vater noch als Ehepartner, ich durfte lediglich noch das Geld heranschaffen.
Deine Mutter, Mauseöhrchen, war durch und durch eifersüchtig auf mich und jeden anderen, der in deine Nähe kam. Sie wollte dich ganz und gar, mit Haut und Haaren als ihren ureigenen Besitz. Voller Angst habe ich beobachtet, wie sie sich an dich klammerte und dir die Luft zum Atmen nahm, wie sie dich überwachte und keine Sekunde aus den Augen ließ.
Immer wieder hatten wir Streit deswegen, aber Rabea ließ sich nichts sagen. Sie fing wieder an, mich zu schlagen, jedesmal,

wenn ich in irgendeinem Punkt anderer Meinung war als sie. Ich stand vor dem Dilemma, den Dingen einfach ihren Lauf zu lassen und Rabea nach dem Mund zu reden, denn dann herrschte beinahe so etwas wie Frieden zwischen uns. Oder ich konnte deine Partei ergreifen und für dich kämpfen, damit du ein selbstbewusster, selbstständiger Mensch werden könntest, doch dann musste ich mit bösartigen Attacken und Prügeln rechnen.
Was hättest du an meiner Stelle getan?
Ich wusste es auch nicht und schwankte zwischen beiden Möglichkeiten hin und her. Rabea irgendwie zur Vernunft zu bringen, hatte ich längst aufgegeben. Dennoch, es brach mir das Herz, mit anzusehen, wie du gelitten hast unter ihrer willkürlichen, unbeherrschten Art, wie du langsam ersticktest und deines Willens beraubt wurdest, ohne überhaupt zu begreifen, was dir geschah. Ich hoffe von ganzem Herzen, mein Mausezähnchen, dass du irgendwann aus diesem Gefängnis ausbrechen kannst und erkennst, was deine Mutter dir angetan hat und noch immer antut. In mir brodelte ohnmächtige Wut, und der Hass gegen deine Mutter trieb seltsame Blüten, und dennoch, in irgendeiner kleinen Ecke meines verrotteten Herzens, liebte ich sie noch immer. Ich überlegte, sie zu verlassen, aber das ging nicht, denn dann hätte ich dich verloren. Und du wärst diesem Monster hilflos ausgeliefert gewesen, das nur durch dich noch lebt, indem es sich an dir mästet, an deiner Fröhlichkeit, an deiner Arglosigkeit, an deiner Unschuld. Das alles hat sie nämlich nicht, nur durch dich kann sie wenigstens einen kleinen Blick in diese helle, heile Welt werfen, zu der sie keinen Zugang hat. Dafür braucht und benutzt sie dich.
Zuletzt sah sie mich immer mehr als ihren Feind und begann mit viel Geschick, einen Keil zwischen uns zu treiben.
Manchmal wurde mein Hass auf deine Mutter so groß, dass ich,

wenn sie im Bett lag und schlief, meine Hände um ihren Hals legte und lange, lange mit mir kämpfen musste, um nicht so fest zuzudrücken, als wollte ich eine Zitrone bis zum letzten Tropfen auspressen.
Einmal tat ich es, diesmal am helllichten Tag, und damit traten wir in die letzte Phase unserer kranken Beziehung ein.

Kapitel 33

Sabine Severin war am Dienstagmorgen pünktlich in der Flensburger Polizeidirektion eingetroffen. Benthien hatte jeden dorthin bestellt, der in die Fälle involviert war – außer Sabine Severin auch Jana Bronnen, Elke Derling und ihren Mann, die Verdächtigen Johannes Brederloh, Thorben Gruber, Walter Rittstieg samt seiner Frau. Nur Levkes Freund Jenko Andresen war aus naheliegenden Gründen abwesend. Zu Benthiens Ärger hatte er sich noch immer nicht aus Südafrika gemeldet.

Die Sarfelds konnten nicht kommen. Lutz Sarfeld hatte man die Fotos gemailt und auch bereits Antwort erhalten: Beide, Lutz Sarfeld und seine Frau Rieke, hatten noch nie einen dieser Menschen gesehen. Auch die amerikanischen Namen waren ihnen unbekannt.

»Haben Sie schon irgendetwas erreicht?«, fragte Frau Severin, als sie von Benthien in den großen Konferenzraum geführt wurde. Dort hatte er die Fotos, mit Namen beschriftet, auf dem Tisch ausgebreitet. Dass ein Kind verschwunden war, war bisher noch nicht an die Öffentlichkeit gedrungen, und so sollte es auch bleiben.

Er antwortete ausweichend, und Sabine Severin widmete sich den Fotos. »Und ich soll Ihnen jetzt sagen, ob ich die Leute vom Sehen oder vom Namen her kenne?« Sie nestelte ihr Halstuch aus der Winterjacke, offenbar war ihr warm geworden.

Benthien nickte. »Lassen Sie sich Zeit, es eilt nicht. Darf ich Ihnen einen Kaffee anbieten?«

Er durfte und füllte gerade Milch in die Tasse, als Frau Severin einen überraschten Laut von sich gab. »Die hier kenne ich … aber …«, sie unterbrach sich. »Kann ich das Bild anfassen?«

Benthien nickte, und die Frau hob es hoch und betrachtete es lange und konzentriert. »Sie hat wohl geheiratet«, sagte sie dann, als habe sie endlich für sich eine Erklärung gefunden, und legte es wieder hin. »Damals hieß sie Jana Alessio. Wir haben früher einige Ställe an Pferdebesitzer vermietet, und Jana kam oft zum Reiten auf den Hof. Wir kannten uns schon von einem Ferienlager.« Sabine Severin stockte. »Ist sie nicht … die Mutter des getöteten Kindes auf Amrum? Mein Gott, die arme Jana!«

Benthien verbarg sein Erstaunen und fragte: »Kennen Sie sonst noch jemanden?«

Die Männer ließ sie links liegen, aber dann zögerte sie wieder, und ihre Hand schwebte unentschlossen über dem Foto von Elke Derling.

»Ich habe ein schlechtes Gedächtnis für Gesichter«, entschuldigte sie sich.

»Aber dieses hier kommt Ihnen bekannt vor?«

»Vage. Aber ich kann mich auch täuschen. Vielleicht ist es nur eine Ähnlichkeit. Ich kannte vor vielen Jahren eine Frau, die ihr ähnlich sah.«

»Schließen Sie die Augen«, sagte Benthien, »und denken Sie noch einmal nach. Es handelt sich hier um Elke Derling, sie ist die Mutter von Anja Derling …«

»Natürlich!« Sie riss die Augen auf. »Sie war auch im Schwarzwald, genau wie Jana … sie war …sie war die Köchin … Elke und Heinz! Oder hieß er Hans? Er arbeitete als Hausmeister, sie war die Hauswirtschafterin. Wir haben uns nur beim Vornamen genannt, deswegen sagte mir der Name Derling nichts.«

»Sie reden von diesem Ferienheim …«

»*Ferienglück*, so hieß es.« Sie starrte ihn an. »Jana, Elke, Hans und ich … wir alle vier waren vor fünfundzwanzig, dreißig Jahren im Haus *Ferienglück* beisammen. Jana als Ferienkind, ich als Betreuerin. Ist das nicht seltsam?«

Das fand Benthien allerdings auch. Und noch viel seltsamer war, dass auch er und Tommy zu den Menschen gehörten, die einmal in diesem Ferienheim gewesen waren. Ihm wirbelten Gedanken durch den Kopf wie Farben in einem Kaldeidoskop, wirr, bunt, schwer zu greifen. Hatte er hier endlich das verbindende Element gefunden? Hatten nicht die Opfer etwas gemeinsam, sondern deren Angehörige? Nämlich die Tatsache, dass sie alle zu einer bestimmten Zeit an einem bestimmten Ort im Schwarzwald gewesen waren? Irgendetwas Schlimmes musste damals passiert sein. Aber was? Er konnte sich an keinerlei Katastrophen erinnern. Im Gegenteil, es war eine fröhliche, sonnige Zeit gewesen!

Benthien hoffte, dass Fitzen bald da wäre, damit er sich mit ihm austauschen könnte. Die Frage war doch, hatte der Eismörder ebenfalls einen Bezug zu dem Ferienheim? War er dort gewesen, oder war er ein Angehöriger? Und was, zum Teufel, hatte sich dort zugetragen?

Sein Handy klingelte, er entschuldigte sich bei Sabine Severin und ging hinaus auf den Flur. Es war Ulli, Fitzens Lebensgefährtin, und sie war ziemlich aufgebracht.

»Was ist eigentlich los?«, fuhr sie ihn an. »Immer wenn ich Tommy anrufe, legt er auf oder nimmt das Gespräch gar nicht erst an. Ist er verrückt geworden? Er behandelt mich wie eine Fremde. Was ist denn nun mit Jenny? Ist sie wieder aufgetaucht?«

Benthien versuchte, sie zu beruhigen und versprach ihr, dass

Tommy sie anrufen würde, sobald er in der Polizeidirektion auftauchen würde.

»Ja, sag ihm das!«, fauchte Ulli. »Ich verstehe ja, dass er sich Sorgen macht, aber wenn er so tut, als gehörte ich nicht zur Familie, dann ... dann ... ach was!« Und schon hatte sie aufgelegt.

Benthien nutzte die Gelegenheit, um die Sarfelds in Berlin anzurufen. Lutz Sarfeld meldete sich fast sofort. Benthien erkundigte sich, ob er oder seine Frau jemals in einem Kinderheim im Schwarzwald gewesen wären, und erschrak beinahe, als Sarfeld bestätigte, jawohl, im Alter von neun oder zehn Jahren wäre er tatsächlich in so einem Ferienlager gewesen. In einem Dorf namens Schwarzenberg. Beim Abgleich der Daten stellte Benthien fest, dass er, Tommy und Sarfeld zur selben Zeit dort gewesen waren. Dennoch hatte er sich an Sarfeld nicht erinnern können, weder an den Namen, noch an das Gesicht.

Auf dem Weg zurück ins Konferenzzimmer traf er auf dem Flur Johannes Brederloh. Auch ihn fragte er, ob er jemals in einem Kinderheim im Schwarzwald gewesen war, doch Brederloh verneinte. »Ich musste mit meinen Eltern in die Hochalpen fahren und zu den Gipfelkreuzen wandern«, seufzte er. Und soweit er wusste, war auch Martha Gropius nie in einem Kinderheim gewesen.

Als sie zusammen den Raum betraten, in den Lilly inzwischen auch Jana Bronnen und Elke und Hans Derling geführt hatte, wurde Brederloh von niemandem außer den Derlings erkannt. Er begrüßte alle, umarmte Elke kurz, sah sich die Fotos an, dann war er auch schon wieder draußen.

»Ich muss noch zum Bestatter«, sagte er und schaute auf die Uhr. »Und nein, außer den Derlings kenne ich niemanden.«

Endlich tauchte Fitzen in Begleitung seiner Ex-Schwiegermutter auf, die sich die Fotos ebenfalls ansehen sollte. Sie war eine kühl wirkende, elegante Frau, die keine Ähnlichkeit mehr mit dem aufgelösten Bündel Mensch hatte, das sie noch gestern Abend gewesen war. Auch sie war schnell wieder draußen, auch sie hatte niemanden erkannt.

»Von all den Männern hast du noch nie jemanden gesehen?«, drängte Fitzen, doch Frau Elert meinte nur, sie müsste doch wohl nicht alles zweimal sagen.

Benthien fragte sie, ob ihre Tochter Katharina – die noch heute Mittag mit dem Flieger in Hamburg ankommen wollte – jemals in einem Ferienlager im Schwarzwald gewesen wäre, doch Frau Elert verneinte. Sie musterte ihn, als hätte er eine unanständige Frage gestellt.

»Seht ihr nur zu, dass ihr Jenny zurückbringt«, meinte sie bissig, dann war sie verschwunden. Ein Streifenwagen sollte sie nach Hause bringen.

Benthien zog Fitzen in ihr gemeinsames Büro.

»Warte mal!«

Er rief Lilly auf dem Handy an und instruierte sie. Sie sollte Sabine Severin, Jana Bronnen und die Derlings auf keinen Fall gehen lassen, sondern mit ihnen zusammen im Konferenzraum bleiben und dezent zuhören, worüber sie sich unterhielten. »Sprechen sie über ihre Zeit im Schwarzwald?«

»Ja«, sagte Lilly verwundert.

»Du kannst gern ihre Erinnerungen ein wenig anschieben. Halte das Gespräch am Laufen. Und wenn Gruber und Rittstieg kommen, sollen alle im Raum bleiben, es schadet nichts, wenn sie die beiden sehen. Sag ihnen, dass Fitzen und ich nachher noch mit ihnen sprechen wollen, bis dahin bleiben sie auf jeden Fall hier!«

SF und Mikke betraten das Büro, in dem sich Benthien und Fitzen schon eine ganze Weile besprachen. Dass Jenny verschwunden und möglicherweise entführt worden war, wusste nur der engste Kollegenkreis, und Fitzen wollte auch, dass es vorerst so bliebe. Die Befragung der Nachbarschaft hatte nichts ergeben, außer dass ein gelbes Postauto zur fraglichen Zeit gesehen worden war. Juri hatte eben die Nachricht entgegengenommen. Fitzen wollte sofort wieder losrasen und den Fahrer höchstpersönlich befragen, doch Benthien hielt ihn zurück. »Tommy, die Spur mit dem Ferienheim ist die wichtigste Spur, die wir bisher haben«, sagte er. »Und wir beide waren damals vor Ort. Es scheint demnach etwas Persönliches zu sein, da ist es vielleicht ausschlaggebend, dass wir uns alle auf unsere Erinnerungen konzentrieren. Der Postwagenfahrer kann von jedem Beamten befragt werden. Wir können Mikke schicken, was meinst du?«

Fitzen war einverstanden, und so wurden Mikke und SF über Jennys Entführung informiert. SF sagte nicht viel, außer dass es ihm leidtäte. Mikke dagegen war fast am Boden zerstört.

»Natürlich befrage ich den Kerl«, versprach er.

Der junge Kollege zog ab, und SF berichtete von der Überprüfung des Alibis von Thorben Gruber. Dafür war er extra nach Dänemark zu dem Bauern gefahren, bei dem Gruber und seine Freundin am Tag, als Anja Derling verschwand, den alten Stangenherd abgeholt hatten.

»Er hat es bestätigt«, sagte SF. »Auch im Restaurant, in dem sie anschließend zu Abend gegessen haben, hat man die zwei wiedererkannt. Dann aber«, er machte ein Gesicht, dem anzusehen war, dass gleich etwas Wichtiges kommen würde, »hat er uns ganz dreist belogen. Laut seiner Aussage und der seiner Freundin sind sie direkt nach Tönning zurückgefahren.«

»Da fährt man doch genau an Langenhorn vorbei, direkt an Anja Derlings Haus?«, bemerkte Fitzen stirnrunzelnd.

»Nicht nur das, sein Handy war dort auch die gesamte Nacht eingeloggt!« SF klang triumphierend. »Von wegen, der war zu Hause in Tönning! Der war in der Region Langenhorn-Niebüll! Soll ich weiter dranbleiben?«

Benthien nickte. »Natürlich. Er kommt übrigens gleich her, zusammen mit Frau Felten. Vernehmen Sie die beiden, wenn wir mit ihnen fertig sind.«

»Aber gerne doch«, sagte SF und verließ das Büro.

»Thorben Gruber?«, fragte Fitzen und rannte mal wieder durchs Zimmer. »Aber was hat der denn mit Jenny zu tun? Oder mit dem Ferienheim im Schwarzwald?«

Ehe Benthien antworten konnte, steckte Lilly den Kopf herein und meldete, dass die Rittstiegs eingetroffen seien.

»Wieso bin ich denn dabei?«, fragte Rittstieg ungehalten und deutete auf die Fotos auf dem Tisch. Die drei Frauen, die beisammen in einer Ecke an einem kleinen Tisch saßen, beachtete das Ehepaar Rittstieg nicht. Elkes Mann war schon wieder gegangen, er wollte sich um den Enkel kümmern.

»Ich habe doch nichts mit diesen Morden zu tun!«, fügte Rittstieg hinzu, und seine Stimme wurde lauter.

»Bitte, denken Sie nach«, sagte Benthien eindringlich. »Kennen Sie irgendjemanden dieser Personen?«

»Nein!«

»Sehen Sie genau hin!«, schnauzte ihn Fitzen an.

»Ich habe Nein gesagt!«

»Hinsehen, verdammt noch mal! Glauben Sie, wir sind hier im Kindergarten? Soll ich Ihnen den Kopf halten? Sind Sie blind?«

Fitzen machte tatsächlich Anstalten, Rittstiegs Kopf in die richtige Richtung zu drehen, und Benthien ging schnell dazwischen. Mithilfe von Rittstiegs Frau, die sich die Fotos ebenfalls ansah, gelang es ihm, den Mann dazu zu bringen, den Bildern seine Aufmerksamkeit zu schenken. Beide verneinten energisch, eine dieser Personen schon einmal gesehen zu haben. Benthien legte einen Finger an das Foto von Jenko Andresen. »Den hier auch nicht?«

»Nein, auch den nicht!«

Jana Bronnen stand auf und näherte sich dem Ehepaar. Sie sah noch grauer, noch eingefallener aus als zuvor. »Sie kennen mich doch, ich bin Jana Bronnen-Alessio, die Mutter von Levke«, sagte sie nur. Das Ehepaar Rittstieg blickte betroffen drein, und der Mann wurde sichtlich kleinlaut. Beide stotterten etwas vor sich hin, das wohl eine Art Beileidsbekundung sein sollte.

Jana Bronnen blickte Walter Rittstieg direkt in die Augen. »Haben Sie meine Tochter gekannt? Haben Sie ihr in Hamburg ein Zimmer in einer WG angeboten?«

»Nein! Ganz bestimmt nicht … ich schwöre, ich habe Ihre Tochter noch nie in meinem Leben gesehen! Und zu Hamburg habe ich keinerlei Verbindung!«

»Wo waren Sie gestern Nachmittag ab vierzehn Uhr?« Fitzen hatte sich Rittstieg genähert und stand nun drohend vor ihm.

Rittstieg blickte verstört um sich. »Gestern«, stotterte er, »wo war ich gestern? Da war ich … da war ich doch auf Amrum … am Nachmittag?«

»Wir haben zu Hause mittaggegessen und uns dann hingelegt«, sagte Frau Rittstieg ruhig. »Dann haben wir einen Rundgang um die Südspitze gemacht, und abends waren wir in einem Vortrag mit dem Thema ›Nordsee – Mordsee‹.«

»Wir werden das überprüfen«, sagte Fitzen unfreundlich, und Benthien machte den Rittstiegs ein Zeichen, dass sie gehen konnten.

Lilly registrierte, dass die drei Frauen äußerst erstaunt waren, als sie erfuhren, dass auch Tommy Fitzen und John Benthien in dem Schwarzwälder Kinderheim gewesen waren.

»Dann warst du … Sie waren JoJo?«, entfuhr es Sabine Severin, die damals als Betreuerin im Heim gearbeitet hatte. »Sie haben uns viel Arbeit abgenommen, Sie und dieser andere Junge … wie hieß er doch noch gleich …«

»Faxe«, sagte Benthien und deutete auf Fitzen. »Das war er.«

Lilly konnte es immer noch nicht recht glauben. John und Tommy waren zusammen in einem Ferienlager gewesen, das sich jetzt offenbar als die Wiege des Bösen entpuppte.

Sabine Severin, die ihre Verwunderung bemerkte, aber falsch interpretierte, sagte: »Frau Mantau, der das Haus gehörte, hat das alles sehr unprofessionell aufgezogen. Sie dachte, zwei Betreuerinnen würden ausreichen. Leider hat sie uns immer wieder zu allgemeinen Arbeiten im Haus herangezogen, und die Kinder blieben in der Zeit sich selbst überlassen.«

»Das war ja gerade das Schöne daran, wir konnten im Prinzip machen, was wir wollten«, sagte Benthien.

»Heute wäre so etwas kaum mehr möglich«, meinte Jana Bronnen.

»Aber wie«, fragte Lilly, »kann es denn sein, dass sich eine Gruppe von Menschen aus Nordfriesland auf die weite Reise nach Süddeutschland macht? Wieso haben sich alle dort im Schwarzwald getroffen?«

»Bei uns war es so«, sagte Elke Derling, »dass uns die Kirchengemeinde diese Anstellung als Köchin und Hausmeister für die Sommermonate vermittelt hat, genauer gesagt der Vikar, Herr Todsen. Er war selbst aus der Gegend hier heraufgezogen, stammte aus Schwarzenberg im Murgtal, und Frau Mantau war wohl eine Freundin seiner Mutter gewesen. Ihr Mann war plötzlich verstorben, sie hatte das große Haus am Hals und suchte nach einer Möglichkeit, wie sie Geld verdienen könnte. Da kam wohl jemand auf die Idee mit dem Ferienheim. Die Eltern konnten sich bei Herrn Todsen bewerben, und er hat die Kinder für das Ferienheim ausgesucht.«

»Ich meine auch, den Namen Todsen schon mal gehört zu haben«, sagte Benthien. »Ich werde meinen Vater nach ihm fragen.«

Fitzen sprang auf. »Lebt dieser Todsen noch?«

Frau Derling wirkte irritiert. »Ja, natürlich, er war über Jahre hinweg unser Pfarrer, jetzt ist er in Pension. Aber er engagiert sich, und ich habe oft mit ihm zu tun …«

»Alles klar.« Fitzen zog bereits seine Jacke an.

»Warte«, sagte Benthien, »wir fahren zusammen!«

Frau Derling meldete sich erneut zu Wort: »Herr Todsen ist erst heute Abend wieder zu Hause, weil er gerade eine Hilfslieferung für Afrika zusammenstellt …«

»Dann rufen Sie ihn an, wir müssen ihn auf der Stelle sprechen!«

Doch am Handy von Herrn Todsen meldete sich niemand, noch nicht mal die Mailbox. »Er ist nicht so besonders handyaffin«, bemerkte Frau Derling. Fitzen, mit dem Mobiltelefon in der Hand, verließ den Raum. Offenbar hatte er vor, Todsen alle naselang anzurufen.

»Warum haben Sie aufgehört, dort zu arbeiten?«, fragte Lilly Elke Derling.

»Wir suchten eigentlich etwas für die Dauer, und auf Dauer

wollten wir nicht in Süddeutschland bleiben. Außerdem war die Bezahlung schlecht und das Betriebsklima war … nun ja.« Sie blickte zu Sabine Severin hinüber, die zur Bestätigung nickte.

»Die alte Dame, Frau Mantau, war sehr eigenwillig und nicht besonders liebenswürdig. Sie hatte ständig so einen Feldwebelton an sich …«

Benthien setzte sich aufrecht hin. »Irgendetwas muss damals, in dem Zeitrahmen, als wir alle zusammen dort waren, passiert sein. Denken Sie nach! Sie waren damals erwachsen, Sie haben mehr mitbekommen als wir Kinder. Was ist passiert?«

»Ein Unfall ist passiert«, sagte Elke Derling nach einer Weile des Schweigens und rührte heftig in ihrer Tasse. »Aber dafür konnte niemand etwas.«

»Wenn überhaupt einer die Schuld daran trägt, dann war es Frau Mantau, weil sie die Schaukel nicht richtig hat warten lassen«, schaltete sich Sabine Severin ein. »Sie müssen sich doch auch daran erinnern«, fuhr sie, zu Benthien gewandt, fort. »Waren Sie nicht dabei, als es passierte?«

Benthien überlegte fieberhaft, aber ihm fiel nichts Weltbewegendes ein. Er konnte sich an absolut keinen Vorfall erinnern, der so schlimm gewesen wäre, dass jemand dafür hätte morden müssen. Und schon gar nicht an einen Unfall.

»Da war doch dieses Mädchen, das von der Schaukel fiel«, sagte Elke Derling, als sie merkte, dass Benthien immer noch nicht wusste, wovon sie sprachen. »Eine der Trägerketten hatte sich gelöst, als sie gerade besonders hoch schaukelte. Sie fiel herunter und schlug gegen einen Betonkübel. Sie starb noch am Unfallort, vor aller Augen. Das war ein Grund, warum wir nicht länger geblieben sind.«

In diesem Augenblick stürzte Fitzen in den Raum. »Wir

können erst heute Abend mit Todsen reden«, verkündete er missmutig. Er wandte sich an die Frauen. »Können Sie uns eine Liste mit allen Namen der Kinder und Angestellten machen, die damals in dem Ferienheim waren?«

Benthien informierte ihn über die neuesten Erkenntnisse. »Ein Kind ist tödlich verunglückt, das muss allerdings passiert sein, nachdem wir abgefahren waren, denn daran würde ich mich natürlich erinnern!«

»Ich war damals noch im Heim und habe den Unfall mit angesehen«, sagte Jana Bronnen. »Aber was soll denn das mit den Morden hier oben zu tun haben, so viele Jahre später?«

Benthien stand auf, die Unruhe trieb ihn durchs Zimmer. Jana Bronnen hatte recht. Wie hing das alles zusammen? »Weiß jemand, wie das Kind hieß?«

»Irgendwas mit A«, meinte Sabine Severin. »Anna, Annie, Annegret … ja, das war's wohl, sie hieß Annegret. Den Nachnamen weiß ich nicht.«

»Sie war ein nettes Mädchen«, sagte Jana Bronnen. »Immer fröhlich und gut gelaunt und sehr hilfsbereit. Es war ein entsetzliches Ende eines schönen Ferienaufenthaltes. Seit damals habe ich nie wieder daran gedacht. Ich habe es wohl verdrängt.«

Bevor die drei Frauen die Polizeidirektion verließen, vereinbarte Benthien mit ihnen, dass sie nach Fotos aus diesem Sommer im Schwarzwald suchen und sie ihm so schnell wie möglich schicken sollten. »Jedes Detail kann wichtig sein!«, sagte er eindringlich.

Elke Derling und Jana Bronnen versicherten, keine Fotos aus der Zeit mehr zu haben, aber Sabine Severin versprach, danach Ausschau zu halten.

»Gruber scheint wie vom Erdboden verschwunden zu sein«, sagte SF. »Hier ist er jedenfalls nicht aufgetaucht, und übers Handy ist er nicht erreichbar. Ein Nachbar, den ich angerufen habe, sagte allerdings, er wäre in seinem Laden. Soll ich ihn herholen?«

»Überlassen Sie das der örtlichen Polizei. Helfen Sie uns lieber, die Leute aufzuspüren, die damals in dem Ferienheim im Schwarzwald waren. Wir müssen jeden Einzelnen von ihnen identifizieren«, sagte Benthien.

»Dafür bin ich genau der Richtige!«, entgegnete SF lächelnd. »Solche Recherchen machen mir Spaß. Ich werde gleich mal die dortige Polizei kontaktieren.«

»In den Medien ist nichts über einen Unfall im Ferienheim *Ferienglück* zu finden«, sagte Lilly, die mit ihrem Laptop vorübergehend in Benthiens und Fitzens Büro gezogen war. »Aber damals gab es ja auch noch kein Internet.«

»Über das Kinderheim selbst gibt es offenbar auch keine Informationen«, knurrte Fitzen und schlug auf die Tastatur ein. Zwischendurch sprang er immer wieder auf, raste durchs Zimmer und rief Todsen oder seine Schwiegermutter oder den Leiter der Hundertschaft an, die nach Jenny suchte, ohne aber etwas Neues zu erfahren. Ab und zu streckte er seinen Kopf aus dem Fenster, anscheinend, um sich abzukühlen.

Mikke rief an und meldete, dass er den Postwagenfahrer getroffen habe. Der war sicher, einen dunklen Pick-up gesehen zu haben, in dem zwei Menschen und ein großer Hund saßen. Der Hund, meinte er, sei einfarbig braun gewesen, den Fahrer konnte er allerdings nicht näher beschreiben, da er Mütze und Sonnenbrille trug. Außerdem hatte ihn als Tierfreund nur der Hund auf dem Vordersitz interessiert.

»Ein Hund!«, sagte Fitzen und hielt in seiner Rennerei inne.

»Verdammt, mit einem Hund kann man Jenny auf jeden Fall locken. Warum erlaubt ihr Katharina auch keinen Hund? Das ist doch irre!«

Er rief Katharina an und stritt sich eine ganze Weile mit ihr herum, während Mikke Benthien am Telefon versicherte, er und zwei weitere Streifenbeamte würden jeden Stein nach einem passenden Hund umdrehen. Benthien hoffte, dass dies nun endlich ein brauchbarer Hinweis wäre. Die Hundestaffel, die seit dem Morgengrauen in dem Gebiet unterwegs war, hatte jedenfalls noch nichts gefunden. Aber wer wusste auch schon, wie weit man Jenny verschleppt hatte.

SF kam wieder ins Zimmer.

»Ich habe sie gefunden!«, verkündete er triumphierend. »Annegret Schiebor, so hieß das verunglückte Kind. Die Mutter hatte damals nach dem Unfall allen möglichen Leuten mit Prozessen gedroht. Und das Heim wurde danach aufgegeben.«

Kapitel 34

Jenny fragte sich, wie lange das hier noch andauern sollte, denn sie hatte allmählich die Nase gestrichen voll.

Sie lag rücklings auf dem Bett und fuhr, mangels einer anderen Beschäftigung, mit ihren Beinen in der Luft Rad. Dabei betrachtete sie den Mann, der ihr den Rücken zukehrte und noch immer am Schreibtisch saß und schrieb. Seltsamerweise hatte sie keine Angst vor ihm. Sie hatte durchaus das Gefühl, dass sie ihn um ihren Finger wickeln könnte, wenn sie das ernsthaft wollte, genau wie ihren Vater. Ärgerlich war nur, dass sie bereits seit zwei Tagen in dieser Dachkammer eingesperrt war, die an sich nicht übel gewesen wäre, wenn sie freiwillig hier gewesen wäre. Die Wände hatten eine schnuckelige Blümchentapete, und ein Bild mit vielen Enten, die über eine Wiese liefen, hing über ihrem Bett. Der beige Teppichboden war angenehm kuschelig, man konnte gut darauf liegen und malen, denn der Mann hatte ihr netterweise Buntstifte und einen Malblock besorgt. Außer dem Schreibtisch gab es noch eine alte Standnähmaschine mit einem Blumenmuster aus Eisen, einen kleinen Sessel und einen fahrbaren Heizofen, den sie per Knopfdruck einschalten konnte, wenn ihr kalt war. Was hieß, dass er ständig an war.

Als der Mann vorhin die Tür aufgeschlossen hatte und hereingekommen war, hatte er fast einen Anfall bekommen und gemeint, hier wäre es heiß wie in der Hölle. »Wie kann man denn so eine Hitze nur aushalten?«

»Ich friere eben leicht«, hatte Jennny geantwortet, denn diesen Spruch kannte sie von ihrer Mutter. Dann hatte sie die zwei Hamburger verputzt, die der Mann ihr mitgebracht hatte, und die Flasche Cola geöffnet; das war wirklich sehr aufmerksam von ihm, fand Jenny. Ihre Mutter verbot ihr Cola meistens. Wahrscheinlich wusste der Mann nicht, dass Cola für Kinder nicht gut war, und sie würde es ihm bestimmt nicht sagen.

Nachdem er ein bisschen mit ihr geredet hatte, hatte sich der Mann wieder hingesetzt und in ein großes, dickes Schulheft geschrieben. Komischerweise machte er das immer, wenn er bei ihr war. Sie wusste auch, an wen er schrieb, nämlich an seine Tochter. Die nannte er Mauseöhrchen oder Mauseschnäuzchen. Wie sie wirklich hieß, wusste Jenny nicht.

Jenny setzte sich auf und blickte aus dem kleinen Fenster, das sich unterhalb der Dachschräge befand. Doch was sie sah, war nicht sehr aufschlussreich; sie konnte nur eine schneebedeckte Wiese erkennen und ein Stück Wald. Und manchmal einen Hasen, der durch den Schnee hoppelte. Sie ließ den Blick durchs Zimmer schweifen. Da auch im Dach noch ein Fenster war, war der Raum angenehm hell.

Das Interessanteste im Zimmer, fand Jenny, waren der Schrank und die vielen alten Tiere. Der Schrank war voll von Kleidern, die sie so nur aus Märchensendungen kannte. Kleider, wie Dornröschen, Rosenrot, Frau Holle oder auch Bauernmägde sie vor zweihundert oder mehr Jahren getragen hatten.

Sie waren ihr viel zu groß, aber sie hatte dennoch einige anprobiert und mit ihnen Prinzessin gespielt. Sie hatte den Mann gefragt, wo die Kleider herkamen, aber er hatte nicht geantwortet.

Die Tiere, die überall rumstanden, waren besonders cool. Der Mann hatte ihr erklärt, dass es Antiquitäten wären, nämlich Bronzen aus dem letzten Jahrhundert, die man damals auf den Schreibtisch oder eine Kommode gestellt hatte, einfach nur, um sich daran zu erfreuen.

Am zweitbesten gefiel ihr ein Jagdhund, der mit einer Schlange spielte. Aber am allerbesten gefielen ihr die Bären, ein Schreibtischset, wie der Mann ihr erklärt hatte. Es war goldfarben und vierteilig. Das große Teil, das so schwer war, dass sie es kaum anheben konnte, hatte zwei Tintenfässer, und in der Lücke dazwischen kuschelten sich zwei Bärenkinder aneinander. Dann gab es ein Ding, das Tintenlöscher oder Tintenwippe hieß. Auf dessen Griff balancierte ein weiterer Bär, vielleicht die Mutter der Bärenkinder, und ein anderer saß am Rand eines Aschenbechers, an die Rückwand gelehnt, streckte er schnuppernd den Kopf in die Luft und präsentierte sein dickes Bäuchlein. Jenny hatte bestimmt, dass er der Vater war. Das Schönste war aber der Kerzenleuchter. Daran angelehnt stand ein junger Bär und lugte um die Ecke. Jenny sprach manchmal mit ihm und nahm ihn auch mit ins Bett.

Trotzdem, trotz der schönen Sachen und der spannenden und sonderbaren Geschichten, die ihr der Mann manchmal erzählte, wenn er dazu aufgelegt war, war sie nun ernsthaft böse. Sie wollte verdammt noch mal endlich nach Hause gehen! Zumal der Mann sie reingelegt hatte. Es hatte sich herausgestellt, dass Fröhlich gar nicht sein eigener Hund war, sondern irgendwelchen anderen Leuten gehörte und gar nicht hier wohnte.

Jenny überlegte. Wichtig war, dass sie aus der Dachstube herauskam. Dann würde sie ihm schon entwischen können.

»Wie lange soll ich eigentlich noch hierbleiben?«, fragte sie in Richtung des Rückens des Mannes. Doch der brummte nur und schrieb weiter.

Jenny nahm an, dass sie entführt worden war. Entführungen kannte sie aus dem Fernsehen und weil ihr Papa manchmal davon erzählte. Er warnte sie immer, in fremde Autos einzusteigen. Und sie war so blöd gewesen und tatsächlich darauf hereingefallen, auch deshalb, weil so ein netter Hund im Auto saß. Und dann gehörte der noch nicht mal dem Mann! Jenny wusste, dass Entführer meistens Geld verlangten. Ob ihre Eltern jetzt für sie bezahlen mussten? Und was, wenn sie nicht genug Zaster hatten? So nannte es ihr Papa nämlich. Als sie im letzten Sommer ganz dringend mit ihm ein Eis essen gehen wollte, hatte er ihr einen einsamen Schein in seinem Geldbeutel gezeigt und gesagt, diese zehn Euro wären sein letzter Zaster. Und dann waren sie doch Eis essen gegangen und hatten »den letzten Zaster auf den Kopf gehauen«, wie ihr Papa es ausgedrückt hatte.

»Bist du eigentlich so arm, dass du das Geld von meiner Mama und meinem Papa brauchst?« Jenny produzierte ein künstliches Lachen. »Da wirst du aber in die Röhre gucken, mein lieber Mann! Meine Mama hat nämlich gar kein Geld. Sie sagt immer, jetzt haben wir aber wieder das Konto überzogen. Weißt du, was das heißt? Das heißt, es ist gar kein Geld mehr auf dem Konto. Null! Und mein Papa sagt immer, sein Zaster ist ein Desaster. Ich weiß zwar nicht, was das heißt, aber es klingt nicht gut.«

»Ich will kein Geld von deinen Eltern«, murmelte der Mann.

Jenny war überrascht. »Warum bin ich denn dann hier?«

»Wenn du nur nicht so viel reden würdest«, seufzte ihr Besucher.

»Ich dachte, ich bin hier, weil du so allein bist. Weil deine Tochter nicht da ist. Ich will dich doch nur unterhalten«, sagte Jenny schmeichelnd.

»Das ist sehr nett von dir!«

»Ja, aber jetzt muss ich mal. Groß!«, fügte sie drohend hinzu.

Zuckerbrot und Peitsche, so nannte es ihre Oma. »Soll ich das Zeug etwa alles in den Eimer plumpsen lassen? Stinkt dann wie Sau. Warum gibt es hier eigentlich kein Klo?«

Der Eimer war ihr ein Dorn im Auge, auch wenn er einen Deckel besaß. Der Eimer war einfach pfui und igitt! Unhygienisch, würde ihre Mama sagen.

»Hör zu!« Der Mann drehte sich kurz nach ihr um. »Ich bringe dir nachher einen zweiten Eimer, auf den gehst du. Und jetzt hältst du mal für eine Weile den Mund!«

Und schon wieder begann er zu schreiben. Er schien seiner Tochter viel zu sagen zu haben. Ob die überhaupt schon lesen konnte? Manchmal erzählte er ihr, was er notierte, oder las es ihr vor. Er hatte, fand Jenny, ein sehr seltsames Leben geführt. Er hatte nämlich eine Frau, die ihn nicht mochte. Er sie aber schon. Und dann hatte sie ihm sein Kind weggenommen! Nur um ihn zu bestrafen! Vor allem aber fand sie es komisch, dass er sich von seiner Frau hatte schlagen lassen. Er war doch erwachsen! Und ein Mann! Aber er hatte sie so geliebt, dass er sich alles hatte gefallen lassen, immer in der Hoffnung, es würde besser werden. Nur war es anscheinend nie besser geworden. Da war er erst traurig geworden und dann wütend und dann furchtbar böse. Allerdings verstand Jenny nicht, was sie damit zu tun hatte. Wem nutzte es denn, wenn er sie entführte, wenn er noch nicht mal Geld wollte? Was hatte er mit ihr vor? Wollte er sie jetzt als Tochter haben?

Dagegen hatte sie aber ganz entschieden etwas!

Sie warf sich aufs Bett und überlegte. Sollte sie ihren Plan wahrmachen, den sie sich vor Kurzem überlegt hatte? Würde es ihr gelingen? Aber wann sonst, wenn nicht jetzt? Auf jeden Fall musste sie schnell sein. Den Schlüssel, mit dem er die Zimmertür aufgeschlossen hatte, lag neben ihm auf der Schreibtischplatte. Da musste sie rankommen, musste ihn vorher so weit außer Gefecht setzen, dass er sich eine Weile nicht bewegen konnte.

Jenny griff in die Kissen auf ihrem Bett, grub den schweren Kerzenleuchter aus und richtete sich auf.

Leise fragte sie: »Darf ich mal was sagen?«

»Was denn?«

»Kannst du mir nicht vorlesen, was du gerade an deine Tochter schreibst? Hier ist es so langweilig allein, und du kannst so spannend erzählen!«

Er zögerte, doch dann fing er an zu lesen. Hatte sie es sich doch gedacht, er brauchte jemanden, der ihm zuhörte! Er war es gewöhnt, dass sie sich im Zimmer bewegte, wenn er da war, auch hinter seinem Rücken. Er würde keinen Verdacht schöpfen.

Leise stand sie auf, schlich sich an ihn heran, umfasste den schlanken Körper des Bären mit beiden Händen und schlug zu, geradewegs auf den Hinterkopf. Und dann gleich noch einmal.

Sie zuckte zurück, als ihr sein warmes Blut ins Gesicht spritzte.

Kapitel 35

Gestern hatten Benthien, Fitzen und Lilly noch lange in der Polizeidirektion gesessen und sich überlegt, wie sie an weitere Informationen über das Ferienheim im Schwarzwald kommen sollten, denn der Besuch bei Pfarrer Todsen in Niebüll hatte nicht viel gebracht. Todsen war ein freundlicher alter Herr, der versprach, nach den Unterlagen über die Ferienheime zu suchen, in die er Kinder geschickt hatte. Die müssten noch irgendwo im Keller oder auf dem Dachboden lagern, erklärte er. Sehr vielversprechend, fand Benthien, klang das nicht.

Den Bericht der örtlichen Polizei aus dem Schwarzwald hatten sie inzwischen erhalten. Demnach gab es nichts Geheimnisvolles an dem tragischen Unfall. Das Kind hatte wild geschaukelt, die Kette war abgerissen, das Mädchen noch vor Ort an seinen schweren Kopfverletzungen gestorben. Eine Obduktion hatte nicht stattgefunden.

Frau Mantau und eine Firma, die vor Beginn der Feriensaison die Spielgeräte im Garten überprüft hatte, waren von der Familie verklagt worden, aber das Gericht hatte sie freigesprochen. Letztendlich verlief alles im Sande, und niemand hatte Schuld. Für die Familie musste das Ergebnis niederschmetternd gewesen sein. Benthien erinnerte sich gut an die Schaukel. Er selbst hatte des Öfteren darauf geschaukelt.

»Soweit ich weiß, hatte sie schon einige Jährchen auf dem Buckel«, sagte er. »Und das Holz, in dem die Kette verankert war, könnte angefault gewesen sein. Aber das Gericht hat anders entschieden. Und Geld für eine weitere Instanz hatte die Familie Schiebor wohl nicht.«

»Diese Mantau«, überlegte Fitzen, »wie alt war die damals?«

»Wahrscheinlich nicht so alt, wie wir dachten«, antwortete Benthien. »Ende sechzig?«

»Dann wäre sie jetzt Ende neunzig, könnte also noch leben«, sagte Fitzen und lächelte gequält.

»Ich habe das schon gecheckt«, sagte Lilly. »Eine Frau Mantau ist in Schwarzenberg und in den größeren Orten der Umgebung nicht gemeldet, auch nicht in den Pflegeheimen. Sie wird längst tot sein.«

Frustriert hatten sie sich in den Feierabend verabschiedet. Fitzen musste zähneknirschend zurück zu Katharina und seiner Schwiegermutter fahren. »Sie geben mir die Schuld an allem«, sagte er, und Benthien hatte auch nichts Besseres zu tun gewusst, als ihm vorzuschlagen, mit zu ihm zu kommen und den Abend in einer freundschaftlichen Atmosphäre zu verbringen. Aber Fitzen hatte abgelehnt. Er wollte dort sein, wo Jenny verschwunden war.

Benthien und Lilly hatten endlich mal wieder eine Nacht in Lillys Wohnung miteinander verbracht. Sie hatten halbwegs erfolgreich versucht, jeden Gedanken an die Mordfälle auszuklammern, wobei Benthien allerdings das schlechte Gewissen plagte, wenn er an Jenny dachte, von der immer noch keine Spur zu finden war. Aber jeder brauchte mal eine Pause, sagte er sich, um neue Energien zu sammeln. Zu arbeiten, bis er am Schreibtisch einschlief, brachte es schließlich auch nicht.

Dennoch war die Nacht nur kurz gewesen. John spürte, dass Lilly eigene Sorgen wälzte, die wahrscheinlich mit ihrem Freund Simon zusammenhingen, aber er hatte nicht den Nerv gehabt, das Thema anzusprechen, und Lilly hatte es auch nicht getan. Offenbar fürchteten sie beide einen neuen Disput.

Als er in aller Frühe leise aufstand, um Lilly nicht zu wecken, hatte es plötzlich klick gemacht, und ihm war eingefallen, was sein Vater damals über Pfarrer Todsen erzählt hatte. Er kannte ihn, weil Todsen auf der Schule, in der Ben Mathe und Sport unterrichtete, für einige Zeit den Religionslehrer vertreten hatte. Möglicherweise wusste sein Vater noch mehr über Todsen und das Ferienheim. Daher ging er zum Bäcker, holte reichlich Brötchen und Croissants, um bei einem gemeinsamen Frühstück seinen Vater nach Pfarrer Todsen zu befragen.

Doch zuerst hatte John Schwierigkeiten, zurück in Lillys Wohnung zu gelangen, denn offenbar hörte sie die Klingel nicht. Erst als er einen Wildfremden auf der Straße erspähte, der seinen Hund ausführte und ihm sein Handy für einen Anruf lieh, konnte er Lilly erreichen.

»Tut mir leid«, sagte sie wenig später und rubbelte seine kalten Ohren warm, »ich stelle ab und zu meine Klingel ab, wenn ich meine Ruhe haben will. Und dann vergesse ich, sie wieder anzustellen.«

Mit dem Frühstück bei Ben war sie einverstanden. Benthiens Vater, der fußläufig nur knapp zehn Minuten von Lillys Wohnung entfernt wohnte, machte ein erstauntes Gesicht, als er seinen Sohn und dessen Kollegin und Freundin so früh vor der Tür stehen sah – soweit das bei seinem eingeseiften Gesicht zu erkennen war. Aus der Küche duftete es bereits intensiv.

»Du bist doch nicht schon wieder am Kochen?«, fragte John.

»Wohl eher am Backen«, meinte Lilly und schnupperte. »Es riecht verdammt gut!«

»Nuss-Bananenbrot für meinen Blog«, sagte Ben stolz unter seinem Rasierschaum.

Als sie am Tisch saßen und das absolut genießbare Bananenbrot aßen, fragte Benthien nach Pfarrer Todsen und dem Ferienheim. »Wie kam es eigentlich dazu, dass Fitzen und ich in den Schwarzwald geschickt wurden?«

»Erinnerst du dich nicht? Deine Mutter und ich wollten einen Wanderurlaub machen, und du hattest keine Lust mitzukommen. Todsen hatte ich gerade kennengelernt, er war ein sehr engagierter Seelsorger und hat mir dieses Heim empfohlen, weil er damit der Witwe eines alten Freundes helfen wollte, die sich nach dem Tod ihres Mannes eine neue Existenz aufbauen musste. Warum fängst du denn jetzt mit diesen ollen Kamellen an?«

Benthien hatte beschlossen, seinem Vater nichts von Jennys Entführung zu berichten, denn das hätte ihn zu sehr aufgeregt. Deshalb sagte er nur, dass eine Spur in den Mordfällen dorthin führe.

»Aber doch nicht zu Pfarrer Todsen!«, sagte Ben entsetzt.

»Zu ihm wohl nicht«, meinte Lilly. »Aber kannst du dich erinnern, dass damals in Schwarzenberg ein Unfall passiert ist? Dieses Kind, das von der Schaukel fiel?«

Ben nickte lebhaft. »Das war ja der Anfang vom Ende dieses Ferienheims, und Pfarrer Todsen tat uns allen so leid. Er war am Boden zerstört, obwohl er dieses Kind gar nicht in die Ferienfreizeit vermittelt hatte. Trotzdem hat er sich noch jahrelang Vorwürfe gemacht. Deine Mutter hat immer gesagt, John, dass sie heilfroh war, dass ihr, Tommy und du, schon abgereist wart, als es geschah, und nichts davon mitbekommen habt. Und später war sie immer dagegen gewesen, dich wieder in ein Ferienheim zu geben; sie hätte dabei ein ungutes Gefühl, sagte sie.

Dir hat das gar nicht gepasst, du warst meistens ziemlich sauer, wenn du mit uns wandern gehen musstest!«

Lilly grinste. »Du wolltest dich wohl damals schon lieber am Strand herumfläzen, als deinen Leib zu ertüchtigen, du Faulpelz!«

»Nein, ich wollte nach Kroatien, mir die Schauplätze der Karl-May-Filme ansehen! Habe ich übrigens bis heute nicht geschafft.«

»Du Armer!«

»Irgendwo muss ich noch die Fotos von den Schwarzwaldferien haben, die du mitgebracht hast«, meinte Ben zerstreut und fuhr sich durch seine üppigen weißen Haare. »Aber warum ist das so wichtig? Was hat das mit diesen fürchterlichen Morden zu tun? Es kann doch nicht sein, dass eine Spur in dieses uralte Kinderheim führt, das schon ewig nicht mehr existiert.«

«Weißt du denn, was aus Frau Mantau geworden ist, Vater?«

»Hieß die Besitzerin so? Nein, keine Ahnung, frag doch Pfarrer Todsen. Aber weißt du, was ich weiß und was ich nicht leiden kann, mein Sohn? Dass du die unangenehme Angewohnheit hast, Fragen mit Fragen zu beantworten. Ich bin doch nicht so tüdelig, dass ich das nicht merke!«

»Das ist die Strategie der Kriminologen«, sagte sein Sohn schmunzelnd. »Wenn du mir einen Gefallen tun willst, suche alles heraus, was du an Fotos, Prospekten oder sonstigen Unterlagen über dieses Heim noch finden kannst, Vater. Mehr kann ich dir jetzt nicht sagen. Aber damit würdest du uns weiterhelfen.«

»Und später erzählst du mir alles!«, bestimmte Ben. »Auch das, was nicht in der Zeitung steht! Du weißt doch, dass ich immer noch an meinem Buch über deine Mordfälle schreibe. Dafür musst du mir aber auch Material liefern!«

»Jawohl, Watson«, sagte Benthien und fing an, den Tisch abzuräumen.

Als Benthien und Lilly in der Polizeidirektion eintrafen, saß Fitzen bereits am Computer.

»Thorben Gruber ist bisher nicht aufgetaucht«, begrüßte er sie verdrießlich. »Die örtliche Streife hat ihn nicht in Tönning angetroffen. SF ist los, um ihn zu holen. Nach der Handyortung müsste er in Niebüll sein, da hat nämlich seine Freundin noch eine Wohnung. SF will es bei ihr versuchen.«

Benthien dachte gerade, dass SF verdammt noch mal zu viele Alleingänge machte und Entscheidungen traf, die nicht abgesprochen waren, da fügte Tommy mit rauer Stimme hinzu: »Jenny ist seit beinahe achtundvierzig Stunden verschwunden. Sie suchen jetzt mit einem Sensocopter nach ihr.«

Benthien wusste, dass diese Mikrodrohnen erst seit Neuestem von der Bundespolizei zur Suche nach Vermissten eingesetzt wurden. Wärme-, Tag- und Nachtbildkameras waren an Bord, ebenso eine hochauflösende Videokamera. Durch ihre geringe Größe und Wendigkeit waren sie in einem Bereich von fünfzehn Kilometern gut einzusetzen.

»Die Suche nach dem Hund hat nichts ergeben«, berichtete Fitzen weiter. »Sie haben bisher nur kleine Hunde gefunden, die der Postwagenfahrer im Pick-up nicht hätte sehen können, und einen größeren, der war aber zur fraglichen Zeit zu Hause. Im Augenblick sind alle dabei, die Menschen aufzuspüren, die damals in diesem Kinderheim waren. Frau Mantau ist vor vier Jahren verstorben, die kann man also auch nicht mehr fragen. Übrigens«, fügte er mit einem gewissen Trotz hinzu, »habe ich entschieden, Mikke zu Pfarrer Todsen zu schicken. Er soll ihm beim Suchen der Unterlagen helfen. Alle Anmeldungen für die Ferienfreizeiten liefen in der Pfarrei zusammen, das war sozusagen Todsens Werk; er hat die Ferienfreizeiten organisiert. Später hat er sich auf Familien konzentriert, die sich für ihre Kinder keinen Ferienaufenthalt leisten können. Heute holt er Kinder aus der Ukraine hierher. Wenn einer etwas weiß und uns weiterhelfen kann, dann er.«

»Das hast du gut gemacht«, lobte Benthien. »Mikke ist wie ein eifriger Terrier, wenn da etwas zu finden ist, dann wird er es auch ausbuddeln.«

»Haben wir denn schon weitere Informationen über diese Annegret Schiebor?«, fragte Lilly.

»Da sind Juri, Annika und Kessler dran. Und irgendwer muss Frau Mantau beerbt haben, diese Person hat sicherlich auch ihren Papierkram bekommen. Die müssen wir ebenfalls finden. Jedenfalls hat die Familie Schiebor damals in Rendsburg gelebt.« Fitzens Stimme brach. »Mann, ich werde verrückt, wenn ich noch länger hier im Büro herumsitzen muss!«

Benthien wechselte einen besorgten Blick mit Lilly. Wer konnte wissen, ob nicht jeden Augenblick jemand anrufen und eine Kinderleiche melden würde? Fieberhaft überlegte er, was er noch tun könnte. Wo konnte er ansetzen? An Fitzens Stelle würde er auch langsam die Geduld verlieren.

»Lilly, nachher ist Martha Gropius' Beerdigung. Geh doch bitte mit Bruno hin und lass ihn unauffällig die Leute fotografieren. Und dann vergleicht die Fotos mit denen der Bestattungen von Anja Derling und Arthur Peters. Und morgen ist Levkes Trauerfeier auf Amrum. Da muss auch einer von uns hin.«

»Du meinst tatsächlich, der Mörder geht zu den Beerdigungen?«, fragte Fitzen ungläubig. »Man hat ja auch schon Pferde kotzen sehen.«

»Wir müssen eben alles versuchen«, sagte Lilly.

Nachdem Lilly abgezogen war, um Bruno, den Fotografen, zu treffen, kam kurz darauf Juri ins Zimmer.

»Hast du die Familie Schiebor ausfindig gemacht?«, fragte Fitzen gespannt.

»Es ist wie verhext«, sagte Juri und setzte sich. »Nirgendwo, und ich meine wirklich nirgendwo, scheint es Leute dieses Namens zu geben. Wir haben mal eine Stichprobe gemacht: Noch nicht mal in den vier größten deutschen Städten Berlin, Hamburg, Köln und München gibt es auch nur eine einzige Menschenseele, die Schiebor heißt.«

»Vielleicht lebt niemand mehr von ihnen«, überlegte Lilly.

»Du meinst, das waren die letzten Schiebors in ganz Deutschland?«, fragte Fitzen ungläubig.

»Dem Polizeibericht nach stammten sie aus Rendsburg«, sagte Benthien.

»Haben wir überprüft. Auch dort gibt es niemanden dieses Namens«, sagte Juri.

Es klopfte, und Annika kam mit ein paar Papieren in der Hand ins Zimmer. »Wir haben etwas übersehen«, verkündete sie. »Die Mutter von Annegret Schiebor hieß mit Nachnamen Schiebor-Felten. Anna Felten. Und die habe ich jetzt gefunden. Sie ist zweiundsiebzig und lebt in einem Pflegeheim in Rendsburg. Leider ist sie dement. Ich habe vorhin dort angerufen und diese Auskunft erhalten.«

»Felten!«, riefen Benthien und Fitzen wie aus einem Mund. Benthien erinnerte sich – und Fitzen offenbar auch –, dass in dem Bericht, den sie über Mikkes und SFs Besuch bei Thorben Gruber gelesen hatten, eine Frau namens Melanie Felten erwähnt wurde. Benthien konnte es nicht fassen. Passte endlich einmal etwas zusammen? Er nahm sein Handy und rief Mikke an, der sich sofort meldete. Er war immer noch bei Pfarrer Todsen.

»Was ist los?«, fragte Mikke, um dann ganz entsetzt hinzuzufügen: »Gibt es was Neues?« Offenbar befürchtete er einen Leichenfund.

»Erzähl uns alles über Grubers Freundin Melanie Felten. Wie alt ist sie? Was macht sie für einen Eindruck?«

Mikke war höchst erstaunt, gab aber bereitwillig Auskunft. Er beschrieb sie als etwa fünfunddreißig Jahre alt, freundlich, entspannt, organisiert. Annika war wieder an ihren Platz gegangen, um Informationen über Felten und Gruber zusammenzutragen.

Fitzen stand auf und zog seine Jacke an. »Ich fahre jetzt zu dieser Melanie Felten. Und dann …«

»Wir telefonieren zuerst einmal mit Smythe-Fluege«, sagte Benthien und griff erneut zum Telefon. »Der müsste ja jetzt dort sein.«

Sie hatten Glück. SF war gerade in der Wohnung Gruber/Felten angekommen, hatte sie aber nicht angetroffen. Eine Nachbarin hatte ihm erzählt, dass sie ins fünfzig Kilometer entfernte Tönning gefahren waren. Benthien trug ihm auf, das Pärchen schnellstmöglich nach Flensburg zu bringen, »egal wie«.

Fitzen biss die Zähne zusammen und trommelte lautlos auf seinem Schreibtisch herum.

Lilly kam wieder herein und erzählte, dass die Beerdigung am frühen Nachmittag stattfände. Bruno sei bereit. Benthien informierte sie darüber, dass Melanie Felten offenbar ein Mitglied der Familie Schiebor sei.

Kurz darauf war Mikke wieder am Telefon. Seine Stimme klang mutlos und enttäuscht.

»Frau Todsen ist gerade nach Hause gekommen. Wir fragten

sie, wo die Papiere über das Ferienheim sind, und sie sagte, sie habe alle Papiere vor 1995 entsorgt, als sie vor Kurzem in ihr kleines Häuschen gezogen sind. Sie sagt, der Papierkram hätte überhandgenommen, weil ihr Mann nie etwas wegwirft. Sie sagt, sie sei absolut sicher, dass sie die Unterlagen vernichtet hat. Im Schredder.«

Fitzen knallte das Telefon mit so viel Karacho auf die Tischplatte, dass es darüber schlitterte und auf dem Teppichboden landete. Mehrfach schlug er mit der Faust auf den Schreibtisch ein. Benthien sprang auf und hielt seinen Arm fest, er hatte Angst, Fitzen würde sich sonst noch ein paar Knochen brechen.

»Wir werden Jenny niemals finden!«, brüllte Tommy, der sich losgerissen hatte und mit einer einzigen Armbewegung sämtliche Papiere vom Tisch fegte. Lilly brachte Fitzen in einer hilflosen Geste ein Glas Wasser, doch entgegen Benthiens Befürchtung warf Tommy es ihr nicht sofort an den Kopf, sondern setzte sich erschöpft hin und trank ein paar Schlucke.

»Seht mal«, sagte Lilly, nachdem sich Fitzen wieder beruhigt hatte. »Das hier habe ich eben gefunden.« Sie zog einen Beweisbeutel aus der Tasche, in dem sich eine winzige schwarze Faser befand. Unter der Lupe sah sie aus wie die dunklen Fasern aus Polypropylen, die an Anja Derlings Kleidung gefunden worden waren.

»Wo hast du die her?«, fragte Fitzen angespannt.

»Ja, das verstehe ich eben nicht«, sagte Lilly. »Sie lag bei uns im Konferenzraum, in der Nähe des Tisches. Wenn sie identisch ist mit den Fasern, die wir an Anja Derling gefunden haben, muss der Täter irgendwann in den letzten Tagen bei uns im Konferenzraum gewesen sein!«

Mauseöhrchen,

Damals hätte ich deine Mutter beinahe umgebracht vor ohnmächtiger Wut. Doch Rabea war stark. Sie schaffte es, sich zu retten, indem sie mich in die Genitalien trat.
Ich denke immer noch, ich hätte etwas retten können, hätte dich retten können, wenn ich mich besonnener und geduldiger verhalten hätte. Aber ich ließ mich von meinen Emotionen treiben, und die sind kein guter Berater. Erinnerst du dich, dass deine Mutter nie mit dir spielen wollte? Dir nie Geschichten erzählte, nie Lieder mit dir sang? Dass ich das alles tat, war ihr ein Dorn im Auge und nährte noch stärker ihre Eifersucht. Irgendwann muss sie beschlossen haben, dass ich eine Gefahr für sie bin. Sie hatte Angst, dass ich ihr deine Liebe stehle … ja, genauso drückte sie es aus: »Du stiehlst mir die Liebe meiner Tochter, und das wird jetzt aufhören!«
Sie muss sich gedacht haben, jetzt, da ich ganz gut verdiente, könnte sie sich scheiden lassen und genügend finanzielle Unterstützung von mir bekommen, dass sie gut davon leben konnte. Also beschloss sie, sich von mir zu trennen, um dich, meine Kleine, endlich mit Haut und Haaren verschlingen zu können.
Eines frühen Morgens, als ich von der Arbeit zurückkam, war die Tür versperrt und mit meinem Schlüssel nicht zu öffnen. Ich klingelte, klopfte, rief, ich sah dich am Fenster stehen, erstaunt und noch ganz verschlafen. Du versuchtest, das Fenster zu öffnen, doch deine Mutter riss dich zurück, und ich hörte dich schreien.
Im Garten fand ich einen Container, voll mit meinen Sachen, meinen Kleidern, Büchern, den Antiquitäten meines Großvaters. Obenauf lag ein Brief. Darin stand, dass Rabea sich scheiden lassen wollte, und zwar ohne die Wartefrist von einem Jahr, weil eine Fortführung der Ehe für sie eine unzumutbare Härte

darstellen würde aufgrund meiner Versuche, sie zu töten. Und meine Tochter würde ich niemals wiedersehen, da ich für sie eine Gefahr darstellte.

Für mich, mein Mausezähnchen, brach eine Welt zusammen. Dich nie mehr wiederzusehen war undenkbar. Ich hatte doch gerade kurz zuvor ein schönes Haus mit einem riesigen Garten angemietet, ein Haus so groß, dass Rabea dort Theaterstücke hätte aufführen und wir für dich Tiere – Pferde, Hunde, Katzen – hätten anschaffen können. Ich hoffte, dass deine Mutter dadurch, dass sie ihrer Leidenschaft fürs Theaterspielen nachgehen konnte, ein wenig von dir abgelenkt wäre und nicht nur dich als einzigen Lebensinhalt hätte. Und für dich erhoffte ich mir ebenfalls Ablenkung und neues Selbstvertrauen durch die Tiere. Hat dir deine Mutter je von diesen Plänen erzählt? Wahrscheinlich nicht.

Ich habe dich nie wiedergesehen, höchstens von Weitem, denn ich durfte mich dir ja nicht nähern. Und das eine Mal, wo ich es doch tat, bist du davongelaufen.

Deine Mutter ließ nicht mit sich reden, so oft ich es auch versuchte. Ich weiß nicht, warum sie so reagierte, denn ich war, im Gegensatz zu ihr, immer sehr verständnisvoll gewesen, einfühlsam, zärtlich – ich liebte sie ja – und bereit, mich in jeder Weise auf sie einzulassen. Bekommen habe ich dafür Verachtung und Hass.

Ja, Mauseöhrchen, da stand ich nun an einem frühen, kalten Morgen vor einem Container mit meinen Sachen und hatte alles verloren, was es für mich zu verlieren gab, in allererster Linie dich.

Ich zog ganz allein in unser schönes großes Haus, das ich für eine glückliche Familie gemietet hatte, und mein Hass auf deine Mutter stieg mit jedem Brief, den wir austauschten. Ich hasste alles um mich herum: den idyllischen Garten, in dem du nie spielen würdest, den klaren Teich in der Nähe des Hauses, in dem du nie schwimmen würdest, die fantastischen Wolkenformationen am weiten Himmel, die du nie sehen würdest – weißt du noch, wie wir »Wolkengesichter raten« gespielt haben? Vor allem aber hasste ich glückliche Menschen, die nicht alles verloren hatten wie ich.

Und ich hasste deine Mutter, die mich spät abends anzurufen pflegte. Offenbar vermisste sie unsere handfesten Streitereien und setzte sie nun telefonisch fort, nur so zum Spaß. Ich lag dann jedes Mal bis zum Morgen wach, und der Schmerz, der dank der Gespräche immer von Neuem wiederbelebt wurde, fraß sich in mich hinein, schwoll an und schien mich ersticken zu wollen.

Um den Schmerz in mir zu betäuben, beschloss ich, anderen, glücklichen Menschen, so viel Leid wie nur möglich anzutun.

Pinkelfaden

Kapitel 36

Inzwischen war später Nachmittag. Lillys Fund war in die KTU gegeben worden, und alle warteten gespannt auf das Ergebnis. Von SF war eine Textnachricht gekommen, dass er Gruber und Felten nicht angetroffen habe und nach ihnen suchen würde. Sie waren anscheinend über Land gefahren, auf der Suche nach Antiquitäten. Er habe eine Handyortung veranlasst. Lilly war inzwischen mit dem Fotografen Bruno auf Martha Gropius' Beerdigung. Benthien tat es einerseits leid, dass er nicht mitkommen konnte, andererseits konnte und wollte er Fitzen nicht allein lassen. Wer wusste schon, was er dann anstellte? Sabine Severin hatte ein paar Fotos als Mailanhang geschickt, und auch Ben war kurz vorbeigekommen und hatte Fotos mitgebracht, die er in einem alten Album gefunden hatte. Meist waren John und Tommy darauf zu sehen oder Gruppenaufnahmen, auf denen die Gesichter nicht gut zu erkennen waren. Nun versuchten er und Tommy, eine Art Brainstorming anhand der Bilder zu veranstalten. Zumindest auf einigen der Fotos hatte jemand die Vornamen des jeweils Abgebildeten notiert, zum Beispiel war Jana Alessio zusammen mit Fitzen zu sehen. Tommy hatte offenbar gerade einen Blumenkranz für sie gebastelt.

»Was für ein Kavalier du damals warst«, sagte Benthien scherzend, um Fitzen etwas aufzumuntern. »Ich glaube, du warst tatsächlich verknallt in sie. Du und Blumenkränze, das glaubt mir doch heute kein Mensch!«

»Die hier hieß, glaube ich, Jule«, sagte Fitzen, ohne auf Benthiens Bemerkung einzugehen. Er zeigte auf ein Foto mit drei Mädchen. »Ich kann mich kaum an sie erinnern, aber so wie die aussieht und posiert, war die damals schon ein kleines Biest. Ganz der Typ ›Papas verwöhnter Liebling‹.«

»Ja, sehr hübsch. Ich wundere mich, dass du dich nicht in die verschossen hast.«

»Ich habe eben schon immer mehr Wert auf Charakter gelegt als auf Schönheit«, sagte Fitzen und zog eine Grimasse.

»War Jule nicht das Mädchen, das Pinkelfaden immer zum Pinkeln gebracht hat?«, fragte Benthien. Dann sah er erstaunt auf. »Habe ich das jetzt gesagt? An Pinkelfaden habe ich überhaupt nicht mehr gedacht, den gab es ja auch noch! Soweit ich mich erinnere, war er ganz verrückt nach dieser Jule, aber die sah es geradezu als Beleidigung an, dass er es wagte, sie zu mögen. Der war schon ein komischer Typ.«

»War er nicht der Bruder von dieser Annegret Schiebor, die von der Schaukel gefallen ist?«

»Weiß ich nicht. Wenn, dann ist sie aber später gekommen. Pinkelfaden war jedenfalls zuerst allein da. Erinnerst du dich? Der ist ziemlich gemobbt worden, und man konnte ihn unglaublich leicht in Verlegenheit bringen. Und wenn er Angst hatte oder verlegen war, hat seine Blase nicht mehr mitgemacht.«

»Schrecklich«, sagte Fitzen geistesabwesend. »Hör mal, ich denke schon die ganze Zeit darüber nach: Können wir uns nicht hypnotisieren lassen? Wir wissen sicher noch viel mehr über diese Zeit. Und das kommt dann alles wieder hoch.«

Benthien hätte beinahe gelacht, verkniff es sich aber. »Ich bezweifle, Tommy, dass wir je die Nachnamen der Kinder oder deren Adressen wussten. Und darauf kommt es doch an! Jetzt lass uns mal weitermachen.« Er legte die Fotos auf dem Schreibtisch aus. »Bis jetzt haben wir Jule. Diese Annegret … das muss doch die hier sein, oder nicht?« Er deutete auf ein sehr dickes Mädchen mit einem runden, freundlichen Gesicht. »Und Lutz Sarfeld.« Er stutzte. »War der nicht sogar in unserem Zimmer? Lutz? So ein Kleiner, Frecher mit jeder Menge Ideen, was man anstellen könnte? Mein Gott, ich habe den im letzten Oktober, als wir den Tod seiner Kinder untersuchten, überhaupt nicht wiedererkannt! Und du auch nicht!«

»Ist ja auch ewig her, dreißig Jahre! Und wir hatten keine Veranlassung, ihn mit diesem Ferienheim in Verbindung zu bringen. Ich erkenne die Freundinnen meiner Mutter auch nicht wieder, wenn ich sie auf der Straße sehe. Darüber hat sich mal eine beschwert. Am Geburtstag meiner Mutter hatte ich einen ganzen langen Nachmittag neben ihr und ihren Freundinnen gesessen und Kuchen gegessen, und eine Woche später renne ich an ihr vorbei, ohne sie zu grüßen. Oha, was hat die für ein Theater gemacht!«

Benthien, der eine Weile gegrübelt hatte, sagte nachdenklich: »Weißt du übrigens noch, dass auch Pinkelfaden mit uns im Zimmer lag? Aber nur kurz, dann wurde er in ein Einzelzimmer umquartiert. Ich frage mich, warum eigentlich?«

»Der passte nicht zu uns. Weißt du nicht mehr? Andauernd hat er jemanden verpetzt. Deswegen hat Lutz ihn auch ziemlich fies gepiesackt. Die waren wie Hund und Katze, die beiden.«

»Genau, langsam erinnere ich mich. Und du, mein Lieber, hast ihm erfundene Botschaften von Jule überbracht, Sachen, die sie gar nicht gesagt hat. Dass sie ihn gut findet und so. Und dass er sie mal zum Eis einladen soll. Wir saßen versteckt in einem Busch und haben uns totgelacht, als er vor Jule stand und herumdruckste und sie gar nicht wusste, wovon er überhaupt redete. Und als sie es begriffen hat, hat sie ihn so runtergeputzt, weil er es gewagt hatte, sie anzusprechen, dass es nur so aus der Hose auf den Boden pullerte, vor allen Kindern, und er nachher eine klatschnasse Bux hatte.«

»Mein Gott, so gemein war ich?«, fragte Fitzen betroffen.

»Ich glaube, wir haben gar nicht begriffen, wie nahe es ihm ging. Der arme Kerl muss einen großen Leidensdruck gehabt haben. Zu dumm, dass wir den richtigen Namen nicht wissen!«

»Na, Schiebor, wenn er der Bruder dieser Annegret ist!«

Benthien hielt das Foto von Annegret hoch und betrachtete es mit zusammengekniffenen Augen. »Ich glaube, wir verwechseln da was, Tommy. Annegret ist zwar pummelig, aber nicht so dick wie dieses Mädchen.« Er deutete auf eine etwa Vierzehnjährige, die eindeutig adipös war. »Ich bin sicher, diese hier war die Schwester von Pinkelfaden. Sie hatte ebenfalls einen Spitznamen ... Dickmadame und Pinkelfaden, so haben wir die beiden genannt. Wir fanden es lustig, der Bruder so dünn wie ein Strich in der Landschaft und die Schwester so überaus dick. Dabei war die wirklich nett. Aber wie hieß sie nur?«

»Das war sicher alles schrecklich damals, aber wegen ein paar Neckereien bringt man doch nicht dreißig Jahre später so viele Menschen um!«, sagte Fitzen heftig. »Sechs Menschen sind getötet und Jenny ist entführt worden ... vielleicht ist sie bald die siebte ...« Seine Stimme brach.

Benthien erhielt eine SMS und hätte am liebsten ausgiebig geflucht. Sie war von Lilly. Auf Martha Gropius' Beerdigung war ihr niemand besonders aufgefallen, und sie war auch sehr übersichtlich gewesen, da gerade mal – mit ihr und Bruno – fünf Leute da gewesen waren. Was ihn so verstörte, war ihre zweite, private Botschaft. »Muss nach Kiel, es tut mir wirklich leid, John. Aber Simon hat einen Suizidversuch gemacht. Fraglich, ob er überlebt. Melde mich.«

Jenny hatte den Eindruck, dass sie ganz allein im Haus war, ringsum herrschte Totenstille. Sie hopste ein bisschen auf dem Bett herum, weil es so schön quietschte. Dann hämmerte sie an die Tür und trat mit den Füßen dagegen. Sie hatte den Eindruck, dass das ganze Haus unter dem Lärm erbebte, doch niemand kam. Ein Blick aus dem Fenster sagte ihr, dass auch draußen kein Mensch zu sehen war.

Jetzt war sie es aber leid! Die Zeit rannte davon, ebenso wie ihre Ferien, und die würde sie ganz gewiss nicht weiter in diesem Dachzimmer verbringen! Ihr Papa hatte ihr schließlich versprochen, mit ihr ins Ozeaneum nach Rostock zu fahren und im Zoo von Aalborg die Eisbären zu besuchen. Und das konnte er nicht, solange sie hier feststeckte. Und Papa und Mama und die Oma waren sicher schon ganz verrückt vor Angst, weil sie verloren gegangen war. Und das nur wegen einem Hund!

»Da wird doch der Hund in der Pfanne verrückt«, murmelte Jenny einen der Lieblingssprüche ihres Vaters vor sich hin. »Da scheißt doch der Hund drauf!«, ergänzte sie trotzig, denn das war ihr eigener Lieblingsspruch, den sie natürlich auch von ihrem Vater gelernt hatte. »Da scheißt doch der Hund drauf, da scheißt doch der Hund drauf, da scheißt doch der Hund drauf!«, schrie sie, immer lauter werdend, und hämmerte gegen die Tür. Ja, das tat gut, das machte Spaß! Sie gab der Tür noch einen letzten Stoß, dann öffnete sie den Kleiderschrank und musterte seinen Inhalt.

Draußen auf der Treppe waren Schritte zu hören. War er also doch da! Sie hatte gehofft, dass er vielleicht wegen seiner Verletzung im Krankenhaus wäre. Die Tür ging auf, und der Mann stand mit einem großen Tablett in der Hand vor ihr, von dem ein wunderbarer Duft ausging.

»Warum bist du nicht im Krankenhaus?«, fragte Jenny.

»So fest hast du nun auch wieder nicht zugeschlagen.« Er stellte das Tablett auf dem Schreibtisch ab.

»Aber du hast ein Loch im Kopf!«, stellte Jenny fest. »Das ist gefährlich, daran kann man sterben! Du musst zum Arzt gehen!«

Leider ging er darauf nicht ein. »Ich habe dir was zu essen gemacht«, sagte er. »Spaghetti mit Fleischklößchen und Tomatensoße. Das magst du doch wohl?«

Jenny begutachtete den Teller. Anscheinend wollte er mit ihr zusammen essen, denn es stand ein zweiter Teller auf dem Tablett. Und es duftete verdammt gut!

»Wieso kannst du eigentlich kochen?«

Er saß ihr gegenüber und balancierte seinen Teller auf einem großen Buch, das er sich auf die Knie gelegt hatte.

»Ich habe oft für meine Tochter gekocht.« Jetzt wirkte er wieder traurig.

»Warum gehst du nicht zu ihr und kochst wieder für sie? Mag sie dich nicht mehr?«

»Ich weiß es nicht«, sagte der Mann und seufzte. »Ihre Mutter erzählt ihr lauter hässliche Dinge über mich. Bald wird sie mich hassen, und ich kann es nicht ändern. Dann habe ich sie ganz verloren.«

Jenny erschrak, denn der Gedanke, der ihr vorhin gekommen war, schien auf einmal Wirklichkeit zu werden.

»Hast du mich entführt, weil du mich als deine neue Tochter haben willst?«, fragte sie ängstlich. »Das geht aber nicht! Mein Papa und meine Mama werden mich ganz gewiss nicht hergeben wollen!«

Er lächelte traurig. »Dein Papa und deine Mama haben großes Glück, dass sie eine Tochter wie dich haben. Aber mach dir keine Sorgen, Jenny. Iss lieber, sonst wird das Essen kalt.«

»Ist sie eigentlich tot, deine Tochter?«

»Nein! Wie kommst du darauf?«

»Weil es so klingt, wenn du von ihr sprichst. Als wäre sie tot.«

»In gewisser Weise ist sie es auch.«

Das verstand Jenny zwar nicht, aber sie hatte den Mund voll von dem wunderbaren Essen – kochen konnte er, das war mal sicher –, und außerdem überlegte sie gerade, wie sie es anstellen konnte, aus diesem Zimmer herauszukommen. Sie hatte bemerkt, dass er hinter sich die Zimmertür nicht abgeschlossen hatte, der Schlüssel lag auf dem Schreibtisch, und er musste Buch und Teller auf den Knien halten. Ob sie schnell genug wäre, aufzuspringen und zur Tür zu rennen? Der Sportlichste war er nicht gerade, und Jenny war sicher, dass sie schneller rennen konnte als er. Aber sie musste erst einmal an ihm vorbei … Sie aß noch ein bisschen weiter, weil sie Hunger hatte, ließ den Mann aber nicht aus den Augen.

Dann war es so weit, nun musste sie handeln.

Sie sprang auf, warf ihm dabei das Tablett ins Gesicht und versuchte, an ihm vorbeizukommen. Doch er war schneller als gedacht. Noch ehe sie an der Tür war, hatte er sie eingeholt und am Arm gepackt.

»Du kommst erst hier raus, wenn ich es dir erlaube!«, sagte er drohend und zog sie zurück zum Bett.

Jenny wehrte sich; sie stampfte mit den Füßen, schrie und boxte ihn in den Bauch. Er hielt ihre Arme fest.

»Jetzt sieh mal, was für eine Schweinerei du angerichtet hast!« Er stieß sie ärgerlich auf die Matratze und deutete auf den hellen Teppichboden, auf dem ihre Nudeln in Tomatensoße einen hässlichen Fleck verursacht hatten. Mit einer Papierserviette versuchte er, sich das Gesicht zu säubern.

»Ich will aber nicht hierbleiben!«, schrie Jenny.

Sie beobachtete, wie er die Teller wieder aufs Tablett stellte, wortlos den Raum verließ und die Tür hinter sich abschloss. Doch kurz darauf war er schon wieder zurück.

»Wo ist der Knopf, den ich dir vor ein paar Tagen gegeben habe?«, schnauzte er sie an.

Auf einmal bekam Jenny Angst. Er war so fürchterlich wütend! Sie zog die Schublade neben dem Bett auf und holte den Knopf heraus. Was hatte er denn jetzt wieder vor?

»Leg dich hin! Auf den Rücken! Und jetzt zieh deine Hose und die Strumpfhose ein Stück runter und schieb den Pullover nach oben!«

Allmählich fragte sich Jenny, ob er verrückt geworden war. Doch sie tat, was er verlangte. Manchmal konnte er nämlich richtig ungemütlich werden. Und Irren musste man ihren Willen lassen, auch das hatte sie von ihrem Vater gelernt.

»Und jetzt nimm den Knopf und steck ihn in deinen Bauchnabel!«

Zweifellos war er verrückt. Und jetzt fotografierte er sie auch noch mit seinem Handy »Warum tust du das?«, fragte sie, während sie sich vorkam wie etwas, das unter einem Mikroskop lag.

»Darum!«

Und dann war er schon wieder draußen.

Jenny war klar, dass sie nun endlich handeln musste. Auch wenn sie ein bisschen Angst davor hatte. Sogar ziemlich große Angst, wie sie sich eingestehen musste.

Mikke kam mit einer frohen Botschaft in Benthiens Büro. »Wir haben endlich herausbekommen, wer diese Frau Mantau beerbt hat«, sagte er strahlend. »Es ist ihr Bruder und seine Tochter. Sie heißen Meiningen. Und sie wohnen jetzt im Haus

Urlaubsglück, sind nach Mantaus Tod dorthin gezogen. Also in dasselbe Haus, in dem ihr damals …«

»Ja, haben wir schon kapiert«, unterbrach ihn Fitzen. »Aber der Bruder, der muss doch längst scheintot sein? Ist der denn noch zu gebrauchen?«

»Fitzen!«, mahnte Benthien.

»Am Telefon klingt er jedenfalls noch ganz munter«, sagte Mikke. »Und er ist sehr kooperativ. Er sagt, auf dem Speicher sind noch jede Menge Unterlagen seiner Schwester, und er bietet sich an, sie durchzusehen. Er meint …«

»Nein!«, sagte Fitzen energisch. »Die Unterlagen sehen *wir* durch und sonst niemand. Ich werde höchstpersönlich in dieses Kaff fahren. Und Juri kommt mit und wird mir beim Suchen helfen. Das hier ist zu wichtig, um es Laien zu überlassen. John, du behältst hier den Überblick und gibst mir Bescheid, wenn etwas … ist. Kann ich die Nummer und die Adresse haben, Mikke?«

»Fragt mich auch mal jemand?«, wandte Benthien ein, wenn auch nur halbherzig, denn Lillys SMS machte ihm zu schaffen. Wie ernst war die Lage mit Simon tatsächlich?

Die Tür ging auf, und Annika und Leon kamen herein. Fitzen hing schon wieder am Telefon, Mikke kippelte gedankenverloren mit dem Stuhl, und Benthien fiel es siedend heiß ein, dass er vor ein paar Stunden eine Konferenz einberufen hatte, um alle Mitarbeiter auf den neuesten Stand der Ermittlungen zu bringen. Mist, das hatte er total vergessen! Dann betrat Juri das Büro, und gleichzeitig ging eine SMS von Smythe-Fluege ein. Er teilte mit, dass er Thorben Gruber und seine Freundin endlich gefunden habe und sie jetzt nach Flensburg bringen würde. In einer Stunde etwa wäre er da.

Benthien seufzte innerlich. Ob vor Erleichterung oder weil

alles so langsam vor sich ging, wusste er selbst nicht ganz genau.

Fitzens Flüche unterbrachen ihn bei seiner Denkarbeit.

»Ein alter Mann im Winter im Schnee im Schwarzwald«, sagte er gereizt, »kannst du mir verraten, wo der steckt? Wieso ist der nicht zu Hause, wo er hingehört?«

Wieder saßen sie alle um den Konferenztisch herum, nur Smythe-Fluege fehlte, der mit Gruber und Felten noch auf dem Weg war. Benthien hatte einen Stapel Papiere vor sich liegen, Juri Rabanus und Leon Kessler ebenfalls.

Jede Menge Papierkram, dachte Benthien, aber brachte er sie auch weiter? Tommy starrte zum Fenster hinaus in den dunklen Abend und kippelte nervös mit seinem Stuhl. Lilly war offenbar noch immer in Kiel. Warum nur rief sie ihn nicht an?

Juri warf ihm einen auffordernden Blick zu. Sie sollten anfangen, hieß das vermutlich. Benthien gab den Blick an Kessler weiter, der sofort anfing, mit seinen Papieren zu rascheln.

»Levkes Verbindungsnachweise liegen endlich vor«, sagte er, nachdem er sich kräftig geräuspert hatte. »Das einzig Interessante an ihrem Handy sind Anrufe an ein nicht registriertes Mobiltelefon und einige wenige von diesem an ihr Handy. Der letzte Anruf war am Freitagabend und dauerte acht Minuten. Am nächsten Tag, Samstag, fuhr sie nach Amrum, wo sie dann ihren Mörder getroffen hat.«

»Der dann wohl der Besitzer des Prepaidhandys war?«, fragte Mikke.

Leon Kessler nickte. »Anzunehmen, er ist aber nicht ausfindig zu machen. Und das Handy ist seit etlichen Tagen tot. Liegt wahrscheinlich auf dem Grund der Nordsee.«

»Was sollte man auch anderes erwarten«, sagte Benthien resigniert.

»Was ist denn mit diesen Mordfällen in Amerika?«, fragte Kessler.

»Das müssen wir SF fragen, wenn er gleich kommt«, sagte Benthien, »das Thema hat er zuletzt bearbeitet. Aber leg mal los, Juri, was sagt denn die Fallanalyse?« Er schielte auf die Blätter, die vor Juri Rabanus auf dem Tisch lagen. »Ist die nicht eben gerade gekommen?«

Juri lächelte. »Jawohl, ein Profil unseres Täters. Direkt vom LKA.« Er klopfte auf das Papier.

»Bis hin zur Farbe der Krawatte?«, fragte Fitzen sarkastisch. »Erfahren wir hier endlich, welches sein Lieblingsessen war und ob man ihm schon im Sandkasten die Murmeln geklaut hat? Ich wette, John weiß schon alles, was da steht, einfach, weil er es gelernt hat, weil er kompetent ist und auf seine Intuition hört. Nur will Gödecke das einfach nicht einsehen …«

»Mit Intuition hat das wenig zu tun, mein Lieber«, unterbrach ihn Benthien. »Die Fallanalyse beruht auf Fakten und Erfahrungen, wie du sehr gut weißt.«

Juri nickte. »Dann beschreib uns doch mal, John, was für ein Tätertyp er deiner Meinung nach ist.«

»Ja«, rief Mikke, »sag uns deine Meinung. Ich bin gespannt, ob sie mit der Analyse des LKA übereinstimmt.«

Obwohl Benthien das Ganze kindisch fand, sagte er, um die Sache abzukürzen: »Okay, meinetwegen. Meiner Meinung nach ist er ein Mann zwischen vierzig und fünfundfünfzig – da er glaubhaft eine Tochter haben muss, die studiert –, mit einem gewissen Auftreten, er wirkt sympathisch und vertrauenerweckend, scheint gut situiert zu sein, da er angeblich eine Wohnung in Pöseldorf besitzt.

Er ist gepflegt, hat gute Umgangsformen. Andererseits fährt er einen Pick-up, da nehme ich an, dass er in einer eher ländlichen Region lebt. Er hat ein Haus, ein großes Grundstück und viel Platz, er kann seine Entführungsopfer verstecken, ohne Misstrauen zu erregen. Entweder lebt er allein, oder in einer unglücklichen, vielleicht zerrütteten Beziehung, in der jeder sein eigenes Leben führt. In diesem Fall müsste er aber noch einen anderen Unterschlupf haben, in dem er die Opfer gefangen hält.

Er kann gut mit Menschen umgehen, mit jungen Mädchen, reiferen Frauen und alten Männern gleichermaßen. Levke war sehr höflich zu ihm und auch bereit, ihn ihrer Mutter vorzustellen.

Er ist mobil, kennt sich in der Gegend gut aus, ist mitsamt seinem Auto unauffällig. Neben dem Pick-up hat er sicher noch einen anderen Pkw, vielleicht einen Van.

Er kennt sich mit Antiquitäten aus, sammelt sie womöglich, und er kauft bei eBay ein.

Er ist intelligent. Wenn etwas nicht so klappt, wie er sich das vorgestellt hat, hat er schnell einen anderen Plan parat. Könnte handwerklich geschickt sein.

Charakterlich hat er Mut und Risikobereitschaft bewiesen, und er reagiert schnell. Dies sind mit Sicherheit nicht seine ersten Morde. Dazu ist er viel zu organisiert, zu raffiniert und macht zu wenige Fehler. Er spielt mit uns wie mit Playmobilfiguren.«

»Aber warum ist er bisher nie gefasst worden, wenn dies nicht seine ersten Morde sind?«, fragte Annika.

»Weil er so überaus strukturiert und vorausschauend handelt.«

»Was macht er beruflich?«, fragte Mikke.

»Da kann ich mir vieles vorstellen – er könnte selbstständig sein, Förster, Unternehmer, Handwerker, da kann ich mich nicht genau festlegen. Er kann möglicherweise seine Zeit selbst einteilen.«

»Bis auf das Letzte klingt alles ein bisschen nach Walter Rittstieg«, meinte Annika, doch Mikke schüttelte den Kopf.

»Einen Beamten kann ich mir da nicht vorstellen. Ich glaube, der wäre nicht risikofreudig genug.«

»Ist das nicht ein bisschen sehr klischeehaft?«

»Andresen könnte es sein!«, sagte Fitzen und stand ruckartig auf. Beinahe wäre sein Stuhl dabei umgefallen.

»Setz dich wieder!«, sagte Benthien. »Juri, was sagt der Fallanalytiker vom LKA?«

Draußen entstand plötzlich Lärm. Die Tür öffnete sich, und Bruno trat ein, doch hinter ihm waren noch drei weitere Personen zu sehen, nämlich SF und das Pärchen Thorben Gruber und Melanie Felten. Der junge Mann schimpfte lauthals und wollte sich in den Raum drängen, aber Fitzen schubste ihn zurück.

»Die beiden müssen noch warten«, sagte Fitzen zu Smythe-Fluege und winkte zwei uniformierte Kollegen herbei, die das Pärchen in einem Verhörraum unterbringen sollten. SF und Bruno, ein baumlanger Kerl, dessen Nachname so kompliziert war, dass man ihn sofort wieder vergaß, setzten sich und nahmen sich einen Kaffee.

Bruno warf eine Speicherkarte auf den Tisch. »Hier sind alle Aufnahmen der drei Bestattungen drauf, von Anja Derling, Arthur Peters und Martha Gropius. Ich habe mir jetzt alle Fotos angesehen, und leider gibt es keine Übereinstimmung außer den Derlings natürlich. Niemand anders erschien auf allen drei Beerdigungen.

»Hast du auch mal so zwischen die Büsche geguckt, ob sich da jemand rumdrückt?«, fragte Mikke.

»Habe ich«, bestätigte Bruno. »Da war niemand. Tut mir leid. Ich lasse euch die Speicherkarte da, falls ihr noch reinsehen wollt.«

»Tja, nun wissen wir auch das«, meinte Juri, als Bruno gegangen war.

Und wieder kam eine Unterbrechung in Form eines Anrufs. Ein Beamter der Bundespolizei teilte Benthien mit, dass die Suche mit dem Sensocopter bisher erfolglos war, sie aber morgen mit drei angrenzenden Arealen weitermachen würden.

»Das bringt doch alles nichts«, sagte Fitzen ärgerlich, der Benthien das Telefon aus der Hand genommen hatte. »Was ist mit dem Eishaus von Martha Gropius?«

»Wir haben die Drohne über das Eishaus gelenkt, Kollege, mehrfach, da ist niemand, glaub mir.«

»Sie könnte … könnte auch tot darin liegen«, sagte Fitzen mit rauer Stimme, nachdem er aufgelegt hatte. »Dann findet der Sensor nichts, weil er nur auf die Körperwärme eines lebenden Menschen anspringt.«

»Das glaube ich nicht«, sagte Annika. »Bisher war doch immer sein Anliegen, das Auffinden der Opfer zu inszenieren. Das wird er wohl auch diesmal vorhaben, er wird sie nicht irgendwo ablegen, wo sie niemand sieht.«

Es sollte wohl als Trost gedacht sein, vermutete Benthien, dennoch zuckten sie alle zusammen. Während der Telefonate las SF mit betretener Miene die Berichte durch, die auf dem Tisch lagen und die er noch nicht kannte, doch dann sah er auf, und in seinen Augen stand ein frohlockendes Leuchten.

»Ich habe wahrscheinlich den Hund gefunden, der in diesem Pick-up saß, einen braunen Mischling«, sagte er und blickte stolz in die Runde. »Er gehört einem Bauern in Süderlügum.«

Erstaunt starrten alle SF an.

»Wie sind Sie darauf gekommen?«, fragte Juri.

»Ganz einfach durch die Hundesteuer«, antwortete SF. »Ich habe die entsprechenden Kommunen angerufen und um Mitarbeit gebeten. Gesucht wurde ja ein großer, brauner Hund mit langhaarigem Fell. Und solch einen Hund gibt es auf einem Hof in Süderlügum. Ich habe den Besitzer, Gerit Prester, aufgesucht und mir den Hund persönlich angesehen. Er bestätigte mir, dass der Köter öfters stiften geht und durch die Gegend wandert, manchmal auch mit Feriengästen, und am Montagnachmittag war er definitiv etliche Stunden weg. Er kam erst bei Dunkelheit zurück. Zu schade, dass er nicht sprechen kann.«

»Und was bringt uns das jetzt?«, fragte Fitzen.

»Ich denke, wir sollten uns bei den Presters mal umsehen«, schlug Leon Kessler vor. »Es ist ein Bauernhof, sagten Sie?«

SF nickte. »Ja, mit mehreren Häusern. Sie bieten auch Ferien auf dem Bauernhof an. Zurzeit haben sie allerdings keine Gäste.«

»Die Spurensicherung soll das Ehepaar Prester und den Hof überprüfen«, sagte Benthien. Er wandte sich an SF. »Konnten Sie einen Pick-up auf dem Hof entdecken, als Sie da waren?«

»Da gab es einige Fahrzeuge, in einer großen Scheune standen ein Traktor und ein Unimog, vielleicht auch ein Pick-up, aber ich konnte nicht in jeden Winkel sehen.«

»Was meinst du, schicken wir außer der Spurensicherung noch ein Mobiles Einsatzkommando?«, fragte Juri Benthien. »Heute Abend?«

»Natürlich noch heute Abend!«, antwortete Fitzen an Benthiens Stelle und griff zum Telefonhörer.

Mauseöhrchen,

vielleicht fragst du dich, warum ich nicht einfach deine Mutter getötet habe. Es wäre wenigstens nur ein einziger Mensch gewesen, aber – ich konnte es nicht. Vielleicht, weil ich sie in einem dunklen Winkel meines verrotteten Herzens immer noch liebte. Vielleicht, weil ich trotz allem nicht wollte, dass du in einem Heim aufwächst. Und außerdem, mein Feindbild waren ja glückliche Menschen. Menschen, die das hatten, was mir immer verwehrt geblieben war: Liebe, Familie, ein erfülltes Leben. In den letzten Monaten drängten sich mir, ungewollt, immer wieder die unheilvollen Erinnerungen an meinen desaströsen Ferienaufenthalt in jenem Sommer im Schwarzwald auf, an die Kinder, die mich genauso demütigten wie mein Vater und Rabea, und ich beschloss, nach diesen Kindern von damals zu suchen. Vor allem nach denen, die mich besonders gequält hatten. An erster Stelle stand natürlich Jule. Aber die war tot, sie war an einer Sepsis gestorben. Eine der beiden Betreuerinnen lebte ebenfalls nicht mehr. Lutz Sarfeld war durch seine politischen Ambitionen leicht zu finden, ebenso die Herren Kommissare Fitzen und Benthien und noch einige andere. Meine Idee war nicht, diese Menschen umzubringen, nein, ich wollte, dass sie einen Verlust erleiden mussten, nämlich den eines geliebten Menschen. Auch dich hatte ich schließlich verloren.
Und so fing ich an. Es war leichter, als ich gedacht hatte! Zuerst kam Lutz Sarfeld an die Reihe, der mich durch seine Lügen und falschen Beschuldigungen damals zum Prügelknaben gemacht hatte. Ich hatte ihn und seine Familie eine Zeit lang im Auge behalten, ein großer Dank geht dabei an die sozialen Medien und die Arglosigkeit, um nicht zu sagen Dummheit ihrer Nutzer! Wissen die eigentlich, was sie tun? Aber egal, ich wusste

dadurch, dass sie sich auf Sylt mit der Familie in der Pension Astarte treffen wollten. Schon am zweiten Tag meines Aufenthalts ergab sich die Gelegenheit, da die Jungs schon am frühen Sonntagmorgen vor dem Haus spielten, während alle anderen noch schliefen. Ich schenkte ihnen zwei chinesische Jadepferdchen und erzählte ihnen, dass man diesen besonderen Schatz im Bauchnabel verstecken müsste, dann hätte man immer Glück im Leben und bekäme alles, was man sich wünschte. Sie setzten sich in ihren Bollerwagen, und ich gab ihm einen kräftigen Schubs; er rollte los, die steile Düne hinunter, und die Jungs wurden hinauskatapultiert.

Ich machte, dass ich wegkam. Die Ironie an der ganzen Geschichte war, dass ausgerechnet John Benthien, der ebenfalls auf meiner Liste stand, für die Staatsanwaltschaft Flensburg den Fall untersuchte. Man kam zu dem Schluss, dass der Absturz des Bollerwagens ein Unfall war. Ich war mir nicht sicher, ob mir das gefiel. Das Leid der Familie Sarfeld wäre sicher größer gewesen, wenn der »Unfall« als Mord erkannt worden wäre.

Meine Genugtuung hielt nur kurz an, dann kam er zurück, der unendliche Schmerz um den Verlust, den ich erlitten hatte.

Die Zwillinge der Sarfelds waren meine ersten Opfer. Ein bisschen taten mir die Jungs sogar leid, denn sie waren unschuldig, waren nur Mittel zum Zweck. Aber diesen Gedanken verbot ich mir sofort wieder, und später stellte sich das ein, was man von Serientätern kennt: das Morden geht leichter und routinierter vonstatten, das Gewissen schweigt.

Ich hatte noch einige Leute auf meiner Liste stehen:

Jana Alessio (Tochter), die sich zusammen mit ihren Freunden besonders kreative Strafen für mich ausgedacht hatte fürs Pinkeln, Petzen und was ihr sonst noch so einfiel, was ich angeblich angestellt hatte.

Elke Derling (Tochter). Sie war besonders gemein zu meiner Schwester Annie gewesen. Annie hatte aufgrund ihrer Krankheit – sie war adipös und verblutete später auf dem Operationstisch, als man ihr den Magen verkleinern wollte – abends immer noch großen Hunger, doch Elke verweigerte ihr regelmäßig einen Nachschlag nach dem Abendessen.
Zweimal versuchte ich, für Annie etwas aus der Speisekammer zu stehlen, und wurde dafür hart bestraft.
Sabine Severin (Vater). Die Beschwerden von mir oder meiner Schwester ließen sie kalt, sie kümmerte sich einfach nicht darum, wollte ihre Ruhe haben … zum Beispiel, als meine Schwester oder auch ich ihr von den Strafen erzählten, die man sich für mich ausgedacht hatte, das Bad in einem Brennesselgestrüpp, als ich lediglich meine Unterhose anbehalten durfte und vor den Mädchen lächerlich gemacht wurde. Und vieles andere.
Tomas Fitzen, genannt Faxe (Tochter). Fitzen hat den Namen Pinkelfaden erfunden und Jule immer wieder zu neuen Gemeinheiten angestachelt.
John Benthien, genannt JoJo (Vater). Benthien war der »Richter« bei den Verhandlungen, in denen mir die Strafen zugewiesen wurden. Er verhörte mich, trieb mich in die Enge und brachte mich immer wieder dazu, vor lauter Scham in die Hose zu pinkeln, was alle anderen natürlich ungeheuer belustigte.
Noch weitere Opfer (Angehörige) zu finden, behielt ich mir vor. Denn das Tragische war: Es tat gut zu töten. Es tat gut zu wissen, dass ich durch das Auslöschen eines Lebens Kummer und Leid verursachte. Aber leider hielt dieser Effekt nicht an, er nutzte sich ab wie ein ausgelutschtes Kaugummi, das seinen Geschmack verliert. Mein eigener Schmerz kehrte in immer kürzeren Abständen zurück.
Und somit musste ich weitermachen.

Kapitel 37

Wieder rief Fitzen in Schwarzenberg im ehemaligen Heim *Ferienglück* an, wieder meldete sich niemand. »Ich schicke jetzt eine Polizeistreife hin, vielleicht liegt Meiningen erfroren vor der Haustür«, sagte er entschlossen und verließ den Raum.

»Wer ist Meiningen?«, fragte SF.

Mikke erklärte ihm, dass der alte Mann der Erbe von Frau Mantau war und womöglich Unterlagen über das ehemalige Ferienheim besaß.

»Und das ist wichtig, weil …?«

»Es ist die einzige Gemeinsamkeit, die wir haben«, erklärte Kessler ungeduldig. »Sabine Severin, Elke Derling, Jana Bronnen, Lutz Sarfeld und auch unsere Kollegen John und Tommy waren vor rund dreißig Jahren in diesem Heim, als Angestellte oder eben als Ferienkinder. War eine Verschickungsaktion von Pfarrer Todsen damals.« Er blickte SF misstrauisch an. »Verarschen Sie mich eigentlich? Das wissen Sie doch alles schon!«

»Ich war dauernd unterwegs oder am Telefon«, verteidigte sich der Kollege. »Ich habe die Berichte bisher nur uberflogen!«

Fitzen kam wieder herein und ließ sich heftig auf seinen Stuhl fallen. Für Benthien ein Zeichen, dass er Meiningen immer noch nicht erreicht hatte.

»Übrigens«, sagte John zu SF, »was ist denn aus den Verdächtigen in der amerikanischen Mordserie geworden? Führen da irgendwelche Spuren nach Deutschland? Sie haben das doch überprüft?«

»Das und auch Dutzende Alibis, braune Hunde, Trödelmärkte und Antiquitätenhändler, und zwischen Husum und der dänischen Grenze kenne ich inzwischen jeden Strauch, jeden Stein und jeden Feldweg mit Namen.« SF grinste breit, um seinen Worten die Spitze zu nehmen. »Was die amerikanische Serie betrifft, so habe ich da keinerlei Hinweise auf Deutschland gefunden. Niemand von unseren Verdächtigen hat einen Bezug zu Amerika oder war jemals dort gewesen außer Brederloh. Vielleicht hat der Mörder über die Bauchnabel-Beigaben in der amerikanischen Presse gelesen und wollte es nachahmen, um sich interessant zu machen?«

»Absurd«, knurrte Fitzen, doch Benthien hielt es nicht für gänzlich unmöglich. Blieb nur die Tatsache, dass, wie der amerikanische Detective Ray Sutcliffe Juri versichert hatte, diese Information nie an die Öffentlichkeit gelangt war.

»Meine Nachfragen bei Europol waren übrigens auch nicht von Erfolg gekrönt. Es gab keine ähnlich gelagerten Morde mit Beigaben im Bauchnabel in anderen Ländern seit 1999, also seit es Europol gibt.«

»Also konzentrieren wir uns weiterhin auf unsere Morde hier im schönen Nordfriesland«, sagte Juri ein wenig sarkastisch. »Wir sprachen vorhin darüber, wie der Fallanalytiker des LKA unseren Täter einschätzt. Seine Analyse stimmt mit Johns Ausführungen nahezu überein.« Er schob SF das Blatt über den Tisch. »Neben dem, was John schon gesagt hat, geht er davon aus, dass der Täter keine Interaktion mit den Opfern hatte, übrigens auch nicht mit Levke. Sie waren nur Mittel zum Zweck und haben ihn nicht weiter interessiert. Er wollte durch sie etwas erreichen …«

»Was?«, fragte Annika gespannt.

»Aufmerksamkeit. Schrecken und auch Bewunderung. Er hält unseren Täter für einen Mann, der im Leben nicht viel zustande gebracht hat – zumindest nicht nach seinen eigenen Ansprüchen – und das kompensieren will. Aber er mordet nicht aus reiner Mordlust. Seine Morde sind in gewisser Weise steril, er hält Distanz zu seinen Opfern. Es zählt nur das Ergebnis. Deshalb auch diese spektakuläre Zurschaustellung. Treffen will er allein die Angehörigen.«

Benthien beendete das Meeting, um sich mit Mikke in den Verhörraum zu begeben, wo ihn Gruber und Felten erwarteten. Auf dem Weg dorthin versuchte er wieder einmal, Lilly zu erreichen, aber genau wie Fitzen mit Meiningen blieb auch er erfolglos.

Thorben Gruber und Melanie Felten hatte man mit Kaffee versorgt, doch ihre Laune war nicht eben rosig.

»Warum haben Sie uns so lange warten lassen?«, schnauzte Gruber. »Weshalb sind wir überhaupt hier?«

Benthien hatte einen langen, anstrengenden Tag hinter sich und musste sich zusammenreißen, um nicht die Geduld zu verlieren. Von einem jungen Schnösel angeblafft zu werden war das Letzte, was er jetzt noch brauchen konnte.

Doch Mikke sprang für ihn in die Bresche. »Frau Felten«, begann er ganz ruhig, »Annegret Schiebor war Ihre Schwester, richtig?«

Die junge Frau riss die Augen auf. Darauf war sie nicht gefasst gewesen. »Meine Schwester ist seit Langem tot!«

»Wie alt waren Sie, als Ihre Schwester starb?«

»Ich war fünf. Ihr Tod ist dreißig Jahre her.« Verwirrt blickte sie die Beamten an.

»Haben Sie noch weitere Geschwister?«, fragte Benthien.

»Nein – aber warum fragen Sie das alles?«

»Und Ihr Vater lebt auch nicht mehr?«

»Was soll denn diese blöde Fragerei?«, mischte sich Thorben Gruber ein, doch Benthien ignorierte ihn. Er legte den beiden die Fotos aller Tatverdächtigen und Opfer vor und gab ihnen eine Liste sämtlicher Namen, selbst die der amerikanischen Opfer und der möglichen Täter. Obwohl er die beiden scharf beobachtete, konnte er in ihren Mienen nichts Verdächtiges feststellen. Nur die Derlings waren ihnen bekannt. Als Benthien Melanie Felten nach ihren Alibis für die Zeiträume fragte, in denen Anja Derling, Arthur Peters und Levke Bronnen verschwunden und dann tot aufgefunden worden waren, sprang Gruber auf, packte seine Freundin am Arm und wollte den Raum verlassen. Benthien und Mikke konnten ihn gerade noch davon abhalten. Als er wieder auf seinem Stuhl saß, hörte er nicht auf herumzubrüllen, bis Fitzen ins Zimmer stürmte, Gruber vom Stuhl riss und ihn mit Schwung wieder auf den Hosenboden setzte. Benthien wollte schon eingreifen, aber seltsamerweise beruhigten sich beide schnell.

»Freundchen«, sagte Fitzen drohend, »wenn du nicht bei uns übernachten willst, kann ich dir nur raten, dich zu benehmen!« Dann winkte er Benthien hinaus auf den Flur. »Kommst du mal?«

Benthien warf Mikke einen Blick zu, aber der nickte beruhigend. Zur Vorsicht schickte Benthien ihm noch einen uniformierten Beamten zur Unterstützung in den Raum.

»Ich habe Meiningen endlich erreicht«, sprudelte Fitzen los. »Er ist damit einverstanden, dass Juri und ich morgen kommen. Ich habe gerade die Flüge gebucht, Hamburg – Stuttgart und zurück, das war die schnellste Verbindung. Ich kann nur hoffen, dass uns das endlich weiterbringt. Er versicherte mir jedenfalls, dass er einige Unterlagen über das Ferienheim hätte, vor allem Fotos!«

SF erschien im Flur und fragte, ob er Feierabend machen könne oder noch gebraucht werde, und Benthien schickte ihn nach Hause. Es war ein langer Tag für sie alle gewesen.

Fitzen, der SF gar nicht beachtet hatte, zog Benthien in ihr gemeinsames Büro.

»Hör mal, ich muss zurück zum Verhör …«, sagte John, doch Fitzen schubste ihn ins Zimmer.

»Hast du eigentlich mal bedacht, was das heißt, wenn du sagst, dieser Kerl hätte Stellvertretermorde begangen? Und auch der LKA-Heini meinte ja, er wolle in erster Linie die Angehörigen treffen? An mich hat er sich schon herangemacht, indem er Jenny entführte, aber was ist denn mit dir, John? Bist du sicher, dass er nicht auch mit dir ein Hühnchen zu rupfen hat? Bisher betraf es Jana, Lutz Sarfeld, mich, die Derlings und Sabine Severin. Warum nicht auch dich? Und wer käme denn da wohl in Frage, wen würde er sich als Ersten schnappen?«

Benthien sank auf seinen Stuhl und seine Hand griff ganz automatisch zum Telefonhörer. Fitzen hatte recht. Warum hatte er an diese Möglichkeit noch nicht gedacht?

Sein Vater war zu Hause, aber gerade im Aufbruch und daher ziemlich hibbelig.

»Lilo, Waltraud und ich fahren gleich nach Schleswig, mein Junge, auf einen Zwanziger-Jahre-Ball, und ich suche noch meine Boxcalf-Schuhe und meine Pomade. Du und Lilly, ihr solltet bei Gelegenheit mal mitkommen, ihr werdet Spaß haben, das garantiere ich euch! Aber tanzen solltest du lernen, Junge! Ich kenne da …«

»Vater! Jetzt hör mir mal zu! Du bist vielleicht in Gefahr!

Lilo wohnt doch in Schleswig, soviel ich weiß. Übernachtet ihr bei ihr?«

»Ja natürlich, wir fahren doch in der Nacht nicht mehr zurück. Aber wieso bin ich in Gefahr?«

»Unser Eismörder hat es vor allem auf Angehörige der Personen abgesehen, die damals in dem Schwarzwälder Ferienheim waren. Frag mich jetzt nicht, warum, diskutier nicht lange, glaub es mir einfach! Wenn es irgend geht, bleib ein paar Tage in Schleswig! Und möglichst immer in Gesellschaft von Lilo, Waltraud und anderen Leuten, die du kennst. Rede mit keinem Fremden, auch wenn er vertrauenswürdig erscheint. Steig in kein fremdes Auto! Lass dich nicht anquatschen, sei bitte einmal misstrauisch und …«

»Wie redest du denn mit mir? Ich bin doch kein kleiner Dreikäsehoch mehr«, empörte sich Johns Vater.

»Und wenn du wieder zurück in Flensburg bist, lass keinen Fremden in die Wohnung, auch keinen Handwerker, Heizungsmann, Paketboten oder Ähnliches. Hörst du? Es ist wichtig, Vater!«

»Ich wünschte nur, dass ihr diesen Kerl endlich dingfest macht«, seufzte Ben. »Langsam wird es immer ungemütlicher hier!«

»Was ist mit Lilly?«, fragte Fitzen, nachdem sein Freund aufgelegt hatte.

Benthien warf ihm einen Blick zu. Lillys Handy war immer noch abgeschaltet, das Klingeln des Festnetzanschlusses blieb unbeantwortet. »Ich bring sie um, wenn sie nur wieder vergessen hat, ihren Ackerschnacker nach dem Krankenhaus wieder einzuschalten!«, stieß Benthien hervor und zog schleunigst seine Winterjacke an. Er riss die Tür des Verhörraums auf, rief Mikke zu, dass das Verhör morgen fortgeführt werden würde, missachtete Mikkes erstauntes Gesicht und den Protest des Pärchens und sprang eilig die Treppe hinunter. Fitzen folgte ihm auf dem Fuß.

Sie ließen den Wagen am Hafendamm stehen und hetzten die Pilkentafel hoch, die in die Sankt-Jürgen-Straße mündete, nicht weit entfernt von Lillys Wohnhaus.

Fitzen deutete nach oben. »Du kannst dich beruhigen, Alter! Bei ihr brennt Licht.«

Benthien klingelte Sturm, doch genau wie beim Handy tat sich nichts. Fitzen rief Lillys Namen, ebenfalls ohne Ergebnis. Auch das Drücken sämtlicher Klingelknöpfe brachte keinen Erfolg, denn offenbar befand sich niemand im Haus.

»Warum hast du denn auch keinen Schlüssel«, zeterte Fitzen, während Benthien, ganz weiß im Gesicht, bei den Kollegen von der Streife und der Feuerwehr anrief und um Amtshilfe zur Türöffnung mit Unfallverdacht bat.

Während sie warteten, zählte Fitzen alle Möglichkeiten auf, die ihm einfielen, weshalb bei Lilly Licht brennen könnte, obwohl niemand öffnete. »Sie hat heute Morgen einfach vergessen, es auszumachen, und im Moment ist sie noch in Kiel«, meinte er beruhigend. »Oder sie ist eingeschlafen. Nimmt sie ein Schlafmittel?«

Benthien warf ihm nur einen genervten Blick zu, rief wieder und wieder das Handy an und tigerte hin und her.

Fitzen versuchte weiter, seinen Freund zu beruhigen. »Wenn sie noch im Krankenhaus ist, wird sie es abgeschaltet haben, das ist doch klar. Außerdem glaube ich nicht, dass der Eismörder sie entführt hat.«

Benthien zog fragend die Brauen hoch. »Wie kommst du zu dieser Erkenntnis?«

»Ich halte es für unwahrscheinlich, dass er sich gleich zwei Menschen gleichzeitig angelt.« Seine Stimme wurde leiser. »Er hat Jenny … schon vergessen?«

»Tut mir leid, Tommy, aber ich bin wahnsinnig nervös. Es ist doch nun mal so, dass er die Angehörigen bestrafen will, auch wenn ich nicht weiß, was wir dem Kerl angetan haben.«

»Ja, das ist schwer zu verstehen …«

Die Feuerwehr näherte sich mit Signal von der Friedastraße, und fast zur selben Zeit traf die Streife ein. Benthien informierte die Kollegen von Polizei und Feuerwehr, dass sie eine Wohnung im zweiten Stock öffnen mussten, in der sich möglicherweise der Eismörder aufhielt. Zu ihrem Glück kam in diesem Augenblick ein alter Mann aus dem Haus, der die Ansammlung von Menschen neugierig musterte. Benthien fragte sich, ob er taub sei, da er vorhin auf sein Klingeln nicht reagiert hatte.

Sie rannten in den zweiten Stock hinauf. Aus Lillys Wohnung drang kein Geräusch, und als Benthien erneut klingelte, ertönte auch kein Klingelzeichen. Ihn überlief es heiß vor Verlegenheit, und gleichzeitig wurde er wütend. Hatte Lilly etwa ihre Klingel wieder abgestellt? Er klopfte heftig, aber es kam keine Reaktion. Dann nickte er Fitzen zu, und er und Tommy sowie die Streifenbeamten zogen ihre Waffen. Wer konnte denn wissen, ob der Täter sich nicht gerade in der Wohnung befand? Einen anderen Ausgang als diesen gab es nicht, und vom Balkon auf den abfallenden Fördehang zu springen wäre viel zu gefährlich gewesen. Einer der beiden Feuerwehrmänner hob eine Axt und schlug das Türfenster im oberen Teil ein, langte ins Innere und öffnete die Tür gerade in dem Augenblick, als Lilly in den Flur gerannt kam. Ein großer Kopfhörer hing um ihren Hals, und in der Hand hielt sie ihre Dienstwaffe.

Zutiefst erschrocken stieß sie einen Schrei aus.

»Verdammte Scheiße, was ist denn hier los?«

So erleichtert Benthien darüber war, Lilly lebendig zu sehen, so überaus wütend wurde er. Wie konnte sie ihn nur so erschrecken? Und warum hatte sie ihr Mobiltelefon nicht eingeschaltet? Es gehörte zu ihren Dienstutensilien, verdammt noch mal! Und wie kam sie dazu, ihn nach ihrer Rückkehr von Kiel nicht anzurufen? Ihn einfach zu ignorieren? War er nichts mehr als ein Lakai, den man benutzen konnte, wenn man gerade jemanden brauchte? War er noch nicht mal einen Anruf wert, um ihn über die Unannehmlichkeiten, die kleinen Katastrophen ihres Lebens zu informieren?

Er steckte seine Waffe ein, ignorierte Lilly und bedankte sich mit ungeheurer Selbstbeherrschung bei den Feuerwehrmännern und Streifenbeamten, die alle etwas betreten dreinsahen. Dann sprang er in großen Sätzen die Treppe hinunter, ohne Lilly eines Blickes zu würdigen. Er wusste einerseits, dass er überreagierte. Warum sollte er nicht mit Lilly sprechen? Sie beruhigen, sich vielleicht entschuldigen? Aber nein, er wollte nicht immer der Vernünftige, Beherrschte, Disziplinierte sein. Er war auch nur ein Mensch, verdammt!

Lilly und Fitzen riefen hinter ihm her, doch er beachtete sie nicht und lief einfach weiter.

An der Ecke zur Pilkentafel blieb er stehen. Er würde auf Fitzen warten, ihn wieder zurückfahren zur Polizeidirektion, wo Tommy noch seine Sachen hatte. Aber dann würde er Feierabend machen und zu Hause noch ein paar Gläser Rotwein trinken, die hatte er sich nach diesem extrem beschissenen Tag verdient.

Zwei Stunden später steckte Fitzen sein Handy zurück in die Tasche. »War Katharina«, nuschelte er, was Benthien längst dem Gespräch entnommen hatte. »Sie will, dass ich gefälligst nach Hause komme und Händchen halte. Kann ich ja verstehen. Aber ihre Mutter ist da, verstehst du? *Verstehst du?*«

Benthien bestätigte, dass er Fitzen verstand. Der blickte tiefsinnig in sein Glas Rotwein im Hansemann, der Kneipe, die sie manchmal nach der Arbeit aufsuchten. Wenn Fitzen Rotwein trank und kein Bier, war immer Vorsicht angesagt, dann war Holland in Not. Zuerst hatte er mit Ulli telefoniert, dann mit Jennys Mutter. Beide hatten Fitzen angeschrien und ihm Vorwürfe gemacht, so viel hatte Benthien mitbekommen. Wahrscheinlich, weil sie Jenny immer noch nicht gefunden hatten.

»Trink nicht so viel«, mahnte Benthien. »Vergiss nicht, morgen fährst du in den Schwarzwald, da musst du fit sein!«

»Lilly gehört auch zu denen«, murmelte Tommy.

»Zu wem?«

»Zu den wütenden Weibern. Zu den Megären. Alter, die ist mächtig sauer! Hat jetzt 'ne kaputte Tür. Gefällt ihr gar nicht. Auch nicht, dass du abgehauen bist. Sie sagt, sie hat das Telefon nicht gehört, weil sie unter der Dusche stand. Und dann ist sie beim Musikhören eingeschlafen. Und ihr Akku ist kaputt. Und sie will, dass du sie verstehst und nicht anschreist.«

Benthien unterbrach ihn. Auch er war wütend. Außerdem hatte er Lilly gar nicht angeschrien. Das alles – und noch mehr – erklärte er seinem Freund nachdrücklich. Als er fertig war, starrten ihn sämtliche Kneipenbesucher an den umstehenden Tischen an. Manche mit einem mitfühlenden Lächeln im Gesicht. »Das kenn ich«, sagte einer, der an John vorbei aufs Klo wankte und ihm die Pranke auf die Schulter klatschte. »Ja, die

Deerns! Hat man nur Ärger mit. Aber nu tu man bloß nich in Tüdel geraten, Junge!«

Kurz darauf machten sie sich auf den Heimweg. Zu Fuß. Fitzen wollte weder zu Katharina und ihrer Mutter nach Leck noch zu Ulli, sondern in seiner Flensburger Wohnung übernachten. Morgen musste er schon früh mit Juri nach Hamburg zum Flughafen fahren.

Benthien hatte beschlossen, Fitzen nach Hause zu begleiten, da er ihm doch reichlich angetüdert erschien. Doch Fitzen zerrte an Benthiens Jackenärmel. »Ich will dir mal was sagen, Johnny-Boy: *Ich* begleite *dich* nach Hause. Diese Treppe rauf zum Erlenweg ist ein ziemlich gemeines Ding, besonders in der Nacht. Hat hundertzweiundvierzig Stufen, ich habe sie mal gezählt, jede einzelne. Hundertzweiundvierzig! Das ist nicht wenig! Du könntest ausrutschen und hinfallen.«

Benthien war gerührt, lehnte das Angebot seines Freundes aber ab. »Tommy, ich kenne diese Treppe in- und auswendig. Ich gehe sie fast jeden Tag. Außerdem habe ich nur halb so viel Fusel intus wie du. Weißt du was? Ich begleite *dich* nach Hause! Damit du nicht über das Kopfsteinpflaster stolperst. Das ist noch gemeiner als die Treppe!«

»Mich nach Hause begleiten? Musst du nicht tun, Johnny-Boy! Ich bin schon ein großer Junge und kann alleine gehen.«

»Muss ich nicht, tu ich aber!«

Langsam und vorsichtig die Füße hebend wegen des alten, in unregelmäßiger Höhe aus dem Boden ragenden Kopfsteinpflasters gingen sie in Richtung der Straße Am Margarethenhof, wo Fitzen in einer großen Dachgeschosswohnung lebte. Die Nacht war still und noch immer kalt, jedoch nicht mehr so eisig wie bisher. Sie gingen an den niedrigen Häusern vorbei, mitten auf der schmalen Straße, da um diese Zeit kein Auto mehr unterwegs war. Vor Fitzens Wohnung angekommen, umarmten sich beide herzlich und stumm, klopften sich eine Weile gegenseitig auf den Rücken, dann wanderte Benthien dieselbe Strecke zurück, zögerte kurz an der Großen Sankt-Jürgen-Treppe, die eine Abkürzung gewesen wäre, ließ sie rechts liegen und stieg weiter die alte Straße hinauf, die früher einmal zu den Behausungen der Pest- und Leprakranken geführt hatte. Heute standen an dem steilen Fördehang schmucke kleine Kapitänshäuser aus den vergangenen Jahrhunderten. Vereinzelte Straßenlaternen produzierten ein schummriges, dunstverhangenes Licht; die Ecken und Vorsprünge, die schmalen Gänge zum Hafen hinunter – der Steuermannsgang, der Flatzbygang, der Tötensgang – und die bizarren Formen der Sträucher und Stauden in den kleinen Vorgärten blieben im Dunkeln.

Er kam auch an Lillys Haus vorbei, sah, dass nirgendwo mehr Licht brannte – hatte er es gehofft? Aber was hätte ihm das gebracht? –, warf ihrer Wohnung mit der kaputten Tür eine ironische Kusshand zu und ging weiter, seinen melancholischen Gedanken nachhängend. Hatte er nun alles verpfuscht? Wie sollte es weitergehen? Wie würden Lilly und er sich morgen bei der Arbeit begegnen, ohne dass es peinlich wäre?

Er stöhnte leise, als er in der Wohnung am Sankt-Jürgen-Platz noch Licht entdeckte. Ben! War er denn nicht nach Schleswig gefahren? John musste gar nicht erst den Schlüssel ins Schloss stecken, sein Vater hatte seine Schritte gehört und öffnete ihm bereits die Tür, als er noch auf der Treppe war.

»Wie wär's mit einem Muck?«, begrüßte ihn Ben, der mit der 20er-Jahre-Pomade im Haar irgendwie seltsam aussah. »Kalt oder warm? Habe schon welchen auf dem Stövchen stehen.«

Mein Kopf wird morgen platzen, dachte Benthien, folgte aber wie willenlos seinem Vater und dem betäubenden Duft des heißen, süßen Rums.

Kapitel 38

In der Nacht konnte Benthien nicht schlafen. Er wälzte sich von der einen auf die andere Seite, und gegen drei Uhr kapitulierte er, ging in die Küche und aß ein Schinkenbrot. Er versuchte, sich einen Plan für den heutigen Tag zu machen. Was war wichtig, was sollte er selbst überprüfen, was konnte er den Kollegen überlassen? Immerhin waren zwei der fähigsten Mitarbeiter nicht da.

Gegen acht fuhr er ins Präsidium und verschanzte sich zunächst in seinem Büro. Fitzen hatte auf dem Weg nach Hamburg bereits mehrmals angerufen, um zu erfahren, ob es etwas Neues gäbe. Benthien hatte ihm versichert, dass er ihn in diesem Fall selbstverständlich *sofort* anrufen würde, und er solle sich jetzt mal lieber auf die vorliegende Aufgabe konzentrieren und sich *entspannen,* statt ihn von der Arbeit abzuhalten.

Lilly hatte Benthien bisher nur von Weitem gesehen, als sie sich aus der kleinen Küche einen Kaffee holte. Wie er gehört hatte, war sie schon sehr früh da gewesen und gleich in ihr Büro gegangen. Und jetzt besorgte sie sich den Kaffee aus der alten Maschine in der Küche, statt sich bei seinem und Fitzens Kaffeeautomaten ihren Lieblingscappuccino zu holen. Dazu allerdings hätte sie zu ihm ins Zimmer kommen müssen, und das wollte sie offenbar vermeiden.

Was sagte ihm das?

Er zog es vor, zunächst nicht darüber nachzudenken; noch war ihm nicht danach, mit Lilly zu reden.

Benthien wollte gerade die Befragung von Thorben Gruber und Melanie Felten weiterführen, als ein Anruf der Familie Prester einging, deren Hof die Kollegen gestern vergeblich nach Spuren von Jenny durchsucht hatten. Noch immer war Benthien sich nicht ganz sicher, ob es wirklich der richtige Hund war und falls doch, was das eigentlich zu bedeuten hatte. Würde denn ein Kidnapper seinen eigenen Hund mitnehmen, wenn er gerade dabei war, ein Verbrechen zu begehen? Denkbar wäre es, als Lockmittel für Jenny. Möglich war aber auch, dass man sich den Hund einfach angeeignet, ihn irgendwo aufgelesen hatte. Aber würde ein großer Hund überhaupt mit einem Fremden mitgehen? Dieser vielleicht schon, denn er war es ja offenbar gewöhnt, mit den Gästen des Hofes spazieren zu gehen.

Während Benthien noch über den Hund und über die in der Polizeidirektion gefundene Faser nachdachte, geschah, wie so oft, mal wieder zweierlei: Das Telefon klingelte, und das Faxgerät übermittelte einen Bericht der KTU. Nachdem John den Hörer abgenommen hatte, überflog er den Text und war alarmiert.

Gleichzeitig hatte er eine weibliche Stimme im Ohr – Frau Prester, die Besitzerin des braunen Hundes.

»Ihre Kollegen sagten gestern, wir sollten anrufen, wenn uns noch etwas auffällt«, sagte sie mit ihrer dunklen Stimme. »Und mir ist etwas aufgefallen, aber etwas Komisches, und ich weiß nicht, ob es überhaupt wichtig ist.«

»Alles kann wichtig sein«, ermunterte Benthien sie.

»Ich habe Pepper gerade gebürstet und dabei bemerkt, dass er etliche schwarze Fasern im Fell hat, die ganz schlecht rausgehen. Sie haften wie Kletten an ihm. Wollen Sie …«

»Ich komme vorbei!«, sagte Benthien und warf sich seine Jacke über. Dann ging er zu Mikke ins Büro und bat ihn, zusammen mit SF das Verhör des Paares Gruber/Felten zu führen.

»Ich sollte eigentlich im Bett liegen«, sagte SF mürrisch, der sich ebenfalls im Zimmer befand. »Meine Erkältung ist zurück.«

»Pflegen Sie Ihre Erkältung am Wochenende, wir brauchen im Moment jeden Mann!«, sagte Benthien kurz angebunden.

Später, im Auto, tat es ihm leid, denn SF hatte sich in den letzten Tagen und Wochen sehr ins Zeug gelegt, hatte erfolgreich recherchiert und durch seinen Eifer letztendlich den Hund gefunden und damit erfolgreich zu den Ermittlungen beigetragen.

Benthien dachte an das Fax der KTU. Die Faser aus dem Konferenzraum war tatsächlich identisch mit denen, die an Anja Derlings Kleidung hafteten. Wenn der Hund nun dieselben Fasern im Fell hatte, brachte sie das wieder ein Stück weiter. Blieb noch die Frage zu klären, wie die Faser überhaupt in die Polizeidirektion gelangt war …

Und noch eine andere Frage stellte sich: Waren auch die Presters darin verwickelt? Auf dem Weg zum Hof machte Benthien einen kleinen Umweg und fuhr an Martha Gropius' Haus vorbei. Wie erwartet stand Leon Kesslers Wagen dort, der noch einmal, wie Fitzen es angeregt hatte, das Eishaus sowie das Pförtnerhaus in Augenschein nahm. Sie wollten sichergehen, dass der Täter nicht nach der Durchsuchung Jennys Leichnam dort versteckt hatte.

Benthien hupte, und kurz danach sah er, wie Kessler Martha Gropius' Haus verließ und auf ihn zukam. Er hob beide Hände. »Keine Spur von dem Mädchen«, sagte er.

Benthien nickte. »Komm mit zu den Presters.« Er erzählte Kessler von den Fasern und dem Hund.

Kessler, der gerade erst Kripokommissar geworden war, strahlte und ging beschwingt zu seinem Wagen. Er sollte den Jungen öfter mal in den Außendienst schicken, fuhr es Benthien durch den Kopf.

Der Schnee war inzwischen größtenteils geschmolzen. Felder und Wiesen waren bedeckt mit seengroßen Wasserpfützen, die in dem durchweichten Boden nicht abfließen konnten. Sie spiegelten einen hellblauen Himmel und weißgraue Wolken; ein Hauch von Frühling, fand Benthien, lag in der Luft. Dabei fiel ihm Lilly ein, und gleichzeitig kam ihm eine Idee, wie er sein Verhalten wiedergutmachen könnte.

Zufrieden fuhr er auf den großen, gepflegten Hof der Presters. Er bestand aus mehreren Gebäuden mit Reetdächern. Pepper, der Hund, lief bellend im Hof herum, begrüßte die beiden aussteigenden Kommissare aber mit freundlichem Schwanzwedeln. Eine Frau trat aus dem Stall, in dem ein Pferd wieherte. Ein Esel blökte, als wollte er darauf antworten.

Die Frau war dunkelhaarig und erinnerte Benthien an eine dunkeläugige Spanierin, doch sie sprach mit ihrer melodiösen, rauchigen Stimme reines Hochdeutsch mit friesischem Zungenschlag. Sie deutete auf den Hund. »Das ist Pepper«, sagte sie. »Ein paar der Fasern sind noch in seinem Fell für den Fall, dass Sie sie selbst rausholen wollen.«

Sie trug ein Kopftuch und einen Jeansoverall mit Pulli und Steppweste. Ihr Mann war nicht zu sehen.

»Können wir reingehen?«, fragte Kessler, der offenbar wieder mal fror. Sie nickte und führte sie in eine große, warme Küche. Pepper folgte ihnen. Benthien hockte sich vor den Hund und fuhr prüfend mit beiden Händen durch sein weiches Fell, das reichlich Unterwolle besaß. Er spürte schnell die harten Fasern, die tatsächlich wie mit Widerhaken versehen im Fell hafteten, und schälte sie heraus. Der Hund schien es für ein vergnügliches Spiel zu halten, denn er versuchte unablässig, Benthiens Nase zu lecken.

Kessler steckte die Fasern in einen Beweismittelbeutel; rein optisch sahen sie genauso aus wie die Faser, die Lilly gefunden hatte.

Benthien setzte sich an den Küchentisch. Er wollte Frau Prester noch einige Fragen stellen. »Wo waren Sie und Ihr Mann am letzten Montagnachmittag ab fünfzehn Uhr?«

»Keine Ahnung, auf dem Hof wahrscheinlich, wie immer. Glauben Sie ernsthaft, wir haben das Mädchen entführt? Warum sollten wir das tun? Außerdem haben Ihre Kollegen gestern den ganzen Hof durchsucht.«

Kessler zog sein Handy hervor und zeigte Frau Prester die bekannten Bilder von Opfern und Verdächtigen.

»Den kenne ich«, sagte Frau Prester und zeigte auf das Foto, das Mikke gemacht hatte, als er mit SF Gruber und Melanie Felten in ihrer Wohnung aufgesucht hatte.

»Woher?«

»Er war gestern hier. Und dann hat er vor circa zwei Jahren Leute besucht, die bei uns gewohnt haben. Aber das waren keine Gäste, sondern Polizisten bei einem verdeckten Einsatz, sie haben die Gäste nur gespielt. War ziemlich aufregend für uns. Der da«, sie deutete auf den rechten Rand des Fotos, »gehörte auch dazu, nur hat er nicht hier gewohnt. Mein Mann und ich mussten natürlich so tun, als wüssten wir von nichts. Aber was damals daraus geworden ist, haben wir leider nie erfahren.«

Benthien spürte, wie sein Puls sich beschleunigte. Er suchte Kesslers Blick, aber ihm war offensichtlich nichts aufgefallen.

Nach der Befragung ging er mit dem Kollegen durch die

Räume sämtlicher Gebäude, was Frau Prester ohne Weiteres zuließ, fanden aber, wie erwartet, nichts.

Benthien war auf der Rückfahrt sehr nachdenklich und fuhr fast auf Autopilot. Später wunderte er sich geradezu, dass er heil in der Stadt angekommen war. Und er stieg schon die Treppe zu seinem Büro hinauf, als ihm einfiel, dass er bei Lilly noch etwas gutzumachen hatte.

Er eilte in die Stadt, besprach etwas in dem Handwerksbetrieb, den er aufsuchte, und kehrte befriedigt an seinen Arbeitsplatz zurück. In seinem Zimmer druckte er das neueste Foto auf seinem Handy aus, dann war er bereit für Lilly.

Lillys Miene blieb unverändert, als sie Benthien sah. War weder verärgert noch erfreut, sondern so neutral, als betrachtete sie ihren Kühlschrank oder eine Zimmerwand.

Nicht gerade ermutigend!

Benthien legte ihr das eben ausgedruckte Foto auf den Tisch.

»Was ist das?«

»Eine Glasscheibe. Ich war beim Glaser und habe eine neue Scheibe für deine Tür in Auftrag gegeben. Die alte ist doch gestern bei dem Einsatz kaputtgegangen. Ich nehme an, sie haben dir vorläufig eine Holzplatte eingesetzt … also der Tür, meine ich, und deshalb …«

Himmel, das lief nicht so, wie er sich das gedacht hatte! Er wollte sich keineswegs in handwerkliche Details verrennen oder ihr auf idiotische Weise Dinge schildern, die ihr längst bekannt waren. Dennoch redete er weiter, wieder wie auf Autopilot, weil er aufgewühlt und verwirrt war. Aber da musste er jetzt durch.

Er erklärte ihr, dass er aus Sicherheitsgründen ein besonderes Sicherheitsglas bestellt hatte, das man nicht so leicht aufschlagen konnte, selbst eine Feuerwehraxt nicht, wobei er verlegen grinste. Und er habe die Farben blau und grün gewählt, weil sie diese Kombination doch besonders liebe. Aber dennoch ein grafisches, abstraktes Muster, weil eine bildliche Darstellung des Meeres ihr wohl eher nicht gefallen würde. Das fände sie vielleicht zu kitschig für eine Wohnungstür. Zumindest könnte er sich das vorstellen. Morgen würde der Handwerksmeister persönlich kommen und ihr das Fenster einbauen. Aber wenn ihr das nicht recht sei, käme auch jeder andere Termin infrage, sogar am Samstag.

Als ihm nichts mehr zum Thema Türfenster einfiel, herrschte plötzlich eine unbehagliche Stille.

»Ich war selbst schon beim Glaser heute Morgen«, sagte Lilly schließlich. »Das bezahlt alles die Versicherung. Wegen polizeilicher Willkür.«

Benthien schluckte. »Hast du Sicherheitsglas genommen, Lilly?«

»Nein.«

»Ich wäre aber beruhigter, wenn du ein Fenster aus Sicherheitsglas hättest.«

Irgendwie war das Wort »Sicherheitsglas« eine Art Anker für ihn, das Wort, an das er sich halten konnte. Doch Lillys Miene blieb unverändert neutral.

Benthien seufzte innerlich, dann zerriss sein Handyton die angespannte Stille.

Fitzen!

»Geh ran!«, sagte Lilly. »Dann kann ich weiterarbeiten.«

Benthien sprang auf und rannte aus dem Büro.

Fitzen teilte ihm nur mit, dass sie inzwischen in Stuttgart gelandet wären. Benthien erzählte von dem Besuch bei Frau Prester und den Fasern des Hundes. »Jede Wette, dass der Hund bei der Entführung dabei war!«

»Schön und gut, aber was nützt uns das letztendlich, wenn die Presters außer Verdacht sind?«, fragte Fitzen entmutigt. »Hat sich halt irgendjemand den Hund ausgeliehen.«

Benthien öffnete schon den Mund, entschloss sich dann aber, nichts zu sagen. Bei Fitzen musste man derzeit vorsichtig sein, man wusste nicht, wie er reagieren würde. Außerdem war er selbst aufs Höchste verwirrt.

Tommy Fitzen platzte fast vor Ungeduld, als er am Vormittag mit Juri Rabanus auf dem Stuttgarter Flughafen ankam. Es ging ihm alles nicht schnell genug. Dazu machte er sich Sorgen, ob es richtig war, kostbare Zeit zu opfern, um einen fast neunzigjährigen Mann zu befragen, der zwar der Erbe seiner Schwester war, aber nie etwas mit dem Ferienheim zu tun gehabt hatte. Hätte er lieber in Flensburg bleiben sollen? Auf dem Weg zum Mietauto rief er zum vierten Mal in Flensburg an, ohne allerdings etwas Neues zu erfahren. Die Vernehmung von Gruber und seiner Freundin war noch im vollen Gang. Er schob alle seine düsteren Gedanken beiseite und konzentrierte sich auf ihr Vorhaben. Die nächste Herausforderung war nun, nach Schwarzenberg zu gelangen, einem kleinen Ort im Murgtal, das zum Nordschwarzwald gehörte. Mit dem Mietwagen ging es über Pforzheim und Ettlingen, Bad Herrenalb und Gernsbach ins Tal der Murg. Zu Fitzens Erstaunen war die Gegend hier größtenteils schneefrei. Es war eine friedliche Landschaft: Wälder, sanfte, von Bächen durchlaufene Wiesen und Bergstrecken mit weiten Panoramaaussichten, die das Auge erfreuten. Hinter Forbach mit seiner alten Holzbrücke wurde die Murg in ihrem schmalen, tiefen Tal mit der Schneeschmelze zu einem rauschenden Wildbach mit großen runden Steinen, auf denen sie während des Feriencamps im damals seichten Bach herumbalanciert waren, wie sich Fitzen erinnerte, steilen Berghängen auf der einen und hohen Granitklippen auf der anderen Seite.

Juri, der die Gegend nicht kannte, dachte laut darüber nach, ob es nicht reizvoll wäre, hier einmal Urlaub zu machen, doch Fitzen war froh, als sie endlich das Murgkraftwerk und die Talsperre passiert hatten.

Nun kam Schönmünzach, wo sich das Tal weitete und der würzige Duft von Tannen und frisch geschlagenem Holz durchs Fenster hereinzog. Nach nur wenigen Kilometern hatten sie den kleinen Ort Schwarzenberg erreicht, der sich auf mehreren Ebenen den Berghang hochzog. Fitzen lenkte den Wagen in irrem Tempo in einer Linkskurve über die Brücke und jagte ihn die steile Straße hinauf, sodass der Motor aufheulte und Juri murmelte, dass sie doch nicht noch auf den letzten Metern einen Unfall bauen müssten.

Herr Meiningen, der Bruder von Frau Mantau, hatte ihnen einen Ortsplan zugefaxt, in den er sorgfältig mit Filzstift den Weg zum Haus eingezeichnet hatte. Das war auch gut so, denn der Ort war etwas unübersichtlich mit den am Berghang gelegenen Häusern und den schmalen Sträßchen, die eher wie Spazierwege aussahen. Fitzen erinnerte sich nur noch vage daran, wie es hier früher einmal war.

Das Haus *Ferienglück* lag ziemlich am Ende des Ortes, allein auf einer großen Hangwiese am Waldrand. Es war ein typisches Schwarzwaldhaus, mit einer Holzfassade und einem weit nach unten gezogenen Krüppelwalmdach. Sie waren kaum ausgestiegen, als schon die Tür aufging und ein alter, völlig kahlköpfiger Mann ihnen zuwinkte.

»Das ist ja mal ein freundlicher Empfang«, bemerkte Juri, während sie durch den Garten auf das Haus zugingen.

Fitzen hätte den Neunzigjährigen auf höchstens fünfundsiebzig geschätzt; er war erleichtert, dass der alte Mann noch so fit wirkte. Er bat sie ins Wohnzimmer, wo auf dem Tisch schon Kaffeetassen und zwei Kuchen bereitstanden. Eine Frau kam mit einer großen Kaffeekanne herein, die in einer Wärmemütze steckte und Fitzen ganz heimelig an seine Oma erinnerte. Doch die Tochter von Herrn Meiningen hatte nichts von einer Oma an sich. Lebhafte Augen blitzten unter einer langen Ponyfrisur hervor, die kurzen, wuscheligen Haare waren in Blond und Pink gefärbt; dazu trug sie einen indisch anmutenden Kaftan und schwarze Leggins. Besonders Fitzen schien ihr Interesse zu erregen – sie ließ ihn kaum aus den Augen. Er fragte sich, warum.

»Können Sie sich noch an dieses Haus erinnern?«, wollte der alte Mann von Fitzen wissen, nachdem der Kaffee eingeschenkt und der Kuchen auf den Tellern verteilt war. »Viel verändert hat sich nicht, seit Sie als Kind da waren.«

»Doch, so langsam kommt mir das eine oder andere bekannt vor«, sagte Fitzen. Der Käsekuchen, obwohl sicherlich frisch gebacken, schmeckte schal. Am liebsten wäre er augenblicklich aufgesprungen, auf den Dachboden gerast, wo der Nachlass von Frau Mantau lagerte, und hätte alle Kisten und Kartons durchsucht. Zum Geier, er hatte doch keine Zeit für Smalltalk!

Juri, der seine Unruhe zu spüren schien, sagte: »Es ist eine große Hilfe für uns, dass Sie die Papiere von Frau Mantau aufbewahrt haben. Darin könnte ein Hinweis sein auf eine Mordserie, in der wir ermitteln.«

»Meinen Sie diese furchtbaren Eismorde?«, fragte der alte Mann, und als die Beamten nickten, fuhr er mit der Hand über seine Glatze. »Wir haben davon gelesen. Vielleicht kann Ihnen meine Tochter weiterhelfen.«

»Sie können sich wahrscheinlich nicht mehr an mich erinnern«, sagte Frau Meiningen lächelnd zu Fitzen. »Aber ich habe Sie sofort wiedererkannt. Sie waren ein niedlicher kleiner Junge damals, ziemlich ungestüm und wild, und Ihre Haare sahen immer so aus, als hätten Sie sie gerade mitsamt den Wurzeln ausreißen wollen. Sie waren ein dankbares Objekt für einen Fotografen.«

Fitzen starrte sie an.

»Ich war in diesem Sommer gerade mit meiner Ausbildung zum Fotodesigner fertig«, fuhr sie fort, »und übte mich in der Porträtfotografie. Deshalb war ich häufig bei meiner Tante und habe die Kinder und Angestellten des Ferienheims fotografiert. Mit Kindern zu arbeiten machte mir einen Riesenspaß, sie sind so spontan und natürlich und vergessen meistens die Kamera.«

»Und haben Sie diese Fotos noch?«, fragte Juri.

Fitzen fühlte, wie ihm etliche Steine vom Herzen fielen. Er war sich sicher, dass Frau Meiningen die Bilder noch besaß, sonst hätte sie sie wohl kaum erwähnt. Und Fotos konnte man altern lassen. Ein pausbäckiges Kindergesicht straffte sich, es entstanden Falten und andere Alterungsspuren. Sie würden wahrscheinlich ihren Mörder frei Haus bekommen und hätten dann zumindest ein Phantombild, mit dem sie arbeiten konnten.

»Haben Sie die Fotos schon herausgesucht?«, fragte er.

Frau Meiningen stand auf, ging zu einem kleinen Tischchen in der Nähe und brachte eine Metallschachtel herbei, die bis zum Rand mit Fotos jeder Größe gefüllt war, die meisten in Schwarz-Weiß.

Während Tommy und Juri die Bilder betrachteten, stiegen

in Fitzen vage Erinnerungen auf an eine junge Frau mit kurzen braunen Haaren, die oft im Garten saß, ihren Spielen zusah und immer eine Kamera in der Hand hielt. Ab und zu hatte sie eines der Kinder zu sich gewinkt und fotografiert.

Er entdeckte eine alte Frau mit runzligem Gesicht und einer großen, plumpen Nase – Frau Mantau. Auch eine sehr junge Sabine Severin erkannte er und Elke Derling, die in der Küche am Herd stand, in einem riesigen Topf rührte und der Kamera ein lachendes Gesicht zuwandte. Er betrachtete Fotos von Kindern, die er nicht kannte, aber dann fiel ihm ein Bild von Jana Alessio in die Hände, und er fragte sich, was er damals an ihr so toll gefunden hatte – sie war ein unscheinbares Mädchen gewesen. Wahrscheinlich war es nur ihr Name gewesen, der ihn beeindruckt hatte. Frau Meiningen hatte auch das schöne alte Schwarzwaldhaus fotografiert und Spielszenen mit den Kindern. Auf einem der Fotos war sogar die Schaukel zu sehen, die später so eine tragische Rolle gespielt hatte. Die hübsche Jule fiel ihm auf, die schon als Kind gewusst hatte, wie man sich in Szene setzte. Dann kam ein Bild von Pinkelfaden, an den er gar keine Erinnerung mehr hatte, einem überaus dünnen Jungen, so dünn, dass man fast durch ihn hindurch- oder an ihm vorbeisehen konnte, der mit hängenden Armen wie ein nasser Sack in der Gegend herumstand. Jule hatte sich permanent lustig über ihn gemacht, allein aus dem Grund, weil sie sehen wollte, wie er wieder einmal in die Hose pinkelte. Von Annegret Schiebor hatte Frau Meiningen einen sehr schönen Schnappschuss hinbekommen, und auf einmal erinnerte sich Tommy an das Mädchen, dessen Aufenthalt sich mit seinem und Johns um etwa zwei Tage überschnitten hatte. Sie war ein fröhliches Pummelchen gewesen, energisch, immer gut gelaunt, jemand, mit dem man Spaß haben konnte. Nur wenige Tage nach diesem Schnappschuss war sie tot gewesen.

Dann bekam er ein Foto in die Hand, ein sehr klares, ausdrucksvolles Porträt, das ganz plötzlich alles außer Kraft setzte, beinahe sogar seinen Herzschlag. Mit zitternder Hand reichte er es an Juri weiter. Ihre Blicke trafen sich.

Fünf Minuten später waren sie auf dem Rückweg nach Flensburg. Diesmal mit dem Auto, das Flugticket ließen sie verfallen. Denn jetzt ging es um jede Minute.

Mauseöhrchen, meine Kleine,

man wird dich dazu gebracht haben, mich zu hassen und zu verachten. Und das wird jede andere Erinnerung überlagern … Zum Beispiel die, als wir in Südtirol am Berghang saßen und die Murmeltierfamilie entdeckten. Wir saßen ganz still, und sie verloren immer mehr ihre Scheu und schienen uns zu beobachten, genau wie wir sie. Oder als wir auf einer Weide die Haflinger mit Möhren gefüttert haben und fast in Lebensgefahr gerieten, weil sie sich so ungestüm mit ihren Leibern um uns drängten. Ich habe dich auf die Schultern genommen, damit dir nichts passierte. Oder als ich dir am Steinhuder Meer das Schwimmen beibrachte. Als ich dir abends Märchen vorlas. Als wir Legohäuser bauten, Radrennen fuhren, bei denen du immer gewannst. Als wir beide deinen siebten Geburtstag feierten und mit der Riesentorte auf der Krokuswiese vor dem Schloss saßen und plötzlich dieser Dackel auftauchte. Ehe wir uns versahen, hatte er seine Zähne in unsere schöne Sahnetorte gehauen … Was haben wir gelacht! Und dann haben wir eine neue Torte gekauft und weitergefeiert.
Erinnerst du dich, meine Kleine?

Deine Mutter war nie dabei, aber wir beide hatten unseren Spaß.

Es ist, als lebte ich jetzt in einer anderen Welt. In einer schwarzen, tieftraurigen Welt. Ich darf gar nicht daran denken, wie es dir jetzt ergeht, allein mit dem Monster. Aber ihr Umfeld hält sie für eine vorbildliche Mutter, deshalb hatte ich nie eine Chance, dich für mich zu gewinnen. Deine Mutter drohte mit allem, was ihr gerade einfiel: Gewalt in der Ehe – ja, die gab es, aber das Opfer war doch eher ich –, Alkoholsucht, Tablettensucht, zuletzt drohte sie sogar, mich des sexuellen Missbrauchs an dir zu beschuldigen, wenn ich nicht kooperierte.

Das war der Augenblick, als ich beschloss, mich für mein Elend an der Menschheit zu rächen.

Später, nach den Zwillingen, wollte ich Aufmerksamkeit erregen, zumal der Mord an den Jungs als Unfall durchgegangen war. Die Jahrhundertkälte half mir dabei, meine Tatorte so zu inszenieren, dass sie sich sofort ins Gedächtnis gruben. Es machte mir Spaß, falsche Fährten zu legen und dabei zuzusehen, wie die Ermittler herumzappelten und nicht weiterwussten, wie sie absurden Spuren und Hinweisen nachjagten, die ich produziert hatte, und ich in aller Ruhe einen Mord nach dem anderen begehen konnte, quasi unter ihrer Nase.

Es tat gut, Mauseöhrchen, es war Balsam auf meine Wunden, wie eine Hand, die mir übers Gesicht streichelte, wie eine sanfte Stimme, die sagte: »Es wird schon wieder gut werden … und in fünfzig Jahren ist sowieso alles vorbei«, wie in diesem Lied, das heute niemand mehr kennt.

Aber jetzt habe ich dieses Mädchen an der Backe, diese Jenny. Sie erinnert mich ein bisschen an dich. Sie ist aufgeweckt, sie hat einen Sinn für Gerechtigkeit und viel Empathie. Da es nicht mehr so kalt ist, müsste ich ihren Tod ganz anders inszenieren

als die Eisleichen, *wie man sie in der Öffentlichkeit genannt hat. Aber irgendetwas in mir sträubt sich dagegen. Ich habe den großen Fehler gemacht, eine Beziehung zu ihr aufzubauen. Aber wenn ich sie töte, ist es, als würde ich dich töten. Auf der anderen Seite muss Fitzen bestraft werden, ein paar Tage Angst reichen da bei Weitem nicht aus. Keine Ahnung, was ich tun werde.*
Ich frage mich manchmal, Mausezähnchen, ob ich bedauere, was ich getan habe. Wie sähe mein Leben ohne die Morde aus? Nicht viel anders als jetzt. Vielleicht hätte ich mich umgebracht. Ein Leben ohne dich ist für mich kein Leben. Dennoch, nachts suchen mich oft Albträume heim. Die Toten erdrücken mich. Es fühlt sich an wie eine eisige Flut, die alles weggespült hat, was an mir gut, barmherzig und menschlich war, in der ich untergehe und keine Luft mehr finde. Tagsüber verdränge ich die Gedanken an sie, da muss ich ohnehin funktionieren. Aber manchmal sind sie nah bei mir und flüstern mir ins Ohr. Dann habe ich …

Er hob den Kopf und schnupperte. Ein neuer Geruch war in das muffige Haus eingezogen, ein Geruch von altem Holz, als würde in der Nähe etwas geräuchert oder als kokelte ein Grill vor sich hin. Er warf den Stift auf den Tisch und sprang auf. Draußen war es dunkel, doch hinter den Bäumen glomm ein heller Schein. Brannte etwa die alte Jagdhütte? Es war ein stabiles Haus aus Holzblöcken, in dessen Dachgeschoss er Jenny untergebracht hatte. Der helle Schein flackerte unruhig … zweifellos, es brannte!

Er riss die Tür zur Terrasse auf und stolperte über die unebene Wiese zum Wäldchen. Je näher er kam, desto intensiver wurde der Geruch von verbranntem Holz und Rauch. Das Feuer schien im rechten Teil des Hauses zu wüten, die Treppe zum Dachgeschoss befand sich im linken Teil, sodass noch

Hoffnung bestand, das Kind zu retten. Er riss die schmale Seitentür auf, die in ein hölzernes Treppenhaus führte. Rechts knisterte und knackte es bedrohlich, einige Balken schienen bereits lichterloh zu brennen, und stinkender Rauch vernebelte das Untergeschoss.

Der Mann rannte in die Küche, ergriff mehrere Küchenhandtücher und hielt sie im Becken unter den Wasserhahn. Es dauerte nur Sekunden, doch als er wieder zurück zur Treppe gelangte, hatte er den Eindruck, die Hitze hätte stark zugenommen und der Rauch wäre noch undurchdringlicher geworden. Er drückte eins der nassen Tücher auf Mund und Nase. Mit einem ohrenbetäubenden Lärm barst ein Fenster ganz in seiner Nähe, und der plötzliche Luftzug ließ das Feuer aufheulen.

Er keuchte kurzatmig die Treppe hinauf. Würde sie noch halten, wenigstens für kurze Zeit? Oder wäre er gleich oben vom Feuer umschlossen, genau wie das Mädchen, wenn die Holztreppe in sich zusammenstürzte? Der Schlüssel steckte. Er drehte ihn um, riss die Tür zur Dachkammer auf. Im selben Moment brach hinter ihm krachend die Treppe ein. Mit einem Sprung rettete er sich in die Kammer – eine trügerische Rettung, denn auch die Kammer würde in wenigen Minuten dem Feuer zum Opfer fallen. Hinter ihm leckten bereits die ersten Flammen am Türrahmen.

Kapitel 39

Sirenen heulten durch den frühen Morgen. Viele Sirenen – Polizei, Feuerwehr, Notarzt, Rettungsdienste, DRK, Technischer Hilfsdienst. Ein wahres Feuerwerk eisblauer Lichter funkelte vor dem dunklen Himmel. Sicher an die fünfzig Einsatzfahrzeuge, schätzte Juri, der langsam in Richtung Brandgebiet fuhr, denn die Straße war eisig glatt. Neben ihm rutschte Fitzen auf dem Beifahrersitz herum. Er hatte in der Nacht mehrmals mit Benthien telefoniert.

»Mensch, jetzt gib doch Gas!«, zischte er.

Als sie angekommen waren, suchte sich Juri einen Platz am Straßenrand. Fitzen fiel fast aus der Tür und rannte los, mitten in das Gewühl hinein. Juri stieg ebenfalls aus und sah sich um.

Sie waren hier auf der Grenzlandstraße kurz vor Flensburg. Auf einem weitläufigen, einsam gelegenen Grundstück stand ein großes Gebäude, dessen alte Friesentür weit geöffnet war. Etwa einhundertfünfzig Meter vom Haupthaus befand sich am Waldrand eine Art Jagdhaus, das lichterloh brannte. Gerade, als Juri das Grundstück betrat, stürzte knirschend und funkensprühend ein Teil des Dachgeschosses ein. Feuerwehrleute liefen herum, drei Löschzüge standen auf dem Grundstück, zwei weitere am Straßenrand. Er sah Benthien und Mikke Jessen ins Haupthaus gehen und folgte ihnen. Innen im Gebäude fand er auch Fitzen vor. Ihr Ziel schien eine Art Arbeitszimmer zu sein. Benthien und Kessler packten gerade einen Haufen Papierkram in Kisten. Es roch muffig, aber nicht nach Rauch. Hier hatte es offenbar keinen Brand gegeben.

»Habt ihr Jenny gefunden?«, fragte Juri.

»Nein, aber sie muss hier gewesen sein, wahrscheinlich drüben in der Hütte, die jetzt brennt«, sagte Mikke.

»Sie können noch nicht rein und nachsehen«, sagte Fitzen dumpf. »Zu gefährlich. Ständig kommen Glut und brennende Balken runter. Wahrscheinlich wird die ganze Hütte einstürzen.«

»Und wo ist der Besitzer?

»Im Krankenhaus. Er war schon weggebracht worden, als wir kamen«, antwortete Benthien.

Connie Frerksen ärgerte sich maßlos, weil ihr Wecker wieder nicht geklingelt hatte. Wie konnte das sein? Sie hatte ihn doch am Vorabend gestellt wie jeden Tag. Jetzt aber war der Schalter unten. War da vielleicht irgendwie ihr Unterbewusstsein mit im Spiel? Hatte sie den Schalter gar nicht nach oben geschoben? Auch ihr Mann, der mit zerzausten Haaren selig schlummernd neben ihr lag, war zu spät dran; in einer halben Stunde musste er im Büro sein. Von ihrem kleinen Hof allein konnten sie nicht leben, daher arbeitete ihr Mann weiter in seinem Beruf als Fachinformatiker in einer Windkraftanlage, während Connie die Ziegen und Pensionspferde versorgte und für die Käserei zuständig war.

Sie klopfte zweimal energisch gegen seinen Po, bevor sie für eine Katzenwäsche im Badezimmer verschwand. Duschen konnte sie auch noch später am Tag. Als sie wieder ins Schlafzimmer kam, registrierte sie entrüstet, dass Michael immer noch nicht aufgestanden war. Sie zog ihm die Bettdecke weg, er hielt sie fest, so kämpften sie eine Weile spielerisch kreischend um ihren Vorteil.

»Du hast verschlafen, Schatz«, begrüßte sie ihn. »Sie werden dich entlassen, wenn du ständig zu spät kommst. Ich geh jetzt zu den Ziegen.«

»Die Viecher sind dir wichtiger als ich«, stöhnte ihr Mann, bekam noch einen Klaps auf den Allerwertesten, dann war Connie verschwunden, auf dem Weg zu den Ställen und Boxen.

Als sie den breiten Hauptgang betrat und sich den Ziegenställen näherte, fragte sie sich verwundert, was das wohl für bunte Lumpen waren, die in einer Ecke im Stroh lagen. Wo kam das Zeug her? Gestern war es doch noch nicht da gewesen. Vorsichtig trat sie näher. War das etwa ein Mensch? Eine Frau? Eine Obdachlose? Vielleicht ein Flüchtling, der in der kalten Nacht nach einer Unterkunft Ausschau gehalten hatte?

Sie fuhr zurück, als plötzlich Bewegung in das lila Kleiderbündel kam und es sich aufrichtete. Unter einer verrutschten schwarzhaarigen Lockenperücke starrte sie ein schmales Gesichtchen an.

Es war ein Kind.

Connie hatte es die Sprache verschlagen.

»Ich will zu meinem Papa«, sagte das Kind ziemlich laut und energisch. »Können Sie mich zu meinem Papa bringen?«

Als sie später in der warmen Küche beisammensaßen, erzählte das Mädchen ihr eine schier unglaubliche Geschichte. Connie hatte für sie alle drei Frühstück zubereitet, und Michael hatte seine Verspätung vergessen und ebenso fasziniert zugehört wie sie selbst. Jetzt stand er auf und packte seine Sachen zusammen. Er legte seiner Frau die Hand auf die Schulter. »Bring sie zum Arzt«, sagte er mit unterdrückter Stimme. »Wer weiß, was er ihr angetan hat. Und benachrichtige die Polizei! Ich denke …«

»Ich will nicht zum Arzt!«, unterbrach ihn Jenny. »Und mein Papa ist selbst die Polizei! Ich will nach Hause!«

Wenig später saßen sie im Wagen und fuhren die Grenzlandstraße entlang in Richtung Flensburg. »Und du bist wirklich aus dem Fenster gesprungen?«, fragte die junge Frau noch einmal ungläubig.

»Ich habe mich abgeseilt«, korrigierte Jenny. »Kennst du das nicht aus Filmen? Im Schrank hab ich eine Tasche gefunden, da war Nähzeug drin und eine große Schere. Ich hab also mein Bettlaken in Streifen geschnitten, die Streifen zusammengeknotet und das eine Ende an mein Bettgestell gebunden und das andere aus dem Fenster gehängt. Wie Rapunzel ihre Haare. Aber es war ein bisschen schwierig. Und zuletzt konnte ich mich nicht mehr halten und bin runtergerutscht, aber da unten waren Büsche, deshalb hat es nicht wehgetan. Und ich hab das mitten in der Nacht gemacht, weil der Mann dann schlief und mich nicht stören konnte.«

Der jungen Frau klopfte das Herz. »Und der Mann hat dir wirklich nichts getan, Jenny?«

»Er hat mich betrogen«, sagte Jenny empört. »Fröhlich war gar nicht sein Hund, und ich habe ihn später nicht mehr gesehen. Aber er kann gut kochen. Besonders Spaghetti!«

Connie schwirrte der Kopf. Dies war eine Geschichte wie aus einem Roman, und sie konnte immer noch nicht glauben, dass ihr das gerade wirklich passierte. »Und warum bist du so komisch angezogen?«

»Diese ganzen Sachen waren im Schrank«, erklärte Jenny. »Der Mann hat mir erzählt, dass seine Frau Schauspielerin werden wollte und die Sachen gesammelt hat, es sind alles alte Theaterkostüme. Er hat sie ihr weggenommen, um sie zu ärgern, als er hierhergezogen ist. Und weil es draußen so kalt ist und meine Jacke nicht da war, habe ich dieses Kleid angezogen. Ich dachte, der Samt ist vielleicht dick genug, um warm zu sein.

War er aber nicht. Deswegen habe ich noch ein Kleid drübergezogen und die Perücke aufgesetzt, weil ich auch keine Mütze hatte. Das war besser als gar nichts. Aber dann bin ich ständig über die Kleider gestolpert und musste sie hochheben, das war ziemlich doof.«

»Du bist wirklich ein mutiges Mädchen«, sagte Connie. »Mitten in der Nacht aus einem Dachfenster zu fliehen, das würden sich nicht viele trauen. Warum hast du nicht bei uns geklingelt?«

»Aber das habe ich doch«, sagte Jenny. »Dein Haus war das erste, das ich gesehen habe. Weil ich Angst hatte, dass der Mann mich doch gehört hat und hinter mir her ist, bin ich querfeldein gelaufen. Aber es hat niemand aufgemacht. Deshalb bin ich in den Stall, und da gab es diese niedlichen Ziegen, die ganz warm waren. Da bin ich dann eingeschlafen.«

Ja, ihre Klingel hatte einen Wackelkontakt, dachte Connie schuldbewusst, die hätte Michael schon längst reparieren sollen. Trotzdem hatte die Kleine großes Glück gehabt. Die Gegend hier war so einsam, da hätte sie noch ein ganzes Stück laufen müssen, um auf Menschen zu treffen. Sie hätte sogar erfrieren können.

Im Osten zeigte sich allmählich das erste Morgenrot, aber dann bemerkte Connie einen rötlichen Schein, der nicht natürlichen Ursprungs war, sondern von einem Feuer herrühren mochte. Hinter einer lang gezogenen Kurve entdeckte sie eine Ansammlung von Feuerwehr- und Polizeiwagen, die vor dem alten Friesenhaus parkten, das früher ein Tante-Emma-Laden und danach ein Gasthaus gewesen war. Sie hatte von Nachbarn gehört, dass dort nun ein einzelner Mann wohnte, der zur Kripo gehören sollte. Zweifellos hatte hier ein großes Feuer gewütet. Der Dachstuhl stach wie entblößte Knochen in den allmählich heller werdenden Himmel, die Fassade war rußgeschwärzt, die Fenster glichen großen dunklen Höhlen. Menschen liefen hin und her, und einige Feuerwehrmänner löschten die letzten Glutnester.

»Das ist es!«, rief Jenny. »Das ist das Haus, in dem ich gefangen war!« Sie hopste aufgeregt auf ihrem Sitz herum. Connie hielt den Wagen am Straßenrand an.

Jenny spähte durch die Windschutzscheibe, und die junge Frau spürte, wie angespannt sie war. »Papa!«, schrie sie auf einmal so laut, dass Connie die Ohren gellten, öffnete die Tür, sprang aus dem Wagen und fiel in den Schneematsch.

Fitzen traute seinen Augen nicht, und sein Verstand weigerte sich für einen kurzen Moment zu begreifen, was er sah. Doch dann raste er auf Jenny zu und riss sie so heftig in die Arme, dass sie leise aufschrie. Er wollte ihr einen Kuss geben, aber die verrutschte Perücke war dazwischen, und so bekam er nur einen Haufen Kunsthaare in den Mund.

»Was ist das denn für ein Tinnef?«, rief er lachend, riss Jenny das Ding vom Kopf und bedeckte ihr Gesicht mit Küssen.

Jenny quietschte. »Ich hab Hunger. Auf Pizza. Papa, bringst du mich jetzt nach Hause?«

Kapitel 40

Als Juri Rabanus in der Kieler Uniklinik das Krankenzimmer betrat, traf ihn der Blick des Verletzten im Bett wie eine Kugel. Frech war dieser Blick, anmaßend und herausfordernd. Offenbar hatte der Kollege Smythe-Fluege ihn längst erwartet. Jetzt huschte sogar noch sein verdammtes Smiley-Lächeln über sein breites Gesicht! Von Reue oder Scham konnte keine Rede sein, wie Juri fassungslos erkannte.

Eine Krankenschwester stand an SFs Bett und legte einen neuen Zugang für den Tropf. Juri wusste inzwischen, dass SF sich mithilfe der zusammengeknoteten Bettlakenstreifen aus dem Dachfenster gerettet hatte – genau wie Jenny vor ihm. Allerdings war einer der Streifen gerissen und SF war so unglücklich gestürzt, dass er sich einen komplizierten Bruch des linken Fußes sowie einen Speichenbruch am Arm zugezogen hatte. Daher waren seine linken Extremitäten eingegipst, und um den Kopf trug er einen leichten Verband. Sein Gesicht, übersät von Striemen und Kratzern, schillerte rot, blau und grün; offenbar war er in irgendein stacheliges Gewächs gefallen.

»Ich bin nicht vernehmungsfähig«, sagte SF zu Juri. »Hauen Sie ab!«

Für Juri war das reine Show. Der Mann sah aus, als brenne er darauf, sich endlich zu rechtfertigen. »Der Arzt hat mir dreißig Minuten gegeben«, widersprach er, zog einen Stuhl ans Bett und setzte sich. Er erwiderte das Lächeln der Schwester, die jetzt das Zimmer verließ, nachdem sie überprüft hatte, dass die

Infusion richtig lief. Draußen vor dem Zimmer saß ein Polizeibeamter und bewachte den Patienten, obwohl eine Flucht ziemlich aussichtslos erschien.

Es erstaunte Juri nicht, dass der ehemalige Kollege die Situation offensichtlich genoss. Vielleicht, weil SF nun mit seinen Fähigkeiten prahlen konnte? Er hatte es schon häufiger erlebt, dass Serientäter, nachdem sie einmal gefasst worden waren, erleichtert oder sogar erfreut waren, endlich mit jemandem über ihre Taten sprechen zu können.

Allerdings hatte Juri nicht die Absicht, ein Plauderstündchen mit SF abzuhalten. Er konnte Benthien gut verstehen, der es rigoros abgelehnt hatte, mit SF zu sprechen. Fitzen war sowieso nicht infrage gekommen, weil er den Mann wahrscheinlich aus dem Bett und rund ums Zimmer geprügelt hätte. Also hatte Juri sich erbarmt und war nach Kiel gefahren. Allerdings war er nur inoffiziell hier. Die eigentliche Vernehmung würde durch Beamte des Landeskriminalamtes durchgeführt werden. Juri wollte einfach nur, stellvertretend für das Team, Antworten auf ein paar Fragen haben.

»Wissen Sie, Rabanus, dass mir die Monate in der Flensburger Mordkommission mehr Spaß gebracht haben als meine ganze übrige Zeit bei der Polizei? Besonders die letzten Wochen …« SF blickte nach draußen, hinauf zum blauen Himmel, an dem weiße Wölkchen segelten, und lächelte gedankenvoll. »Es war höchst amüsant zu sehen, wie ihr euch die Köpfe über die falschen Spuren zerbrochen habt, die ich gelegt hatte. Und niemand hat meine Tätigkeiten hinterfragt … Ihr leichtgläubigen Heinis habt mir einfach alles abgekauft, was ich euch erzählt habe!« Er fuhr mit der unverletzten Hand über die Bettdecke. »Ich überlege gerade, ob ich mich nicht zu einer Exklusivstory entschließen soll … wissen Sie, dass ich

Angebote von einigen Privatsendern habe? Andererseits, die Presse wäre auch nicht schlecht. Die würden sich schieflachen über euch Versager!«

Juri gab sich alle Mühe, seine Wut zu beherrschen. Vor SF würde er sich keine Blöße geben! Außerdem konnte man dieses Spiel zu zweit spielen.

»Ja, vielleicht könnte auch jemand die Tiraden, die Sie an Ihre bedauernswerte kleine Tochter geschrieben haben, den Medien zuspielen? Ich bin sicher, das geneigte Publikum würde sich über das tränenreiche Geseiere eines sich ständig selbst bemitleidenden Losers, wie Sie es sind, schlapplachen!«

Er beobachtete zufrieden, wie SFs Gesicht dunkelrot wurde und seine Hand anfing zu zittern. Unbeirrt fuhr er fort: »Ihre Tochter Ina ist sieben Jahre alt, habe ich recht? Genauso alt wie Jenny, nebenbei bemerkt. Glauben Sie wirklich, dass man dem armen Kind jemals Ihre Briefe gibt? Briefe, die wirklich eine Zumutung sind? Ihre Ex-Frau hat uns bereits mitgeteilt, dass sie sie nicht haben will. Sie schlug vor, sie zu verbrennen, wenn der Prozess erst einmal vorbei ist. Ihre Tochter wird Sie verachten, mein Lieber, wenn sie erfährt, was Sie getan haben. Und sie wird es erfahren, glauben Sie mir, dafür werden schon ihre Klassenkameraden sorgen! Denken Sie, Sie hätten nur die Angehörigen der Opfer geschädigt? Nein, Ihrer Tochter haben Sie das Leben zerstört, an Ihren Taten wird sie ihr Leben lang schwer zu tragen haben. Immer wird sie dastehen als die Tochter des Eismörders.« Juri schüttelte den Kopf. »Wie dumm und verantwortungslos kann man eigentlich sein!«

Juri sah, dass SF am liebsten aus dem Bett springen und ihm an die Kehle gehen wollte, doch dann schien er kraftlos in sich zusammenzusinken. Offenbar fiel ihm auch nichts ein, was er Juris Anschuldigungen entgegenzusetzen hatte.

»Das Einzige, was Sie jetzt noch für Ihre Tochter tun können, ist ein lückenloses Geständnis abzulegen«, fuhr Juri fort. »Dann wird der Prozess wenigstens kurz und reibungslos über die Bühne gehen.«

SF schloss die Augen und schwieg für einen langen Augenblick.

Als Juri das Krankenzimmer verließ, um den LKA-Beamten dazuzuholen, der das Verhör führen sollte, war SF bereit zu reden.

Doch bevor er die Planung und den Hergang seiner Taten schilderte, wandte er sich noch einmal an Juri.

»Richten Sie Benthien aus, dass ich ursprünglich geplant hatte, auch seinen Vater zu töten! Er kann sich glücklich schätzen, dass es nicht mehr dazu kam, doch sein Verdienst ist das nicht. Peters war einfach das leichtere Opfer.«

Als Nächstes führte er Juri genau vor Augen, wie er das gesamte Team mit falschen Hinweisen und Informationen in die Irre geführt hatte. Darauf schien er sehr stolz zu sein, und die beiden Beamten mussten sich wohl oder übel anhören, wie SF mit seiner Strategie prahlte. Angefangen bei den eBay-Käufen. »Sowohl Käufer als auch Verkäufer war natürlich jedes Mal ich selbst, und die Hamburger Adresse, an die die ersteigerten Artikel angeblich geschickt wurden, war frei erfunden. Ich war nur ein einziges Mal in Hamburg, um ein Haus zu suchen und zu fotografieren, das meiner Beschreibung entsprach. Die Jagernadel und auch die kleinen Jadepferdchen stammten aus der Sammlung meines Vaters!«

Walter Rittstiegs Phantombild, führte er weiter aus, sei eine spontane Eingebung gewesen. Er hatte ihn ganz zufällig in Wittdün auf der Straße gesehen, eine ziemlich auffällige Erscheinung mit seinem Stock. Als Andresen ihm mitteilte, dass er in Kürze seinen lange geplanten Afrika-Urlaub antreten würde, war SF die Idee mit dem Phantombild gekommen. »Rein zur Gaudi, wie der Bayer sagen würde«, kommentierte er mit einem triumphierenden Lächeln.

»Sie hatten wohl reichlich Zeit für Ihre Aktivitäten, weil Sie, nehme ich an, auch keinerlei Recherchen gemacht haben«, versuchte Juri, ihn anzustacheln.

»Natürlich nicht«, sagte SF kichernd. »Ich habe keine Alibis überprüft und nur selten Zeugen befragt – eigentlich nur dann, wenn ich in Begleitung eines Kollegen war und es nicht anders ging. Mit den Morden aus Amerika habe ich euch ein besonders dickes Ei ins Nest gelegt.« Er lachte. »Waren Sie nicht tagelang damit beschäftigt, Rabanus? So etwas nennt man ›Kräfte binden‹!«

Juri wechselte einen Blick mit dem LKA-Beamten, der bisher nur stumm zugehört hatte und nun eine beruhigende Bewegung mit der Hand machte.

»Ich kannte diese Verbrechensserie«, fuhr SF fort, »weil ich damals zu einem kurzen Austausch in den USA war, übrigens auch das hätten Sie wissen können, wenn mal jemand in meine Personalakte gesehen hätte! Dadurch kam mir die Idee, euch mit den Bauchnabel-Funden auf die falsche Fährte zu führen. Ist das genial, oder ist das genial? Hat richtig Spaß gemacht, tagtäglich eure dummen Gesichter zu sehen.«

Juri fiel es schwer, darauf zu antworten. Ihm blieb buchstäblich die Spucke weg.

»Einmal aber«, fuhr SF fort, »habe ich euch Dummköpfen tatsächlich ein kleines Geschenk gemacht. Die Aussage der Frau in Harrislee, die nachts einen Wagen auf dem Marktplatz gesehen hat, habe ich wahrheitsgemäß wiedergegeben! Sie hat tatsächlich mich gesehen und meinen Wagen beschrieben.

Aber habt ihr diesen Hinweis zu nutzen gewusst? Nein, natürlich nicht!«

Juri stand auf und trat ans Fenster. Eine Amsel trippelte eifrig über den nur noch dünn mit Schnee bedeckten Boden und hinterließ eine deutliche Spur. In den Zweigen eines Baumes trällerte ein Vogel, vielleicht seine Gefährtin. Bald würden sie mit dem Nestbau beginnen. Das Leben ging weiter.

»Als Mikke Sie anrief und alle dachten, Sie würden Rittstieg irgendwo an der Amrumer Nordspitze abfangen wollen, und er Ihnen riet, den Spaziergang abzubrechen, waren Sie offenbar auf Föhr, um Martha Gropius' Leiche dort abzulegen«, nahm Juri das Gespräch wieder auf, nachdem er einen Blick in seine Notizen geworfen hatte. Es war wichtig, SF weiter am Reden zu halten.

»Die Gropius stand nicht auf meiner Agenda«, murmelte SF. »Sie hatte das Pech – oder ich das Glück –, dass ich sie zusammen mit Benthien und Velasco auf dem Bohlenweg traf. Ich konnte sofort sehen, dass die Frau mich erkannt hatte. Ich hatte im Vorfeld hin und wieder das Haus der Derling beobachten müssen. Da hat sie mich wohl im Wagen sitzen sehen und war natürlich verwirrt, mich jetzt als jemanden aus dem Ermittlungsteam kennenzulernen. Um sie am Reden zu hindern, blieb mir nichts anderes übrig, als sie zu töten. Als Benthien und Velasco dann zur Hütte wollten, habe ich der Gropius angeboten, sie zur Fähre zu fahren, mein Wagen stand ja am Badeland. Ihr Pech war, dass sie mein Angebot angenommen hat.«

»Und dann haben Sie sie mit der Fahnenspitze erschlagen, die Sie auch schon im Fall Levke Bronnen benutzt hatten?«

»Ich gehe ab und zu auf Flohmärkte und kaufe alte Sachen, daher lag sie noch unter dem Sitz. Übrigens, wenn jemand auf die Idee gekommen wäre, mein Handy zu überprüfen, hätte man festgestellt, dass ich an jenem Nachmittag auf Föhr war und nicht auf Amrum.«

Juri bemerkte, dass jetzt auch dem schweigsamen LKA-Beamten der Kragen platzte. Der Mann beugte sich vor und sagte mit gefährlich leiser Stimme: »Wenn Sie nicht wissen, was Loyalität und Vertrauen bedeutet, sind Sie wirklich ein armer Wicht, und ich bedauere Sie. Wem sollte man denn vertrauen, wenn nicht den eigenen Leuten? Ein Verräter wie Sie hätte nie in den Polizeidienst aufgenommen werden dürfen. Ihr Vater hatte vollkommen recht. Sie sind nichts weiter als ein Nichtsnutz, und ein dummer dazu!«

Das hatte gesessen. SF sah aus, als wollte er gleich aus dem Bett springen und dem Mann ein paar Ohrfeigen verpassen, doch dann schloss er die Augen, und seine freie Hand verkrampfte sich in der Bettdecke.

Damit er nicht ganz verstummte, beschloss Juri, ihn weiterhin anzustacheln.

»Als Sie um ein freies Wochenende baten, weil Ihnen angeblich Ihre Frau die Kinder bringen wollte, war das natürlich auch gelogen, nehme ich an?«

SF starrte ihn an. »Sie hätten wissen können, dass ich keine Kinder – Mehrzahl! – habe, sondern nur eine Tochter. Ja, ich brauchte Zeit, um Jennys Entführung am Montag vorzubereiten. Aber das hat wunderbar geklappt.« Er grinste breit. »Den zutraulichen Köter kannte ich noch von unserem Einsatz vor zwei Jahren, als wir in einer länderübergreifenden Aktion eine Bande von Autoschiebern dingfest machen konnten. Es war nicht schwierig, ihn in mein Auto zu locken.«

»Aber Jenny hat Sie überlistet. Sie ist Ihnen entwischt! Ich frage mich, ob Sie sie tatsächlich getötet hätten? Ein Kind, so alt wie Ihre Tochter?«

Sie starrten sich an, Juri und sein ehemaliger Kollege, doch dann schloss SF die Augen. Eine Antwort wurde ihm erspart, denn der Arzt betrat das Krankenzimmer.

»Die Sitzung ist beendet, meine Herren«, war alles, was er sagte.

Kapitel 41

Benthiens komplettes Team – bis auf Lilly, Juri und Smythe-Fluege natürlich – war an diesem Sonntagmorgen im Konferenzraum versammelt.

Sie alle warteten auf Juri, der in Kürze aus Kiel eintreffen wollte, wo er zwei Tage lang mit Smythe-Fluege gesprochen hatte, zusammen mit dem Mann vom LKA.

Inzwischen hatte man in Flensburg versucht, mit der Erkenntnis fertigzuwerden, dass einer der ihren der Eismörder war. Das Team war noch immer schockiert und sprachlos, und für eine Weile hatte jegliche Arbeit geruht, weil niemand sich auf irgendetwas konzentrieren konnte. Noch nicht einmal reden konnten sie darüber, weil ihnen einfach die Worte fehlten. Das alles war so ungeheuerlich, dass sie sich nur stumm ansahen und dann wegblickten in dem Bemühen zu verstehen, was ihnen hier widerfahren war.

Smythe-Fluege war ein Kollege gewesen, aus gutem Grund zwar unbeliebt, aber dennoch ein Kollege, den man als kompetent, erfahren und, vor allem in letzter Zeit, auch als zuverlässig eingeschätzt hatte – ein Irrtum, wie sich nun herausstellte. Ein eiskalter Mörder war in ihren Reihen gewesen, mitten unter ihnen, der falsche Fährten gelegt und die Ermittlungen ganz nach Lust und Laune torpediert und manipuliert hatte. Und niemandem von ihnen war auch nur der leiseste Verdacht gekommen … Sie gingen abends schlaflos ins Bett, mit schrecklichen Visionen vor ihrem inneren Auge von einem Kollegen, der sie bei Gefahr womöglich im Stich gelassen hätte, und wachten morgens gerädert auf in der Hoffnung, dass alles doch nur ein Albtraum gewesen sei, wie früher in der Kindheit.

Aber das war es nicht, und im kalten Licht des Tages sah alles nur noch viel grässlicher aus.

Für Benthien war es mit Abstand die schlimmste Erfahrung seiner beruflichen Laufbahn.

Da sie irgendwie weiterkommen mussten, hatte er angeordnet, dass man die große Kladde mit SFs Briefen im Konferenzraum durcharbeiten sollte. Zusammen, glaubte er, ließe es sich leichter ertragen. Juri hatte sie, als Vorbereitung für seine Befragung von SF, bereits gelesen.

Heute, am Sonntag, widmeten sie sich dem letzten Teil. Immer noch herrschte eine gespenstische Stille, während Annika den Text vorlas. Manchmal versagte ihr die Stimme oder wurde so leise, dass Benthien die Kollegin auffordern musste, lauter zu lesen.

Als sie auf der letzten, unvollendeten Seite angekommen war, erklangen draußen auf dem Flur Schritte, dann platzte die Oberstaatsanwältin Thyra Kortum ins Zimmer. Sie grüßte knapp, schälte sich aus ihrem Mantel, zupfte an ihren Haaren und ließ sich auf einen Stuhl fallen. Mikke erinnerte sich an seine gute Erziehung und servierte ihr einen Kaffee.

»Eigentlich brauche ich eher 'nen Schnaps«, murmelte Thyra, begnügte sich dann aber doch mit dem Heißgetränk.

»Junge, Junge, Junge!« Sie blickte um sich und sah in ratlose Gesichter. »Hat denn keiner von euch irgendetwas geahnt?«

»Natürlich nicht!«, fuhr Fitzen sie an. »Der Kerl hat uns dermaßen reingelegt und ausgetrickst, das wird *die* Lachnummer werden, wenn am Montag die Zeitungen erscheinen. Die Presse schießt sich bereits auf uns ein. Wir werden wahrscheinlich alle hochkant rausfliegen!«

»Rede doch nicht so einen Unsinn«, sagte Benthien nachdrücklich. »Wenn wir einem Teamkollegen nicht mehr trauen können und alle unter Generalverdacht stellen, dann ist jedes Vertrauensverhältnis zerstört, dann kann man nicht mehr zusammenarbeiten. Dass wir SF seine Recherchen abgenommen haben, kann man uns nicht vorwerfen. Wo kämen wir denn hin, wenn wir alles doppelt und dreifach überprüfen und noch einmal gegenchecken müssten?«

»Da hast du vollkommen recht«, sagte Thyra. »Trotzdem ist es blamabel. Wann und wie seid ihr denn überhaupt auf SF gekommen?«

»Mir kam erst ein Verdacht, als wir bei Frau Prester waren und uns den Hund ansahen«, sagte Benthien. »Da zeigten wir ihr auch die Fotos unserer Opfer und der Verdächtigen, und sie deutete auf Grubers Foto, das Mikke gemacht hatte, als er mit SF zur Befragung bei ihm gewesen war. Sie meinte, *›den da‹* kenne sie. Mir war ziemlich schnell klar, dass sie nicht von Thorben Gruber sprach, sondern von SF, der in einem der Barockspiegel zu sehen war, die an der Wand hingen.«

»Und ich dachte, es wäre von Gruber die Rede gewesen, der sich als Polizeibeamter ausgegeben hätte«, sagte Kessler etwas pikiert. »Warum hast du nicht mit mir darüber gesprochen?«

»Ich wusste doch selbst nicht, was ich glauben sollte, Leon. Und ich dachte außerdem, du hättest gesehen, dass auch SF mit auf dem Foto war und dass sie auf ihn gezeigt hat.«

»Ist mir nicht aufgefallen!«

»Doch, Mikke hat Gruber fotografiert und SF, der neben ihm stand, gleich mit, weil hinter Gruber einer der vielen Spiegel hing. Darin war SF teilweise zu sehen, und es spricht für Frau Presters Beobachtungsgabe, dass ihr das aufgefallen ist und sie das Gesicht erkannt hat. Und dann«, er wandte sich an

Thyra, »hat mich Fitzen am Nachmittag aus dem Schwarzwald angerufen, weil ihm das Porträt von Pinkelfaden aufgefallen war …«

»Es war dasselbe Gesicht, dasselbe typische und gar nicht so lustige Smiley-Grinsen, das SF eben so an sich hat«, ergänzte Fitzen. »Daran habe ich ihn sofort erkannt, auch über all die Jahre hinweg.«

»Ich finde es sowieso seltsam, dass ihr ihn nicht wiedererkannt habt«, sagte Annika. »Ihr wart doch damals fast vier Wochen mit ihm zusammen!«

»Annika, da war er gerade mal zehn! Er war dünn, ein Strich in der Landschaft und ziemlich klein. Jetzt ist er doppelt so groß und dreimal so dick! Aber sein blödes Smiley-Lächeln hatte er schon damals drauf. Er hat's eben nur für die Fotografin herausgeholt. Wir haben es kaum zu sehen bekommen.«

»Bei uns hatte er ja auch nichts zu lachen«, sagte Benthien trocken.

Die Tür ging auf, und Juri kam mit einer dicken Akte unterm Arm herein. Ganz abgesehen davon, dass Benthien und Fitzen beide selbst betroffen waren, hätten sie den ehemaligen Kollegen weder befragen dürfen noch wollen. Weil es um einen Polizeibeamten ging, war das LKA zuständig, und Juri war für die Flensburger Mordkommission mit dabei gewesen. Nun war er gekommen, um Bericht zu erstatten.

»Hat er geredet?«, fragte Fitzen.

»Ohne Einschränkungen«, antwortete Juri. »Er hat jede Frage beantwortet.«

»Kunststück. Er weiß ja, dass wir fast alles wissen, jetzt, wo wir die Kladde gefunden haben«, knurrte Fitzen.

»Er hat immerhin Jenny aus dem brennenden Haus retten

wollen«, warf Thyra ein, »das muss man trotz allem anerkennen. Wie geht es ihm denn?«

»Nach seiner großen Klappe zu schließen, geht es ihm recht gut. Er hat Brüche und eine Rippenprellung. Jennys zusammengeknotete Laken haben zwar Jenny gehalten, aber nicht das Gewicht von SF. Ungefähr vier Meter über dem Boden sind sie gerissen. Sie waren seine einzige Chance, denn er wäre nicht mehr heil die Treppe hinuntergekommen. Jenny hat ihm also indirekt das Leben gerettet.«

»War es Brandstiftung?«, fragte Thyra.

»Nein«, sagte Benthien, »das wissen wir jetzt mit Sicherheit. Es war ein Kabelbrand, das uralte Stromnetz war überfordert. Er wollte Jenny nicht umbringen. Und es war sogar ein Glück, dass er so spät in der Nacht noch auf war, nur dadurch hat er den Brand so schnell entdeckt.«

»Jenny ist wirklich ein tolles Mädchen«, sagte Juri. »Sie ist klug und mutig. Wir sollten sie und Amélie wirklich mal zusammenbringen.«

»Ja«, sagte Fitzen strahlend. »Sie bleibt auch noch eine ganze Woche hier. Und ich habe Urlaub! Wir werden zusammen mit ihrer Mutter ein bisschen durch die Gegend streifen. Jenny freut sich schon darauf! Ich bin wirklich froh, dass sie diese Sache so gut wegsteckt. Vielleicht, weil sie so viel darüber redet. Dieser unsägliche Kerl tut ihr sogar ein bisschen leid!«

»Kommen wir zur Sache«, sagte Thyra und musterte Juri. »Was hast du herausgefunden, Rabanus?«

Doch ehe Juri antworten konnte, kam Esther Talley ins Zimmer und meldete einen Telefonanruf aus Südafrika.

Lilly betrachtete nachdenklich den schlafenden Simon. Nach seinem ersten Suizidversuch hatte man ihm den Magen ausgepumpt, davon war er immer noch erschöpft und schläfrig. Am Tag darauf hatte er sich Mullbänder in Rachen und Nase gestopft, doch auch das hatte nicht zum Erfolg geführt, da man es sehr schnell bemerkt hatte. Lilly war sich, ebenso wie John, sicher, dass Simon nicht wirklich sterben wollte. Aber für sie war es ein Hilfeschrei gewesen, für John hingegen nur kalte Berechnung. Diese Denkweise ärgerte sie, deshalb hatte sie auch mit John nicht weiter darüber reden wollen. Überhaupt sprachen sie in den letzten Tagen wenig miteinander und nur über Berufliches. Lilly war zwar über Johns Fürsorglichkeit hinsichtlich des Sicherheitsglasfensters gerührt gewesen, und irgendwann mussten sie ein langes, klärendes Gespräch führen, doch noch war sie nicht bereit dazu. Sie musste die Geschichte mit Simon erst einmal für sich abschließen. Denn eins war klar: Erpressen lassen würde sie sich nicht. Sie wollte nur die bestmögliche Lösung für ihre ehemalige große Liebe finden. Sie wollte, dass er wieder Freude am Leben hatte. Und da musste so einiges bedacht werden. Morgen würde seine Schwester aus London kommen, mit der wollte sie sich besprechen. Danach würde sie dann auch Zeit für John finden.

Doch jetzt schlief Simon, und Lilly ging in die Cafeteria, um sich einen Cappuccino zu genehmigen. Plötzlich hörte sie eine Stimme hinter ihrem Rücken: »Hallo, Frau Kommissarin. Ich habe gehört, Sie haben dieses Monster endlich geschnappt?«

Sie drehte sich um und sah Johannes Brederloh vor sich stehen, in der Hand ein Tablett mit einem Stück Kuchen. Er lächelte sie an. »Wollen wir uns setzen?«

Lilly lächelte zurück. »Glauben Sie aber nicht, dass ich Ihnen eine Exklusivstory biete. Was machen Sie hier?«

Erst dann fiel ihr ein, dass er ja schwer krank war. Aber er schien ihr die Frage nicht übel zu nehmen, sondern antwortete ganz unbefangen, dass er zum halbjährlichen großen Check hier sei. Trotzdem schien er guter Dinge zu sein. Als sie ihn fragte, antwortete er strahlend, dass seine Ex-Frau endlich und völlig unerwartet ihr Einverständnis gegeben habe, dass er seine Tochter an Ostern besuchen dürfe.

»Ich habe sie seit einem halben Jahr nicht mehr gesehen«, sagte er, während seine himmelblauen Augen verträumt aus dem Fenster blickten. »Wir beide freuen uns schon riesig auf unser Wiedersehen.«

Lilly erzählte Brederloh in Kürze die offizielle Version von dem Polizisten als Täter, ohne auf Einzelheiten einzugehen.

»Aber warum hat er auch Martha getötet?«, fragte Brederloh, und seine Miene verdunkelte sich. »Martha hat nie einem Menschen etwas Böses getan, und für menschliche Schwächen hatte sie immer eine Menge Verständnis.«

»Ich weiß es nicht«, sagte Lilly. »Aber wir werden es mit Sicherheit herausfinden. Er ist durchaus bereit zu reden.«

Dass dieser Mörder auch in dem Krankenhaus lag, in dem sie sich gerade befanden, verschwieg sie Brederloh lieber.

»Erfahre ich es dann auch?«, wollte er wissen, und Lilly versprach es ihm.

»Wahrscheinlich wird mein Kollege Benthien Sie noch einmal aufsuchen. Es tut ihm übrigens sehr leid, dass er nicht auf Marthas Beerdigung war. Er wäre sehr gerne gekommen. Aber der Beruf kam mal wieder dazwischen, wie das eben bei uns so ist.«

Brederloh versicherte, er würde sich über den Besuch sehr freuen, dann verabschiedeten sie sich, und Lilly kehrte mit gemischten Gefühlen zu Simon zurück.

»Andresens Mietwagen wurde gestohlen, mitsamt Handy, Laptop und Fotoausrüstung«, sagte Benthien, nachdem er wieder zurück war. »Und das war nicht nur Andresens Pech, sondern auch unseres.«

»Sprich nicht in Rätseln, Alter«, brummte Fitzen, der sich gerade eine Mandarine schälte.

»Er hat erst jetzt, als er zu Hause auf Amrum anrief, erfahren, dass wir dringend auf seinen Rückruf warten. Daraufhin ist er in ein Internetcafé gegangen und hat sich das Phantombild angesehen. Er sagt, er hat den Mann noch nie gesehen, und von dem Phantombild weiß er nichts. Das hat SF wohl selbst hergestellt. Fragt sich mal wieder, warum?«

»Irreführung«, sagte Juri, »schlicht und einfach Irreführung. SF hat den Mann aus purem Jux ins Spiel gebracht. Es machte ihm einfach Spaß, unsere Ermittlungen zu manipulieren.«

»Das konnte nun wirklich keiner wissen«, sagte Mikke mit bleichem Gesicht. »Ich darf gar nicht daran denken, dass ich in seinem Wagen gesessen habe, quasi auf all diesen Beweisen!«

»Über sein Motiv brauchen wir nicht mehr zu reden, denke ich«, fuhr Juri fort. »Das hat er zur Genüge in seinen selbstgerechten Briefen an seine Tochter erklärt. Und ein bisschen von diesem Ton klang auch bei unseren Gesprächen mit an. Dass Lilly die Faser gefunden hat, die er wohl an seinen Schuhen hereintrug, war einfach Pech für ihn. Ebenso, dass wir auf dieses Ferienheim kamen. Er hat dann noch versucht, uns mit Melanie Felten, die zufällig Annegret Schiebors Schwester war, abzulenken und sie verdächtig erscheinen zu lassen, aber das ist ihm nicht mehr gelungen.«

»Das ist schon ein sehr seltsamer Zufall!«, sagte Thyra und schüttelte ungläubig den Kopf.

»Aber tatsächlich ein Zufall!«, betonte Juri. »So etwas gibt es,

Thyra. Wie die zwei Münchner Schulkameraden, die sich nach dreißig Jahren zum ersten Mal am Nordkap wiedergetroffen haben, nachdem sie sich in der ganzen Zeit in ihrer eigenen Stadt nie über den Weg gelaufen sind!«

»Ich möchte eins wissen: Hat er tatsächlich mit dem Gedanken gespielt, Jenny umzubringen?«, fragte Fitzen.

Juri zögerte. »Rein theoretisch wohl schon, zumindest vor der Entführung, aber dann hat er seine Meinung geändert, je besser er Jenny kennenlernte. Mein persönlicher Eindruck ist, dass er es nicht fertiggebracht hätte.«

»Ich verstehe nicht, wie der Kerl genügend Zeit finden konnte, die Morde an Arthur Peters und Levke Bronnen zu planen und auszuführen, quasi unter unseren Augen«, sagte Thyra.

»Du musst bedenken,« sagte Juri, »dass er diese ganzen Recherchen, mit denen er sich so gebrüstet hat, nie wirklich durchgeführt hat. SF hat sich einfach etwas ausgedacht, was ihm gerade einfiel, denn keiner von uns wäre je auf die Idee gekommen, etwas gegenzuchecken, was ein Kollege bereits erarbeitet hat.

Die Nadel, die in Anja Derlings Bauchnabel steckte, hat er ganz dreist bei eBay eingestellt, damit wir sie dort finden konnten. Bei so viel Frechheit verschlägt es einem glatt den Atem …« Juri blätterte in der Akte. »Anja Derling und Arthur Peters hat er übrigens in seinem Haus gefangen gehalten, im Keller. Peters hat er gleich erschossen, weil er die Kälte nutzen wollte, Anja hat er einige Zeit am Leben gelassen, weil er damals noch dabei war, sich eine Inszenierung zu überlegen und nicht genau wusste, ob es funktionieren würde. Eingefroren hat er sie in der Kältekammer, die zu seinem Haus gehört – früher war es ja ein Kolonialwarenladen und danach ein Gasthaus. Levke hat er in die Gerätehütte am Dünensee gebracht. Dann musste er die Leichen nur noch so arrangieren, wie er sie später aufstellen wollte. Mit Wasser übergossen hat er sie jeweils vor Ort. Die beiden Exponatständer hat er auf dem Flohmarkt gekauft. Und genähert hat er sich seinen Opfern übrigens immer als Polizist, außer bei Levke. Da hat er den Gönner gespielt, den Vater einer Studentin, und ihr ein billiges Zimmer angeboten. Kennengelernt und ins Gespräch gekommen ist er mit ihr in dem Kaufhaus, in dem sie arbeitete. Er kam einfach immer wieder in ihre Abteilung. Auch Anja Derling und Arthur Peters hatten gar keine Chance, irgendwelchen Argwohn zu hegen. Wer misstraut denn schon einem Polizisten?«

»Was hätte er gemacht, wenn keine solche sibirische Kälte geherrscht hätte?«, murmelte Thyra vor sich hin, doch Juri hatte auch darauf eine Antwort.

»Er sagte, ihm wäre schon noch etwas anderes eingefallen, das Aufmerksamkeit erregt hätte! Könnt ihr euch daran erinnern, dass sowohl John als auch der Profiler vom LKA der Meinung waren, unser Täter wäre intelligent, strukturiert und würde vorausschauend handeln? Und dies wären nicht seine ersten Morde?« Juri nippte an seinem Kaffee. »Das Bemerkenswerte ist, es waren sehr wohl seine ersten Morde. SF hat sich vorher nie etwas zuschulden kommen lassen …«

»Er war aber Polizist«, unterbrach ihn Benthien. »Das war der springende Punkt, und deshalb war er so schwer zu entlarven. Er hat mit den Kenntnissen eines Ermittlers gehandelt, der bereits etliche Mordfälle untersucht hatte.«

Am Tisch blieb es still, der Schock saß noch zu tief. Jedem war klar, dass sie SF nur mit viel Glück enttarnt hatten. Und jeder fragte sich, warum das nicht schon früher geschehen war, nach dem Mord an Anja Derling.

»Seine Lebensgeschichte ist zwar tragisch«, sagte Annika, »trotzdem kann ich für den Kerl kein Mitgefühl aufbringen.«

Thyra schenkte sich Kaffee nach und wickelte sich ihren Schal um den Hals, obwohl es im Raum warm war. »Was sollte eigentlich das Rolling-Stones-Logo bei Jenny?«

»Damit wollte er seine Serie abschließen. Mit einem dicken, fetten *Ätsch!*«

Fassungslos starrten die anderen Juri an. Der zuckte mit den Schultern. »So hat er es uns gesagt!«

Thyra wandte sich an Benthien. »Wirst du zu SF ins Krankenhaus gehen und mit ihm reden?«

Benthien sprang auf wie von der Tarantel gestochen. »In meinem ganzen Leben will ich diesen Kerl nicht mehr sehen«, rief er. »Wie stellst du dir das denn vor, Thyra? Dass wir höflich und gesittet miteinander umgehen, bei einem Käffchen beisammensitzen und uns gepflegt über seine Morde unterhalten und wie er uns reingelegt hat? Und dann entschuldigt er sich vielleicht auch noch? Oder heult mir was vor von seinem verpfuschten Leben? Nein, dieser Mensch hat eine rote Linie überschritten, und für mich gibt es jenseits dieser Linie keine Gespräche mehr. Der Kerl ist für mich gestorben! Mausetot!«

»Ich gehe da auch nicht hin«, sagte Fitzen leise. »Höchstens, um ihn aus dem Fenster zu schmeißen. Ich will so viel räumliche Distanz wie nur möglich zwischen uns bringen. Sonst kann ich für nichts garantieren!«

Kapitel 42

Benthien war froh, als das schwere Portal der Polizeidirektion an diesem Abend hinter ihm zufiel.

Es war spät geworden. So wenig sie bisher über die Geschehnisse gesprochen hatten, so viel gab es jetzt zu bereden, nachdem sie Juris Bericht gehört hatten und das Eis gebrochen war … All die Erinnerungen an SF, die ihnen durch den Kopf schossen, Erinnerungen an Gesprächsfetzen, an Streitereien, an sein unkollegiales, feindseliges Verhalten im Dezember – all das hatte herausgemusst, hatte man aussprechen müssen, um nicht daran zu ersticken.

Doch jetzt hatte Benthien genug davon. Jetzt wollte er nur noch Ruhe haben, den Kopf frei bekommen, an einfach gar nichts mehr denken außer an kleine, banale Dinge.

Das Leben musste weitergehen.

Als er über den stillen, fast menschenleeren Holm lief, auf dem der Schnee bereits geschmolzen war, betrachtete er gedankenvoll die alten Giebelhäuser, die reich verzierten Handels- und Bürgerhäuser mit ihren Erkern, Balkonen, den kunstvoll verzierten Stufen- und Spitzgiebeln, den Säulen und Statuen. Er sah die Patrizierhäuser mit den prachtvollen Stuckverzierungen, die Stadtpalais schwerreicher Kaufleute. Jedes Jahrhundert seit dem Mittelalter war hier vertreten – Spätgotik, Renaissance, Klassizismus, Gründerzeit, Jugendstil und vereinzelt auch ein Gebäude der Neuzeit. Jeder Stein in dieser alten Stadt atmete Geschichte. Und hinter den Häusern lagen die Kaufmanns-, Kapitäns- und Handwerkerhöfe, liebevoll restauriert, manche windschief, mit verschwiegenen Winkeln und urigen Cafés und Restaurants. In einem dieser Höfe in der Roten Straße erwartete ihn Ben, der glaubte, seinen Sohn mit einem guten Essen aufmuntern zu können.

Doch John war noch nicht so weit. Auf dem Weg von der Polizeidirektion zur Roten Straße machte er einen Umweg, ging ein kurzes Stück am Hafen entlang, passierte die sechshundert Jahre alten Schrangen, den ehemaligen Verkaufsstand der Bäcker und Schlachter unter den Arkaden, wo noch immer das Halseisen des ehemaligen Prangers zu sehen war. Er winkte dem kleinen Neptun auf dem Brunnen ironisch zu, der mal wieder seinen Dreizack »verloren« hatte, und überschritt den historischen Mittelpunkt des mittelalterlichen Flensburg dort, wo früher einmal der Thingplatz gewesen sein sollte und wo sich jetzt eine McDonald's-Filiale befand.

Bereits im Mittelalter, überlegte er, waren hier Menschen durch die unbefestigte Straße gegangen, mit schweren Kiepen auf dem Rücken, Vieh vor sich hertreibend, waren durch Matsch und Schlamm gestapft – Knechte, Mägde, Bürger, Kaufleute, Arme und Reiche. Sorgen hatten sie vermutlich alle gehabt, wie auch Sehnsüchte, Wünsche, Hoffnungen auf ein besseres Leben, auf Wohlstand, Gesundheit, Liebe oder wenigstens einen sicheren Platz zum Sterben.

Und nun lief er selbst durch diese Straße, an den alten Hinterhöfen vorbei, auch mit Sorgen beladen, doch mit einem viel bequemeren Leben, wofür er nur dankbar sein konnte.

Und wieder fiel ihm der Song von Leonard Cohen ein, der sich so hartnäckig in seinem Hinterkopf hielt:

Trav'ling lady, stay awhile until the night is over.

I'm just a station on your way, I know I'm not your lover.

War er wirklich nur eine Station auf Lillys Weg? Hing sie

immer noch an Simon, hatte es verdrängt, vergessen, und dann, durch den Unfall, waren die verschütteten Gefühle wieder zum Vorschein gekommen?

Er wusste es nicht.

Er wollte auch nicht darüber nachdenken, nicht an diesem kalten Abend.

Er passierte die rundköpfige Holmnixe, der jemand einen warmen Schal umgebunden hatte, und steuerte an der nächtlich angeleuchteten Sankt-Nikolai-Kirche vorbei, deren zartes Glockenspiel erst allmählich in sein Bewusstsein drang. Benthien blieb stehen und lauschte der Melodie, die ihn auf einmal froh stimmte, so ganz ohne Grund. Sie kam ihm bekannt vor, doch welches Lied es war, wusste er nicht. Eines der fröhlichen, hoffnungsvollen Lieder Paul Gerhards vermutete er, die er noch aus der Schulzeit kannte. Er kam nicht auf den Text, wusste aber intuitiv, dass er in einer schönen, bildgewaltigen Sprache geschrieben war, eine, die Zuversicht und Hoffnung gab. Und plötzlich, als waltete in dem Glockenspiel ein geheimnisvoller Zauber, zog etwas von der Zuversicht der unbekannten Zeilen in sein Herz ein und ließ ihn glauben, dass es doch noch etwas werden könnte mit Lilly und ihm. Mit einem guten Gefühl ging er weiter, über den Süderplatz zum Roten Hof in der Roten Straße, wo Ben bereits auf ihn wartete.

Personenverzeichnis

Elke und Hans Derling, Rentner
Anja Derling, ihre Tochter, hat ein Herz für Pferde
Carmelo, Anjas Sohn, wächst in Thailand bei seinem Vater auf

Jana Bronnen, Physiotherapeutin auf Amrum
Levke Bronnen, ihre Tochter, will Balletttänzerin werden

Sabine Severin, betreibt eine Gärtnerei und einen Hofladen
Arthur Peters, ihr Vater, spielt gern mit Freunden Skat

Johannes Brederloh, ehemaliger Architekt
Martha Gropius, Illustratorin, gute Freundin von Brederloh

Die Rittstiegs, älteres Paar, das auf Amrum Urlaub macht
Jenko Andresen, Apotheker, hat ein merkwürdiges Hobby

Dieser Roman ist ein Produkt der Fantasie. Jegliche Ähnlichkeit mit realen Personen – lebenden oder toten – und Geschehnissen wäre reiner Zufall. Die örtlichen Gegebenheiten entsprechen ungefähr den tatsächlichen Gegebenheiten, doch ich habe mir die Freiheit genommen, hin und wieder von der Realität abzuweichen.

Wenn du jemanden getötet hättest, wüsstest du das … oder?

Peter May
COFFIN ROAD -
TÖDLICHES VERGESSEN
Kriminalroman
Aus dem Englischen
von Sabine Schilasky
384 Seiten
ISBN 978-3-404-17642-7

Ein Mann wacht am Strand der schottischen Insel Harris auf, ohne zu wissen, wer er ist. Er trägt eine Schwimmweste und ist vollkommen durchnässt. Von den Inselbewohnern erfährt er, dass er offenbar Neal Maclean heißt und ein Buch über drei Leuchtturmwärter schreibt, die im Jahr 1900 von einer benachbarten Inselgruppe verschwanden. Auf der Suche nach seiner Erinnerung landet Neal schließlich genau dort, auf den unbewohnten Flannan Isles, wo er eine schockierende Entdeckung macht: In der verlassenen Insel-Kapelle liegt ein Mann mit eingeschlagenem Schädel. Und alles deutet daraufhin, dass Neal ihn getötet hat …

Bastei Lübbe